Schuilplaats

Van dezelfde auteur

Amos Decker
De geheugenman
De laatste mijl
Het motief
Doodskleur
Verlossing
Ondergronds
De lange schaduw

Atlee Pine
De lange weg naar genade
Eén minuut voor middernacht
Daglicht
Spiegelbeeld

Aloysius Archer
Een goede daad
Dodelijk spel
Schaduwstad

Camel Club
De samenzwering
De verzamelaars
De verraders
De rechtvaardigen
Rechteloos

John Puller
De provocatie
Vergeten
De ontsnapping
Niemandsland

King & Maxwell
Onbewaakt ogenblik
Het uur van de zonde
Geniaal geheim
Familieverraad
De zesde man
King & Maxwell

Mickey Gibson
Simpele leugens

Shaw
Niets dan de waarheid
Verlos ons van het kwaad

Travis Devine
De 6:20-man
Staatsgeheim
Dubbelspel

Will Robie
Onschuldig
De aanslag
Doelwit
De schuldigen
Eindspel

Overige thrillers
Het recht van de macht
Op eigen gezag
Duister lot
Vuil spel
Onder druk
De laatste man
In het geheim
Het proces

David Baldacci

Schuilplaats

Vertaald uit het Engels door Jolanda te Lindert

A.W. Bruna Uitgevers

Oorspronkelijke titel
Strangers In Time

Published by arrangement with Lennart Sane Agency AB.
Vertaling
Jolanda te Lindert
Omslagbeeld

Omslagontwerp
Studio Jan de Boer

ISBN 978 94 005 1793 6
NUR 302

Ter herinnering aan Abner Stein, een fantastische agent en vriend, die me veel heeft geleerd over de wereld van de uitgeverij en het leven

Alleen de doden waren getuige van het einde van de oorlog.
– George Santayana

Hier zijn geen vreemdelingen
Alleen vrienden die je nog niet hebt ontmoet.
– citaat toegeschreven aan William Butler Yeats

Charlie

Het was al ver voorbij het midden van het jaar 1944 toen Charlie Matters over een van de vele stapels puin klom waar Londen vol mee lag. Ondertussen probeerde hij op te lossen in de schaduwen van de nacht.

Charlie moest nog veertien worden, maar zijn ouders leefden al jaren niet meer. Alleen al tijdens de acht maanden durende Blitz waren achttienduizend mensen op gewelddadige wijze gestorven, en een op de zes inwoners van Londen was ten minste één keer dakloos geworden. Soms leek het alsof er meer ingestorte dan intacte huizen waren. Deze enorme verwoesting kon een mens afstompen, maar hoewel de oorlogsjaren hun best hadden gedaan om Charlie gevoelloos te maken had hij nog steeds een hart.

Hij liep gehaast in het maanlicht door de schemerige straten, want de verduistering gold nog steeds en de elektriciteit die wel was toegestaan, was absoluut onbetrouwbaar. Dat gold ook voor de blauwe gasvlammen, terwijl dikke rookwolken van gesmokkelde kolen niet meer waren dan een verre herinnering – voor de meeste inwoners, maar vooral voor mensen als Charlie. Zij werden nog altijd geconfronteerd met de vijandelijkheden die schering en inslag waren geworden in de wereld, en vooral in Charlies geboortestad ernstige vormen hadden aangenomen. Toch vond hij de duisternis niet erg; sterker nog, daar had hij nu juist baat bij.

Hij rende verder, over bakstenen die als verstilde golven op elkaar gestapeld lagen, zigzaggend langs borden die waarschuwden voor mogelijk niet-ontplofte bommen. Charlie had ooit een ontmantelde bom gezien en hoewel de teksten op de bom waren geschreven in een taal die hij niet echt kon lezen, wist hij nog precies wat erop had gestaan: GOTT VERDAMMT DIE ENGLISCHE.

Maar God bepaalde natuurlijk zelf welke mensen hij vervloekte, en volgens Charlie zouden dat zeker geen Britten zijn. Op dit moment leek de situatie zelfs hoopvoller dan een jaar geleden, in elk geval volgens de flarden die hij via de radio opving, de gesprekken die hij op straat hoorde en de onvolledige krantenkoppen die hij soms te zien kreeg.

Hij trok de broeksband van zijn haveloze broek omhoog, waarvan hij de zoom van de pijpen drie keer had omgevouwen. Vorige week was deze broek voor een paar shilling te koop geweest in een ramsjwinkel. De wanhopige inwoners van de zwaar gebombardeerde wijk East End stonden in een lange rij voor de winkel in de hoop dat ze de paar noodzakelijke bezittingen die ze nog hadden konden aanvullen.

Charlies oma, wier bonnenboekje voor kleding al bijna leeg was, had plichtsgetrouw uren in de rij gestaan om een lange broek voor haar kleinzoon te kopen waar hij het komende jaar niet meteen uit zou groeien. Charlie had lange X-benen en droeg te kleine schoenen, waardoor hij zelfs als hij haast had heel behoedzaam moest lopen.

Toen de wind, die door de brede gaten in de bebouwing waar vroeger gebouwen hadden gestaan waaide, even ging liggen, hoorde Charlie het gesputter van een automotor. Hij dook snel achter een vuilnisbak vol puin uit het gebombardeerde pand waar hij voor stond en was blij dat hij zich had verstopt toen hij zag wie eraan kwamen.

De beide vermoeide politieagenten reden langs hem heen

in hun gammele Morris. Ze waren op zoek naar mensen zoals Charlie, mensen die niets goeds in de zin hadden volgens inwoners van West End die altijd de pik hadden op inwoners van wijken als Bethnal Green, Stepney en East Ham.

Ik ben niets goeds van plan, maar daar is een heel goede reden voor, dacht Charlie.

De armen koesterden hun bezittingen, omdat ze die allemaal in één oogopslag konden zien. De rijken zouden iets waarvan ze nog vier stuks hadden niet missen en daarom had Charlie geen gewetensbezwaren om die welvarende mensen van een paar van hun extra's af te helpen.

De Morris verdween in het donker en Charlie kwam achter de vuilnisbak vandaan. Hij liep langs een gebombardeerde winkel, zonder etalageruiten en deur, en keek naar het bord waarop stond: MEER OPEN DAN NORMAAL.

Charlies doel van deze nacht was heel duidelijk: schoenen. In Londen was altijd een tekort aan schoenen voor jongens van zijn leeftijd, hoewel mensen die geld hadden ze wel konden kopen. Charlie had dat geld niet, zodat hij een andere methode gebruikte, een methode die juridisch gezien wel bezwaarlijk was.

Charlies bestemming was de vooraanstaande school St. Saviour's. De meeste leerlingen zaten daar op school dankzij de invloed van geld en relaties, en slechts enkelen waren alleen op grond van hun prestaties aangenomen. Charlie had dat geld, die contacten en die prestaties niet en ging dan ook niet naar deze school voor een bevoorrechte opleiding of een roemrijke toekomst, maar alleen voor redelijk schoeisel. Hij zou liever werken dan stelen, maar hij was kennelijk te jong, te ongeschoold en te *ordinair*, een uitdrukking die hij vaker hoorde, om te worden aangenomen als bijvoorbeeld een winkelbediende of een slagersjongen. En zelfs al lukte het hem wel om een enkele keer een baantje te vinden, bleken de mensen, als het erop aankwam zijn loon uit te betalen, allerlei re-

Charlie berekende de timing van zijn operatie. Zijn oma zou niet voor vijf uur opstaan. Elke ochtend deed ze zijn schoollunch in zijn lunchbakje en zette ze zijn ontbijt in de koelbox. Daarna vertrok ze naar haar werk in de bakkerij. Ze dacht dat Charlie wakker werd, zijn ontbijt opat en daarna snel met zijn lunchbakje naar school ging omdat hij veel wilde leren. Maar in werkelijkheid had hij een jaar geleden haar handschrift vervalst en in een brief aan zijn lerares geschreven dat zijn oma en hij naar het platteland waren verhuisd. De vrouw had dat meteen geloofd, omdat veel mensen de puinhopen en de ellende verruilden voor bomen, weidse groene velden en een eeuwenoude tochtige kerk waar ze konden bidden om iets beters dan wat op dit moment in Londen beschikbaar was. Charlie was bang geweest dat hij zijn vroegere lerares een keer zou tegenkomen, waardoor ze zou weten dat hij had gelogen. Hij had echter gehoord dat ze een maand later tijdens een bombardement was omgekomen. Het was heel typerend voor de wereld waarin ze nu leefden dat Charlie helemaal niet van slag was geraakt door haar gewelddadige dood. Om hem heen gingen gewoon te veel mensen dood – door bommen en zelfs nog meer door ziektes – om lang te treuren om wie dan ook.

Toch had niet iedereen dezelfde ervaring. Rijke mensen schuilden niet in kolenkelders, metrostations, Andy-schuilkelders of trapkasten. Nee, zij gingen naar hotels als het Ritz, het Dorchester of het Savoy, waar ze werden verwend en een volledig Engels ontbijt kregen, of ze lieten zich door hun chauffeur naar hun landgoed brengen. Dat had Charlie tenminste vaak gehoord, ook van zijn oma, zodat hij het geloofde.

Hij klom behendig over het lage hek van de school en liet zich geluidloos in het donker op de grond vallen.

De school was twee verdiepingen hoog en gebouwd van de beste kwaliteit bakstenen en gehouwen steen. Het was onbegrijpelijk, maar geen enkele bom had de keiharde, fraaie buitengevels van deze school of de St. Paul's Cathedral ooit geraakt.

Hooghartige witte zuilen domineerden de voorgevel met dramatisch horizontaal lijstwerk. Een elegant bovenlicht hing boven de beide indrukwekkende, stevige eikenhouten deuren. Buiten stond het verweerde standbeeld van een ernstig kijkende man in een militaire overjas, met een wandelstok en een boek. Charlie wist niet of deze man St. Saviour was. Hij glimlachte omdat deze heilige in zijn belachelijke jas in de regen moest staan en tot in eeuwigheid zou worden bespot.

Charlie zou niet door de voordeur naar binnen gaan. Voor jongens uit East End zoals hij zou de ambachtsliedeningang altijd de enige ingang blijven.

Helaas kwam hij tot de ontdekking dat de achterdeur was afgesloten met twee sloten, de een boven de ander. Dat was een onverwacht dilemma. Hij haalde een stevig stuk metaal tevoorschijn met een precieze kromming aan het uiteinde en met een vooruitstekend stuk zwart, rechthoekig ijzer aan de bovenkant. Hij had deze 'lockpick' gekregen van zijn vriend Eddie Gray. Volgens Eddie had zijn vader gezegd dat hiermee negentig procent van alle sloten in Engeland kon worden geopend. Net zo'n stuk gereedschap had Eddie jaren geleden gekregen toen zijn vader tijdens een mislukte gewapende overval was gedood. Eddie, die heel goed dingen kon maken, had een tweede lockpick gemaakt en die aan Charlie gegeven, waarna hij hem geduldig had uitgelegd hoe hij daarmee een slot moest openmaken.

Charlie ging geconcentreerd aan het werk. Terwijl hij het metaal heen en weer draaide, voelde hij dat de schakels van het slot ronddraaiden. Het zou gemakkelijker en eenvoudiger zijn om stevige schoenen te stelen van de kramen van Brick Lane of Petticoat Lane in East End. Maar Charlie vond het niet prettig om iets van zijn eigen mensen te stelen en bovendien hadden die mensen geen extra schoenen.

Na een hele tijd hoorde hij een zacht klikje. Hij draaide de knop om en ja hoor, het slot was open. Met het bovenste slot had hij echter geen succes. Nadat hij een paar minuten geconcentreerd bezig was geweest, was hij wanhopig en trok hij de lockpick terug. Dit was kennelijk een van de tien procent sloten die dit ding de baas waren.

Natuurlijk was dat zo.

De hooggeplaatste ramen aan de zijkant van het gebouw waren voorzien van ijzeren tralies. In East End was helemaal geen ijzer meer, want dat was allemaal weggehaald en omgesmolten voor de oorlogsinspanningen, maar dit was East End niet. Je ging 'up' naar West End, maar 'down' naar East End, en die woorden zeiden letterlijk alles: het was een verbetering of een verslechtering. Een agent had hem een keer verteld dat Charlies wereld uit straatventers, vishandelaren en dieven bestond, en dat negen van de tien volgens hem een dief was. De agent had Charlie bij de groep criminelen ingedeeld, hoewel hij hem wegens gebrek aan bewijs had moeten laten gaan in plaats van hem in de boeien te slaan en in volle vaart naar de bak te brengen.

Charlie greep de tralies vast, trok zichzelf omhoog en keek door het raam naar binnen. Het leek wel alsof hij altijd naar binnen keek in plaats van naar buiten. Hij liet de tralies los en liet zich op de vochtige aarde vallen.

Ze hadden tegen hem gelogen. Hier zat geen geld in de kassa. Er was waarschijnlijk helemaal geen kassa.

De twee jongens die hem over deze kans hadden verteld, hadden geen ouders en woonden altijd bij een wisselende groep verre familieleden, vrienden, pleegouders en verzorgers. Ze waren onlangs naar een weeshuis iets buiten Londen gebracht, maar ze hadden Charlie verteld dat het daar vreselijk was geweest en dat ze daarom waren ontsnapt. 'Je hebt daar niet eens een naam, Charlie, alleen een nummer,' had

Lonzo Rossi gezegd. 'Ik was verdorie T207 of zoiets, maar ik ben altijd gewoon Lonzo geweest.' Eddie Gray, Lonzo's beste vriend, had niets gezegd, maar voor zich uit staan staren met een blik waaruit Charlie kon opmaken dat het een traumatische ervaring was geweest.

Charlie rende terug naar het oosten en was algauw midden in Covent Garden. Een minuut later regende het pijpenstelen, zodat hij bijna niets meer kon zien. Hij had het gevoel dat zijn pijnlijke voeten in cement waren gegoten. En het was alsnog zes kilometer lopen naar Bethnal Green. Hij strompelde verder, tot hij in een steeg wat licht zag. Hij keek naar binnen, zich bewust van de stilte om zich heen, op het getik van de regendruppels na. Door het regengordijn heen zag hij een beetje licht dat uit een winkel scheen en dat was heel bijzonder op dit tijdstip. Charlie werd er als een magneet naartoe getrokken.

Een geheime pot met goud

Charlie sloop door de steeg naar de zachte gloed van het zwakke licht. Hij dook onder de groene markies en uit de regen, en las de fraaie vergulde woorden op de vieze ruit:

THE BOOK KEEP

I. OLIVER, EIGENARES

Eronder hingen met de hand gestencilde papieren.

Een boek per dag houdt de bommen weg.

En:

Boeken lezen is veel beter dan boeken verbranden.

Op de etalageruit was kriskras Scrim-tape geplakt om te voorkomen dat het glas verbrijzelde door een bombardement en dan zelf in een wapen veranderde. Zwarte gordijnen van drie lagen dik voorkwamen grotendeels dat het licht naar buiten scheen. Maar de eigenares had ze niet helemaal dichtgetrokken, zodat Charlie door de kier naar binnen kon kijken. Als er nu een blokhoofd van de Luchtbescherming voorbijkwam, zou de eigenares een standje en misschien zelfs een waarschuwing krijgen. Charlie wist echter dat sommige mensen daar heel laks mee omgingen.

Toen hij door de kier naar binnen keek, was het eerste wat hij zag boeken. Hij was weleens in een bibliotheek geweest. Niet eens zo lang geleden zelfs, toen het regende en hij wilde ontsnappen aan de kilte buiten en de mogelijke longontsteking die daar vaak het gevolg van was. Daar had elk boek stijf tegen andere boeken gestaan.

Charlie had de strakke en keurige rijen boeken helemaal niet mooi gevonden. Niets zou zo netjes mogen zijn, had hij gedacht, dat was gewoon niet goed als de wereld eromheen een warboel was. Hier lagen hoge stapels boeken slordig op de grond, en in kieren en hoeken zag hij plukjes stof en rafelige spinnenwebben. Een gammele trap met koperen wielen hing aan de dunne stang die was bevestigd aan planken die doorzakten onder het gewicht van dikke, in leer gebonden boeken. De kale peertjes aan het plafond ploften en knipperden, helemaal niet onder de indruk van hun doel.

Op dat moment zag Charlie twee mannen die niet meer van elkaar konden verschillen.

De eerste was in de veertig, lang en veel te mager. Hij keek ongerust, zoals iedereen tegenwoordig, had lang en dik bruin haar, een bleke huid en, net als Charlie, overal sproeten. Hij droeg een oud, verkreukeld grijs wollen vest en een wit overhemd vol vlekken waarvan hij de mouwen had opgerold. Zijn magere onderarmen zaten vol grote moedervlekken. Op zijn huid zaten ook een paar diepe brandwonden die er heel pijnlijk uitzagen. Hij had lichtbruine ogen en droeg een montuurloze bril. Zijn broek was al even versleten als zijn vest, en de hakken van zijn sjofele schoenen waren ongelijk afgesleten door het lopen over het puin op straat. Charlie nam aan dat dit I. Oliver was, de eigenaar van de winkel.

De andere man was klein en gedrongen, en had zijn slappe vilthoed ver naar voren getrokken. Hij droeg een duur uitziende zwarte regenjas en nieuw uitziende, stevige regenlaarzen tegen het afschuwelijke weer. Hij had een onderkin en stoppels op zijn kaken. Hij gaf de eigenaar van de winkel een stapel papieren met een zwart lint eromheen, en zei iets wat Charlie niet kon horen.

De andere man nam de papieren van hem aan en stopte ze in een la, die hij daarna afsloot.

Toen de kleinere man zich omdraaide en naar de deur liep, verstopte Charlie zich snel achter een vuilnisbak, die overvol zat met puin van een bombardement, zoals duizenden andere in de stad. De man opende de deur, waardoor er een belletje rinkelde, en liep naar buiten. Toen hij naar rechts en naar links keek, dook Charlie nog meer in elkaar. Daarna trok hij de kraag van zijn regenjas op en liep hij snel weg.

Charlie wachtte even tot hij er zeker van was dat de man niet terugkwam. Hij sloop weer naar het raam en zag dat de winkeleigenaar zich over een dik grootboek boog dat naast de kassa op de toonbank lag. Hij streek met een lange vinger over een kolom en tikte met zijn andere hand met een pen op het papier. Na ongeveer een minuut legde hij het potlood neer. Hij nam een slokje uit een beschadigd kopje dat naast zijn elleboog had gestaan, met ernaast een schoteltje waarop een paar dunne koekjes lagen. Toen Charlie de koekjes zag, begon zijn maag protesterend te rammelen.

Daarna pakte de man een vreemd cilindrisch uitziend instrument met draaibare onderdelen, want de man draaide eraan. Nadat hij dat een tijdje had gedaan, keek hij weer naar zijn potlood en grootboek.

Even later pakte de man een doos met een etiket waarop stond *Simpkin & Marshall Groothandel in boeken,* opende de klep van de toonbank en nam de doos mee naar een achterkamer achter een gordijn.

Meteen daarna probeerde Charlie of hij de deur kon openen. De deur zat gelukkig niet op slot, maar het belletje rinkelde wel. Daar had hij geen moment meer aan gedacht! Hij pakte het belletje vast zodat het ophield met rinkelen, verstopte zich in een hoek achter een stapel boeken en wachtte.

De man kwam meteen terug en keek verbaasd en met opgetrokken wenkbrauwen om zich heen. Hij liep snel naar de la waar hij de stapel papieren in had gelegd, deed de la van het slot, haalde de stapel documenten eruit, bekeek ze en legde ze gerustgesteld terug. Hij sloot de la weer af, opende de klep van de toonbank, liep door de winkel en deed de grendel op de deur, waarna hij weer achter het gordijn verdween.

Zo snel als een haas verliet Charlie zijn schuilplaats. Hij griste de koekjes van de schaal en stopte ze in zijn zak. Hij pakte het vreemde instrument dat op de toonbank lag en bekeek het: het ding was gemaakt van hout en metaal, en had kleine roterende schijfjes met letters erop. Charlie legde het instrument neer en liep snel naar de ouderwetse kassa, drukte op een van de metalen sleutels en duwde de grote hendel naar achteren, waarop de houten la als een koekoek uit een klok opensprong. Bankbiljetten en munten verdwenen in een van Charlies andere zakken. Hij griste ook een boek van de toonbank, omdat hij aannam dat het wel iets waard zou zijn.

Charlie had gedacht dat hij ongezien kon ontsnappen, maar toen hij achteromkeek zag hij dat de man roerloos bij het gordijn stond, met open mond – vol ongeloof of van afkeer, of allebei. Charlie deed snel de grendel van de deur en rukte die open, en rende even later naar buiten en door de natte, glibberige steeg.

Eindelijk! Hij had zijn nederlaag veranderd in een daverende overwinning.

Naar East End

Charlie volgde de stoepranden, bomen en lantaarnpalen die wit waren geverfd, zodat mensen in het donker konden zien waar ze liepen. Buitenlampen aan gebouwen waren verboden en lampen van voertuigen moesten op een smalle spleet na worden afgeplakt. Verkeerslichten waren ook afgedekt, eveneens op een smalle spleet na, zodat chauffeurs de kleuren van de lichten wel konden zien. Alle straten waren donker, behalve de hoofdstraten. Deze werden alleen verlicht door minuscule lampjes die naar beneden waren gericht, zodat het licht vanuit vliegtuigen van de Luftwaffe niet kon worden gezien.

Op de bussen stond LOOK OUT IN THE BLACKOUT – pas op tijdens de black-out. Ondanks deze waarschuwing werden mensen toch regelmatig aangereden en gedood door auto's, taxi's, vrachtwagens en dubbeldekkerbussen die vanuit het donker opdoemden. Charlie was hier vaak maar ternauwernood aan ontsnapt. Duizenden anderen hadden minder geluk gehad en waren nu dood en begraven als straf omdat ze het lef hadden gehad door de stad te lopen.

De verduistering was lastig geweest voor veel Londenaren, die eraan gewend waren dat de stad 's nachts felverlicht was. Charlie kon zich het begin van de verduistering nog goed herinneren, want hij was samen met zijn opa op een gebouw gaan staan toen de stad, wijk voor wijk en inclusief de enorme Big Ben, in het donker werd gehuld. En door de afwezigheid van licht werden veel mensen bang, omdat iedereen wist dat in het donker meestal vreselijke dingen gebeurden.

Charlies voeten deden dus pijn, maar hij was wel behendig genoeg om achter op een volle bus te springen. De bussen bleven rijden om de mensen die betrokken waren bij de vierentwintiguursoorlogsinspanningen naar huis of naar hun werk te brengen. Lonzo had Charlie geleerd hoe hij achter op een bus kon springen: je moest sterke vingers en een uitzonderlijk evenwichtsgevoel hebben en de bal van je voeten tegen de metalen buitenkant van een bus drukken, maar ook in staat en moedig genoeg zijn om veilig van de bus te springen als de conducteur je ontdekte en met zijn stok woedend op de zwartrijder afkwam.

Bij de bouwvallige flat in de wijk Bethnal Green aangekomen verschafte Charlie zich op precies dezelfde manier toegang tot het kleine flatje als na elke nachtelijke strooftocht. Hij liep naar de steeg, ging op de omgevallen vuilnisbak staan, zodat hij het uiteinde kon vastpakken van het gerafelde touw dat aan de onderste sport van de brandtrap was bevestigd. Door een ruk aan het touw kwam de brandtrap naar beneden. Charlie klauterde dan snel omhoog naar de galerij, trok de brandtrap weer omhoog en kroop vervolgens naar binnen door het raam dat, anders dan de achterdeur van de St. Saviour's School, nooit goed sloot.

Charlie glipte in zijn 'bed', een houten kist in de ruimte die vroeger een berghok was geweest. Toen ze hier net woonden was het knus geweest, maar doordat zijn ledematen en torso zo snel groeiden, leek het nu meer een doodskist. Maar hij had wél een eigen kamer, terwijl hij veel vrienden had die dat niet hadden.

Charlie was verteld dat zijn wieg een eierkist was geweest, waar hij als baby veel tijd in luiers had doorgebracht. Toen hij groter werd, was de wieg vervangen door een sinaasappelkistje. Hij wist niet wat zijn huidige 'bed' was geweest, maar het was wel groter, omdat hij ook groter was.

Hoewel hun flat erg klein was, wist Charlie dat hij en zijn oma het beter hadden dan de meesten hier. Veel East Enders woonden met verschillende gezinnen in een paar kamers, met een buitentoilet en zonder keuken, aan straten die amper drie meter breed waren. De reden dat ze in die straten waren beland was voor veel mensen de ziekte of dood van een echtgenoot of vader.

Zijn oma had hem een keer bij een schamel vuurtje en een kop lauwe thee verteld: 'Vroeger was er een armenhuis in Whitechapel, Charlie.' Ze rilde toen ze daaraan dacht. 'Verdomd slechte plek. Bijna duizend hulpeloze zielen. Het hele gezin moest daarnaartoe en de schande van hun armoede verdragen. Daar schoren ze je hoofd kaal tegen de luizen. Ze gaven je wel te eten, maar niet wat ik echt eten zou willen noemen. En ze scheidden man en vrouw van elkaar, en hun kinderen ook. De mensen daar moesten keihard werken, elke dag, en in de wet stond dat de woonomstandigheden slechter moesten zijn dan die van werkende armen. En dat zegt wel iets, Charlie, want wij zijn toch ook werkende armen? En moet je ons zien! En als je oud was en je familie je niet in huis kon nemen, ging je daar ook naartoe. Brood en soep, maar één dag moest je naar buiten om te bedelen.' Ze had even gezwegen, met trillende lippen van afschuw. 'Heb je ooit iemand horen praten over de *workhouse howl*, lieverd?' had ze angstig gevraagd.

Charlie had zijn hoofd geschud. 'Wat is het armenhuisgehuil?' had hij angstig gevraagd.

Ze had hem moedeloos aangekeken. 'Weet je, Charlie, dat is moeilijk te beschrijven. Dat is... wanneer mensen zo verslagen zijn door het leven en alle ellende die daarmee gepaard gaat, in elk geval voor mensen zoals wij, dat... alle verdriet en, nou ja, ook alle woede, gewoon uit hun mond komt en ze beginnen te huilen als arme beesten die pijn lijden. Want dat kan mensen overkomen die nooit iets goeds hebben meegemaakt, weet je. Dat kun je hier nog steeds vaak zien,' had ze er bitter aan toegevoegd.

'Heb... heb jij ook zo moeten huilen, oma?' had hij gevraagd.

Ze was snel over iets anders begonnen en had zijn vraag niet beantwoord.

Charlie wist dat hij nooit naar het armenhuis wilde. Hij wilde zich ook nooit zo ellendig voelen dat hij moest huilen, hoewel hij zich dagen kon voorstellen waarop dat wel kon gebeuren.

Hij trok een versleten laken over zijn vochtige lichaam, voelde in zijn zak waar de koekjes in zaten en brak er een stukje af. Hij stopte het in zijn mond en begon snel te kauwen. Hij wilde wel langzaam eten, maar was gewoon uitgehongerd.

Met zijn andere hand raakte hij de bankbiljetten en munten aan. Eten én echt geld, in plaats van een shilling of slechts een penny. Zijn vooruitzichten waren snel verbeterd na de diefstal in deze ene nacht.

Hij stak een kaarsstompje aan, zette de kandelaar klem in de kier tussen de houten kist en de oude kussens die fungeerden als zijn matras, en haalde het geld tevoorschijn. Zijn smerige vingers wreven over de afbeeldingen van verheven royals op de bankbiljetten en raakten de koude munten aan. Op de *penny farthing*, die een kwart penny waard was, stond aan de ene kant de afbeelding van de gehelmde en gewapende Britannia en aan de andere kant koning George VI. In totaal had hij achtendertig pond in bankbiljetten, plus munten die in totaal ongeveer vier pond waard waren. Nooit eerder had hij zo'n vermogen bezeten. Langzaam stopte hij alles weer in zijn zak.

Hij bekeek het boek en zag in het schemerlicht van de kaars dat de omslag en rug niet bedrukt waren. En nadat hij de eerste bladzijden had omgeslagen, verdween zijn hoop dat hij meer geld met het gestolen boek kon verdienen, want ze waren allemaal blanco.

'Waardeloos, verdomme!' Hij verstopte het boek onder de kussens, bevochtigde zijn vingers, kneep de kaars uit en luisterde naar de stilte buiten. Een enkele keer werd de stilte verstoord door het gesputter van een auto die op slechte benzine reed, of door de luide voetstappen op de stoep als een alerte politieagent of een blokhoofd zijn belangrijke ronde liep.

Na een tijdje hoorde hij het zwakke geluid van een radio uit de buurflat. Charlie en zijn oma hadden ooit een Ekco-radio bezeten, maar die was verkocht om de rekeningen te betalen. Charlie miste het luisteren naar de BBC. De radio zond natuurlijk nieuwsberichten uit over de oorlog, maar er waren ook programma's die hem aan het lachen maakten en een van zijn favoriete programma's was het dagelijkse *Children's Hour* – het Kinderuurtje.

's Avonds ging hij weleens in de portiek zitten om naar de radio van andere mensen te luisteren, in de hoop dat hij alles zo goed kon horen dat hij soms ergens om kon lachen. Het maakte hem niet uit waarom, want hij wilde graag worden afgeleid van zijn ellendige alledaagse beslommeringen.

Het was al drie uur in de nacht toen hij een torenklok hoorde, een minuut later gevolgd door het getoeter van een schip dat stroomopwaarts of stroomafwaarts over de lange kronkelige, modderige Theems voer.

Deze driehonderdvijftig kilometer lange rivier bepaalde feitelijk Charlies wereld. De Theems werd bij Teddington een getijderivier, en stroomde in Greater London bij Theems Ditton. Naar het oosten toe werd de rivier steeds breder en kronkeliger, zodat alle mooie bruggen in het westen waren. Door de overbekende bocht om het Isle of Dogs waren East End en alle belangrijke havens goed zichtbaar vanuit de Duitse bommenwerpers, vooral als de maan 's nachts scheen. De Luftwaffe had dan ook gebruikgemaakt van deze unieke topografische ligging, met vernietigende resultaten.

Even later sneed de scherpe klank van een treinfluit door hem heen. Charlie probeerde te bedenken welk station het kon zijn, maar gaf het al snel op. En wanneer zou hij ooit in een trein zitten? Hij was in deze stad geboren en hij wist bijna zeker dat hij hier ook zou sterven zonder dat hij ooit ergens anders naartoe zou reizen. Het enige wat hij niet wist, was over hoeveel jaren – of dagen – het zover was, en of hij een natuurlijke of een gewelddadige dood zou sterven. Deze gedachten waren niet het resultaat van een overdreven fantasie, want Charlie had al zoveel dingen gezien die in elk opzicht ondenkbaar en gruwelijk waren. Toch was er niets waardoor hij ooit de gruwelen van die ene zomermiddag kon vergeten.

De dag waarop de bommen kwamen

Black Saturday – Zwarte Zaterdag. Na die dag hoorde Charlie die naam heel vaak, maar vóór die dag hadden de sirenes maandenlang waarschuwend geloeid voor de paar Duitse vliegtuigen die overvlogen. Daarom noemden de mensen het de *Bore* – het Gezeur – of de *Phony War* – de Nepoorlog. De sirenes loeiden echter niet tevergeefs op die eerste zaterdag van september 1940. Het was een aangenaam warme en zonnige dag, vrij zeldzaam in Engeland.

Om vier uur 's middags signaleerden Britse radarstations boven de Franse kust een rendez-vous van Duitse bommenwerpers en gevechtsvliegtuigen. Een kwartier later ongeveer passeerde de voorste linie van de dertig kilometer brede Luftwaffe-armada de Britse kustlijn op een hoogte van tienduizend voet die werd gezien door een Observer Corps-post.

Toen pas steeg de RAF op. En was het al veel te laat.

Om een uur of vijf ging overal in Londen het luchtalarm af, steeds luider. De sirenes deden Charlie denken aan schrille kreten uit de hemel. Charlie en zijn oma – en zijn moeder en zijn opa, die toen nog leefden – waren naar de afgesproken schuilplaats gerend: een kast in de achterkamer zonder ramen van hun oude flat. Mensen met een achtertuin vluchtten vaak naar hun Anderson- of Andy-shelter, een half uitgegraven schuilplaats met een halfronde overkapping van verroeste golfplaten, die hun vroegere bloembedden meestal hadden veranderd in *Dig for Victory*-moestuinen. De succesvolle *Dig for Victory*-campagne was opgezet om hongersnood te voorkomen. Veel arme mensen zonder tuin gingen naar openbare schuilplaatsen of naar een station van de Underground, maar de meesten gingen, net als Charlie en zijn familie, rechtstreeks naar hun kast.

Zijn moeder had haar gasmasker bij zich, dat ze net als iedereen van de overheid had gekregen. Eerst hielp ze Charlie met zijn gasmasker, toen hielp ze haar ouders en pas daarna zette ze haar eigen gasmasker op.

Eerst waren de enige geluiden die van de mensen die buiten heen en weer renden en die van de loeiende sirenes.

Toen zei Charlies moeder: 'Ze komen eraan!' Hij schrok van de klank van haar stem. In de zak van haar rok zat een tube No. 2 Anti-gas Ointment. Deze zalf zou brandwonden op het gezicht verlichten, brandende ogen door het gas voorkomen en misschien ook helpen om je door het mosterdgas verloren gezichtsvermogen terug te krijgen. Maar zelfs de jonge Charlie betwijfelde ten zeerste of welke zalf dan ook dat voor elkaar kon krijgen.

Plymouth en Cardiff waren al aangevallen door de Luftwaffe, maar Londen nog niet. Het had geleken alsof de stad werd beschermd door een hogere macht die wereldsteden behoedde voor grootschalige vernietiging.

Aan die bizarre illusie zou nu een einde komen.

Eerst kwam het zenuwslopende gedreun van vliegtuigmotoren die Dagenham, Rainham en Barking naderden. Charlie zou later horen dat deze Luftwaffe-luchtvloot had bestaan uit driehonderdvijftig bommenwerpers – Junkers, Heinkels en Dorniers – die werden geëscorteerd door zeshonderd gevechtsvliegtuigen. Daarna kwam het gierende geluid van bommen, de muur van lawaai door de eindeloze hoeveelheid bommen, die Charlie meer angst aanjoeg dan alle nachtmerries die hij ooit had gehad. Het doelwit was het deel van East

End aan de U-vormige bocht van de Theems: Silvertown. Dat was een chaotische verzameling grote pakhuizen en arbeidershuisjes naast de wirwar van havens die allemaal van vitaal belang waren voor de oorlogsinspanningen.

De autofabriek Ford Motor Works werd als eerste geraakt, daarna de reusachtige gasfabriek Beckton Gasworks en vervolgens het Woolwich Arsenal, het grootste wapenarsenaal van het land. Daarna werden de drie Royal Docks, vol levensmiddelen, met de grond gelijkgemaakt. De stank van verrotte vruchten en kazen zou nog maanden blijven hangen. Scheepstouwen verbrandden, waardoor de losgeslagen schepen op de Theems wegdreven en later op het getij terugkeerden. Versperringsballonnen, ontworpen om Duitse vliegtuigen te strikken, knapten door de hitte van de explosies en de torenhoge vlammen. Toen de bommen explodeerden, leek de stad op zijn fundamenten te trillen, en de ene na de andere explosie produceerde een tsunami van angstaanjagende geluiden.

Wolken puinstof daalden neer op Charlie en zijn familie. Ruiten barstten, dakspanten kreunden, vloerplanken trilden. En elke volgende explosie leek krachtiger dan alle vorige. Geen enkele keer hoorden ze het luchtafweergeschut terugschieten, maar ze wisten natuurlijk niet dat dit kwam doordat de Britse schutters op de grond bang waren dat ze hun eigen vliegtuigen in de lucht zouden neerschieten.

De Duitsers kwamen die nacht terug en wierpen nog meer bommen af. Ze gebruikten de branden die door de eerste aanval waren ontstaan als een handig lichtbaken voor de tweede. Door de massale evacuatie van duizenden mensen uit het gebombardeerde East End werd de wijk door sommigen 'Duinkerken in Londen' genoemd.

Nadat zondagochtend om halfvijf het 'sein veilig' van het luchtalarm had geklonken – één lange toon om zich te onderscheiden van de korte tonen – werden er bijna vierhonderdvijftig Londenaren vermist en waren er zestienhonderd zwaargewonden van wie velen uiteindelijk zouden sterven. Ontelbare gebouwen waren met de grond gelijkgemaakt, waardoor de armen in East End, die toch al weinig hadden bezeten, zelfs nog minder hadden.

De Auxiliary Fire Services probeerde de branden in de verwoeste havens dapper te blussen. Toen de brandkranen leeg waren, werd de Theems als pompstation gebruikt. Voor het blussen van één grote brand waren ruim honderd pompen nodig en die nacht woedden er negen van dergelijke branden.

Het Isle of Dogs was grotendeels verdwenen. Van East End aan weerszijden van de rivier waren alleen nog puinhopen over. Bow Road Station bestond niet meer. De wijk Stepney Green leek een zwartgeblakerd tapijt, ontdaan van alle bomen. Zelfs tot helemaal in Reading dachten de mensen dat ze de zon die dag zagen ondergaan in het oosten, doordat de Blitz-branden de lucht op dezelfde manier verlichtten als de ondergaande zon.

Aan het eind van die maand lagen meer dan zesduizend Londenaren voortijdig in hun graf. Massa's gelovige mensen waren verbijsterd dat hun God deze mate van verwoesting had toegestaan ondanks hun oprechte gebeden, de donderende preken en het fanatiek ronddraaien van rozenkransen.

In zijn kist in de kast opende Charlie zijn ogen en verdwenen de geluiden van de dood die hen allemaal kwam halen.

Oma

Precies op tijd hoorde Charlie het doffe gerinkel van de mechanische wekker, gevolgd door de geluiden van zijn oma die moeizaam rechtop ging zitten op haar harde matras. Het gerinkel stopte en haar blote voeten schuifelden over de koude planken, tot hij hoorde dat de badkamerdeur werd gesloten. Een minuut daarna spoelde de wc min of meer door en kwam er een beetje water uit de kraan.

Zijn oma zou zich zo snel mogelijk aankleden, maar ze had niet veel te kiezen: een van de twee rokken en blouses, de oude sjofele schoenen met de lage, afgesleten hakken, en de afgedragen kousen die nu bijna doorzichtig waren zodat je haar gezwollen, geaderde kuiten kon zien. Daarna zou hij horen dat ze de korte afstand naar het keukentje liep. Het enige andere vertrek was de voorkamer met het kleine vale Wilton-vloerkleed, een stoel voor haar en een houten kruk voor Charlie, en de beschadigde porseleinen herderslamp met het onveilige snoer op een wankele tafel. Op de schoorsteenmantel stond een stel verkleurde kandelaars, vaak zonder kaarsen. Verder was er de open haard, een zwartgeblakerde vierkante stenen opening van ongeveer zestig centimeter, waarin zelden een vuur brandde.

Aan twee haken hingen hun gasmaskers. Dit waren twee van de bijna veertig miljoen gasmaskers gedistribueerd door de overheid, die doodsbang was dat de Duitsers zouden doorgaan met hun traditie uit de Eerste Wereldoorlog om mosterdgas en andere giftige gassen in te zetten, maar deze keer dan vanuit de lucht. Eerst had zijn oma haar masker overal mee naartoe genomen, maar toen de herinneringen aan de Blitz naar de achtergrond waren verdwenen liet ze het masker, net als veel anderen, vaker thuis. Wat ze wél altijd bij zich had, net als Charlie, was haar ID-kaart. Deze kaarten waren door de National Registry uitgegeven aan iedereen die in het Verenigd Koninkrijk en op Isle of Man woonde. Als iemand door een explosie onherkenbaar was geworden, zou dit stukje papier het misschien wel overleven en de mensen kunnen vertellen wie de dode was. Charlie geloofde niet dat dat kon.

Na een kop lauwe thee en een stuk brood met margarine, jam en misschien een plak gebakken Spam, worstvlees uit blik, zou ze naar haar werk gaan. Ze werkte bij een bakkerij, een korte en hobbelige rit met de bus hier vandaan.

Hij kneep zijn ogen stijf dicht toen ze zijn deur opende.

Ze bukte zich om hem een kus op zijn voorhoofd te geven, waar ze ondanks haar reuma altijd in slaagde. Opeens gaf ze hem een draai om zijn oren.

Hij ging verontwaardigd rechtop zitten. 'Eh... Waarom deed je dat, oma?'

'Nat haar, Charlie!' Ze keek hem woedend aan. 'Je bent weer op pad geweest! Vertel op, en geen onzin deze keer!'

'Ik had hoofdluis en heb mijn hoofd onder de kraan gehouden om ze weg te krijgen,' zei hij uitdagend.

'Luizen!' Ze hapte naar adem en begon meteen zijn haar te onderzoeken. 'Dan moet ik de lysol maar pakken.'

'Dat hoeft niet, oma. De directrice op school heeft me al iets gegeven.' Hij was heel tevreden over deze leugen, omdat die niet alleen zijn natte haar verklaarde, maar ook impliceerde dat hij nog steeds naar school ging.

Ze ging rechtop staan en keek op hem neer. 'Ik maak me

zorgen over je, Charlie. Kon ik je maar bijhouden. Was ik maar niet zo... oud!'

'Je bent echt niet heel oud, oma,' zei hij vriendelijk.

'Zelfs als we deze verdomde oorlog winnen, zijn er op straat veel te veel dingen die slecht voor je zijn.'

'Ik ben sterk, oma.' Hij balde een vuist zodat ze zijn biceps kon zien.

'Als je goed te eten kreeg, zou je nog sterker zijn.'

'We redden ons wel, oma, dat doen we altijd.'

Ze wreef afwezig over de plek waar ze, wist hij, kortgeleden een tand was kwijtgeraakt. Helaas had ze de shillings niet die nodig waren voor het gas of de cocaïne die de tandarts gebruikte om de pijn te verdoven. Ze trokken kiezen en tanden gratis, als je de pijn kon verdragen die gepaard ging met het onverdoofd trekken ervan. 'Je verdient echte ouders, lieverd.'

Charlies adamsappel in wording trilde door deze onverwachte opmerking. 'Nou ja, die heb ik niet, of ik ze nu wel of niet verdien.'

Voordat ze daarop in kon gaan zei hij: 'Je komt te laat, oma. En ik ook. Moet nog een paar sommen maken voor school. Héél interessant.'

Ze bekeek hem onderzoekend. 'Je wordt ontzettend lang, Charlie, net als je pa, terwijl je ma zo'n klein ding was.' Ze keek om zich heen in het kleine vertrek. 'Deze kast... je hebt iets groters nodig.'

'Waarom? Dit is meer ruimte dan ik nodig heb. En we hebben een keuken, en een wc helemaal voor onszelf. Eigenlijk zijn we rijk.'

'Nou, dat heb je aan je opa te danken. Veel mensen hier hadden respect voor hem. En dankzij dat respect hebben we deze flat. De familie van je pa woonde in Whitechapel met zes gezinnen in twee kamers en geen wc. Mijn god, ik heb geen idee hoe ze dat deden. Goed, ben je vannacht echt niet buiten geweest?'

Door de manier waarop ze naar hem keek – een beetje somber, vond hij – vond hij zijn leugen helemaal niet meer grappig.

Hij keek haar recht aan. 'De tijden zijn veranderd, oma. Dat is nu eenmaal zo. En we moeten doen wat we moeten doen om dit te overleven. En ik ben al bijna volwassen.'

'Nee, je bent nog steeds een jongen en het is míjn taak om voor je te zorgen.'

Charlies uitdagende blik verdween en hij zei grimmig: 'Ik ben al een hele tijd geen jongen meer, oma. En zodra ik volgend jaar veertien ben geworden, kan ik van school.'

'Nee, Charlie, scholing is te belangrijk. Je moet naar school blijven gaan, lieverd.'

'We moeten ook eten,' zei hij. 'En als het oorlog blijft, kan ik in dienst gaan.'

'Ze kunnen je niet aannemen voordat je achttien bent,' zei ze met een doodsbange blik.

'Ze hoefden pa niet te dwingen om dienst te nemen, of wel soms?' zei Charlie, waardoor zijn oma's lippen trilden. 'En ik heb gehoord dat jongens liegen over hun leeftijd en al op hun zeventiende, of zelfs hun zestiende, bij het leger gaan. Ik durf te wedden dat we, als ik zestien ben, nog steeds tegen de Duitsers vechten.'

'Nee, Charlie. Bid tot God dat de oorlog dan allang afgelopen is. Zo niet, dan is er niets meer van ons over. En jij bent alles wat ik nog heb.'

Zijn blik verzachtte en hij raakte haar hand even aan. 'Luister, oma, de yanks hebben gezorgd dat de moffen op de vlucht slaan, of niet soms?'

'Ja, de Amerikanen.' Aan haar blik te zien dacht ze niet even positief over hun voornaamste bondgenoot als Charlie duidelijk deed. 'Goed, je lunch zit in het blik in de kist, want ik weet dat ze je op die school niet genoeg te eten geven, al beweren ze van wel. Maar je krijgt toch wel elke dag een derde van een pint melk, Charlie? Dat horen ze je te geven.'

'Zeker weten, oma. Dat is echt heerlijk.'

'Goed dan. Voor je ontbijt is er wat gedroogd fruit, brood en een beetje margarine, en een kom muesli met poedermelk. En een stukje worstvlees uit blik. Doe er zout op, dan smaakt het niet zo vies.'

'Ja, oma.'

'Onze nieuwe bonnenboekjes zijn net gekomen. De roze coupons zien er echt prachtig uit. Er zijn dingen die we kunnen verkopen of ruilen.'

'Dat is mooi.'

Ze fronste. 'De slager zegt dat we een konijn kunnen krijgen voor Kerstmis, maar hij kijkt me niet aan als hij dat zegt. Misschien moet ik ze zelf gaan fokken.'

'Het Savoy heeft kippen, die heb ik zelf gezien.'

'Ik hoorde dat ze ergens buiten Londen een boerderij hebben waar ze hun kippen houden, maar ik wist niet dat ze die ook bij het hotel houden.' Ze keek hem opeens wantrouwig aan. 'Eh, wat deed jij bij het Savoy? Je hebt niets te zoeken in West End. Dat is alsof je een grens oversteekt, en geen goede plek voor mensen zoals wij.'

Charlie had zijn antwoord meteen klaar. 'Daar gingen we met school naartoe.'

Ze keek hem nog wantrouwiger aan. 'Kwamen die extra eieren daar dan vandaan? Je zei dat ik verkeerd had geteld.'

Hij keek haar strak aan. 'Dat zou stelen zijn, oma.'

'Hm.' Haar blik veranderde. 'Wist je dat ze in het Savoy dansen tijdens bombardementen? Ze hebben daar een soort versterkte kelder of zo.' Opeens zei ze, met een trotse glimlach: 'Daar gingen East Enders een keer naartoe om te lunchen en toen openden ze hun jas en lieten hun "Ration the Rich"-trui zien. Dát is de juiste instelling. Die rijke stinkerds kunnen de pot op. Churchill gaat er regelmatig naartoe, las ik, dus natuurlijk krijgen ze daar alles wat ze maar willen. Er logeren ook filmsterren. John Wayne, Frank Sinatra én Clark Gable! O, ik zou er heel veel voor overhebben om Clark Gable te ontmoeten.' Ze giechelde, bloosde een beetje en keek haar kleinzoon weer aan. 'Had ik maar een echte tuin, Charlie. Dan hadden we kool en pompoenen en pronkbonen en erwten. Je zou kerstomaatjes kunnen snoepen, die zijn zoet en geven een vol gevoel. Die heb ik een keer gehad toen ik met je opa op het platteland op bezoek was. Hier hebben we alleen de volkstuintjes en die zijn altijd vergeven. Je gaat eerder dood van ouderdom dan dat je er eentje toegewezen krijgt, ik dus zeker niet.'

'Vertel me iets over de tijd voor de oorlog. Soms weet ik dat niet meer, oma.'

Dat was een soort ritueel van hen en Charlie dacht dat zijn oma ervan genoot om erover te vertellen. Hij vond het in elk geval fijn om erover te horen.

Ze glimlachte blij. 'Volle winkels en verkopers met een kraam met limonade en sandwiches, Charlie. En de muffinman met zijn dienblad op zijn hoofd. En de Indiase toffeeman. En de *okey-pokey*-man met ijs in de zomer en kastanjes in de winter. En de *pie and mash*-shops, waar ze aardappelpuree en vleespastei met peterseliesaus verkochten. Je kon de geur van de fish-and-chips vanaf hier tot aan de Theems ruiken.'

Charlies maag begon zo luid te rammelen dat zijn oma hem met een schuldige blik aankeek.

Ze zei: 'Nou ja, we hoeven niet te praten over wat we niet hebben. Wat geweest is, is geweest. Maar mensen zoals wij krijgen de *dregs*. Weet je wat dat zijn?'

Hij schudde zijn hoofd.

'Nou, de restjes, dus niet veel, dat kan ik je wel vertellen. Ik kan me natuurlijk voorstellen dat er mensen zijn die alles krijgen wat ze maar willen in deze stad. Ik misgun mensen als Churchill niets, omdat die man sterk moet zijn.' Verontwaardigd zei ze: 'Toch vertelde Winnie ons dat de Duitse bommen Londen nooit zouden bereiken, ja toch?' Haar blik verzachtte. 'Tja, Churchill probeerde ons natuurlijk moed in te praten, denk je ook niet? Maar ze zeggen dat de rantsoenen evenredig zijn. Geloof dat maar niet. Wij kunnen met onze bonnenboekjes maar naar een paar winkels en dat beperkt wat wij kunnen krijgen, ja toch? Maar anderen stappen in hun chique auto en eten bij het Dorchester of ze gaan naar het platteland voor een weekendje uit, alsof er verdomme helemaal geen oorlog is. Ik hoop dat ze zich een beetje schuldig voelen, hoewel ik dat niet echt verwacht. Goed, een fijne dag, lieverd. Vul je hoofd met kennis op school. En zorg dat je niet nog meer luizen krijgt.'

Ze kuste hem opnieuw en verliet snel de flat om haar bus te halen.

Herinneringen aan de muur

Charlie lag in zijn kist naar het kleine stukje beschimmeld plafond te staren. Aan de ene kant voelde hij zich schuldig omdat hij tegen zijn oma had gelogen, maar aan de andere kant dacht hij dat ze wíst dat hij loog, wat zijn leugen om de een of andere reden minder erg maakte. Zijn oma was opgegroeid in een arm gezin in East End, waardoor Charlie dacht dat ze zelf ervaring had met de workhouse howl.

Zijn moeder had hem verteld dat zijn oma heel slim was, veel boeken had gelezen en zichzelf daardoor had ontwikkeld. 'Ze had lerares of verpleegster moeten zijn.'

'Waarom was ze dat dan niet?' had hij gevraagd.

'Soms heeft het niets te maken met jezelf en met wat je kunt, maar alles met waar je vandaan komt, Charlie.'

'Dat is niet eerlijk.'

'Nee, jongen, dat is niet eerlijk.' Ze had door zijn haar gewoeld en gezegd: 'Misschien kunnen mensen zoals jij dat ooit veranderen.'

Later had Charlie gemerkt dat er maar weinig banen waren voor vrouwen zoals zijn oma en moeder, met als gevolg dat ze op hun knieën vloeren en haarden moesten schoonmaken, voor andere mensen moesten koken en naaien, of bij een bakkerij, groentewinkel of viswinkel moesten werken.

Zijn oma had Charlie dingen geleerd die hij niet op school leerde, net zoals ze bij Charlies moeder had gedaan.

Ze hielp me met mijn opleiding, dacht hij grijnzend. Het was haar met veel moeite gelukt hem zijn Cockney-accent een beetje af te leren, maar hij had nog altijd problemen met bepaalde letters. Zijn uitspraak was zo keurig geworden dat zijn East End-vrienden hem hadden gevraagd waarom hij zo gek praatte!

Wat zou hij eigenlijk kopen met zijn pasverworven vermogen? Hij had natuurlijk schoenen nodig, maar die zouden lang niet zoveel kosten als het bedrag dat hij nu bezat. Zijn jas was bijna af en het zou kouder worden. Maar hij wilde het geld niet alleen uitgeven aan dingen die hij nódig had. Hij wilde iets kopen wat hij echt wílde.

Hij bleef nog een paar minuten liggen doezelen, stond op, waste zijn gezicht bij de kraan, streek zijn wilde haar glad en liep naar de keuken. In het blikje met het eten waarvan zijn oma dacht dat het een aanvulling was op zijn schoolmaaltijd zat een stuk brood van de vorige dag uit de bakkerij, een hardgekookt ei, een paar in braadvet gebakken frieten en een blokje National Cheddar.

Hij at het allemaal op, ook de muesli en het gedroogde fruit, het brood met een beetje margarine die naar machineolie smaakte en het worstvlees uit blik met heel veel zout. Zout was niet op rantsoen, omdat het eten van de mensen een béétje acceptabel moest zijn. Bij gebrek aan een kop thee spoelde hij het allemaal weg door zijn mond onder de kraan te houden. Thee was ook strikt op rantsoen en werd alleen gedronken bij het avondeten, hoewel zijn oma gebruikte theeblaadjes bewaarde voor haar kopje thee in de ochtend.

Zijn kleren waren nog nat, dus trok hij die en zijn schoenen uit en legde ze over de radiator om een beetje te drogen, hoewel de verwarming in het gebouw nooit echt goed functioneerde. Hij had geluk gehad dat zijn oma alleen aan zijn haar had gevoeld en niet aan zijn kleren, want dat zou een duidelijk bewijs zijn geweest van zijn nachtelijke uitstapjes.

Alleen gekleed in zijn gerafelde onderbroek liep hij naar de kleine slaapkamer van zijn oma. Haar bed was netjes opgemaakt; dat deed ze elke ochtend. Hij wist dat het voor haar, met al haar kwalen en pijn en reumatische knieën, moeilijker was om op te staan doordat de matras op de grond lag. Maar het houten bed was, alweer lang geleden, verkocht om de rekeningen te betalen die altijd eerder moesten worden betaald dan het moment waarop ze het geld kreeg waar ze recht op had.

Ze verpandde haar trouwring soms op een maandag om met dat geld de rekeningen te betalen, waarna ze hem op vrijdag weer ophaalde als ze haar loon kreeg. In de loop van de week zag hij weleens dat ze fronste en gespannen over de lege plek aan haar vinger wreef. Deze ring vertegenwoordigde al tientallen jaren haar trouwgelofte aan haar overleden man.

Zijn oma had een kleine kledingkast en een bijpassend kaptafeltje met een spiegel die tijdens de Blitz was gebarsten. Toen zijn oma terugkwam uit de schuilplaats en voor het eerst de schade zag, had ze ontroostbaar gehuild. De jonge Charlie begreep niet waarom, want ze leefden toch allemaal? Die spiegel was toch maar een stuk glas en je kon er je spiegelbeeld toch nog prima in zien? Maar toen had zijn moeder hem verteld dat mensen soms door heel kleine dingen van slag raakten. Charlies moeder had het probleem snel goedgepraat door tegen zijn oma te zeggen dat de barst de spiegel karakter gaf en dat ze iedereen later kon vertellen dat het ding bestand was geweest tegen het ergste wat de nazi's het konden aandoen. Dat soort dingen zei zijn moeder altijd om andere mensen op te beuren.

Hij keek door het enige raam naar buiten en zag alleen maar duisternis, omdat zelfs een sprankje licht een doelwit voor de Duitsers betekende. Zijn oma had voor hun oude flat verduisteringsgordijnen genaaid. Maar dat flatgebouw was gebombardeerd en later gesloopt omdat het niet meer stabiel was. Ze hadden die nacht overleefd in hun kast, maar het was echt op het nippertje geweest. Waar ze nu woonden had een buurman gewoon teer op de ruiten gesmeerd. Het was effectief, maar stonk verschrikkelijk.

Zoals zijn moeder had gezegd, vonden mensen de kleine dingen soms het ergst. Voor Charlie was dat het feit dat hij niet door een raam naar buiten kon kijken.

Hij keek aandachtig naar de enige foto die aan de muur hing en waar twee mensen op stonden. Zijn vader was nog maar een vage herinnering voor hem.

Robert Matters was lang en mager geweest, met een lang gezicht, een altijd sombere blik, rusteloze ogen en een kort snorretje. Charlie kon zich voorstellen dat zijn vader een pint of twee achteroversloeg op een barkruk in de woonkamer en dacht aan wat hij wilde van het leven. Robert Matters had fysiek zwaar werk gedaan en maakte lange dagen in de havens in ruil voor een mager loontje. Charlie had altijd het idee gehad dat dergelijke banen de enige waren die mannen uit East End konden krijgen. Thuis viel zijn vader meestal uitgeput in slaap, maar hij was vriendelijk geweest voor zijn zoon. Hij voetbalde met hem op straat, leerde hem fietsen op een fiets die hij had geleend van een vriend met een zoon van Charlies leeftijd of maakte lange wandelingen met hem in Vicky Park, met Charlies kleine hand in zijn grote, eeltige hand. Hij vertelde Charlie verhalen over zijn jeugd in Whitechapel. Ze gingen op een bankje zitten en keken naar voorbijgangers en naar de grappige vormen van de wolken.

Zijn vader nam hem op zaterdag soms mee naar zijn werk en dan mocht Charlie meerijden op een paard-en-wagen. Hij had Charlie zelfs laten zien hoe hij de teugels moest hanteren en hoe hij het paard na het werk moest verzorgen. Charlie was diep onder de indruk geweest van hoe groot het dier was toen hij hem roskamde, maar ook van de zachtaardigheid van het paard. Zijn vader had hem verteld dat het paard Puff heette, omdat het zijn grote borst altijd opblies. Hij reed soms zelfs zonder zadel door de havens. Zijn vader had tegen Charlie gezegd dat hij een geboren paardenman was en daaraan moest denken als hij volwassen was. Charlie had genoten van die uren met zijn vader en Puff.

Maar toen begon de oorlog en was zijn vader weggegaan, samen met miljoenen andere mannen, van wie velen nooit meer voet op Brits grondgebied zouden zetten. De haven waar Puff had gewerkt was er niet meer, en het paard ook niet. Daar hadden de Duitsers voor gezorgd.

Charlie hoopte dat ze zijn vader in Duinkerken een goede christelijke begrafenis hadden gegeven. Hij vroeg zich weleens af hoe zijn vader was gestorven, door een kogel, een bom of een mes. Maar hij kreeg de kriebels als hij daar te lang over nadacht.

Daarna keek hij steels en gespannen naar zijn moeder op de foto. Charlie was een keer met zijn moeder op pad gegaan en daarna als enige weer thuisgekomen. En hoewel dat korter geleden was dan de dood van zijn vader waren zijn exacte herinneringen aan haar griezelig vaag. Dat had niets te maken met zijn geheugen, maar alles met zijn verdriet.

Ik wil mama niet vergeten. Maar het doet zo'n pijn als ik aan haar denk, omdat ik weet wat ik ben kwijtgeraakt toen ze stierf. Toen verloor ik... alles.

Na de dood van zijn moeder ging Charlie bij zijn grootouders wonen. Toen stierf zijn opa tijdens een tragisch ongeluk in het Bethnal Green Underground Station. Op de trap was paniek uitgebroken, de mensen waren als pionnen omgevallen en meer dan honderdzeventig mensen waren doodgetrapt, onder wie zijn opa.

Het verlies van zijn opa was traumatisch geweest voor Charlie, omdat zijn opa een plaatsvervangende vader voor zijn kleinzoon was geworden en Charlie wist dat zijn opa ook goed voor zijn vrouw zorgde.

Charlie probeerde niet te denken aan wat er met hem zou gebeuren als zijn oma stierf. Altijd als ze te vaak hoestte, hijgend ademde of moeizaam liep, hield hij haar nauwlettend in de gaten en probeerde hij haar te verzorgen tot ze beter was. Hij was doodsbang dat zijn oma op een dag niet meer zou opstaan. Hij was ook bang dat dat hemzelf zou overkomen.

Charlie wendde zijn blik af van de foto, controleerde zijn kleren en schoenen en merkte dat ze redelijk droog waren. Hij kleedde zich aan en ging naar buiten toen het niet meer regende en liep met stevige pas de smalle straat voor zijn flatgebouw in.

Op dat moment zag Charlie hem. Een man met een gehavende vilten hoed op zijn bruine haar die langzaam liep en naar de huisnummers keek.

Het was de eigenaar van The Book Keep, I. Oliver.

Achtenswaardig onwaardig

Wat doet die vent in Bethnal Green? vroeg Charlie zich af. Als de man hier lopend naartoe was gekomen, moest hij vroeg zijn vertrokken, want door alle puinhopen en andere oorlogshindernissen was het minstens anderhalf uur lopen van Covent Garden naar hier. De man kon onmogelijk weten waar Charlie woonde, want hij had maar een glimp van hem opgevangen. En iedereen wist dat overal in Londen jongens zoals Charlie rondliepen.

Charlie schrok dan ook heel erg toen de man voor zijn flatgebouw bleef staan en naar het huisnummer keek. Zijn eerste impuls was wegrennen. Dat was vaak het geval, omdat het nooit iets goeds betekende als mensen naar hem op zoek waren. Toen kreeg hij een idee: hij kon het misschien net halen, gezien het trage tempo van de man. Hij rende om het flatgebouw heen, schoot de steeg in, klom via de brandtrap naar boven, glipte door het raam naar binnen en liep snel naar de voordeur, die hij opentrok. Het trappenhuis was verlaten. Charlie glipte naar buiten, deed de voordeur dicht, rende de andere kant op de hoek om en bleef staan.

De man kwam er net aan, liep door de gang en keek naar de huisnummers.

Toch dacht Charlie nog steeds: hij kan hier niet voor mij zijn.

Dat dacht hij niet meer toen de man voor zijn voordeur

bleef staan. Charlies hart klopte zo snel dat hij het bloed in zijn oren hoorde pulseren. Hij werd vuurrood en ademde oppervlakkig. Eén afschuwelijk moment dacht hij dat politieagenten met een helm op hun hoofd en koperen knopen op hun uniformjas de trap op zouden rennen om hem te arresteren. Hij zou geboeid worden weggeleid en dan zou zijn oma opeens verschijnen en huilend achter haar schandelijke kleinzoon aan lopen.

De man – dit moest I. Oliver zijn, dacht Charlie – klopte op de voordeur en wachtte even, waarna hij opnieuw klopte. Er deed niemand open. Oliver haalde iets uit zijn zak en prikte dat met een punaise die hij ook uit zijn zak had gehaald op de deur. Oliver draaide zich vervolgens om en keerde langzaam terug op zijn schreden.

Charlie had het gezicht van de man gezien, en dus ook zijn ontdane en verdrietige blik.

Hij rende naar zijn voordeur en toen hij zag wat Oliver op het hout had geprikt, tilde hij een pand van zijn jasje op. Hij bekeek de voering en zag losse draadjes. Wat Oliver had teruggebracht was het naam-en-adreslabel dat Charlies oma in al zijn kleren had genaaid. Dat label was kennelijk losgegaan en in de winkel van de man op de grond gevallen. Dáárdoor wist hij waar Charlie woonde. Terwijl hij het label in zijn zak stopte, dacht hij moedeloos: hij weet wie ik ben. Stel dat hij naar de wijkagent gaat?

Even later verliet hij het flatgebouw en hij rende door de steeg. Het was niet ver naar de achteringang van een handelaar in een van de vele gebombardeerde gebouwen in Bethnal Green. Op de gedeeltelijk ingestorte bakstenen zijmuur stond een reclame voor Chesterfield-sigaretten die volgens Charlie al voor de oorlog was opgehangen, omdat de elegant geklede man zo opgewekt keek.

Hij duwde de metalen flappen van de deur opzij, deed de flappen achter zich dicht en rende de trap af. Hij trok aan het koord van een enkele gloeilamp en zijn gebed werd verhoord, want de lamp begon flikkerend te branden. Hij ging zitten op een oud groentekrat, waar in de spleten miniaardappeltjes groeiden, en haalde het kledinglabel uit zijn zak.

DE ACHTENSWAARDIGE HEER CHARLES ELIAS MATTERS
FLAT 4A, 13 DAPLETON TERRACE
BETHNAL GREEN LONDEN E2

Hij moest altijd glimlachen om het woord 'achtenswaardig'. Hij was helemaal niet achtenswaardig, in geen enkel opzicht. Bovendien was hij gewoon Charlie, niet Charles, hoewel dat wel zijn officiële voornaam was. Dat was een formaliteit en iedereen wist natuurlijk dat formaliteiten geen plek hadden in een wereld waar een oorlog woedde. Bovendien was hij een gewone dief en daar was absoluut niets achtenswaardigs aan, in de verste verte niet. Zijn oma had kennelijk grotere verwachtingen van haar enige kleinzoon dan Charlie van zichzelf.

Hij tastte naar het geld in zijn zak. Dat voelde nu veel zwaarder aan dan toen hij het had gepikt.

Charlie zuchtte diep, stond op en liep weer naar buiten. Hoewel hij diefstal niet te min vond als dat noodzakelijk was, had hij wel een paar principes waar hij zich aan hield. Daarom moest hij dus iets uitzoeken en hij ging op pad om dat te gaan doen.

De schaduw van I. Oliver

Hoewel Charlie vroegtijdig van school was gegaan, kon hij redelijk lezen en schrijven, maar hij kon niet goed spellen. Charlies moeder had, al waren ze heel arm, wel een paar boeken in huis gehad. Na werktijd nam ze Charlie vaak mee naar de kleine bibliotheek vlak bij hun huis waar ze samen zaten te lezen, al was het alleen maar omdat ze daar een warm, stil plekje met comfortabele stoelen hadden. Daarna, als het schemerig begon te worden, gingen ze weleens naar een café vlak bij de bibliotheek. Daar kreeg Charlie dan een kopje gloeiend hete chocolademelk, verwende zijn moeder zichzelf met een pot thee en deelden ze een dikke scone met boter, toen dat nog kon.

Nu liep Charlie langs de plek waar die bibliotheek en dat café ooit hadden gestaan. Er lagen alleen nog kapotte bakstenen, verwrongen stukken metaal en verkoolde dakspanten, en het rook er naar doorweekt pleisterkalk en bomdeeltjes. Heel droefgeestig allemaal.

Charlie zag een melkboer in een crèmekleurig jasje die, met volle flessen in een metalen rekje, behendig over de puinhopen heen stapte. Het sloeg natuurlijk nergens op, maar Charlie en veel andere mensen vonden dat het einde van de wereld nog niet in zicht was zolang er nog melk werd bezorgd.

Aan de overkant van de straat zat een vrouw op een krukje met drie poten en schilderde de vernietiging. Charlie wist dat de overheid deze mensen had ingehuurd om de vernietiging vast te leggen 'voor het nageslacht', wat dat ook maar betekende. Hij moest wel toegeven dat de kunstenaars die hij had gezien heel goed waren, al werd hij misselijk van de grimmige beelden die ze schilderden.

Hij liep verder en zag auto's die moeizaam de obstakels die ze tegenkwamen ontweken, terwijl de uitlaat rookwolken uitbraakte. Op de zijkant van een bus stond een advertentie voor Doctor Carrot, een campagne van het ministerie van Voedsel om mensen, vooral kinderen, erop te wijzen dat ze niet alleen wortels moesten éten, maar ze ook lekker moesten vinden.

De enige keer dat Charlie zijn oma had horen vloeken was toen ze tijdens een wandeling een Doctor Carrot-poster zagen. Ze had gezegd dat ze wortels lekker vond en dat wortels inderdaad goed voor je waren, maar dat het haar helemaal niet beviel dat het 'berekenende' ministerie van Voedsel de burgers zand in de ogen wilde strooien. 'Ze willen alleen dat we wortels en zo eten, omdat ze de voedselvoorziening zo ongelofelijk slecht hebben geregeld, Charlie. Dat ze dat hebben verkloot, zeg maar. Want weet je, ze hoeven de wortels niet eens ergens anders vandaan te halen. Ik vind het echt niet erg om offers te brengen, dat doen we allemaal, maar je moet niet tegen me liegen. Behandel me niet alsof ik dom ben. Vertel me de waarheid, zelfs als dat betekent dat jij dom lijkt. Anders denken we allemaal maar één ding: wat houden ze nog meer voor ons achter? Ze proberen ons wijs te maken dat alles volkomen in orde is, terwijl we allemaal kunnen zien dat dat niet zo is. Denken ze soms dat we allemaal achterlijk zijn? Wat vind jij, Charlie?'

'Je hebt gelijk, oma,' had hij gezegd, zoals hij altijd deed na een van haar tirades tegen de regering, vooral tegen het ministerie van Voedsel, een van haar geliefde doelwitten.

Zelfs een korte wandeling door de stad betekende omleidingen, wegversperringen, puinhopen en kraters in het wegdek. Toch was lopen bijna altijd sneller dan autorijden. Charlie volgde Oliver en zag dat de man behoedzaam over de stoep liep toen hij een soldaat passeerde die de inboedel bewaakte van een gebombardeerd gebouw die nu op straat lag.

Charlie bleef Oliver volgen tijdens de lange wandeling terug naar Covent Garden. Het verbaasde Charlie dat Oliver een smalle straat in liep, want dat was een heel andere kant op dan The Book Keep. Misschien moest de man nog iets doen. Oliver bleef bij een haveloze deur staan, klopte aan en werd binnengelaten. Charlie vond een schuilplek en wachtte.

Toen Oliver naar buiten kwam, stopte hij een paar papieren in zijn zak. In de deuropening stond dezelfde gedrongen man die de vorige avond in The Book Keep was geweest.

Charlie vroeg zich af wat dat te betekenen had.

Toen Oliver de hoofdstraat weer had bereikt en terugliep in de richting van Covent Garden besloot Charlie een kortere route te nemen. Hij liep snel terug naar de ingang van de steeg waar The Book Keep was gevestigd. Dat lukte alleen doordat hij het laatste kwart van de route behendig aan de achterkant van een gebutste, snel rijdende dubbeldekker hing die naar Covent Garden reed. Onderweg slaagde hij erin om buiten het bereik te blijven van de blik en de greep van de conducteur én de andere passagiers die het helemaal niet leuk vonden als iemand gratis meeliftte, terwijl zij het volle pond hadden betaald.

Charlie rende door de steeg, maar bleef staan toen hij een vrouw zag, tenger en met haar grijze haar in een knotje, die de stoep tegenover de boekwinkel veegde. Op de muur boven haar hoofd was een bord geschroefd met de naam van haar theewinkel, The Secret Garden. In de etalage stonden verschillende soorten thee en gebak en allerlei andere dingen die Charlie verrukkelijk vond, maar niet kon betalen. Hij nam zijn pet af. 'Hallo, mevrouw.'

Ze draaide zich om en keek hem onvriendelijk aan. 'Hallo, jongen.'

'Ik vroeg me iets af over de man van de boekwinkel.'

'Wat is er met hem?'

'Grote, magere man met een bril? I. Oliver?'

'Inderdaad. Ignatius Oliver.'

'Hij houdt vast van boeken.'

'Dat lijkt me wel, hij heeft een boekwinkel,' zei ze vol minachting.

'Zit hij hier al lang?'

Ze rechtte haar rug en hield de bezem als een wapen voor zich. 'Waarom vraag je dat? Wat gaat jou dat aan?' Ze keek hem onderzoekend aan. 'Wacht eens even, waar kom je vandaan?'

'Uit Londen.'

'Doe niet zo dom! Ik bedoel uit welk deel.'

'Ten oosten van hier.'

Ze keek hem veelbetekenend aan. 'Dat dacht ik al, hoewel je niet praat zoals jouw soort.'

Dat irriteerde Charlie. 'Juist, mevrouw, East End, het deel dat is gebombardeerd.'

'We zijn allemaal gebombardeerd, slimmerik!' Maar ze rilde even. 'Mijn jongere broer werkte in de haven en is gedood tijdens de Blitz.'

'Wat erg voor u,' zei Charlie oprecht.

Ze rilde opnieuw en keek naar het kleine stukje lucht dat vanuit de steeg te zien was. 'We moeten maar hopen dat we nooit meer zoiets meemaken.'

'Is meneer Oliver een aardige man? Weet u, ik wilde hem om werk vragen.'

Ze keek hem onderzoekend aan. 'Werk? Je zit toch zeker nog op school?'

'Ik ben helemaal klaar en moet nu zelf geld verdienen.'

'Dan kun je in een fabriek of op een boerderij gaan werken.'

'Geen boerderijen rondom Londen, voor zover ik heb gezien. Dus, is hij een aardige man?'

'Aardig genoeg. Ik bedoel, hij is niet wat je extravert zou noemen, maar ik heb hem weleens zien glimlachen. En tegenwoordig geldt dat als bijzonder spraakzaam.'

Toen Charlie haar bevreemd aankeek, zei ze: 'Dat betekent dat hij veel praat. Hij is ook een van onze blokhoofden van de Luchtbescherming. Gaat naar buiten met zijn helm, zaklamp en cape, kijkt of hij vliegtuigen en bommenwerpers ziet, helpt mensen die hulp nodig hebben en brengt hen naar de schuilkelders en zo. Hij kent iedereen hier bij naam. Moet ook wel, zo kan hij bijhouden wie wel en niet in de schuilkelders zitten. Probeert me altijd uit huis te halen, maar ik blijf meestal in mijn kelder als de sirenes beginnen. Hij is heel dapper. Kreeg de George Medal. Haalde een paar mensen uit een gebombardeerd huis dat in brand vloog en heeft daar nog altijd brandwonden van, maar hij slaagde erin het gas af te sluiten voordat het hele gebouw afbrandde.'

'Waarom zit hij niet in het leger? Is hij een *conchie*?' vroeg Charlie, waarmee hij een gewetensbezwaarde bedoelde.

'Hij is te oud.' Ze wees naar haar gezicht. 'En zijn ogen zijn niet zo goed. Draagt een bril. Maar als de oorlog voortduurt, roepen ze dat soort mensen ook op, lijkt me. Dan zijn hier helemaal geen mannen meer over, jong of oud. Verdomde Hitler. Ik weet dat ze op de radio zeggen dat we aan de winnende hand zijn en dat de oorlog misschien binnenkort afgelopen is, maar daar lijkt het niet op.'

'Heeft hij die winkel al lang?'

'O, het was zijn winkel niet.'

'Nee?'

'Nee, het was... Wacht, hij komt eraan.'

Charlie draaide zich om, zag dat Oliver de steeg in liep en zei snel tegen de vrouw: 'Ik moet ervandoor.'

'Ik dacht dat je hem om werk wilde vragen?'

'Dat is ook zo, maar ik moet me eerst opknappen, mijn beste overhemd aantrekken en zo.'

'Nou, succes dan, hoewel de meesten van ons helaas geen mensen aannemen. Weinig klanten en niet veel te verkopen aan de klanten die we wel hebben. Toch redden we het wel.'

'Vertel hem alstublieft niets over ons gesprekje, mevrouw. Dat zou misschien pech betekenen, voor míj.'

Nieuwsgierig keek ze Charlie na, die de steeg uit vluchtte.

The Book Keep

Ignatius Oliver zwaaide naar de vrouw van de theewinkel en zei: 'Hallo, Desdemona.'

'Morgen, Ignatius,' zei Desdemona Macklin. 'Waar ben je geweest?'

'O, ik ben naar Bethnal Green gelopen. Daar moest ik iets doen.'

'Bethnal Green! Nou, dan was je al vroeg op en op pad. Het is nog niet eens halfnegen.'

'Ja, het was vrij vroeg. Hoe gaat het met de verkoop van thee en gebak?'

'Echt geweldig,' zei ze, met een stem die droop van sarcasme. 'Als ik zeker wist dat de oorlog zo goed is voor de omzet, zou ik wensen dat het altijd oorlog bleef.'

'Ach, we moeten allemaal een bijdrage leveren.'

'Dat was een zwaar bombardement vannacht, maar zo te zien ben je er goed doorheen gekomen.'

Hij klopte tegen de houten deur. 'Duimen maar.'

'Zag dat je gisteravond laat bezoek had.'

Hij draaide zich naar haar om. 'Heb je dat gezien?'

'Inderdaad.'

'Goede ogen heb je,' zei hij, zonder te glimlachen.

'We moeten toch opletten van de regering? In oorlogstijd gebeuren er veel slechte dingen.'

'Dat klopt denk ik wel.'

'Vreemd dat iemand na middernacht langskomt voor een boek. Kleine gedrongen man. Voordat ik naar bed ging, zag ik dat je de deur voor hem opendeed.' Ze wachtte op zijn antwoord.

'Nou ja, hij is een verzamelaar en kwam pas laat in de stad aan, uit het noorden. Hij moest vanochtend alweer erg vroeg vertrekken en vannacht was het enige tijdstip waarop hij langs kon komen.'

'Hij kwam dus een boek halen?'

'Andere dingen verkoop ik immers niet,' zei hij.

Ze snoof en leek niet overtuigd. 'Boekenliefhebbers zijn vreemde mensen, vind je ook niet?'

'Ik beschouw mezelf als een boekenliefhebber en ik ben helemaal niet vreemd. Wil je me nu verontschuldigen?' Hij haalde een sleutelbos uit zijn zak, deed de deur van het slot en ging naar binnen. Het belletje rinkelde en de deur ging achter hem dicht.

***

Charlie wachtte tot Macklin haar winkel binnenstapte en liep snel terug. Hij ging op zijn hurken zitten en keek naar binnen.

Oliver trok zijn jas uit, hing hem aan een haak, opende de klep van de toonbank en verdween achter het gordijn.

Charlie vroeg zich af wat hij zou doen. Hij kon weggaan om schoenen en een jas te kopen, plus een hoed voor zijn oma omdat die van haar bijna uit elkaar viel. En een nieuwe bril, omdat ze hem had verteld dat ze staar had. Hij kon haar ook meenemen naar de pub vlak bij hun flat, dan konden ze daar iets eten wat voor de verandering door iemand anders was klaargemaakt. Maar hoe moest hij zijn oma uitleggen waar de bankbiljetten en munten vandaan kwamen? Oma was wel oud en er waren wel dingen waar hij mee kon wegkomen, maar ze was niet dom.

Maar er was één ding dat Charlie eerst moest weten. Daarom was hij teruggekomen. Hij sloop naar de winkeldeur en deed hem heel voorzichtig net zo ver open dat hij het belletje vast kon pakken, zodat het niet ging rinkelen.

Hij liep behoedzaam naar de kassa. Ernaast stond een ingelijste foto die hij de vorige nacht niet had gezien. De vrouw op de foto was heel knap, had een intelligente blik in haar grote bruine ogen, volle lippen en een rechthoekig gezicht. Ze leek heel aardig, voor zover je dat aan iemand kon zien. Ze droeg ongeveer net zulke kleren als Charlies moeder had gedragen. Olivers vrouw misschien?

Er was een zwart gaasachtig lint om de lijst gedrapeerd. Charlie raakte het voorzichtig aan en wist opeens wat dit betekende: deze vrouw was dood.

Charlie keek naar de jas aan de haak en zag dat die net zo versleten was als zijn eigen jas. De oude vilthoed die ernaast hing zat vol vlekken en er zaten een paar scheuren en gaten in. Hij kreeg een brok in zijn keel, want hij kon zien wanneer iemand arm was. En deze man had Londen doorkruist om Charlies kledinglabel terug te brengen en om naar zijn verdwenen geld en zijn boek te vragen. Een man die zijn eigen leven had geriskeerd om het leven van anderen te redden en de George Medal had verdiend.

Langzaam haalde Charlie de munten en gekreukte bankbiljetten uit zijn zak. Hij keek ernaar en zag in gedachten schoenen en een jas voor zichzelf, een hoed en een bril voor zijn oma, en een andere maaltijd dan de eeuwige waterige koolsoep. Hij zag het allemaal levendig voor zich, maar even later losten de beelden op. Zelfs dieven, in elk geval dieven zoals Charlie, hadden principes. En medelijden met anderen die er even slecht aan toe waren als hijzelf. Hij stal alleen van mensen die meer hadden. Deze man had dat duidelijk niet.

Charlie legde het geld naast de kassa en draaide zich om. Hij had de koekjes ook wel terug willen leggen, maar die had hij allemaal opgegeten. O ja, het boek! Hij haalde het uit zijn zak en legde het naast het geld.

'Je was net niet thuis.'

Charlie draaide zich om.

Ignatius Oliver stond bij het gordijn.

Charlie rende snel naar de deur, pakte de deurkruk vast en bleef staan.

Oliver maakte geen aanstalten om hem tegen te houden. Hij keek alleen naar het geld op de toonbank en toen naar Charlie. 'Waarom?'

Charlie gaf geen antwoord, maar zei: 'De I op het glas staat dus voor Ignatius?'

'Nee, voor Imogen,' zei hij tot Charlies verrassing. 'Mijn vrouw. Dit was haar winkel. Ik...' – hij keek om zich heen alsof hij de winkel voor het eerst zag – '... ik ben nooit echt een lezer geweest, maar ik heb de winkel gewoon overgenomen toen...' Zijn blik dwaalde naar de foto.

'Nooit eerder iemand gekend die Ignatius heet.'

'Sint Ignatius van Antiochië. Daar ben ik naar vernoemd.'

'Wat heeft hij gedaan om een heilige te worden?' vroeg Charlie, oprecht nieuwsgierig.

'Hij werd als martelaar aan wilde dieren gevoerd.'

'Aan wilde dieren! Wie doet nou zoiets?'

'Mensen die het niet met hem eens waren. Dat gebeurt, weet je. Er gebeuren altijd verschrikkelijke dingen. Deze oorlog is daar een belangrijk voorbeeld van. Word jij Charles genoemd?'

'Nee, gewoon Charlie. Verkoopt u veel boeken?'

'Niet veel, nee. Als mensen al een paar shillings overhebben, geven ze die waarschijnlijk niet uit aan boeken. Ik heb een paar boekenbónnen verkocht, dankzij een nationaal plan, dus dat helpt wel. Een heel goed idee, als je het mij vraagt. Maar er zijn nog niet veel bonnen ingeleverd. Volgens mij zijn de mensen erg... moe. Dat verandert misschien als de oorlog zich in positieve zin ontwikkelt.'

‘Uw vrouw hield dus van boeken?’

‘Inderdaad. Ze zei dat boeken een mooie manier zijn om door een moeilijke tijd te komen, hoewel mijn verkopen die veronderstelling niet echt ondersteunen. Misschien ligt het aan de locatie. Soms is het moeilijk om deze winkel te vinden.’

‘Ik heb hem gevonden,’ zei Charlie.

‘Dat is zo.’ Hij zweeg en keek naar het geld op de toonbank.

‘U hebt het denk ik op straat laten vallen,’ zei Charlie. ‘Ik vond het en heb het teruggebracht.’

‘Onhandig van me, maar ik kan heel onhandig zijn.’

Charlie keek naar de la waar Oliver die nacht de stapel papier in had gelegd. Toen hij weer opkeek, stond Oliver aandachtig naar hem te kijken. Charlie zei: ‘Ik hoorde dat u de George Medal hebt gekregen. Dat u moedig bent.’

‘Veel mensen zijn moedig. Geen idee waarom ik die medaille heb gekregen en anderen niet.’

‘Dit is veel geld voor iemand die niet veel boeken verkoopt.’

‘Dat was de omzet van veel maanden, vrees ik,’ zei Oliver. ‘Dus niet eens zoveel.’ Hij keek naar het boek naast het geld. ‘O ja, ik dacht al dat dit boek ook weg was.’

‘Er staan geen woorden in,’ zei Charlie.

‘Tja, het is een soort dagboek. Mijn vrouw heeft veel van die boeken volgeschreven met haar... gedachten.’

Charlie keek naar het vreemde instrument dat hij die nacht ook op de toonbank had zien liggen en wees ernaar. ‘Eh... wat is dat voor ding?’

Oliver pakte het op. ‘Dat is een replica van een Alberti’s Disk. Heb je daar weleens van gehoord?’

Charlie schudde zijn hoofd.

‘Alberti was een Italiaanse polyhistor uit de vijftiende eeuw.’

‘Een poly wat?’

‘Een polyhistor, iemand die heel goed is in veel dingen, zoals poëzie, talen, kunst, architectuur en cryptografie. Dit is daar een voorbeeld van.’ Hij hield het instrument omhoog. 'Het heeft twee concentrische ringen. In de buitenste ring is het standaardalfabet gegraveerd. In de binnenste ring ook, maar dan in een afwijkende volgorde. Als je de binnenste ring ronddraait en die naast de letters van de buitenste ring zet, kun je een gecodeerde, dus geheime boodschap creëren.'

'Waarom zou je dat willen doen?'

Oliver legde het instrument neer. 'Ach, gewoon voor de lol.'

'Ik moet nu weg,' zei Charlie.

Ze keken elkaar even aan.

'Charlie, waarom hou je dat boek niet?'

'Wat?'

'Neem het dagboek maar mee, dan kun je daar dingen in schrijven, net als mijn vrouw vroeger deed.'

'Wat voor dingen?'

'Imogen schreef over dingen die ze zag, zoals een wandelaar, een vogel op een boomtak, een stapel puin die ooit een huis was geweest, een vrouw die eten naar mensen brengt die het nodig hebben. En dan schreef ze op wat ze daar allemaal van vond.'

Charlie veegde zijn loopneus af met de mouw van zijn jas. 'Is dat echt iets wat mensen doen met hun tijd?'

'Bepaalde mensen wel. Jij lijkt me iemand die opmerkzaam en nieuwsgierig is, dus vind je het misschien... waardevol, dat is denk ik het woord dat ik zoek. Ironisch natuurlijk dat de eigenaar van een boekhandel moeite heeft met het vinden van de juiste woorden.'

'Ik durf te wedden dat u veel meer woorden kent dan ik.'

'En ik weet zeker dat jij later meer woorden kent dan ik. Maar neem het boek alsjeblieft mee. Ik heb er nog veel meer, zoals je kunt zien.' Hij pakte het boek en bood het hem aan.

Charlie liep naar hem toe en nam het dagboek met zijn vieze vingers aan. 'Dank u.'

Oliver zei: 'Jij bedankt dat je het geld hebt teruggebracht, ik ben heel blij dat je het hebt gevonden. Eigenlijk vind ik dat je een vindersloon moet krijgen.'

Charlie keek naar het geld, maar hield het boek omhoog. 'U hebt me dit al gegeven. En bedankt dat u mijn kledinglabel hebt opgeraapt. Ik moet het hier ergens hebben laten vallen.'

'Dat is precies waar ik het heb gevonden, hier ergens.'

'Ik zag hier een kleine, gedrongen man. Kocht hij boeken?'

'Hij is een vriend en kwam een manuscript brengen dat ik moet lezen. Het is niet erg goed, ben ik bang.'

'Nou, tot ziens.' Charlie vroeg zich af of diezelfde man Oliver eerder die ochtend een ander manuscript, wat dat ook maar was, had gegeven.

'Tot ziens,' zei Oliver. Hij keek niet blij.

Het belletje rinkelde toen Charlie de winkel van Ignatius Oliver verliet.

Even later stak hij zijn hoofd nog even naar binnen. 'En ik ben verdomme niet achtenswaardig!'

'Vandaag wel, Charlie.'

Molly

Molly Wakefield verliet Liverpool Station en keek om zich heen in de stad die ze sinds 1939 niet meer had gezien. Nu, jaren later, was Londen onherkenbaar: geschokt door de oorlog en misschien verbijsterd door zijn eigen veerkracht. Molly was ervan overtuigd dat je niet wist waar je echt toe in staat was tot het moment waarop je daartoe in staat moest zijn. Daar had ze veel ervaring mee nadat ze Londen had verlaten.

Molly was die ochtend extra vroeg opgestaan om aan de lange terugreis te beginnen. Ze had drie keer moeten overstappen tijdens haar tocht van het dorp aan de kust waar ze aan het begin van de oorlog naartoe was gestuurd naar haar geboortestad Londen. Het was dus logisch dat ze uitgeput was na de lange reis, maar ze was te opgewonden om toe te geven aan haar vermoeidheid.

Nadat de oorlog was uitgebroken was Molly naar het platteland gestuurd in het kader van een project dat was opgezet door het ministerie van Gezondheid met de onofficiële naam *Operation Pied Piper* – Operatie Rattenvanger van Hamelen. Tijdens die operatie waren ruim een miljoen mensen, onder wie meer dan een half miljoen kinderen, naar het platteland geëvacueerd. Molly wist dat de meesten lang geleden waren teruggegaan.

Molly, die volgend jaar zestien zou worden, had haar ouders al die tijd niet gezien.

Ze had geglimlacht tot de trein langzamer ging rijden en door de afgelegen buitenwijken en uiteindelijk door het centrum van Londen reed. Ze zag alleen maar grillige puinhopen van ingestorte gebouwen die leken op afgehakte en geblakerde vingers die omhoogwezen, puinhopen, vieze straten vol afval, heel weinig auto's, en gespannen mannen en vrouwen die doelbewust maar behoedzaam door de straten liepen. Een verwrongen dubbeldekker lag tegen de restanten van een gebouw waarvan het dak was verdwenen, zodat de binnenkant was blootgesteld aan de elementen.

Voor het treinstation stond geen rij taxi's, dus moest ze wel lopen, met haar tas vol kleren en hopelijk de goede kant op.

Onderweg zag ze een kerk waarvan de voorgevel was weggereten zodat ze de preekstoel vanaf de straat kon zien. Toch vond er binnen, te midden van alle chaos die de oorlog had veroorzaakt, een huwelijksplechtigheid plaats. Molly bleef staan om te kijken en er verscheen een hoopvolle glimlach op haar gezicht. Daarna liep ze door.

In een zijstraat zat een gezin van vier personen bij de smeulende restanten van hun huis. Het kleine meisje staarde naar een gedeeltelijk geplet en verschroeid poppenhuis dat kennelijk onder het puin vandaan was gehaald. Molly bleef staan en vroeg of het wel goed met hen ging. Ze keken haar met een lege blik aan en antwoordden niet. Molly kon niet weten dat een squadron Duitse Junkers en Dorniers Londen die nacht ongemerkt had bereikt en de huizen in deze straat had veranderd in stapels verwoeste bouwmaterialen die kriskras door elkaar lagen. Toen ze de rook uit het puin zag opstijgen, realiseerde ze zich dat de restwarmte van de ontplofte bommen het enige was wat dit gezin dat opeens dakloos was geworden warm hield.

Ze liep snel door en oriënteerde zich op verschillende bekende zaken. Hoewel ze in Londen was geboren, was ze zelden in dit deel van de stad geweest. En de verwoesting in de afgelopen jaren had het uiterlijk van de stad enorm veranderd, voor haar tenminste.

Een groep haveloze kinderen stond zich te warmen bij een vat waarin een klein vuurtje brandde. Ze keken nieuwsgierig naar de goedgeklede Molly, alsof ze een geest was uit een ver verleden waarin de wereld nog vrede kende.

Overal lagen stapels zandzakken. Bij zo ongeveer elk groot gebouw stond op een bord dat dat een officiële schuilplaats was tijdens bombardementen. Alle ruiten waren zwart geverfd en afgeplakt met een kruis van dik tape.

De pubs waren open en het was er druk. Op de straten vol kraters stonden vooral oude mannen, soms jongere mannen die een of meer ledematen misten en met medailles en lintjes op hun revers, met een glas bier en een pijp, te roddelen en te klagen.

Molly zag een groep zwetende soldaten die hun nette uniformjasje over een laag muurtje hadden gehangen en hard bezig waren om de straten puinvrij te maken.

Ze liep langs verschillende etalages zonder ruit met op het kozijn een kaartje waarop stond: WE ZIJN GEWOON OPEN. Voor een zwartgeblakerd, vernield gebouw, waarvan ze wist dat het een warenhuis was geweest, stond een bord met de tekst: HEROPENING OVER EEN WEEK, NAZI'S OF GEEN NAZI'S.

Huisvrouwen met een ongeduldige blik op hun vertrokken gezicht stonden met hun mand aan de arm in de rij voor slagers- en bakkerswinkels. Ze zouden maar weinig kopen.

Molly had in haar dorp heel weinig gehoord over wat er hier was gebeurd, maar ze had er in de lokale kranten wel korte berichtjes over gelezen en ook dingen gehoord via de radio van de Coopers, bij wie ze woonde. De nieuwsuitzendingen van de BBC gaven ook updates over de oorlog. Jarenlang waren de vooruitzichten voor het voortbestaan van Groot-Brittannië slecht geweest, maar sinds kort leek het tij te keren.

Molly's vader had de Coopers elke week een toelage gestuurd van acht shillings en sixpence, omdat ze bij hen woonde. Ook stuurde hij zijn dochter elk jaar een stel nieuwe kleren, omdat ze nog in de groei was. De kinderen van de Coopers stonden altijd jaloers te kijken als Molly de fraaie pakketten openmaakte van Harrods of Selfridges met de dure kleding die Herbert Wakefield voor haar had uitgekozen. Molly gaf haar oude kleren dan aan de jongere dochters van de Coopers.

De familie was heel goed voor haar geweest en had zelfs elk jaar een eenvoudig verjaardagsfeestje voor haar georganiseerd. Mevrouw Cooper was een heel goede lerares. Molly liep voor in haar ontwikkeling, want haar moeder en haar nanny lazen haar al op heel jonge leeftijd voor en ze had voordat ze naar het platteland ging op een privéschool voor meisjes gezeten. Mevrouw Cooper had haar opleiding voortgezet door Molly, naast haar gewone huiswerk, nauwgezet bijlessen te geven. Ze moest heel veel boeken lezen, extra lessen leren en dozen vol dikke potloden verslijten om haar gedachten en wiskundige berekeningen op te schrijven. Meneer Cooper was dominee en goed onderlegd, bezat een uitgebreide bibliotheek en had het heerlijk gevonden om Molly's academische horizon te verbreden. Molly, met haar aangeboren slimheid en nieuwsgierigheid, gedijde uitstekend in deze omgeving.

De ongehuwde zus van de dominee, Eleanor Cooper, was een goed opgeleide hoofdzuster. Transportschepen die mannen vervoerden die in de oorlog gewond waren geraakt gingen altijd voor anker aan de kust drie kilometer van Leiston, de grootste stad dicht bij Molly's dorp. Gewonde soldaten werden over land vervoerd naar de ziekenhuisfaciliteiten die in Leiston waren opgezet. Eleanor ging elke dag naar een van die ziekenhuizen om te helpen met de verzorging van de gewonden. Nadat Molly veertien was geworden, nam Eleanor haar mee.

Eerst mocht Molly alleen verband oprollen, zieken wassen, helpen met het uitdelen van eten en het schoonmaken van de bedden, wasserij en wc's. Maar omdat er een tekort was aan medisch personeel leerde Eleanor Molly nauwgezet hoe ze kon helpen bij de verzorging van de gewonden. Door Molly's leeftijd en relatieve onervarenheid mocht ze in het begin alleen meehelpen bij de mannen met lichte verwondingen. Maar toen duidelijk werd dat ze niet alleen uitzonderlijk slim was, maar ook een duidelijke aanleg had voor dit werk, kreeg ze veel meer verantwoordelijkheden.

Ergens was Molly ontdaan door de afschuwelijke verwondingen die ze zag en hielp behandelen. En ze was intens verdrietig door de mannen die de ziekenhuizen in een provisorische kist verlieten, en anderen die naar huis gingen met minder ledematen dan waarmee ze waren geboren. Toch vervulde het haar met trots en voldoening dat ze kon helpen met de oorlogsinspanningen.

Eleanor Cooper had Molly een keer verteld dat ze als ze ouder was een uitstekende verpleegster zou worden. Daarop had Molly geantwoord, misschien een beetje hooghartig, dat zij dacht dat zij een uitstekende dokter zou worden. Dat had haar mentor meteen beaamd, met een sluwe blik naar haar verbaasde broer, die maar met een half oor naar hun gesprek had geluisterd, tot hij Molly's ruimdenkende antwoord hoorde.

Molly was natuurlijk verdrietig geweest omdat ze de Coopers zou verlaten, maar tegelijkertijd heel blij dat ze terugging naar haar echte familie. Maar nu ze door het zwaargehavende Londen liep – met de vele puinhopen en verwoestingen, en alle sombere, slecht geklede en veel te magere mensen – verdween haar blijdschap omdat ze naar huis ging.

Een snelle levensles

Molly liep langs een gebouw waarvan de ramen waren verbrijzeld, de deur was ingeslagen en binnen veel was vernield en overal lagen kapotte en omgegooide tafels en stoelen. Toch leek het niet alsof er een bom was ontploft. Ze keek omhoog en zag dat iemand TALLY had geschilderd over de naam: Edoardo's Café. Molly wist niet dat 'tally' een anti-Italiaans scheldwoord was.

Uiteindelijk slaagde ze erin een oude, pruttelende zwarte taxi aan te houden. De chauffeur stopte en draaide zijn raampje naar beneden. Hij was grijs, had een snor en een ziekelijk bleek gezicht vol rimpels, en door zijn dikke brillenglazen leken zijn ogen enorm groot. Hij had militaire lintjes en medailles op zijn jasje gespeld en zijn handen zaten vol pijnlijk uitziende littekens. Allemaal vast en zeker opgelopen tijdens een eerdere oorlog, dacht Molly. 'Waar wil je naartoe, juffie?' vroeg hij.

Ze gaf hem het adres van haar huis in Chelsea.

Hij trok zijn wenkbrauwen op en zei: 'Mooie buurt. Je hebt geld voor de rit, neem ik aan? Ik werk niet voor niets, lieverd.'

Ze opende haar beursje en liet hem een handvol munten zien. 'Ik ben net uitgestapt op Liverpool en tot hier gelopen. Ik weet dat dit genoeg is voor waar ik naartoe moet.'

Hij schraapte zijn keel. 'Al goed, hoor. Het was maar een vraag. Het zijn gekke tijden.' Hij reed langzaam weg en bleef langzaam rijden. 'Waar kom je vandaan?' vroeg hij terwijl hij haar via de binnenspiegel aankeek.

'Suffolk.'

'Wat deed je daar dan?'

'Londen is mijn thuis. Toen de oorlog begon, ben ik daarheen gestuurd en nu ben ik terug.'

'Ik dacht dat alle kinderen zoals jij allang terug waren,' zei hij verbaasd.

Molly's wangen werden rood. 'Ja, nou ja... Ik zie dat u medailles hebt. Zijn die van de vorige oorlog?'

Hij trapte behoedzaam het gaspedaal iets dieper in, natuurlijk om kostbare benzine te sparen, en schudde langzaam zijn hoofd. 'Nee, van deze.'

Molly zei geschrokken: 'O, neem me niet kwalijk. Dat... dacht ik.'

'Ik ben net vierendertig geworden, lieverd. Ik weet dat ik er een beetje ouder uitzie, maar dat doet de oorlog nu eenmaal met een man. Ben een jaar geleden uit het leger ontslagen. Kan geen geweer meer vasthouden en mijn ogen, nou ja, die zijn niet meer wat ze zijn geweest doordat er vlakbij een mortier insloeg. Hoewel ik met deze bril goed genoeg kan zien om auto te rijden, tenminste als ik niet te snel rij. Verder heb ik een slecht been, zit metaal in. Doet pijn als het slecht weer is, dat kan ik je wel vertellen, en lopen gaat niet meer zo gemakkelijk als vroeger. Ik ben dus alleen nog maar goed genoeg om in een taxi te rijden.'

'Natuurlijk. Wat erg voor u.'

Zijn warrige snor bewoog. 'Ik vraag niet om medelijden, ik leef immers? Veel jongens kunnen dat niet zeggen. Ik heb gedaan wat ik moest doen, dat is alles. Ik leef.' Hij concentreerde zich op het rijden en even zwegen ze allebei.

'Hebben ze het paleis echt gebombardeerd?' vroeg Molly. 'Ik hoorde op de radio dat dat was gebeurd, maar ik kon het niet geloven.'

De chauffeur knikte. 'Ik zat toen in het leger, maar mijn

vrouw heeft het me verteld. De koning en zijn gezin zijn in orde. Gewoon een beetje vervelend eigenlijk. En ze zijn hier nog steeds en wachten net als wij allemaal tot het voorbij is.'

'Nou ja, dat is de juiste instelling.'

'Er is meer voor nodig dan dat om de Jerry's te verslaan, meer mannen, meer vliegtuigen en tanks, en meer bommen en kogels dan we hebben. Serieus.'

Bijna alle Britten noemden de Duitsers minachtend Jerry's, een *jerry* is een pispot of po.

Molly zei: 'De Amerikanen vechten nu al een paar jaar met ons mee. Ze zitten zelfs bij de RAF op een luchtmachtbasis in Leiston, vlak bij waar ik woonde. Ik zag Spitfires en Amerikaanse Mustangs over ons heen vliegen. Dat gaf iedereen veel hoop.'

Hij fronste. 'Veel mensen vinden de yanks geweldig en denken dat wij onze wapens kunnen neerleggen, en dat zij de oorlog dan wel voor ons winnen. Nou, volgens mij zijn wij allemaal nodig om die verdomde Duitsers te verslaan.'

'Ja, u hebt natuurlijk gelijk.'

'Hoe was het op het platteland, lieverd? Zijn jullie daar ook gebombardeerd?'

'Wij niet, maar Leiston wel een paar keer, hoorde ik. Maar dat heb ik zelf nooit gehoord. Ze kwamen kennelijk 's nachts.' Molly aarzelde. Ergens wilde ze hem vertellen dat ze had geholpen met het verzorgen van de gewonden, maar ze wist bijna zeker dat hij veel meer gruwelen had gezien dan zij en ook heel veel had geleden. Dus zei ze alleen: 'En ik ben heel blij dat ik thuis ben.'

'Waaróm ben je teruggekomen?' vroeg hij.

Molly wist niet goed hoe ze deze directe vraag moest beantwoorden. Het was een feit dat haar toelage niet langer werd betaald door haar vader. De Coopers hadden aangeboden haar toch bij zich te houden, maar na al deze tijd had Molly naar huis willen gaan. Ze had haar ouders geschreven op welke dag ze terugkwam, maar ze begon zich zorgen te maken omdat ze geen antwoord had gekregen én omdat niemand haar van het station had gehaald. 'Het werd gewoon tijd, denk ik.' Ze leunde naar achteren en vroeg zich af wat haar in Chelsea te wachten stond.

Mama

Molly haalde een brief van haar moeder uit haar tasje, een liefdevolle brief waarin ze schreef dat ze zo blij was dat Molly thuiskwam.

Lieve Molly,
Je vader en ik zullen ons pas weer een echt gezin voelen als jij thuis bent. Ik vind het nog steeds verschrikkelijk dat we hebben toegestaan dat je werd weggestuurd. Je weet dat we dat niet wilden, lieve Molly, maar je vader zei dat dit het beste was en hij heeft bijna altijd gelijk. Toch tel ik elke minuut tot je gezond en wel thuis bent en ik je veilig in mijn armen kan sluiten. Ik kan nergens anders aan denken tot ik je weer kan vasthouden en je lieve gezicht kan kussen.
Heel veel liefs,
mama

Molly vouwde de brief voorzichtig op en stopte hem weer in haar tasje. Ondanks haar moeders vriendelijke, liefhebbende woorden was er maar één ding dat Molly echt verontrustte: de brief was van bijna vijf jaar geleden, vrij kort nadat Molly was vertrokken. Na deze brief had ze geen brieven meer van haar moeder ontvangen, hoewel haar vader haar wel af en toe had geschreven. In haar jaren op het platteland had Molly, elke keer als de Coopers postzegels konden kopen, een brief gestuurd, maar haar moeder had geen enkele keer geantwoord.

Een jaar geleden was Molly naar het dorp gelopen en had ze vanuit de telefooncel op het plein naar haar huis in Londen gebeld. Haar vader had de telefoon opgenomen, haar verteld dat haar moeder lag te rusten, maar dat hij haar zou vertellen dat ze had gebeld. Hij had gezegd dat ze hoop moest houden en het de Coopers niet moeilijk mocht maken. Daarna had hij opgehangen, voordat ze hem kon vragen waarom hij haar na al deze tijd niet naar huis had gehaald.

Molly raakte het medaillon aan haar halsketting aan, waar een fotootje van haar moeder in zat, en haalde het eraf. Ze opende het en vroeg zich af hoeveel ze was veranderd sinds haar moeder haar voor het laatst had gezien. Haar moeder zou natuurlijk verbaasd zijn over hoezeer Molly in deze vijf jaar was veranderd.

Ze deed het kettinkje weer om toen de taxi een hoofdstraat in reed. Ze reden in een rustig tempo langs nog meer vernielde huizen en door rommelige straten naar haar wijk. Daar was ook wel schade, maar veel minder dan Molly al had gezien. Toch voelde ze een stille en alomaanwezige mistroostigheid die ze wel begreep, maar waar ze zich niet helemaal mee kon identificeren.

De taxi stopte voor een groot, witgeverfd bakstenen huis van twee verdiepingen. Twee zuilen van geverfd albast omlijstten de indrukwekkende voordeur met de koperen klopper. 'Fraai huis,' zei de chauffeur. 'Ben alleen in Chelsea geweest om mensen af te zetten. Een andere reden had ik nooit, weet je.' Hij droeg haar tas en liep mank achter Molly aan naar de voordeur.

Molly zag tot haar verbazing dat de deur er armoediger en sjofeler uitzag dan ze zich herinnerde. De krassen en barsten en kale plekken zonder verf waren er eerder niet geweest. De koperen klopper glom ook niet net als vroeger. Het gras van het kleine gazon was bijna dood en de gebarsten bloempotten op de kleine veranda waren leeg. De ruiten waren vies en de gordijnen erachter leken dat ook. De voordeur was er nog wel, en haar huis ook. Ze wist dat veel mensen in Engeland dat niet konden zeggen.

Molly Wakefield haalde diep en opgewonden adem.

'Alsjeblieft, juffie.' De chauffeur zette de tas naast haar neer.

Toen Molly zich omdraaide om hem aan te kijken, dwaalde haar blik naar de overkant. Daar stond een man in een lange jas en met een hoed op die, dat vond zij tenminste, op een rare manier naar haar keek. Toen ze terugkeek, draaide hij zich om en liep hij snel weg.

Wat vreemd, dacht ze. Maar misschien was Londen tijdens de oorlog helemaal vreemd geworden.

Molly draaide zich weer om naar de voordeur en zette zich schrap voor wat ze binnen zou aantreffen.

Weer thuis

Molly klopte aan en wachtte, omdat ze geen sleutel had.

Al snel ging de deur open, maar het was niet haar moeder of haar vader die in de deuropening stond, maar haar oude nanny, mevrouw Pride.

Ze keek nieuwsgierig naar Molly. 'Ja, juffrouw?' Toen ze wat aandachtiger naar Molly keek, verscheen er een vreemde blik in haar ogen.

'Mevrouw Pride, ik ben het, Molly. Ik heb geschreven dat ik vandaag thuiskwam.'

Mevrouw Pride was nu bijna zestig en had een gespannen blik in haar diepliggende ogen. Ze was groot en zag er respectabel uit in haar stijve, wijde tweed pakje dat elk spoor van vrouwelijkheid achter de geruite plooien verhulde. Haar haar was grijs geworden sinds de tijd dat ze voor Molly zorgde, maar haar volle wangen hadden nog altijd een meisjesachtige blos.

Molly verbaasde zich over de mengeling van emoties in haar blik. Mevrouw Pride moest toch zeker dolgelukkig zijn dat ze er was? Het volgende moment omhelsde mevrouw Pride haar zo stevig dat Molly dacht dat ze zou breken. Toen mevrouw Pride haar losliet, zag ze dat de vrouw tranen in haar ogen had.

'Molly, lieve kind, wat ben je gegroeid! Is het jaren of al tientallen jaren geleden? Kom binnen, kom binnen.' Ze keek naar de chauffeur, die een beetje wankel op zijn manke been stond en Molly's tas oppakte. 'Geef die tas maar aan mij, *cabbie*.' Zij nam de tas aan, terwijl Molly de chauffeur betaalde.

Hij glimlachte om de grote fooi en tikte tegen zijn pet. 'Veel geluk, juffrouw.'

Molly ging naar binnen.

Mevrouw Pride deed de voordeur dicht. 'Laat me je eens goed bekijken. Lieve help, je bent een hele jongedame geworden!'

Molly keek om zich heen in de ruimte die ze de eerste tien jaar van haar leven goed had gekend. Binnen was alles opvallend onveranderd, maar toen ze beter keek, zag ze dat alles kleiner en minder goed verzorgd leek dan ze zich herinnerde.

Aan de muur vlak bij de voordeur waren houten haken voor hoeden en jassen, er hing een spiegelset en er stond een hoge metalen bak met wandelstokken en paraplu's erin. Ze pakte een hoed van een van de haken, de vilthoed van haar vader, en zag een paar plukken grijs haar in de voering. Daar schrok ze van, want toen zij vertrok had haar vader bruin haar gehad. Als de jaren verstreken werd je natuurlijk ouder. Ze dacht aan de taxichauffeur. Oorlogsjaren versnelden dat proces.

Aan de haak naast de hoed hing een gasmasker. Aan de maat te zien was die van mevrouw Pride. Haar vader had zijn gasmasker natuurlijk bij zich, waar hij nu ook maar was. Het gasmasker van haar moeder zag ze echter niet.

'Waar is meneer John? Ik had gedacht dat hij me wel met de Singer van het station zou halen.'

'We hebben nooit een brief van je gekregen, liefje, maar dat is niet ongebruikelijk. De post is niet meer wat het is geweest.'

'En meneer John?'

'Hij is niet meer bij ons, liefje.'

'Wát! Gaat het goed met hem?'

'Ja, ja, dat denk ik wel, maar hij heeft een andere baan, zie je.'

'Het verbaast me dat vader hem heeft laten gaan, want hij

was erg te spreken over meneer John. En vader houdt er niet van om zelf te rijden.'

'Nou ja, iedereen moest dingen opofferen,' zei mevrouw Pride gedecideerd.

Molly voelde zich heel even schuldig omdat ze had gezegd dat ze het vervelend vond dat ze geen chauffeur meer hadden voor hun luxe auto. 'Ja, natuurlijk. O, voor ik het vergeet.' Ze haalde een klein boekje uit haar tas. 'Mijn bonnenboekje. Dat zult u nodig hebben nu u één mond meer moet voeden.'

Mevrouw Pride nam het van haar aan. 'Dank je, liefje. De winkels waar je bent ingeschreven moeten de dingen die je hebt besteld op voorraad hebben, maar ik betwijfel of de winkels de laatste tijd nog worden gecontroleerd.'

'Ja, in ons dorp waren ook tekorten.'

'Heb je al gegeten, liefje? Ik kan wel iets voor je klaarmaken.'

Molly hapte naar adem. 'U? Is mevrouw Brand ook niet meer bij ons?'

'Nee, inderdaad. De arme ziel heeft haar beide kleinzonen in de oorlog verloren. En, nou ja... het kwam haar niet langer uit om hier te werken.'

'Het spijt me dat te horen. Ik kan me haar kleinzonen nog herinneren. Zij kwamen weleens langs toen ik nog heel klein was.'

'Ja, toen nog wel,' zei mevrouw Pride bijna onhoorbaar.

Molly zag dat de vrouw zich niet op haar gemak voelde en dus leek het haar beter om niet verder over het verlies van mevrouw Brand te praten. 'Ik heb in de treinen wat gegeten.'

'Wil je dan misschien een kopje thee?'

'Ja, graag.' Molly keek om zich heen. 'En moeder en vader?'

Het duurde heel lang voordat mevrouw Pride deze eenvoudige vraag beantwoordde. 'Je vader, god zegene hem, is aan het werk. Hij werkt nu bij het ministerie van Voedsel. Als we hadden geweten dat je kwam, had hij je natuurlijk van het station gehaald. Hij zal op tijd thuis zijn voor het avondeten, dat weet ik bijna zeker.' Ze wrong in haar handen toen ze dat zei en leek eigenlijk nergens zeker van.

'En moeder?'

Opnieuw gaf mevrouw Pride niet meteen antwoord. 'Tja, eerlijk gezegd ligt je moeder even te rusten. Goed, ik zal eerst zorgen dat je thee krijgt en daarna zien we wel verder, goed?' Ze nam Molly's jas en hoedje, hing ze op en verliet de hal.

Molly wilde achter haar aan lopen.

Mevrouw Pride draaide zich om en zei: 'Ik zet de thee wel, liefje. Wil jij naar je kamer gaan en je spullen uitpakken? Ik kom zo naar boven met je kopje thee.'

Molly liep met haar tas naar boven. Haar kamer was helemaal achter in de gang rechts, en de kamer van haar ouders was links, vlak bij de trap. Ze keek naar hun deur, leunde over de trapleuning en hoorde dat mevrouw Pride de waterketel op het fornuis zette. Ze wist dat de vrouw nu een lucifer afstreek en dat daarna het plofje van de gasvlam te horen zou zijn.

Molly liep naar de slaapkamerdeur van haar ouders en omdat ze niets hoorde, duwde ze de deur voorzichtig open. Ze keek naar binnen in de verwachting dat ze haar moeder zou zien, die lag te slapen. Maar het bed was opgemaakt en er was niemand. Molly keek om zich heen. Het meubilair was nog hetzelfde, voor zover ze zich dat herinnerde. Het vloerkleed was een beetje gerafeld en een paar draden zaten los. Een jas van haar vader en een stel gerafelde bretels hingen aan een haak. Het rook muf in de slaapkamer, iets wat haar nooit eerder was opgevallen. Het daglicht dat door de ramen naar binnen viel was zwak, zodat ze van bijna alles niet meer kon zien dan een vage omtrek. Ergens voelde het onheilspellend.

Mevrouw Pride had toch gezegd dat haar moeder lag te rusten? En waar zou ze dat anders doen dan in haar eigen bed?

Molly liep door naar haar eigen kamer, opende de deur en bleef in de deuropening staan om alles in zich op te nemen. Haar kamer was nog precies zoals ze die had achtergelaten, alsof er helemaal geen tijd was verstreken. Op haar bed lag een van haar oude poppen met iets in haar handen. Molly liep er snel naartoe, zag dat het een brief was en vouwde het papier snel open.

Het was een brief op het officiële briefpapier van het ministerie van Voedsel.

Lieve Molly,
Ik wilde dat ik hier kon zijn nu je terugkomt van het platteland. Ik heb het de laatste tijd erg druk, maar kom zo snel mogelijk thuis.
Je liefhebbende vader

Molly wist dat haar vader voor de oorlog een functie had gehad waardoor hij regelmatig naar het vasteland van Europa moest reizen. Nu werkte hij kennelijk bij het ministerie van Voedsel, zoals mevrouw Pride had gezegd. Toch ontbrak er iets belangrijks in zijn brief: hij repte met geen woord over haar moeder.

Mevrouw Pride had gezegd dat ze haar brief niet hadden ontvangen, dus hoe kon haar vader dan weten dat ze vandaag thuiskwam?

Met haar hoofd vol verontrustende gedachten stopte Molly de brief in haar zak en ze hoorde het gefluit van de waterketel. Ze was nog steeds bezig met het opbergen van de kleren uit haar tas toen de deur werd geopend.

Mevrouw Pride kwam binnen met haar kopje thee, een kannetje melk en dunne en gebroken koekjes op een bordje en een lepel. 'Alsjeblieft, liefje.' Ze zette alles op het tafeltje naast Molly's bed, schonk de melk in de thee en roerde. 'Ik kan je niet vertellen hoe blij ik ben dat je weer thuis bent, Molly. Heel erg blij. Ik bedoel, ik kan mijn ogen bijna niet geloven.' Ze gaf Molly het kopje.

Molly glimlachte en nam een slokje van haar thee. 'Ik eh... heb de brief van vader gevonden.'

Mevrouw Pride's blik verstrakte. 'O ja, dat is logisch.'

'Ik keek even in mama's kamer, maar daar was niemand. U zei dat ze even lag te rusten?'

'Nou ja, ik had eigenlijk moeten zeggen dat ze wel ligt te rusten, maar niet hier.'

Molly zette heel voorzichtig haar kopje neer, raakte in paniek en vroeg: 'Niet hier?'

Mevrouw Pride's hand vloog naar haar mond en ze wreef even met haar wijsvinger over haar lippen. 'Weet je, lieve Molly, je moeder voelt zich al een tijdje niet goed. Ze is vertrokken om te herstellen op een andere... plaats.'

'Plaats? Wat voor plaats?'

'Een sanatorium,' zei mevrouw Pride zonder haar aan te kijken.

Molly hapte naar adem. 'Een sanatorium?'

Mevrouw Pride liet haar hand zakken. 'Dat is een plaats waar mensen met nare problemen naartoe gaan om wat rust te krijgen. Het is in... Het is in Cornwall.'

'Cornwall! Zijn er in Londen dan geen sanatoria?'

'Nou ja, Londen is zwaar gebombardeerd. De Duitsers komen tegenwoordig niet meer elke nacht zoals eerst, maar ze komen nog steeds. Vannacht hebben ze ons zelfs twee keer gebombardeerd.'

Molly kreeg een brok in haar keel. 'Ik wil mama meteen zien.'

'Ja, ik dacht wel dat je dat zou willen. Weet je, Molly, eigenlijk zou je vader dit met je moeten bespreken.'

'Gaat het wel goed met haar, mevrouw Pride? Vertel het me alstublieft!'

Eindelijk keek de vrouw haar aan. 'De oorlog was zwaar voor ons allemaal, Molly, van de koning tot de nederigste onderdaan. Maar voor sommigen was het veel zwaarder en je moeder is daar één van.'

Na die onheilspellende woorden vluchtte mevrouw Pride de kamer uit.

Een vage indruk tijdens een ongemakkelijke stilte

Later die avond hoorde Molly mevrouw Pride naar bed gaan. Zelfs nadat ze zo lang van huis was geweest, herkende ze de kordate voetstap van haar nanny nog.

Molly lag in haar nachtkleding in bed met de dekens tot aan haar kin opgetrokken. De open haard was een gapend gat zonder kolen of hout. En hoewel ze aandachtig luisterde, hoorde ze nooit de sleutel in het slot van de voordeur of het gekraak van de deur, geluiden die aangaven dat haar vader thuiskwam na zijn officiële verplichtingen bij het ministerie van Voedsel. Mevrouw Pride's enige verklaring voor zijn afwezigheid was geweest: 'Het is de oorlog, Molly. Iedereen maakt heel lange dagen. Niets om je zorgen over te maken.' Dit was zeker niet de vrolijke thuiskomst die Molly had verwacht.

Haar lange reis en de daarmee gepaard gaande vermoeidheid waren sterker dan haar ongerustheid, dus viel Molly in slaap. Later schrok ze wakker en keek ze naar het raam. Ze had buiten iets gehoord, dat dacht ze tenminste.

Ze stond op, schoof de zware verduisterende gordijnen een stukje open en keek naar buiten. Aan de overkant zag ze iets oplichten. Molly bleef kijken, aandachtiger nu, en zag dat daar een man stond die een sigaret rookte. Ze verwachtte dat hij wel zou doorlopen, maar dat deed hij niet. Hij bleef gewoon staan.

Keek hij naar hun huis? Natuurlijk niet, dacht ze.

Je beeldt je dingen in, Molly. Je bent moe en in de war, en dat is toch niet vreemd na de dag die achter je ligt?

Even later zag ze rechts iets bewegen. Toen ze die kant op keek zag ze een slungelachtige jongen, zo te zien een paar jaar jonger dan zijzelf, die zich verschool achter een heggetje in de kale tuin van de Wakefields. Even later reed er een politieauto door de straat. De jongen wachtte tot de auto weg was, kwam achter de heg vandaan en keek omhoog. Daardoor kon Molly zijn gezicht zien. Ze deinsde een stukje achteruit, omdat het leek alsof hij haar recht aankeek. Even later rende hij weg, de andere kant op dan de politieauto. Hij leek heel mager, vond ze.

Ze keek naar de donkere lucht vol versperringsballonnen, een paar wolken en de felle maan, en realiseerde zich dat ze nog nooit het dreunende en gierende geluid had gehoord van een met explosieven geladen bom die door de zwaartekracht op de aarde terechtkwam. Zoals ze de taxichauffeur had verteld, had ze zelfs nog nooit een bomexplosie gehoord. Ze vroeg zich af of de jongen dat allemaal wel had meegemaakt. Hij zag eruit alsof dat wel zo was.

Ze stapte weer in bed, maar kon niet slapen. Op het platteland was ze gewend aan volkomen stilte, maar in deze grote stad, waarin slechts enkelen van de miljoenen inwoners op de gekste uren op pad waren, werd het nooit echt stil.

Molly ging uiteindelijk rechtop in bed zitten en nam een besluit. Ze kleedde zich aan, keek of haar vader echt niet in zijn bed lag en ging naar beneden.

Heel behoedzaam deed ze de voordeur open en daarna al even behoedzaam achter zich dicht. Ze vond de huissleutel waar hij altijd had gelegen, onder het beeld van een triest kijkende cockerspaniël met zijn beschadigde rechterpoot, die ongeïnteresseerd op de bovenste trede van het bordes zat. Toen ze thuiskwam had ze er niet aan gedacht om deze sleutel te gebruiken, maar ze had ook liever op de voordeur geklopt, zodat ze de blije gezichten kon zien als haar moeder en vader de deur opendeden. Dat was ze tenminste van plan geweest, maar dat plan was dus mislukt.

Molly deed de voordeur op slot, keek om zich heen en vroeg zich af hoe ze op haar bestemming kon komen, omdat ze geen idee had waar het ministerie van Voedsel was. Ze wist natuurlijk wel waar Downing Street was. Die was vlakbij, maar daar werkte de premier. Dan was er Whitehall, dus dat was een mogelijkheid, omdat daar veel ambtenaren werkten.

Ze kende Londen goed, bepaalde delen ervan tenminste. Voordat Molly naar het platteland was gestuurd, had ze vaak met haar ouders gepicknickt. Dan liepen ze met hun mand naar hun bestemming of ze lieten zich daar door meneer John naartoe brengen in de goed onderhouden Singer. Ze gingen naar Regent's Park, of naar daar vlakbij gelegen bestemmingen, zoals het St. James's Park, het Green Park of het Hyde Park. Ze was vooral weg van de Serpentine in Hyde Park, de *upside-down tree* en de vele prachtige beelden. Toen kon je boottochtjes maken op de Theems, naar het British Museum, naar toneelstukken in West End en naar concerten in de Royal Albert Hall, of je kon chocolademelk of thee drinken bij Fortnum & Mason in Piccadilly. En natuurlijk was er Harrods, waar je zo ongeveer alles kon kopen. Tot grote schrik van haar arme moeder was Molly, toen ze net vijf was geworden, verdwaald in het doolhof van de winkel. Zelf had ze dat het mooiste avontuur van haar leven gevonden. Ook gingen ze weleens lunchen in Claridge's in Mayfair en dan droeg ze een kleurige hoed met brede rand en een chique jurk. Daar serveerde het vakkundige personeel grote stapels verrukkelijke lekkernijen.

Ze kende Londen dus. De delen met amusement. De dure delen. Maar nu ze vol twijfel links en rechts keek in haar straat in Chelsea begon ze te begrijpen dat dát Londen niet langer bestond. Deze stad, deze wereld, was in de jaren waarin ze weg was geweest volkomen veranderd.

Dan moet ik dus ook zijn veranderd, dacht Molly, een beetje verontrust.

Jongen ontmoet meisje

'Hallo?' zei ze opeens toen ze hem opnieuw zag.

Deze keer hurkte hij niet achter een heg, maar achter een ziek uitziende, scheve esdoorn.

Charlie Matters draaide zich om en keek haar aan. 'Hallo.'

'Waarom verstop je je achter die boom?'

'Ik rust gewoon even uit.' Charlie stopte zijn vieze handen in zijn nog viezere zakken.

'Ja, hoor. Waarom verstopte je je voor die politieauto die net voorbijreed? Zit je in de problemen?'

Hij bekeek haar van top tot teen en zei geïrriteerd: 'Ik maak gewoon een wandelingetje. Dat is niet verboden, hoor. En als ik onderweg iets vind, dan heeft niemand behalve ik daar toch zeker iets mee te maken?'

Ze keek naar zijn magere lichaam en zijn sjofele kleren. Haar blik verzachtte. 'Ik kan wel wat eten voor je regelen.'

Charlie haalde een hand uit zijn zak en maakte een afwijzend gebaar. 'Ik accepteer geen liefdadigheid.'

'Maar het zou helemaal geen probleem zijn. Ik woon hier.' Ze wees naar de voordeur van haar huis.

Charlie keek naar de hoge, witte voorgevel. 'Hè? Bedoel je in dit allemaal?'

Ze kneep haar ogen een beetje dicht vanwege zijn bijzonder vreemde vraag. 'Ik begrijp je niet, in wat allemaal?'

Hij wees naar haar huis. 'Ik bedoel, woon je in dat hele huis of alleen in een van de kamers?'

'Nou ja, ik heb mijn eigen slaapkamer, maar het hele huis is van mijn ouders.'

'Jemig, dan ben je dus rijk, juffrouw.'

Molly knipperde. 'Hoe heet je?' vroeg ze.

'Charlie.'

'Charlie hoe?'

'Charlie Matters.'

Molly keek om zich heen. Ze zag de man niet die hier eerder had staan roken, maar iets in de duisternis leek een beetje donkerder, alsof iemand... Haar blik vloog naar Charlies rechterhand en ze zag een lange, rode snee. 'Die wond is ontstoken. Je moet hem grondig wassen met zeep, dan insmeren met een genezende zalf en daarna verbinden.'

'Hoezo, ik heb weleens iets ergers gehad!' snauwde Charlie.

'Ik heb ervaring met dat soort dingen en die wond is ontstoken, dat kan ik je wel vertellen. Je wilt niet dat het ontaardt in septikemie.'

'Septi-wat?'

'Septikemie, bloedvergiftiging. Dat wordt veroorzaakt door een infectie, veroorzaakt door giftige bacteriën in je bloed. De ziektekiemen kunnen zich heel snel door je hele lichaam verspreiden. Je kunt zelfs doodgaan aan bloedvergiftiging.'

Charlie keek belangstellend naar de snee. 'Hoezo weet je dat soort dingen?'

'Dat weet ik gewoon. Verstopte je je voor de politie omdat je iets hebt gestolen?'

Charlie fronste nu hij werd verhoord. 'Wacht even, hoe heet jij?'

'Molly Wakefield.'

'Waarom sta je dan voor je huis, terwijl je eigenlijk in bed moet liggen?'

'Volgens mij gaat dat jou helemaal niets aan,' zei ze stijfjes.

'Maar dat is niet belangrijk. Mijn vader werkt op het ministerie van Voedsel. Weet jij misschien waar dat is? Ik wil ernaartoe. Misschien is het in Whitehall, maar dat weet ik niet zeker.'

Charlie keek geamuseerd en vroeg: 'Zo'n ding bestaat dus echt?'

'Wat voor ding?'

'Een ministerie van Voedsel.'

'Nou ja, mensen hebben eten nodig.'

'Maar als er verdomme een ministerie voor is, waar gaat dat eten dan naartoe? Snap je wat ik bedoel?'

'Je hoort geen "verdomme" te zeggen. Dat is grof en respectloos, vooral als er een dame bij is,' zei ze streng.

'Neem me niet kwalijk. Maar ik ben echt niet de enige die zich dat afvraagt over dat voedsel, dat kan ik je wel vertellen.'

'Nou, dat spijt me. Waar woon je?'

'Niet hier in de buurt en meer zeg ik niet.'

'Zeg, als jij me naar het ministerie van Voedsel kunt brengen, kan ik je daar wel iets voor geven.'

'Zoals?' vroeg hij, nu echt geïntrigeerd.

Molly haalde een muntstuk uit haar zak. 'Dit.'

'Wat is dat, een *farthing*?' vroeg hij minachtend. 'Ik kan je wel vertellen dat mijn tijd meer waard is dan dat.'

'Ziet dit er soms uit als een *farthing*?'

Charlie keek beter. 'Een *half crown*! Hoe kom je daaraan? Heb je hem gestolen?'

'Natuurlijk niet! Mijn ouders hebben me dit gegeven voor noodgevallen, toen ik hier vertrok.'

'Vertrok?'

'Naar het platteland. Maar waar ik naartoe ben gestuurd om te wonen, heb ik nooit een noodgeval meegemaakt.'

'Je bent dus al voor de bombardementen vertrokken?'

Ze knikte. 'Ja. En jij?'

Hij schudde zijn hoofd. 'Mama wilde me niet op de trein

zetten. Ze wilde dat ik hier bij haar bleef,' voegde hij er een beetje uitdagend aan toe.

Molly bloosde. 'Ik begrijp het,' was alles wat ze kon bedenken. Ze liet hem het muntstuk weer zien. 'Dus, kun je mij naar het ministerie van Voedsel brengen? Ik neem aan dat ze in Londen een kantoor hebben.'

'Je weet toch zeker wel waar het is als je vader daar werkt?'

Molly schudde haar hoofd, maar dacht opeens ergens aan. Ze haalde de brief van haar vader uit haar zak. Het adres stond op het briefhoofd. Inwendig gaf ze zichzelf een standje omdat ze daar niet eerder aan had gedacht. Ze liet hem de brief zien.

Charlie las het adres in het licht van de maan.

'Weet jij waar dat is?' vroeg ze.

Hij knikte. 'Maar dat is vrij ver, juffrouw.'

'Je hoeft geen juffrouw te zeggen. Ik ben gewoon Molly. En het maakt mij niet uit hoe ver het is. Kunnen we daar komen? Vroeger hadden we een chauffeur, meneer John, maar hij is niet meer bij ons. En ik kan onze auto natuurlijk niet besturen.'

'Wat voor auto is het?' vroeg Charlie gretig.

'Een Singer.'

'Je bedoelt zo'n grote, met zo'n lange motorkap?'

'Hij is inderdaad erg groot,' zei Molly.

'Zei je dat-ie van jullie is?'

'Hij is natuurlijk van mijn vader en staat in de garage achter het huis.'

'Nou, dan is er dus geen twijfel aan, wel?'

'Waaraan?' vroeg ze.

'Dat jullie rijk zijn.'

'Zo zie je maar. Als je me daarheen brengt, is het geld voor jou.' Ze keek hem opeens ongerust aan. 'Maar ik ken Londen goed genoeg om te weten of je me naar de verkeerde plek brengt.' Ze kneep haar ogen een beetje dicht en klemde haar kaken op elkaar. 'En het gaat je niet lukken om dit geld van me af te pakken, geloof me maar. Ik ben ouder dan jij en heel sterk.'

'Zoiets zou ik nooit doen,' zei Charlie geschokt.

Ze stopte het muntstuk weer in haar zak en keek hem afwachtend aan. 'Hoe gaan we ernaartoe? Ik ben nog nooit met de Underground geweest. Is dat een mogelijkheid?'

Charlie vroeg stomverbaasd: 'Wat, ben je nog nooit met de Underground geweest?'

Molly keek beschaamd. 'Mijn ouders gingen liever met de auto, snap je. En mijn moeder vond het niet prettig om... zoveel mensen om zich heen te hebben.'

'De meeste stations sluiten na een uur of negen. Dan vertrekken de laatste treinen en gaan de mensen naar binnen voor de nacht, voor het geval de Duitsers komen. Maar er is een bushalte, vrij dichtbij, die bijna naar de werkplek van je vader rijdt. Dat kost een shilling per persoon.'

Molly haalde twee munten uit haar andere zak.

'Heb je in al die zakken geld?' vroeg Charlie.

'Zullen we?' zei Molly.

Een reis

Ze betaalden, kregen hun kaartje en stapten in de bus.

De conducteur, die een grijze snor had, keek wantrouwig naar hen. 'Wat is dit? Wat doen jullie op dit tijdstip buiten? Moeten jullie niet thuis in bed liggen? Waar zijn jullie ouders, hè? Denken jullie soms dat ik zo dom ben dat me dat niet opvalt?'

Molly verstijfde door zijn agressieve vragen.

Charlie was echter niet onder de indruk. 'Onze moeder maakt schoon bij het ministerie van Voedsel. We gaan haar helpen en ik heb haar avondeten bij me,' zei hij met een sluwe blik naar Molly, 'omdat ze geen eten hebben bij het ministerie van Voedsel. Pff!'

De conducteur snoof om zijn opmerking en schonk een kop thee in de dop van zijn gedeukte metalen thermosfles. Hij keek eerst naar de onverzorgde Charlie en daarna naar de keurig uitziende Molly. Hij zei tegen Charlie: 'Zo te zien is jouw ma die schoonmaakster, maar die van haar niet. Denk je soms dat je me voor de gek kunt houden, knul? Weet je wel zeker dat jullie dezelfde ma hebben?'

'Zouden wij ons eigen ma niet kennen?' zei Charlie, zogenaamd woedend.

'Hé, maar wie van jullie is de oudste? Vertel me dat maar eens, kwajongen!'

'Wij zijn verdomme een tweeling!' zei Charlie. Tegen de

jonge vrouwelijke buschauffeur zei hij: 'Wie kreeg het geld om dit busritje te maken?'

Ze knikte en zei tegen haar collega dat hij zijn mond moest houden.

De verslagen conducteur draaide zich om, ging voorin zitten en terwijl de bus wegreed nam hij zwijgend slokjes van zijn thee.

Charlie en Molly zaten naast elkaar, met allemaal vermoeid uitziende mensen om zich heen. Eén jongeman in een matrozenuniform en zijn vermoedelijke vriendin zaten fanatiek te zoenen.

Molly wendde preuts haar blik af. 'Hoe lang duurt de rit?' vroeg ze.

'Een tijdje.' Charlie krabde aan zijn nek. 'Pas op dat je dat muntstuk niet verliest.'

'Ik heb hem hier, in mijn zak,' zei ze zelfverzekerd.

'Waarom kwam je pa niet naar huis?'

'Hij maakt lange dagen. Zijn werk is heel belangrijk. Zoals je weet houden ze zich daar bezig met eten verzorgen voor mensen die het nodig hebben.'

'Dan moet-ie dus harder werken,' zei Charlie, terwijl hij zijn pet dieper over zijn ogen trok.

De bus reed langzaam en schokkend door, en Molly had het gevoel dat ze lopend sneller zouden zijn. Bij verschillende haltes stapten mensen in of uit, en Charlie verroerde zich niet. Eindelijk duwde hij zijn pet omhoog en zei: 'Dit is onze halte.'

Terwijl ze uitstapten vroeg Molly: 'Weet je het zeker? Ik word heel boos, hoor, als dit niet de goede plek is.'

'Deze kant op,' zei Charlie zelfverzekerd.

Ze liepen door een straat, staken verderop schuin een kruising over en liepen naar een slecht verlichte brede hoofdstraat.

Molly bleef staan omdat Charlie was blijven staan en zei kwaad: 'Volgens mij zijn we verdwaald.'

'Kijk eens naar de straatnaam op dat gebouw,' zei hij.

Toen ze dat deed, wist Molly dat hij gelijk had. 'O, ik zie het. Nu hoeven we alleen nog naar de huisnummers te kijken.'

'Het is dat gebouw.' Charlie wees naar een somber gebouw met donkere ramen.

Ze liepen ernaartoe.

'Jij ziet alles heel snel,' zei Molly.

'Dat moet ook wel, voor jongens zoals ik.'

'Ga je vaak met de bus? Ik dacht dat dat duur zou zijn.'

'Het is wel duur als je ervoor betaalt. Weet je zeker dat je pa hier is?'

Met tussenpozen klopte Molly drie keer op de deur, maar er deed niemand open. Ze fronste. 'Misschien is mijn vader al naar huis gegaan. Misschien zijn we elkaar misgelopen, begrijp je?'

Charlie krabde aan zijn kin en zei, niet overtuigd: 'Zou kunnen.'

Ze haalde het muntstuk uit haar zak en wilde het aan hem geven. 'Toch heb je je loon verdiend.'

Charlie keek naar de *half crown* en zijn hand kwam automatisch in beweging om het muntstuk aan te nemen. Maar toen liet hij zijn arm zakken.

'Pak maar aan. Hij is nu van jou.'

'Hoe wil je dan naar huis?' vroeg hij.

'Met de bus natuurlijk. Ik heb meer muntstukken. We nemen gewoon dezelfde bus terug. Nou ja, ik dan. Ik heb geen idee waar jij naartoe gaat.'

Hij schudde zijn hoofd en wees naar een torenklok. 'Dacht het niet, want we zaten in de laatste bus die hier vannacht langskomt.'

Molly draaide zich snel om. 'Wat moet ik dan doen? Ik móét terug naar huis!'

'We kunnen lopen,' zei Charlie met een weifelende blik op haar dunne schoentjes met gespen. 'Hoewel je daar volgens mij niet goed op kunt lopen.'

'Jouw schoenen lijken ook niet erg comfortabel,' zei Molly.

'Dat zijn ze ook niet. Ze doen soms erg pijn.'

'Wat moeten we dan doen?' vroeg ze.

'We kunnen ze uittrekken.'

'Maar dat is belachelijk! Ik heb kousen aan en die gaan dan echt helemaal kapot. Daarom kan ik je voorstel niet goedkeuren.'

'Begrijp me niet verkeerd, maar je klinkt goed opgeleid.'

'Ik heb inderdaad een uitstekende opleiding gehad en ik heb veel boeken gelezen, iets wat vergelijkbaar is met nog een opleiding.'

'Ik weet een plek met heel veel boeken.'

'Waar?'

'The Book Keep, in een steeg in Covent Garden. Het heeft een groene markies. Ene Ignatius Oliver is de eigenaar. Hij is vernoemd naar een heilige die aan de wilde beesten is gevoerd. Dat zegt hij tenminste. Beetje vreemde man wel. Die winkel is in de buurt van de St. Saviour's School. Ken je die?'

'Ik ken Covent Garden natuurlijk wel. Daar deden we altijd inkopen.'

'Maar boeken zullen je niet helpen om thuis te komen,' zei hij kortaf.

'Heb jij een ander idee?'

Charlie keek langs haar heen en wees. 'Kijk.'

Ze draaide zich om en zag een fiets tegen een lantaarnpaal staan. 'Wat is daarmee?'

'Dat is de manier waarop je naar huis kunt gaan.'

'Maar die fiets is niet van mij.'

'O, maar we lenen hem alleen. We gaan naar jouw huis, weet je, en dan fiets ik alleen terug. Zo gepiept.'

'Hoe kom jij daarna dan thuis?'

Hij wees naar zijn voeten. 'Hiermee. Het is maar een paar kilometer. Ik heb veel langere afstanden afgelegd.'

'Maar die fiets, dat is toch stelen?' zei ze ongerust.

'Het is alleen stelen als je hem niet terugbrengt. En volgens mij heeft iemand hem hier gewoon achtergelaten voor iemand die ergens naartoe moet. Zie je wel dat-ie niet eens op slot staat?'

Ze keek eerst naar de fiets en toen naar hem. 'Maar hoe moeten we dáár dan met z'n tweeën op fietsen? Die fiets heeft maar één zadel!'

'Ik op de pedalen en jij op het stuur.'

'Op het stuur!' Molly was geschokt. 'Ik heb een jurk aan.'

'Goed. Dan jij op de pedalen en ik op het stuur.'

'Nee, dan vallen we. Ik... Weet je, ik heb nooit leren fietsen. Dat leek vader niet belangrijk en het gezin bij wie ik logeerde had geen fiets.'

'Dan ik dus op de pedalen en jij op het stuur.'

Ze vertrokken. Charlie fietste midden op de straat en probeerde de vele kuilen te ontwijken zodat Molly niet te veel op en neer wipte.

Voor haar gevoel stopten ze al snel voor Molly's huis.

Charlie zette zijn voeten stevig op de grond, greep de reling van het bordestrapje vast en hield de fiets stabiel zodat Molly veilig kon afstappen.

Ze bood hem het muntstuk weer aan.

Hij keek er weer naar en beet op zijn onderlip. 'Dat geld kun je maar beter houden,' zei hij ten slotte.

'Waarom?'

'Dat kon nog weleens nuttig zijn, zelfs voor rijke mensen zoals jij.'

Voordat ze iets kon zeggen, stond hij alweer op de pedalen en fietste hij snel weer over de keitjes.

'Wat een bijzondere jongen,' zei ze in zichzelf.

Molly deed de voordeur van het slot en ging naar binnen. Ze zag algauw dat ze haar vader helemaal niet waren gepasseerd. Zijn jas en hoed hingen niet waar ze hadden moeten zijn en toen ze even in zijn slaapkamer keek, lag hij niet in zijn bed. Ze riep zelfs zijn naam om te kijken of hij op de wc zat.

Daarna dwaalden haar gedachten van haar afwezige vader naar Charlie Matters. Ze had geluk gehad dat ze hem was tegengekomen, maar ze betwijfelde of ze hem ooit terug zou zien. Dat was gewoon niet waarschijnlijk in zo'n grote stad, waar veel van dit soort jongens woonden. En met die gedachte kleedde ze zich uit en kroop ze onder de dekens.

Ze had geen idee hoezeer ze zich vergiste.

Een genomen besluit

Terwijl de regen tegen het raam tikte, at Charlie langzaam de inhoud van het blikje op, samen met een worteltje en een halve gekookte aardappel.

Zijn oma doopte een stuk oud brood dat ze mee naar huis had genomen in het laatste restje van hun boterrantsoen gemengd met margarine en een beetje vleessap. Ze sneed het in tweeën en gaf het veel grotere stuk aan Charlie.

Hij zag deze lieve geste, maar voelde zich daar niet beter door. 'Oma, dat hoef je echt niet steeds te doen.'

'Jonge mannen moeten goed eten, Charlie. Maar wie zou dit een goede maaltijd noemen? Ze hebben de wekelijkse hoeveelheid bacon van vier naar drie plakjes teruggebracht en het kookvet gehalveerd. Er stond een pond suiker op elk van onze beide bonnen, en wat kreeg ik? Twee keer dertig gram. Dat proef je niet eens. Op jouw boekje hebben we nog een pakje gedroogde eieren en negentig gram kaas tegoed, maar zoveel hebben de winkels helemaal niet! Het is al zo lang geleden dat ik een echte boterham met bacon heb gehad dat ik me niet eens kan herinneren hoe dat ruikt. En bij de groenteboer heb ik sinds 1940 geen ui meer gezien. Ik zal mijn ogen niet geloven als ik ooit weer een banaan of een sinaasappel zie. Ze zeggen dat de sinaasappels worden geleverd door yanks, maar die lui lijken me volkomen onbetrouwbaar.'

'Ja, oma.' Charlie hoorde deze tirade zo ongeveer tijdens elke maaltijd.

Opeens glimlachte ze en leek ze ergens blij om te zijn. 'Weet je, ik heb genoeg gespaard om over een week of zo naar de kantine van de kerk te kunnen gaan, Charlie. Dan krijgen we een heerlijke maaltijd en als dessert custardpudding.'

Charlie leek verbijsterd en zei: 'Dat is geweldig, oma.'

Haar glimlach werd nog breder. 'En later deze week haal ik een vleespastei bij de *chippie*.'

'Een vleespastei bij de fish-and-chipswinkel?' Charlie dacht dat het leven eindelijk beter leek te worden.

'Ja, van de chippie. Ons soort mensen at vroeger al fish-and-chips, maar nu eten die chique lui in Kensington en Mayfair het ook.' Ze straalde helemaal. 'Ik zag zelfs een foto van de koning die een hap nam, in de krant en zo. Maar wij wisten allang dat dat lekker was voordat zij dat ontdekten, Charlie. Ja toch?'

'Ja.'

'De koninklijke familie heeft dezelfde bonnenboekjes als wij. Moet je nagaan! Gedeelde smart... Hoewel hun onderkomen in het paleis iets mooier is dan dat van ons.' Ze grijnsde om haar grapje. 'Blitz Spirit noemen zij dat, hoewel dat alweer jaren geleden is; het voelt als wel honderd jaar! Maar het is goed dat ze jou op school te eten geven als aanvulling op je blikje. Anders zou ik me zelfs nóg meer zorgen over je maken.'

Charlie aarzelde geen seconde. 'Ik krijg meer dan ik nodig heb. Het is ook heel goed.'

'Nou, dat is fijn om te horen, Charlie.'

De lamp flakkerde even en ging toen uit, zodat ze in het donker zaten. Geen van beiden verbaasde zich daarover. Gas en elektriciteit waren al sinds 1942 op rantsoen en hun flatgebouw werd heel vaak donker. Daarom zorgde Charlies oma dat er altijd een zaklamp op de tafel lag en die knipte ze nu aan.

Ze aten verder en twee minuten later begon de lamp weer te branden. Meteen ging ze door met haar geklaag, alsof ze goed licht nodig had om haar klachten te ventileren. 'Ik bedoel, lege planken alsof de winkel was beroofd. Het is een schandaal! Toen ik zo oud was als jij nu kreeg ik meer voeding binnen uit een blikje vispasta dan nu van een hele maaltijd. Ik hield van de vispasta van Shippams, maar je opa zwoer bij Bovril. We moeten maar hopen dat ze de soldaten beter te eten geven dan dit. We dragen allemaal ons steentje bij om tegen de moffen te vechten, maar kom op zeg, waarom kunnen we niet iets krijgen wat lekker smaakt? En als Lord Woolton van dat zogenaamd belangrijke ministerie van Voedsel ons nog één keer voorhoudt dat we dankbaar moeten zijn omdat we als een stelletje konijnen wortels mogen eten, nou, dan vergeet ik dat ik een dame ben en zal ik die man de waarheid vertellen. Dan weet-ie niet wat hem overkomt!'

'Onderweg van school naar huis kwam ik een meisje tegen wier vader bij het ministerie van Voedsel werkt,' zei Charlie.

'Er zit een meisje met een vader die op een ministerie werkt bij jou op school?' vroeg oma ongelovig.

'Nee, ik kwam haar gewoon tegen toen ik naar huis liep. Ze was met haar moeder. Ze... brachten kleren naar de liefdadigheidswinkel, omdat ze zoveel kleren hadden.'

'Nou, het is heel fijn om te zien dat mensen om anderen geven. Ik hoop dat je dat tegen haar hebt gezegd.'

'Dat zei ik, oma. Het ministerie van Voedsel is dus heel groot?'

'Echt wel. Ze zorgen ook voor de bonnenboekjes en de kookprogramma's.' Ze rolde met haar ogen. 'Ja hoor, alsof ik tijd heb om midden op de dag naar Harrods te rijden voor een twee uur durende kookdemonstratie over groenten. Stomkoppen! Wat een onzin! Ze beweren nota bene dat één zakje gedroogd ei vergelijkbaar is met twaalf echte eieren. Nou, dat kan wel zo zijn, maar ik vind dat het helemaal niet naar ei smaakt. Bovendien moet je dan wel iets hebben waar je het doorheen kunt roeren. En je moet het mengen met poedermelk! Poeder dit en poeder dat, en wat zit er in dat stomme poeder?' Ze wees met haar vork naar hem. 'Wist je dat Lord Woolton zegt dat worsten ten minste tien procent vlees moeten bevatten? Tien procent, Charlie! Dan is de vraag wat die andere negentig procent is, hè? Als jij me dat kunt vertellen ben je slimmer dan ik, want ik heb in het hele East End niemand kunnen vinden die me dat kan vertellen.'

'Ja, oma.'

'Ja hoor, ze doen daar van alles: papieren heen en weer schuiven, officiële regels opstellen en ons allemaal betuttelen. Ze hebben verspreid door het land zelfs geheime pakhuizen vol eten voor het geval er een invasie plaatsvindt. Nou, de moffen komen niet, of wel soms? Ik zeg dus: geef óns dat eten! Maar nee, dat doen ze niet, of wel soms? Als jij dat snapt, dan weet je meer dan ik.'

Charlie hielp haar met het afwassen van de paar borden. Zijn oma pakte het blikje met theeblaadjes en zette twee kopjes slappe thee voor hen, waarna ze in de voorkamer gingen zitten.

De open haard was leeg, maar ze hoorden de wind door de schoorsteen loeien en zagen af en toe regendruppels op de gebarsten schoorsteenpot.

'Meneer Abernathy heeft ons meer kolen beloofd,' zei zijn oma gefrustreerd. 'Maar die zijn kennelijk nog niet gebracht en mijn oude botten vertellen me dat het een koude winter wordt. Ik hou mijn hart vast, maar ik ben dan ook al zo oud als Methusalem.'

Charlie haalde twee brokken kool uit zijn zakken.

'Hoe kom je daaraan? Charlie!'

Terwijl Charlie de kolen in de kleine opening legde en aanstak, zei hij: 'Ik zag dat ze van een vrachtauto vielen.'

'Wilde de chauffeur ze niet terug?'

'Hij merkte het niet. Ik riep hem nog na, maar hij was vast doof of zo. Komt veel voor, door al die bombardementen en zo.'

Charlie had de kolen gestolen, nadat hij met zijn lockpick de deur van een kolenopslag had geopend. Meer dan die twee stukken pasten niet in zijn zakken. Hij blies het vuur aan met een blaasbalg.

Zijn oma schoof met haar stoel dichter naar de haard. 'Vocht gaat in je botten zitten, hè Charlie?'

Hij wreef in zijn handen, vlak bij de blauwe vlammen. De trek in hun schoorsteen was nooit goed geweest, maar hij vond het niet erg dat de rook de kamer in dwarrelde, hoewel hij er wel honger van kreeg. Nou ja, tegenwoordig kreeg hij honger van zo ongeveer alles. 'Ik... heb laatst iets gevonden, oma.'

Ze zette haar kopje neer, pakte haar breiwerk en ging verder met de wintertrui die ze voor hem maakte, áls haar reumatische vingers het tenminste volhielden. 'Iets gevonden? Wat dan?'

Charlie haalde het boek tevoorschijn en liet het haar zien. 'De bladzijden zijn leeg,' zei hij.

Ze legde haar breiwerk neer en pakte het boek van hem aan. 'Zei je dat je dit hebt gevonden? Waar?'

'In een steeg, toen ik een kortere weg nam naar school,' zei hij snel, omdat zijn oma niet wilde dat hij door stegen liep.

Ze bladerde door de bladzijden. 'Wat ga je hiermee doen?'

Charlie haalde zijn schouders op. 'Verkopen misschien, mensen willen papier.'

'Je wilt het dus niet houden?'

Hij vertrok zijn magere gezicht. 'Houden? Waarvoor?'

Ze keek hem argwanend aan. 'Wacht eens even... Als je je huiswerk maakt, moet je toch zeker schrijven?'

Charlie had zijn antwoord al klaar. 'Ze geven ons schrijfboeken, oma. Die moeten we gebruiken, snap je?'

Ze keek hem fronsend aan. 'Ik begrijp het.' Ze gaf hem het boek terug en begon weer te breien.

Hij gaapte en zei: 'Ik ben doodmoe, oma. Ik ga naar bed.'

Ze keek meteen naar de mechanische klok op de schoorsteenmantel die bij de klok in haar slaapkamer paste en keek verbaasd naar haar kleinzoon. Ze legde een hand op zijn voorhoofd. 'Voel je je niet goed, Charlie? Je bent een beetje bleek, lieverd.'

'Gewoon moe. Moe in mijn hoofd, van het rekenen,' zei hij, zogenaamd uitgeput.

Met deze laatste leugen van die avond liep hij naar zijn kast. Hij ging in zijn kleine kist liggen nadat hij de deur had gesloten, zodat het heel donker was. Zijn vingers tastten langs de randen van het boek. Hij had geen pen of potlood, hoewel hij er wel een zou kunnen pikken. Maar wat had het voor zin om hier iets in te schrijven? Hij legde het boek op de grond en ging er met zijn rug naartoe liggen.

Hij zou het boek verkopen. Hij had niets aan papier, maar wel aan geld. Zoals hij al tegen Molly Wakefield had gezegd, zou hij daar veel aan hebben. Daarna concentreerde hij zich op het meisje. Toen hij haar tegenkwam, was hij op pad geweest om te proberen een paar nuttige dingen te stelen. Als een jager die zijn jachtgebied moet vergroten als daar bijna geen prooidieren meer zijn, moest hij naar het deel van de stad waar koningen werden gekroond om goede spullen te vinden. Chelsea was heel ver bij Bethnal Green vandaan, maar hij was op een vrachtauto geklommen en daar vlak bij zijn bestemming weer vanaf gesprongen toen de vrachtauto voor een bocht gas terugnam.

Zodoende was hij in Molly's straat beland. Hij was bijna met lege handen thuisgekomen, want een slot was te moeilijk geweest en een raam iets te hoog, en een argwanende man had te goed op hem gelet.

Het begon hard te regenen toen hij bijna in slaap viel en dacht dat de Duitsers hen in dit slechte weer vast niet zouden bombarderen.

Charlie bad altijd voor de slechtste weersomstandigheden, omdat niets hem en alle andere inwoners van Londen meer angst inboezemde dan een heldere, windstille nacht.

Lonzo & Eddie

Toen Charlie de kus op zijn voorhoofd voelde, wist hij dat zijn oma naar haar werk zou gaan.

Hij werd een paar uur later wakker, knipperde even en ging rechtop zitten. Zoals gebruikelijk had hij met zijn kleren aan geslapen, voor de extra warmte. Hij stond op, waste zijn gezicht, drukte zijn haar plat en at zijn ontbijt en de inhoud van zijn lunchblikje. Dit was de eerste maaltijd van de dag, maar hij had geen idee of er een tweede zou volgen en zo ja waaruit die dan zou bestaan. Later vertrok hij, met het boek in zijn jaszak.

Hij was net de hoek omgeslagen toen iemand vrolijk riep: 'Nee maar, als dat Charlie Matters niet is.'

Charlie zag de beide jongens zijn kant op komen.

Lonzo Rossi had hem geroepen. Hij was altijd de eerste van de beide jongens die zijn mond opendeed. Hij was een centimeter of vijftien langer en bijna drie jaar ouder dan Charlie, had een lang, smal gezicht, maar een korte, brede neus met vooruitstekende neusvleugels.

Eddie Gray was kleiner dan de slungelachtige Charlie, hoewel hij bijna even oud was als Lonzo. Charlie had het idee dat Eddie veel stoerder was dan Lonzo. Hij had ook een interessanter gezicht: dikke wenkbrauwen, lange, gekrulde wimpers, een broedende blik in zijn diepliggende ogen en een grimmige trek om zijn mond. Eddie zei nooit veel, maar iedereen luisterde wel áls hij de moeite nam om iets te zeggen.

Charlie kon het prima vinden met Eddie, maar niemand kon echt opschieten met Lonzo.

De jongens bleven voor Charlie staan. Ze waren ongeveer net zo gekleed als Charlie: afgedragen lange broek, overhemd, jas, pet en schoenen die altijd te klein waren. Maar terwijl Charlies oma ervoor zorgde dat hij redelijk schoon was – ze stond erop dat hij elke zaterdagavond in bad ging en zijn nagels regelmatig knipte – leek niemand zich daar bij Lonzo of Eddie druk over te maken.

Zij waren ook wees. Lonzo was uiteindelijk weggehaald bij zijn derde gezin en Eddie bij zijn vierde, maar niet door iets wat ze hadden gedaan, wist Charlie. Het werd *war nerve* genoemd. Als jongens ouder werden en meer gingen eten en nieuwe kleren moesten hebben omdat hun armen en benen langer werden, werd dat te duur voor de meeste gezinnen. Dan stuurden ze hen weg zodat er meer overbleef voor hun biologische kinderen.

De jongens woonden nu in het casco van een afgebrand gebouw en probeerden op allerlei manieren in leven te blijven, maar moesten ondertussen politieagenten op hun ronde en de mensen van het weeshuis één delicate stap voor zien te blijven. Het weeshuis wilde de jongens maar al te graag te pakken krijgen. Niet alleen omdat ze dan een uitkering kregen, maar ook omdat ze zogenaamd een goede daad verrichtten door tuig van de straat te plukken.

'Heb je niet meer gezien nadat je op zoek was naar schoenen,' zei Lonzo glimlachend. Hij keek naar Charlies kleine afgetrapte schoenen en grijnsde breed, waardoor bijna al zijn onregelmatige en gele tanden en kiezen zichtbaar werden. 'En?' zei Lonzo, terwijl Eddie naast hem bleef staan en Charlie helemaal dreigde op te slokken met zijn intense blik. 'Je draagt dezelfde schoenen. Dus, wat is er gebeurd?'

'Ik heb het geld te pakken gekregen,' zei Charlie.

'Leugenaar!' brulde Lonzo. 'Wij weten dat er twee sloten op de deur en tralies voor de ramen zaten. Toch, Eddie? Weet je, Eddie probeerde het tweede slot te openen met zijn lockpick, maar dat ding gaf geen krimp. En Eddie is veel beter in het openen van sloten dan jij. Toch, Eddie?' Grijnzend gaf hij Eddie een por.

Eddie bleef Charlie strak aankijken.

'Ik heb het geld wél te pakken gekregen,' zei Charlie koppig. 'En daarmee heb ik dit gekocht.' Hij liet hun het dagboek zien.

'Heb je je geld dááraan uitgegeven!' brulde Lonzo. 'Ben je niet goed snik of...'

Eddie viel hem in de rede. 'Wat is dat voor boek?'

Lonzo griste het uit Charlies hand, bladerde erin, zag de lege bladzijden en gaf het terug. 'Er staat geen woord in!' zei hij hatelijk. 'Je bent niet goed snik! Weet je oma dat je geld aan onzin hebt uitgegeven, stommeling?'

Charlie stopte het boek in zijn zak en liep door.

Lonzo hield hem met een hand op zijn schouder tegen. 'Waar denk je dat je heen gaat?'

'Ik moet iets doen.'

Lonzo snoof. 'O, wat dan?'

'Ik ga dit boek verkopen, dat ga ik doen.'

Lonzo keek hem vol ongeloof aan en vroeg spottend: 'Wie gaat nu betalen voor een boek waar niets in staat?'

Eddie gaf antwoord. 'Voor het papier. Mensen hebben papier nodig.'

Charlie knikte.

Lonzo keek opeens geïnteresseerd.

Eddie vroeg: 'Hoeveel kun je ervoor krijgen, denk je?'

Charlie haalde zijn schouders op. 'Hopelijk een pond.'

'Een pond!' riep Lonzo. 'Dáárvoor?'

'Ik moet ervandoor,' zei Charlie. Toen hij de blik in Lonzo's ogen zag die hij eerder had gezien, begon hij te rennen.

'Hé!' riep Lonzo. 'We willen met je praten! We wéten dat je liegt over...'

Ze renden hem achterna.

'Kom terug!' riep Lonzo. 'We weten wat je die nacht echt hebt gedaan!'

Charlie hoorde niets meer, want hij was uitzonderlijk snel dankzij zijn lange benen, zelfs op slechte schoenen. Hij was de bocht al om en bleef rennen. Hij rende een steeg in, die een kortere weg was naar de volgende straat, en keek achterom, maar ze hadden de jacht al afgeblazen.

Satan-bommen

Charlie liep door. De stad werd langzaam wakker. Het regende niet meer, maar de wind joeg donkere wolken die meer slecht weer beloofden langs de hemel. Charlie dacht: ze weten dat ik loog én ze weten wat ik die nacht echt deed? Hij had geen idee wat Lonzo daarmee bedoelde.

Nu concentreerde hij zich weer op wat hij moest doen, want hij had nooit eerder geprobeerd iets te verkopen. Hij pikte dingen die hij of zijn oma nodig hadden, maar nam nooit afscheid van dingen. Maar ja, hij had nu eenmaal tegen Lonzo en Eddie gezegd dat hij het boek ging verkopen, dus moest hij wel.

Hij liep door het ene na het andere opvallende deel van Londen. Charlie vond dat de stad één grote puzzel was, waarin elk puzzelstukje totaal anders was dan zijn buren – in bepaalde opzichten tenminste. Hoe verder hij naar het westen liep, hoe welvarender en chiquer de wijken werden. Onderweg bekeek hij de etalages. Sommige winkels waren gesloten, andere gingen net open, ramen werden gelapt, deuren werden schoongemaakt en markiezen werden neergelaten. Er werden goederen afgeleverd, hoewel de voorraden die van de vrachtauto's werden geladen heel karig waren. Toch vond hij het goed dat mensen probeerden alles zo normaal mogelijk te houden, nu het leven absoluut niet normaal was.

Hij wist dat er in de volgende straat meestal een rijdende etenskraam stond. Deze kramen werden in gebombardeerde stadsdelen geplaatst en gingen op de gebruikelijke etenstijden open voor burgers en reddingswerkers.

Charlie liep ernaartoe, hielp de vrouwen met het uitdelen van eten, veegde en maakte schoon. Daarvoor werd hij beloond met een kop poedermelk, bruine toast met een beetje marmelade en Spam uit blik dat moest doorgaan voor worst. Charlie vond dat niet erg; hij vond Spam zelfs erg lekker.

'Laat het niet op de stoep vallen, jongen,' had de vrouw van de kantine waarschuwend gezegd. 'Als een vogel het dan oppikt, kan een politieman je in de bak stoppen omdat je dat arme beest hebt gevoerd met eten voor mensen.'

'Echt waar?' Charlie geloofde er niets van.

'Ik zou graag zeggen dat het een slechte grap was, maar dat is echt de wet.'

Charlie deed zijn best om geen kruimel te laten vallen en liep daarna verder. Zijn boek zou echt een goed grootboek kunnen zijn om berekeningen in te maken, op een kantoor of zo. Dat woord had hij zijn oma horen zeggen, hoewel hij geen idee had wat ze daar berekenden.

Een rij geüniformeerde schoolkinderen kwam hem tegemoet, aangevoerd door hun grote, bemoeizieke leraar. Charlie keek naar de leerlingen, die niet veel jonger waren dan hij. Toen hij zag dat de leraar argwanend naar hem keek, trok hij zijn pet naar beneden en probeerde hij langer en forser te lijken dan hij was. Hij liep snel door. Je mocht van school als je veertien was, maar dat was Charlie nog niet.

Daarvoor zou zijn oma misschien iets moeten ondertekenen, en hij betwijfelde of ze dat zou doen omdat zij scholing zo belangrijk vond. Maar scholing kon je op allerlei manieren krijgen, vond hij, zoals overleven door je verstand en je vaardigheden te gebruiken.

Op Trafalgar Square, in het centrum van Londen, kwam hij

langs een standbeeld op een hoge stenen pilaar van een man in ouderwetse kleren bovenop en vier enorme leeuwen onderaan. De stenen man was een vroegere oorlogsheld van de marine of zo, had Charlie een keer gehoord. Hij begreep niet hoe het mogelijk was dat de bommen dit standbeeld, net als St. Saviour's en St. Paul's, konden missen.

Terwijl hij behoedzaam over en langs het puin liep waar de stad mee bezaaid lag, hoorde hij het geklingel van een brandweerbel en het gegier van banden. Het geluid kwam dichterbij en deed pijn aan zijn oren. Hij had dit al heel vaak gehoord, anders had het hem misschien bang gemaakt. Soms vond hij het juist griezelig als hij het tijdens het luchtalarm niet hoorde.

Hij bleef abrupt staan toen een grote, forse politieagent zijn armen spreidde om Charlie en verschillende mensen achter hem tegen te houden.

'Wat is er aan de hand, agent?' vroeg een man met een bolhoed in een gekreukeld pak en met een gehavende leren schoudertas.

'Blijf gewoon staan tot ik zeg dat je mag doorlopen,' zei de agent met de band van zijn helm onder zijn puntige kin streng.

Charlie zag achter de agent dat een brandweerauto vlak voor hen de hoek om kwam. Hij draaide zich om, liep terug en had ongeveer twintig stappen gezet toen hij het hoorde.

'Dat is waarschijnlijk weer zo'n UXB.'

Charlie keek naar de sjofele man die dat had gezegd.

De man zat op de grond met zijn rug tegen een deels ingestorte muur. Voor hem stond een klein glazen bakje met lucifershoutjes naast een blikken kopje met een paar muntstukken erin. Hij had een wilde blik, een warrige bos haar en een onverzorgde lange baard.

Charlie wist dat de man een dakloze was. Daar waren er heel veel van, en Charlie wist ook dat het maar weinig scheelde of hij werd er zelf ook eentje. 'Een wat?' vroeg hij.

'Een UXB, jongen. Een niet-ontplofte bom,' zei de man schor.

Charlie knikte. Er waren veel van die dingen, wist hij, half uit de stoep stekend of in de gevel van een gebouw of, en dat was nog gevaarlijker, helemaal onzichtbaar.

'Weet je hoe diep Satan woont, jongen?' vroeg hij.

Charlie keek verbaasd, schudde zijn hoofd en liep langzaam bij de man vandaan.

'Negentienenhalve meter.'

'Wat betekent dat?' vroeg Charlie geschrokken.

'Het is een Jerry-bom, de Satan. Vier meter lang is-ie. Dat verdomde ding ploegt zich negentienenhalve meter diep de grond in. Maakt een krater waar twee dubbeldekkers in passen. Maar wij hebben ze eruit gekregen, echt waar.'

'Hebt ú dat gedaan?'

De man keek langs Charlie heen, misschien wel helemaal naar de Blitz. Iets rustiger zei hij: 'Ik zat bij de Royal Engineers, de Explosieven Opruimingsdienst. Gevaarlijk werk. Vertraagde ontsteking, foto-elektrische cellen, boobytraps... De meeste bommen vallen met een hoek van tachtig graden en graven zich maar drieënhalve meter in of zo, maar de Satan niet. Die gaat ruim vijf keer dieper. Dan moet je graven en dat is het moeilijkste deel, want het graven kan trillingen veroorzaken en daardoor kan die bom ontploffen. Daar mag je niet te erg bij stilstaan. Je bent in elk geval dood voordat je het weet, dus waarom zou je je daar druk over maken? De Jerry's, die konden er wat van, dat moet ik toegeven, maar wij waren slimmer dan zij.' Hij zweeg even en klopte op zijn bovenbenen.

Charlie kon zien dat daaronder geen benen zaten en zag dat de man op een plaat zat met wielen eronder.

'Tot een bom op East Ham terechtkwam, maar niet ontplofte,' zei de man, rustiger nu. 'Ze stuurden ons erheen om hem onschadelijk te maken. Maar hij ontplofte terwijl wij daarmee bezig waren. Die dag kregen de Jerry's drie van ons te pakken. En de helft van mij. De enige reden dat ik nog leef is dat ik weg was gelopen om water voor mijn collega's te halen. Het ding ontplofte toen ik terugkwam.'

Charlie mompelde: 'Wat erg.'

De man maakte een afwijzend gebaar. 'De oorlog kent geen regels, hoewel ze liegen en beweren dat dat wel zo is.' Hij bekeek Charlie van top tot teen. 'Ik durf te wedden dat je pa vecht, hè jongen?'

'Duinkerken,' was alles wat Charlie zei.

Het gezicht van de man betrok door deze reactie. 'Juist.' Hij keek naar het boek in Charlies hand. 'Is dat een echt boek, met woorden erin en zo?' vroeg hij verbaasd.

Charlie schudde zijn hoofd en sloeg het boek open, zodat de man het kon zien. 'Ik wil dit verkopen,' zei hij met een blik op de paar muntstukken in het kopje.

De man streek door zijn vieze baard. 'Je hebt er dus niets aan?'

'Ik heb meer aan geld,' zei Charlie, nog steeds met zijn blik gericht op het kopje.

'Wie niet,' zei de man. 'Maar je hoeft niet naar de munten in mijn kopje te kijken. Ik kan niets missen. Maar zíj gebruiken veel papier.'

'Wie?'

De man wees naar de overkant. 'Zij.'

Daar stond een stenen gebouw met donkere vlekken door de ouderdom en de oorlog. De houten voordeur was in dezelfde kleur rood geverfd als de telefooncellen, ernaast zaten ramen met zwarte luiken en op de bakstenen naast de deur zat een koperen plaat.

Charlie stond te ver weg om te kunnen lezen wat erop stond.

'King & Chauncey, Notarissen,' zei de man behulpzaam.

'Wat is een no-ta-ris?' vroeg Charlie.

'Advocaten doen het woord in de rechtbank, maar notarissen schrijven alle juridische dingen op, snap je? Testamenten en zo. Op papier, jongen. Zij hebben heel veel papier nodig. Ga daarnaartoe en verkoop je boek. Je moet er wel een goede prijs voor vragen. Pen en papier zijn belangrijker dan bommen en kogels.'

Charlie bedankte de man en rende de straat over, ontweek een auto, een gammele bus en tot slot een trekpaard voor een melkkar met een slaperige melkboer.

King & Chauncey

Charlie knoopte zijn opgelapte jas dicht, zette zijn pet af, streek zijn haar glad, streek met wat spuug de viezigheid van zijn gezicht en veegde daarna zijn handen af aan zijn broek en klopte op de houten deur.

Hij deinsde achteruit toen de deur meteen daarna werd geopend door een grote, magere vrouw met een strenge blik, gesteven manchetten en kraagje die net zo stijf leken als zij. Voor haar ene oog zat een monocle, waarvan het rode lint aan haar melkwitte blouse was vastgespeld.

'Ja?' zei ze, nogal agressief en met een afkeurende blik. 'We moedigen bezoek zonder afspraak niet aan, jongeman.'

Charlie begreep uit haar blik dat hij zeker geen afspraak zou kunnen maken bij King & Chauncey, Notarissen.

Charlie liet haar het boek zien. 'Ik wil dit verkopen, juffrouw. Papier. Lege bladzijden. Die eh... meneer aan de overkant zei dat jullie papier gebruiken, dus...'

De vrouw keek langs hem heen naar de man die op de stoep zat en op dat moment in ruil voor een *halfpenny* lucifers overhandigde aan een goedgeklede man. 'Is dat zo?'

'Ja, dat is zo,' zei Charlie. 'En er is niet genoeg papier. Door de rantsoenering. Dat is heel erg.'

De vrouw leek al iets minder agressief. 'Weet je wel dat auteurs jaren moeten wachten tot hun boeken worden uitgegeven omdat er geen papier is om ze te drukken? Terwijl in oorlogstijd juist meer boeken gelezen zouden moeten worden dan in elke andere tijd. Dat is toch verschrikkelijk, jongeman?'

'Dat is heel erg.'

'Laat me dat boek zien.'

Charlie gaf het aan haar.

Ze bladerde door alle bladzijden, waarschijnlijk om te controleren of ze echt allemaal onbeschreven waren, en gaf het terug. 'Kom binnen.' Ze draaide zich om en gebaarde dat Charlie binnen moest komen.

Charlie liep achter haar aan door een brede gang die goed werd verlicht met zowel elektrische lampen als flakkerende wandkaarsen. Hij rook een haardvuur en vroeg zich af hoe ze aan het hout kwamen, want in Londen was hout zelfs nog schaarser dan kolen.

Hij voelde zich meer op zijn gemak toen hij het chique interieur zag. Zijn maag was redelijk gevuld dankzij de vrouw van de kantine, en zijn vooruitzichten leken met elke stap beter te worden. Het idee van één enkel pond werd vervangen door zijn aanname dat deze mensen zelfs meerdere ponden konden betalen voor het mooie papier in zijn boek. En zou het niet pure rechtvaardigheid zijn als zijn opschepperij tegenover Lonzo zelfs meer dan werkelijkheid werd?

De vrouw nam hem mee naar een vertrek met een bureau, stevige planken vol zware boeken en stapels papieren met een rood lint eromheen, en stoelen met een houten rugleuning en een gestreepte stoffen zitting. Op het behang op een van de muren hing een schilderij van een brug en in de open haard brandde een houtvuur.

Charlie nam dit alles in zich op en zei tegen de vrouw, die aandachtig naar hem keek: 'Mooi hier, juffrouw.'

'Dank je.' Ze wees naar een stoel.

Charlie streek over het vieze zitvlak van zijn broek en ging zitten.

Zij nam plaats achter het bureau en keek naar Charlie.

Hij keek haar aan. 'Dus, bent u King of Chauncey, juffrouw?' vroeg hij zo beleefd mogelijk.

Ze leek geschrokken en misschien verheugd, door zijn vraag. 'Geen van beide. Meneer King en meneer Chauncey zijn vandaag allebei elders. Zij zijn notarissen. Mijn naam is Virginia Woodley, en ik assisteer hen.'

Charlie knikte. 'Dat notarisgedoe schijnt heel goed te betalen.'

'Iemand moet jarenlang een zware studie volgen om notaris te worden.'

Charlies gezicht betrok. Hij was bang dat er een addertje onder het gras school.

'En hoe heet jij, jongeman?'

Charlie wilde antwoord geven, maar dacht even na en zei toen: 'Charles E. Matters, juffrouw.'

Ze fronste even, maar toen trok ze haar wenkbrauwen op. 'En hoe komt u aan dat boek, meneer Matters?'

'Ik heb het niet gepikt, als u dat soms denkt. Iemand heeft het aan me gegeven.'

Ze keek door haar monocle naar zijn onverzorgde uiterlijk. 'Weet je het zeker? Want ik ben absoluut niet bereid gestolen goederen te kopen.'

Charlie hield haar blik vast en zei: 'Ik heb het gekregen.'

'Van wie?'

'Waarom is dat belangrijk?'

'Dat zijn dit soort dingen nu eenmaal.'

'Van Ignatius Oliver, de eigenaar van The Book Keep vlak bij St. Saviour's School. Hij gaf mij het boek.'

Ze keek hem met grote ogen aan. 'Jij hebt toch zeker niet op St. Saviour's gezeten?'

'Zeker niet, juffrouw.'

Charlie dacht heel even dat ze bijna glimlachte, maar niet helemaal.

'Waarom heeft hij dat boek aan jou gegeven?'

Charlie haalde zijn schouders op. 'Hij zei dat zijn vrouw... dingen opschreef in dit soort boeken en hij nam aan dat ik dat ook zou willen.'

'Waarom probeer je het dan te verkopen?'

'Omdat ik meer heb aan het geld dan aan het opschrijven van wat ik denk en zo. Ik betwijfel zelfs of dat wel de moeite waard is.'

Ze keek met een onbehaaglijke blik naar zijn sjofele kleren en magere lichaam. 'Hoeveel geld wil je ervoor?'

Charlie beet op zijn lip. 'Ik dacht aan vijf pond, maar voor u neem ik genoegen met twee.'

'Waarom zou je me zo'n koopje aanbieden?' vroeg ze argwanend.

Hij besloot haar gewoon de waarheid te vertellen. 'Omdat we zo'n fijn gesprek hebben en zo. Hier is het warm,' voegde hij eraan toe, 'en dit is de zachtste stoel waar ik ooit op heb gezeten. Die dingen zijn belangrijk voor me, juffrouw.'

Ze legde haar handen plat op het bureaublad, maar leek niet verbaasd over het bedrag dat hij had genoemd. 'Juist. Maar twee pond is nog steeds heel veel geld.'

'Nou ja, ik zal niet alles zelf houden.'

'O?'

'Nee. De man aan de overkant wees me op u, dus vind ik dat hij wel een *tanner* verdient. Hij heeft geholpen met het ontmantelen van bommen tot zijn benen in East Ham van zijn lichaam werden gerukt. En mijn oma heeft een hoed en een bril nodig. Dan zou iets van het geld worden uitgegeven aan schoenen en een jas voor mij, als ik ze voor het juiste bedrag kan vinden, of áls ik ze kan vinden. Alles wat dan nog over is, geef ik aan mijn oma. Zij wil graag een keertje pudding eten.'

'Je oma? Woon je bij haar?'

Charlie knikte.

'En je ouders?'

Charlie haalde zijn schouders op. 'Ik heb alleen m'n oma.'

Ze schraapte haar keel en zei, zonder hem aan te kijken: 'Ik denk dat vijf pond de normale prijs is voor een boek zoals dat van jou. Het is écht veel papier. Wacht, ik ben zo terug.'

Virginia Woodley stond op en depte haar ogen met een zakdoek die ze uit haar mouw had gehaald.

Toen ze langs hem heen liep zei Charlie gedecideerd: 'U hoeft echt geen medelijden te hebben, juffrouw. Veel jongens zijn er veel slechter aan toe dan ik. Ik heb mijn oma, en een dak boven mijn hoofd.'

'Natuurlijk. Mag ik nog opmerken dat St. Saviour's zo'n aardige jongeman als jij waarschijnlijk helemaal niet verdient?' Ze gaf een vriendelijk klopje op zijn schouder en liep snel weg.

Charlie bleef in de stoel zitten en keek om zich heen.

Als zo'n plek als deze bestond te midden van alle verliezen en puinhopen, dan konden ze de oorlog op een dag misschien vergeten en gaan bouwen aan een betere toekomst. Dat was tenminste een mooie gedachte.

Zijn blik viel op het boek. Opeens leken het niet langer aan elkaar genaaide vellen papier in een leren omslag, maar vijf pond! Hij bladerde door het boek en zag nu geen lege bladzijden meer. Hij wist niet goed wat hij wél zag, misschien een toekomst vol onvoorziene en onbekende mogelijkheden.

De vooruitzichten mét vijf pond waren duidelijk genoeg: een hoed en bril voor oma, een jas en schoenen voor hem, een tanner of twee voor de man aan de overkant en misschien was er dan zelfs nog een beetje geld over voor de pudding. En de vooruitzichten zonder die vijf pond? Onzichtbare dingen, of zelfs vage hersenschimmen.

Charlie sprong op, rende door de chique gang en stond alweer buiten voordat juffrouw Virginia Woodley terug was met de vijf pond.

Onafhankelijkheidsdag

'Ik... Ik heb geen idee wat er gebeurd kan zijn,' zei mevrouw Pride. 'Misschien moest je vader op reis, de stad uit? En hij wist natuurlijk niet dat je thuiskwam, anders had hij zeker geschreven of getelefoneerd. En ik weet niet hoe ik hem moet bereiken.'

Molly staarde mevrouw Pride aan, alsof de vrouw opzettelijk onzin uitkraamde.

Ze waren in de keuken en mevrouw Pride had net een bord met Molly's ontbijt en een kop poedermelk op tafel gezet.

Molly zag aan de hulpeloze blik van mevrouw Pride dat zij ook wel wist dat er zo snel mogelijk een einde aan deze schijnvertoning moest komen.

Mevrouw Pride zei nerveus, misschien als reactie op Molly's ijzige blik: 'Natuurlijk ben je teleurgesteld en gefrustreerd, dat zou ik ook zijn als ik jou was. Maar de oorlog heeft... veel dingen veranderd.'

'Dat is zo, maar ik ben nu al ruim een week thuis en ik heb hem nog geen enkele keer gezien. Ik begin te denken dat hij hier, net als moeder, niet meer woont.'

'Dit is zijn huis, Molly,' antwoordde mevrouw Pride verontwaardigd.

'Dan zou ik denken dat hij daar ook gebruik van zou maken!' snauwde Molly.

'Zoals ik al zei... De oorlog heeft veel dingen veranderd.'

'Waar werkt hij?'

Mevrouw Pride glimlachte gespannen. 'Dat heb ik je al verteld, Molly.'

'Ja, dat weet ik, bij het ministerie van Voedsel, maar wáár precies?'

'Dat weet ik niet zeker. Ze hebben veel verschillende kantoren en zo, neem ik aan. Daarom kunnen we hem op geen enkele manier bereiken. Het is heel groot. Ik kan me voorstellen dat alle ministeries heel groot zijn. Kijk maar naar het ministerie van Financiën of het ministerie van Pensioenen.' Verontwaardigd voegde ze eraan toe: 'Hoewel ik niet denk dat er nog veel te doen is met pensioenen. Iedereen kan zijn loon nu maar beter zelf innen.'

'Maar hoe zit het met mama? Ik wil haar zien. Vandaag.'

'Dat kan ik me voorstellen, maar zij is in Cornwall en we kunnen toch zeker niet zomaar even naar Cornwall reizen? Goed, eet je ontbijt op voordat het koud is. Er zijn veel huizen waar niemand aan tafel zit, omdat er niets te eten is.' Mevrouw Pride verdween, zichtbaar ontdaan, voordat Molly haar nog iets kon vragen.

Molly keek naar het bord met haar ontbijt: één lepel aangelengd eipoeder, één geroosterde snee bruinbrood met een klontje margarine, een dun plakje van het een of andere vlees en een blokje cheddar. Ze smeerde de margarine op de toast, at alles op en dronk haar poedermelk, die niet eens naar echte melk smaakte. Nadat ze alles ophad, voelde ze iets wat ze voordat ze naar huis was gekomen nooit eerder had meegemaakt: honger.

Daardoor dacht ze ook aan Charlie Matters. Hij was misschien iemand die niet aan een tafel zat omdat er niets te eten was, zoals mevrouw Pride had gezegd. Het muntstuk dat nog steeds in haar zak zat? Dat had hij echt verdiend, en misschien kon hij het gebruiken om er wat eten van te kopen. Maar ze had geen idee waar hij woonde. Of bij wie hij woonde. Misschien bij niemand. Door de oorlog waren veel kinderen wees geworden.

Ze dacht: op dit moment heb ik kennelijk ook geen moeder en geen vader.

Ze haalde de *half crown* uit haar zak, pakte haar hoed, jas en handschoenen en zei tegen mevrouw Pride dat ze een wandeling ging maken.

'Is dat wel verstandig, denk je?' vroeg haar vroegere nanny.

'Ik denk dat het verstandiger is dan hier blijven wachten tot mijn vader níét thuiskomt.'

'Maar Molly, lieve kind, daar moet ik echt bezwaar tegen maken.'

'Ja, mevrouw Pride, dat kan ik me voorstellen. Tot later.'

Molly deed de voordeur achter zich dicht, keek om zich heen en nam een besluit. Ze zou naar Covent Garden gaan. Dat was niet heel ver en het was een mooie ochtend zonder bombardementen. En, dacht ze, er woedde een wereldoorlog, dus waarom zou je zo'n prachtige kans op avontuur niet benutten?

De eerste leugen

Molly liep door. Links van haar was het grote Hyde Park en rechts het veel kleinere Green Park, terwijl het paleis ten zuidoosten van haar stond. Voor haar lagen de vrij modieuze wijken Mayfair en Soho, evenals Piccadilly. Covent Garden lag in de Strand ten oosten van Soho.

Ze liep verder, terwijl de stad wakker werd. Het was onbewolkt en de kille lucht werd al een beetje opgewarmd door de opkomende zon. Af en toe bleef Molly staan om voorbijgangers te vragen of ze weleens hadden gehoord van The Book Keep in Covent Garden. Niemand kende de winkel. Misschien bestond die boekwinkel helemaal niet. Misschien was Charlie Matters gewoon een gladde jongen, wat hem zomaar een *half crown* kon kosten, dacht ze.

Toen ze nog op het platteland woonde, liep ze soms kilometers achter elkaar, maar hier was dat volkomen anders. Ze moest meer mensen ontwijken, om puinhopen heen lopen of eroverheen klimmen, en er waren auto's, fietsen, bussen en soms een paard-en-wagen waar ze op moest letten omdat ze soms de straat af kwamen en over de stoep reden.

Ze vergrootte haar zoekgebied en liep naar de Theems. Ze bleef staan op een hoek vlak bij het Savoy, waar ze vroeger vaak thee gingen drinken. Tijdens de korte rit naar dit hotel waren ze een keer gestopt bij een winkel, zodat ze een jurk kon passen die voor haar werd gemaakt. Nu leek het hotel somber en kaal, hoewel er een geüniformeerde portier voor het gebouw stond en er een paar taxi's voor de ingang van het hotel stonden te wachten. Ze zag een hoge muur die het zicht op de rivier blokkeerde, en overal lagen zandzakken. Ze nam aan dat het hotel hiermee werd beschermd tegen bommen. Molly wist niet dat onder het hotel een schuilkelder was, exclusief voor gasten van het Savoy, die luxueus was ingericht en daardoor in geen enkel opzicht vergelijkbaar was met andere schuilkelders waar de meeste Londenaren naartoe vluchtten als er voor een bombardement werd gewaarschuwd.

Toen ze zich omdraaide, zag ze aan de overkant een auto staan, een tweedeurs Riley waar twee mannen in zaten. Op zich was dat niet ongewoon, maar het was wél vreemd dat Molly zeker wist dat diezelfde auto met diezelfde mannen erin tegenover haar huis had gestaan toen ze die ochtend haar huis verliet.

Ik word gek of ik word gevolgd, dacht ze.

Toen de auto opeens wegreed, dacht ze, net als eerder, dat ze gewoon van slag was door de huidige situatie en ze het zich dus gewoon verbeeldde.

Ze concentreerde zich weer op haar missie, vastbesloten haar doel te bereiken, zoals ze altijd deed als ze zich iets voornam.

Molly was altijd een voorbeeldige leerling geweest. Haar moeder had haar verteld dat ze later kon worden wat ze maar wilde. Haar vader had hetzelfde gezegd, zolang het maar lerares was of secretaresse van een machtige man. En natuurlijk lag het onvermijdelijke huwelijk met de juiste man in het verschiet. Maar Molly wilde naar de universiteit. Daardoor dacht ze aan iets wat Charlie had gezegd en haar misschien zou helpen met haar zoektocht.

St. Saviour's School! Iemand moest weten waar die school was. En inderdaad, een heer die ze aansprak wist dat. Hij lichtte hoffelijk zijn hoed, streek over zijn indrukwekkende snor en vertelde uit zichzelf dat hij ook op die school had gezeten. Hij wees haar de weg en zei dat haar vraag hem wel een beetje verbaasde, omdat St. Saviour's School alleen voor jongens was.

'Mijn broer,' zei Molly. 'Ik heb daar met hem afgesproken.'

De man glimlachte en zei: 'Ach, vandaar.' Daarna liep hij door.

Lieve help, dit is mijn eerste leugen ooit, dacht ze. Toch verbaasde het haar hoe bevredigend ze het vond.

Molly liep snel door in de richting van St. Saviour's, maar ze hoefde er uiteindelijk toch niet helemaal naartoe te lopen, want toen ze langs een steeg kwam, zag ze de groene markies waar Charlie het over had gehad. Ze wist natuurlijk dat er in Londen heel veel groene markiezen waren, maar liep er toch snel naartoe en slaakte een verrast kreetje alsof ze een verjaardagscadeau had gekregen dat ze écht had willen hebben in plaats van het cadeau waarvan de gever dácht dat ze het wilde.

THE BOOK KEEP

I. OLIVER, EIGENARES

De winkel bestond dus echt! En dat betekende dat Charlie niet tegen haar had gelogen. Dat vond Molly een hele troost, maar ze was ook verbaasd. Eigenares? Charlie had toch gezegd...

Toen ze door de vieze etalageruit naar binnen keek en de rommelige hoeveelheid boeken zag, was ze even van haar stuk gebracht. Ze was in veel Londense boekwinkels geweest en niet een had er net zo uitgezien als deze. Had de oorlog echt alles veranderd? Ze hoopte van niet. Er waren toch zeker bepaalde eisen waaraan voldaan moest worden?

Toen haar vader haar op de trein naar het platteland zette, had hij waarschuwend gezegd: 'Anarchie moet ten koste van alles worden voorkomen. De Duitsers preken over efficiëntie en procedures, en die gelden voor hun treinen, hun uniformen.'

Die golden zelfs voor hun Blitzkrieg die, zoals Molly had begrepen, een overhaaste oorlog was tegen een veel zwakkere vijand. Maar wat de nazi's volgens haar vader echt wilden was anarchie. Anarchie van de ziel, had hij erbij gezegd, de ergste vorm van anarchie. Daarna had hij haar op haar betraande wangen gekust, haar vlechten rechtgetrokken en haar uitgezwaaid. Dat was de laatste keer geweest dat ze haar geliefde vader ooit had gezien.

Haar moeder was zo van slag doordat Molly wegging dat ze niet mee kon naar het treinstation. Dat was misschien maar goed ook. Er waren zoveel vaders en moeders die afscheid namen van zoveel kinderen met een naamplaatje op hun jas gespeld, met een gasmasker in hun hand en met een kleine schoudertas waar alles in zat wat ze bezaten. Het was niet alleen een noodzakelijke vlucht van onschuldigen voor het naderende onheil, maar vooral ook een van de verdrietigste ooit.

Molly opende de winkeldeur, zodat het belletje waarderend rinkelde, en stapte hoopvol The Book Keep van I. Oliver binnen.

De tweede bezoeker

Molly keek even om zich heen en kwam tot de conclusie dat haar tweede indruk van deze winkel afweek van haar eerste. Het was hier inderdaad rommelig, maar net als in je hoofd wanneer je te veel had om over na te denken. En dat was niet altijd verkeerd, toch? Ze glimlachte zelfs toen ze naar de volle planken en wankele stapels boeken keek.

Toen werd het gordijn opzijgeschoven en kwam er een man naar haar toe. 'Dag, juffrouw. Kan ik u helpen?' Hij leek aardig en behulpzaam en helemaal niet op de 'vreemde' man die Charlie had beschreven.

Ze vroeg opgewekt: 'Bent u Ignatius Oliver?'

'Dat ben ik.'

'Ik begrijp dat u een jongen kent die Charlie Matters heet?'

Hij opende de klep van de toonbank en kwam naast haar staan. 'Ik ken hem inderdaad. Mag ik vragen waarom u dat wilt weten?'

'Hij heeft me ergens mee geholpen en ik had beloofd hem te betalen als hij dat deed, maar hij was al verdwenen voordat ik dat kon doen. Ik hoopte dat u me kon vertellen waar hij woont, zodat ik hem het beloofde geld alsnog kan geven.'

Oliver zette zijn bril af, maakte hem schoon met zijn mouw en zette hem weer op. 'Ik begrijp waarom dat een dilemma voor u is, juffrouw...?'

'Molly Wakefield.'

'Woont u in Londen?' vroeg hij.
'In Chelsea.'
'Ja, natuurlijk.'
Ze fronste toen hij dat zei. 'Wat bedoelt u daarmee?'
'Gewoon dat dat een chique wijk is en u er zelf ook chic uitziet.'
'Ik neem aan van wel,' zei ze met een blik naar haar bijzonder schone en dure kleding.
'Charlie is een goede jongen.'
Ze keek Oliver even van opzij aan en zei: 'Zo te zien lijdt hij erg onder de oorlog.'
'Dat geldt voor veel mensen.'
'Daarom wil ik hem betalen wat ik hem verschuldigd ben. Het was een *half crown*.' Ze haalde het muntstuk uit haar zak en liet het Oliver zien.
'Dat is een klein vermogen tegenwoordig voor iemand als Charlie,' zei Oliver met een waarderende blik op het glanzende muntstuk. 'Woont u bij uw ouders?'
Ze fronste opnieuw en besloot deze keer iets minder eerlijk te antwoorden.
'Ik woon bij mijn vader en moeder en mijn nanny.'
'Gaat het goed met uw ouders?'
'Mijn vader maakt lange dagen. Bij het ministerie van Voedsel,' voegde ze eraan toe, alsof dat alles verklaarde.
'En je moeder?'
'Zij voelt zich niet helemaal goed,' zei Molly behoedzaam.
'Zoals velen van ons.'
'Werkt u alleen in deze winkel?' vroeg ze, omdat ze nu ook meer over deze man wilde weten.
'Ja.'
Molly's blik viel op de ingelijste foto van de vrouw met het zwarte lint om de lijst. 'Is dat...?'
'Mijn overleden vrouw. Zoals ik Charlie al vertelde, was dit haar winkel.'

'Aha, daarom staat er "eigenares" op de etalageruit,' zei Molly.

'Ja, de "I" staat voor Imogen. Sinds zij is overleden, leid ik de winkel. Dat heb ik niet heel goed gedaan en de oorlog heeft ook niet echt geholpen.'

'Wat erg van uw vrouw. Mag ik vragen wat haar is overkomen?'

'De oorlog is haar overkomen, helaas.' Hij volgde haar blik toen ze om zich heen keek. 'Ik zie dat u heel graag leest,' zei hij.

'Hoe weet u dat?' vroeg ze verbaasd.

'De ogen van een bibliofiel zijn een goede gids. Zij beginnen te stralen als ze boeken zien, net als de ogen van een gourmand als hij de uitmuntende creaties van een chef-kok proeft, of die van een wijnkenner als hem een rij stoffige flessen bordeaux wordt gepresenteerd.'

'Leest ú veel boeken?'

'Imogen las echt alles. Zij vertelde me dan wat ze allemaal had gelezen, heel gedetailleerd zelfs. Ze las me ook vaak voor, met bijzonder levendige stemmen. Dus via haar ben ik denk ik inderdaad vrij belezen.'

'Ik lees erg graag boeken. En u hebt hier echt veel boeken.'

'Slecht georganiseerd, ben ik bang, maar dit was Imogens manier. Zelf ben ik wat georganiseerder. Weet u wat ze een keer zei?' vroeg hij gretig.

'Vertelt u het maar.'

'Als je weet waar alles is, is er nooit een gevoel van verrassing of ontdekking, en daar genoot zij juist enorm van. Vandaar dus de rommel hier. Daardoor worden de mensen bevrijd van hun veilige plekjes, neem ik aan.' Hij keek haar nerveus aan. 'Sta ik onzin uit te kramen?'

'Nee, helemaal niet. Ik ben er ook voor om uit je comfortabele omgeving te stappen om nieuwe dingen te ontdekken. Ik bedoel, daar draait het toch om in het leven?'

'Ongetwijfeld.'

'Terugkomend op Charlie. Hebt u zijn adres?'

Hij pakte een dikke pen, schreef iets op een stukje papier en gaf dat aan haar.

Molly keek ernaar:

DE ACHTENSWAARDIGE HEER CHARLES ELIAS MATTERS
FLAT 4A, 13 DAPLETON TERRACE
BETHNAL GREEN LONDEN E2

'Ik hoorde dat Bethnal Green zwaar beschadigd is door de bombardementen.'

'Ja, het hele East End was een belangrijk doelwit tijdens de Blitz,' zei Oliver.

Molly zei: 'Gelukkig zijn de bombardementen nu minder hevig dan eerst. Dat hoorde ik op de radio.'

'Maar de vliegtuigen komen nog steeds. En de mensen verliezen nog steeds hun geliefden en daardoor hun hoop.'

'Charlie schijnt hoop te hebben,' zei Molly.

'Ik denk dat Charlie hoopvoller is dan wie ook.'

'U kent hem dus goed?'

'Sommige mensen kun je gemakkelijker doorzien dan andere. Maar u zei net dat u op de radio hoorde dat de bombardementen afnemen?'

Molly zei: 'Ik woonde tijdelijk in een dorpje in Suffolk, dicht bij de zee. Daar werd ik tijdens het evacuatieplan naartoe gestuurd. Ik ben net terug.' Toen hij haar verbaasd aankeek, zei ze: 'Ik weet dat de meesten allang terug zijn, maar... mijn situatie was een beetje... anders.'

'Als u het zegt,' zei hij vriendelijk.

Ze keek nog een keer naar de enorme hoeveelheid boeken.

Hij zei: 'Wees alstublieft zo vrij om even op ontdekking uit te gaan. Imogen zei altijd dat je nooit te veel boeken kunt lezen. Dat is net zoiets als zeggen dat te veel ademhalen een probleem is.'

'Ik wil graag even rondkijken, dank u wel.'

'Wilt u misschien een kop thee en een stukje geroosterd brood met Golden Shred? Ik had net water opgezet. Ik weet dat het ministerie van Voedsel een kopje ochtendthee niet goedkeurt, maar ik heb erg veel thee.' Snel voegde hij eraan toe: 'We hadden dat al voor de rantsoenering gekocht. Ik vind dus niet dat ik een wet overtreed of zo, de geest van de wet tenminste niet.'

'Nee, u hoeft geen...' Molly zweeg toen ze haar maag hoorde rammelen. 'Weet u, een geroosterde boterham en een kopje thee lijken me heerlijk. Dank u wel. Hoe kent u Charlie eigenlijk?'

'Op een nacht kwam hij langs.'

'Op een nácht?'

'Ja, het is u misschien opgevallen dat hij een voorkeur heeft voor de nachtelijke uren.'

'Dat is me inderdáád opgevallen.'

Hij verdween achter het gordijn, zodat Molly kon rondkijken.

Ze liep langzaam door de winkel, draaide boeken om, bladerde erin, las af en toe een stukje en las twee keer zelfs hardop een passage voor. Ze keek naar de stevige houten deur onderaan een korte trap, liep ernaartoe en draaide de knop om, maar de deur zat op slot. Ze liep de winkel weer in en ging verder op onderzoek uit. Uiteindelijk viel één boek haar op.

Toen Oliver terugkwam met de thee en het brood liet ze hem het boek zien en zei ze: 'Ik neem deze. Hoe duur is het?'

'Dat is mijn cadeau aan u, juffrouw Wakefield.'

'Nee, dat hoeft u echt niet te doen.'

'O, maar u kwam hier met goede bedoelingen voor iemand anders. Dus alstublieft, u zou míj er een plezier mee doen.'

'Goed dan, dank u.' Ze wees naar de afgesloten deur. 'Wat is daarachter?'

'Dat is een speciale kamer, voor speciale momenten.'

'U hebt daar dus ook boeken en zo?'

'En zo.'

'Dit is een Jane Austen,' zei ze, waarna ze hem het boek opnieuw liet zien.

Hij gaf haar haar thee en een bordje met brood, en keek daarna naar de omslag. 'Aha, *Mansfield Park*.'

Ze knikte. 'Ik heb verschillende van haar boeken gelezen en vind haar heel goed.' Molly nam een slokje van haar thee en een hap van haar brood met marmelade. 'Hoewel ik Austens bewuste ironie volgens mij wel begrijp, heb ik geen enkele behoefte om te speculeren over met wie ik ooit zal gaan trouwen.'

'Ik denk dat u, als u ouder bent, veel meer onder de indruk zult raken van haar scherpe grappen, haar verfrissende satirische opmerkingen en de kwaliteit van de onderliggende betekenis van dat alles. Volgens mij zult u, aangezien u net terug bent in Londen, ook overeenkomsten zien met dít verhaal, want het gaat over een jongedame in een onbekende omgeving.'

'U hebt het boek dus gelezen?' vroeg Molly.

'Imogen heeft het me voorgelezen, nadat ze ze zelf natuurlijk allemaal had gelezen.'

'Wat, al deze boeken?' vroeg Molly verbaasd.

'Wat moet je anders doen met boeken dan ze lezen en je verbazen over wat je net hebt gelezen, zei ze weleens. En, zelfs nog fijner, je afvragen wat je daarná zult lezen?'

'Nou ja, zij was de eigenares van een boekwinkel, dus kon ze ze verkópen.'

'Ja, dat vond Imogen heel belangrijk. Ze zei: "Als ik ze niet eerst heb gelezen, hoe kan ik dan besluiten welke boeken het wel of niet waard zijn om te worden verkocht?"'

Molly dacht hierover na. 'Daar had ze gelijk in.'

'Dat vond ik ook altijd,' zei Oliver.

Dat zei hij een beetje verdrietig, dacht Molly. Ze vond het ook een beetje verontrustend dat de man alleen maar in staat leek de filosofische gedachtegang van zijn vrouw te citeren, en niet die van zichzelf. Misschien had Charlie gelijk en was deze man toch wel vreemd. 'Dan ga ik Charlie opzoeken en hem het geld geven.'

'Is dat de enige reden dat u hem probeert te vinden? Om hem zijn loon te betalen?' vroeg Oliver.

'Nee, niet de enige reden. Ik denk... dat we vrienden kunnen zijn.'

'Daar kon u weleens gelijk in hebben.'

'Hij ziet eruit alsof hij wel een vriend kan gebruiken.' Molly keek Oliver hoopvol aan.

'Hopelijk hebt u er geen bezwaar tegen dat ik het zeg, maar ik denk dat dat ook voor uzelf geldt.'

'Dank u, meneer Oliver. Ik hoop dat we elkaar terugzien.'

'Ik ben bijna altijd hier.'

Ze draaide zich om naar de deur, maar toen keek ze weer naar hem en naar het briefje met Charlies naam en adres. 'Waarom noemt u Charlie "achtenswaardig"?'

'Omdat het heel goed mogelijk is dat hij dat ooit zal worden,' antwoordde Oliver. 'Net als wij allemaal.'

Een angstig moment

Na de avondmaaltijd in de kerk, waar Charlie had genoten van een custardtaartje en een hapje van zijn oma's pudding, liepen ze verzadigd terug naar hun flat.

Zijn oma was vreemd stil geweest tijdens de bijzondere maaltijd, zodat Charlie wist dat er iets niet goed was. Ze nam hem mee naar de voorkamer, zei dat hij moest gaan zitten, maar ontweek zijn blik, waardoor Charlie zich schrap zette voor wat ze hem zou vertellen. Ze legde een hand op een van zijn knokige knieën. 'Er is geen gemakkelijke manier om dit te zeggen, Charlie.'

'Ben je z-ziek, oma?' stamelde hij.

'Wat? Nee, Charlie, nee! Ik ben helemaal in orde, lieverd. Maar ik heb wel... slecht nieuws. Weet je, de bakkerij draait al een tijdje niet goed. We kunnen niet genoeg verkopen en als we dat wel doen, hebben de mensen geen geld om ervoor te betalen. Ze hebben me niet ontslagen, hoor, maar... mijn loon is gehalveerd.'

'Wat betekent dat?' vroeg Charlie, al wist hij dat het niets goeds kon betekenen.

'Nou ja, het betekent bijvoorbeeld dat we hier niet kunnen blijven. We zullen moeten verhuizen.'

'Waarnaartoe?' vroeg Charlie angstig.

'Nou ja, dat heb ik nog niet helemaal uitgepuzzeld. Ik heb dit vandaag pas gehoord. Maar mensen zullen ons helpen,

Charlie, dat weet ik zeker. En ik denk dat er wel een ministerie is dat mensen helpt met huisvesting en zo. We zullen ergens naartoe moeten waar we met anderen samenwonen, maar dan hebben we wel een dak boven ons hoofd. Ik weet zeker dat het goed komt.'

'Hoeveel zou het kosten om hier te blijven?'

Ze werd bleek. 'Charlie, dit is míjn probleem en ík moet een oplossing vinden. Goed, ga nu maar naar bed en zorg dat je goed slaapt. Morgenochtend zal alles er beter uitzien.' Ze stond op en sjokte naar haar kamer, terwijl hij snel naar zijn kast liep en in zijn kist ging liggen om over dit alles na te denken en een plan te beramen.

Hij wachtte niet eens tot zijn oma sliep. Hij stond op, verdween geluidloos door het raam en liep snel door de steeg. Hij móést ergens geld vandaan halen, en snel ook. Hij was van plan om naar Molly's huis te gaan en haar te vragen of ze hem die *half crown* toch kon geven. Daar móést oma iets aan hebben. Hij hoopte dat het niet te laat was om Molly te bezoeken.

Hij kwam de hoek om en bleef abrupt staan toen hij Lonzo en Eddie zag. Lonzo had een peuk in zijn mond en de sliertjes rook die omhoogkringelden vermengden zich met de mist, waardoor hij hen maar vaag kon zien.

Even later stampte Lonzo zijn peuk uit op de stoep met de hak van zijn derdehands schoen. Hij stond met zijn handen in zijn zakken en keek Charlie aan. 'We hoorden het van je oma. Haar loon verlaagd. Wat ga je doen?'

'Ik ga wat geld halen.'

'Hoe?' vroeg Eddie.

'Weet ik nog niet,' loog Charlie. Hij wilde Lonzo niet eens in de buurt hebben van Molly Wakefield.

Lonzo zette een stap naar hem toe. 'Weet je, toen we je volgden naar die school zagen we je naar die boekwinkel gaan.' Hij prikte met een vinger in Charlies magere borstkas. 'Dat probeerden we je laatst te vertellen, maar toen ging je ervandoor, ja toch? En toen we je de volgende ochtend volgden, zagen we dat je die man een pond gaf. Ben je niet goed bij je hoofd of zo?'

Op Charlies voorhoofd vormde zich ondanks de kou een dun laagje zweet.

'Dat was heel veel geld, Charlie,' zei Eddie. 'Genoeg om je oma te helpen.'

'En om óns te helpen, vriend,' zei Lonzo met een wrede grijns.

Charlie deinsde achteruit en schudde zijn hoofd.

Lonzo haalde zijn stiletto uit zijn zak en opende het mes, zodat Charlie het kleine, dodelijke lemmet kon zien. 'Je oma is een lief oud vrouwtje, ja toch, Charlie? Zou zonde zijn als haar iets overkwam.'

Charlie stormde woedend naar voren om Lonzo aan te vallen. Maar Eddie kreeg hem te pakken en hield hem vast, terwijl Lonzo het lemmet langs Charlies trillende hals liet glijden. 'Dus gaan we met z'n allen het geld terughalen dat je hebt teruggegeven aan die ouwe kerel. Daarna verdelen we het, in drieën, heel eerlijk, zoals we altijd hebben gedaan. Want je laat je eigen soort toch zeker niet in de steek, Charlie?'

Charlie probeerde zich los te rukken, maar Eddie was niet alleen ouder, maar ook veel sterker dan Charlie.

'Doe niet zo stom, Charlie,' zei Eddie hijgend. 'Hij zal het niet eens missen.'

'Echt wel!' riep Charlie. 'Hij heeft niet veel.'

Lonzo zei: 'Nou, hij heeft meer dan wij. Dus kom mee.'

Charlie kon zich eindelijk losrukken uit Eddies greep. 'Ik ga jullie daar niet mee helpen.'

'Oké.' Lonzo klapte zijn mes dicht. 'Dan gaan we wel alleen en krijg jij niets. Maar als die man probeert ons tegen te houden? Dan wordt-ie gestoken.'

Charlie dacht snel na en zei wanhopig: 'Oké, ik ga wel mee. We kunnen erin en eruit zonder dat-ie het merkt.'

Lonzo pakte Charlie bij zijn arm. 'Kom mee.'

De dood achterlaten

Ze mochten meerijden op een vrachtwagen tot vlak bij Covent Garden. Nadat ze de chauffeur hadden geholpen met het uitladen van dozen liepen ze naar de steeg.

Toen Charlie de groene markies zag, hoopte hij dat de deur op slot zat.

Er brandde geen licht, de verduisteringsgordijnen waren gesloten en de deur zat inderdaad op slot, dus pakte Eddie zijn lockpick om dat probleem op te lossen.

Lonzo hield Charlies arm stevig vast, bukte zich en fluisterde: 'Zodra Eddie dat slot open heeft, ga jij naar binnen, heel stilletjes. Je pakt het geld en brengt het naar me toe, begrepen? Geen trucjes.' Lonzo liet hem zijn mes zien.

Charlie knikte.

Maar het slot gaf geen krimp.

Lonzo riep: 'Hé, wat is er aan de hand?'

Eddie zei: 'Ik weet het niet, ik krijg het slot wel open, maar de deur zit vast op de grendel.'

'Nou, ik ga hier niet met lege handen vandaan nu we hier helemaal naartoe zijn gegaan!' Lonzo duwde Eddie opzij en ramde de deur met zijn schouder, één keer, twee keer en toen een derde keer.

Het hout kraakte en de deur vloog open.

'Hé!' riep iemand die het licht van een zaklamp op hen richtte. De politieagent stond in de ingang van de steeg.

'Blijf staan, jongens!' Hij rende naar hen toe.

De drie jongens bleven niet staan. Ze renden de andere kant op, zoals altijd als ze door de politie werden betrapt.

Toen de agent langs de etalage van The Book Keep kwam, ging binnen het licht aan.

Oliver kwam in zijn kamerjas en pyjama achter het gordijn vandaan. Hij zag de schade, klapte het luik omhoog en opende de deur op een kier. Hij keek de donkere steeg in en kon nog net zien dat de politieagent en de drie jongens wegrenden.

'Staan blijven!' riep de agent. 'Jongens, blijf staan! Anders zwaait er wat!'

Ze renden de steeg uit, de lichtvoetige Charlie voorop, Lonzo vlak achter hem en Eddie met zijn kortere benen achteraan.

Toen ze bij de straat waren, rende Charlie naar de overkant, op de voet gevolgd door Lonzo. Ze keken allebei achterom toen ze gierende banden, knarsende remmen en een luide claxon hoorden, en – nog veel verontrustender – de klap van vlees tegen metaal. En – het allerergst – de kreten.

De vrachtwagen reed tegen de agent aan toen deze Eddie had bereikt, waardoor hij zeker drie meter de lucht in werd geslingerd en vervolgens met een ziekmakende plof op de straat klapte. Eddie, die de vrachtwagen had zien aankomen, dook in elkaar, maar een wiel van de vrachtwagen reed over zijn hoofd.

Charlie was zo snel blijven staan dat Lonzo tegen hem opbotste. Ze vielen in een wirwar van armen en benen op de grond. Charlie zag de agent en Eddie, die een meter bij elkaar vandaan op de straat lagen, en heel veel bloed. De chauffeur van de vrachtwagen klom naar buiten en keek ontdaan naar de beide lichamen.

Charlie stond op en riep: 'Eddie!' Hij wilde teruglopen, maar Lonzo greep hem hardhandig vast.

'Nee, Charlie. We moeten ervandoor.'

‘We moeten terug,’ protesteerde Charlie.

‘Als we teruggaan, gaan we de bak in.’

‘Maar...’

Lonzo trok zijn mes. ‘Ik neem jou hier en nu te pakken, en daarna je oma. Kom mee, nu!’

‘Hé, jullie daar! Kom terug!’ riep de vrachtwagenchauffeur, een gespierde man met een baard.

Charlie draaide zich om en rende weg, op de voet gevolgd door Lonzo.

Ze renden door, voor hun gevoel vele kilometers, door een groot deel van het nog slapende Londen. Uiteindelijk bleven ze staan. Ze klapten dubbel en stonden te hijgen.

Lonzo ging rechtop staan en vroeg aarzelend: ‘Je... Denk je dat Eddie...?’

Charlie zei buiten adem: ‘Ik... Het ziet er niet goed uit. Ik... Ik denk dat hij...’

‘Shit!’ De stoere Lonzo keek Charlie aan en zag eruit alsof hij elk moment kon gaan huilen.

Charlie kon dat goed begrijpen, want Eddie was alles wat Lonzo had.

Lonzo keek Charlie kwaad aan. ‘Dit is verdomme jouw schuld.’

‘Het was jóúw idee om daarheen te gaan, Lonzo.’

‘Maar als jij niet zo stom was geweest om dat geld terug te brengen...’ snauwde hij ellendig. ‘En er is ook nog eens een agent dood... Daarvoor hangen ze ons op.’

Daar had Charlie niet aan gedacht. ‘Ze hangen ons echt niet op, Lonzo. Daar zijn we niet oud genoeg voor.’

‘Stomme klootzak die je bent! We zijn gewoon een paar jongens uit East End, wij zijn niets waard.’ Hij pakte Charlie bij zijn arm. ‘Jij houdt je bek, hoor je? Als je er ook maar met één woord over rept, steek ik jou en je oma dood. Dat zweer ik op het graf van mijn moeder!’

‘Ik zeg niets, ik wil niet hangen.’

'Dat is maar beter ook.' Hij liet Charlie los, draaide zich om en verdween in het donker.

Charlie stond nog steeds te trillen op zijn benen, maar even later liep hij snel terug naar Bethnal Green.

Toen hij terugkwam in zijn flat opende hij de deur van zijn oma's slaapkamer. Ze lag op haar matras te slapen en hij bleef heel lang naar haar staan kijken. In gedachten zag hij dat Lonzo hun huis binnendrong en zijn mes hief, dat zijn oma gilde en dat Lonzo het mes naar beneden bracht... Trillend van angst en de schok vluchtte hij naar zijn kast. Daar ging hij liggen, met zijn kleren aan en zijn hoofd vol sombere gedachten. Eddie was dood. Een politieagent was dood. Wat zij vannacht hadden gedaan, daar stond de doodstraf op, dood door ophanging.

Zijn ogen waren nog steeds open toen zijn oma de volgende ochtend opstond en hem een afscheidskus gaf. Hij stond snel op en volgde haar, om er zeker van te zijn dat ze haar bus haalde en dat Lonzo niet in de buurt was.

Toen Charlie weer in zijn bed stapte, viel hij eindelijk uitgeput in slaap en hij bleef slapen tot er, uren later, op de voordeur werd geklopt.

Hij stond op. Omdat hij dacht dat het de politie was, wilde hij door het raam vluchten, maar toen hoorde hij háár stem.

Een vluchtige ontmoeting

'Hallo, Charlie Matters,' zei Molly.

Hij stond in de sjofele deuropening en keek haar aan.

Molly keek met een triomfantelijke blik terug. Ze droeg een lichtgroene jurk, een wit hoedje en een beige jas en schoenen. In haar ene hand had ze een tasje en in haar andere een heuse rieten picknickmand met een klep.

'Hoe wist je waar ik woon?' vroeg hij somber.

'Ik heb een leuk gesprek gehad met meneer Oliver en hij heeft me jouw adres gegeven.' Ze keek langs hem heen. 'Vraag je me niet om binnen te komen?'

'Ik zou niet weten waarom.'

'Omdat het onbeleefd is om dat niet te doen. Ik ben hier toch zeker helemaal naartoe gekomen?'

'Hoe kóm je hier eigenlijk?'

'Ik heb eerst een stuk gelopen en daarna een taxi genomen. Het is een mooie dag.'

Toen ze zijn wanhopige blik zag vroeg ze: 'Is er iets mis?'

'Nee, waarom zou het?'

'Je lijkt gewoon anders. Zijn je ouders thuis? Het is zaterdag, dus ik neem aan dat je vader vrij is?'

Charlie aarzelde even en zei toen: 'Hij zit in het leger.'

'Ja, natuurlijk. Wat dom van me. En werkt je moeder?'

Hij gaf niet meteen antwoord en dacht snel na. Hij kende Molly niet echt. En zij had toch niets met zijn ouders te maken? 'Ja, ze maakt gebouwen schoon en zo, net zoals die man in de bus.'

'Bedoel je 's nachts?'

'Ja, ze slaapt. Ze is net thuisgekomen.'

Molly zette haar mand neer, opende haar tasje en haalde er een potje zalf en een rol verband uit. 'Laat me je hand zien.'

'Wat?'

'Die snee.'

Charlie stak langzaam zijn hand uit.

'Heb je de wond schoongemaakt, zoals ik je had gezegd?'

'Eh...'

'Dat dacht ik al. Hou je hand stil.' Ze haalde een flesje zeepwater en een doekje uit haar tas, druppelde wat op het doekje, maakte de wond grondig schoon en droogde hem. 'Nu wat zalf en een verband. Maak je geen zorgen, dat doet geen pijn.'

'Ik maak me geen zorgen,' mompelde hij, terwijl hij met een schuldig gevoel dacht aan de dode Eddie met zijn geplette hoofd.

Molly keek hem aan, smeerde zalf op de wond, wikkelde het verband om zijn hand en knoopte dat stevig dicht. 'Zo, dit moet nu even genoeg zijn. Je moet tegen je moeder zeggen dat ze het verband dagelijks moet verschonen, tot de wond niet meer zo rood is en begint te genezen. Je mag de zalf en een paar rollen verband houden.' Ze gaf dat allemaal aan Charlie.

Hij stopte alles in zijn zakken. 'Dank je wel. En, is je vader ons gepasseerd?'

'Wat?' Ze begreep niet waar hij op doelde.

'Je vader? Was hij thuis toen je 's nachts thuiskwam?'

'Eh... nee. Hij heeft tot laat doorgewerkt en is helemaal niet thuisgekomen.'

'Vindt je moeder het niet erg dat hij tot zo laat blijft werken?'

'Iedereen moet een bijdrage leveren,' zei Molly vastberaden.

'Maar je hebt hem wel gezien?'
'Eh... Ja, inderdaad. Hij is heel eh... moe.'
Charlie keek naar de mand. 'Ruik ik vléés?'
'Mevrouw Pride, mijn nanny, heeft boodschappen gedaan. En onderweg hiernaartoe kwam ik langs Victoria Park. Ik dacht dat we daar wel konden picknicken, hoewel er slagbomen voor de ingang staan.'
'Vicky is gesloten in verband met de oorlog. Daar staat nu het luchtafweergeschut.'
'Nou ja, als je geen bezwaar hebt tegen een lange wandeling, kunnen we ook wel naar Hyde Park gaan of een taxi nemen. Ik weet niet of de Underground nu zo ver gaat.'
Charlie pakte zijn pet en jas van de haak. 'Ik vind lopen niet erg als het moet. En ik heb nooit bezwaar tegen eten. En zoals je zei, is het een mooie dag.' Charlie keek naar zijn pijnlijke, beknelde voeten. 'Maar als je het geld ervoor hebt, is een bus naar West End een goed idee.'

***

Charlie at de laatste restjes op: gebakken worst, vis uit blik, gedroogd fruit en een stukje cheddar.
Molly zat tegenover hem op het kleed, dronk water uit een kopje en keek naar het lege blikje. 'Ze hadden vis aan de kust, waar ik woonde.'
'Hier is alleen vis uit blik te krijgen,' zei Charlie.
'Waarom?'
'Onderzeeërs. Als je in het Kanaal vist, wil je niet tot zinken worden gebracht door een torpedo.'
'Nee, natuurlijk niet.'
'Mijn oma zegt dat je iets kunt kopen wat niet lijkt op vis en niet ruikt naar vis. Misschien is het walvisvlees en is dat wel goed als je dat nooit eerder hebt geproefd.'
'Ja, de mensen moeten genoegen nemen met wat ze heb-

ben. De vrouwen in mijn dorp gebruikten beenmake-up, omdat er geen kousen meer waren. Vloeibare kousen, noemden ze dat. Te koop in een flesje. De vrouwen tekenden zelfs de naden met een zwart eyelinerpotlood.'

Charlie keek verbaasd. 'Beenmake-up? Daar heb ik nog nooit van gehoord.'

'Woont je oma bij jou en je moeder?'

Charlie zei soepeltjes: 'Ja. Mijn opa is een tijdje geleden gestorven en toen kwam ze bij mij en mijn moeder wonen.'

'Komt je vader vaak thuis als hij verlof heeft?'

'Nee, niet vaak.' Charlie keek weer naar zijn bord.

Molly keek naar een beeld dat vlakbij stond. 'Ik weet nog dat ik dat beeld heb gezien toen ik veel jonger was. Vind je het mooi?'

Charlie draaide zich om en zag een naakte jongen op een groot zeewezen. Hij fronste en schudde zijn hoofd. 'Zo te zien doet hij dat beest pijn.'

'Dat is een dolfijn. Ik heb over dit beeld gelezen. Het is gemaakt door Alexander Munro. Hij was een vriend van Lewis Carroll, de schrijver van *Alice in Wonderland*. Hoewel Lewis Carroll zijn alias was, want hij heette in werkelijkheid Charles Dodgson. Denk je echt dat hij die dolfijn pijn doet?'

'Waarom zou je iemands knie op je rug willen?' vroeg Charlie verhit. 'En moet je kijken hoe die man de staart verdraait en zijn kop naar beneden drukt.'

'Je hoeft niet zo van slag te raken door een beeld, Charlie.'

'Ik ben niet van slag,' zei hij narrig. Hij keek weer naar het beeld. 'Maar ik vind het niet prettig als mensen dingen iets aandoen die hun nooit iets hebben aangedaan.'

'Nee, natuurlijk niet,' zei Molly, geschrokken door zijn uitval. 'Ik... ook niet.' Ze keek naar enkele grote luchtafweerkanonnen onder camouflagenetten in wat vroeger goedverzorgde bloembedden waren. Ze zag minstens twaalf identieke kanonnen, sommige hadden een vaste standplaats en andere stonden op karren met wielen. Er hingen soldaten rond met een sigaret in hun hand, klaar om in actie te komen zodra de sirenes begonnen te loeien en de Duitse vliegtuigen verschenen. De bijna vijf meter lange kanonslopen waren als reusachtige metalen vingers op de lucht gericht.

Molly had gelezen dat de kogels van deze kanonnen wel zeven kilo wogen en een bereik van twaalf kilometer hadden. Hoewel de kanonnen niet bijzonder accuraat waren, hoopte men dat ze als er heel veel Duitse vliegtuigen overvlogen altijd wel iets zouden raken. Of dat de vloot van de Duitse Luftwaffe hoger zou gaan vliegen, waardoor de accuratesse van hun bombardementen drastisch zou verminderen.

Molly keek naar de verharde paden en herinnerde zich de tijd waarin de verkopers hun lekkernijen verkochten, zoals pruimenmuffins, krentenbroodjes en ijslolly's. In het park stonden toen ook comfortabele strandstoelen, waarin je lekker kon luieren in de middagzon of ontspannen een dutje kon doen. Nu zag ze lelijke gaten in de grond, beschadigde fonteinen, omgehakte bomen en grote kanonnen in plaats van bloemen.

Molly schrok toen een man aan de rand van een gazon zijn camera op haar richtte en een foto maakte. Ze zag dat de flitser afwisselend heet werd en weer afkoelde. Ze stond op. 'Neem me niet kwalijk, maar wat doet u?'

Charlie keek achterom en zag de man. 'Wat is er?'

'Hij maakte een foto van me!' Molly liep naar de man toe, maar hij rende weg en verdween snel tussen een groep wandelaars.

Charlie zei: 'Misschien maakte hij een foto van dat beeld.'

'Misschien, maar...'

'Maar wat?'

'Ach, ik weet het niet. Het klinkt misschien gek, maar ik denk dat iemand me volgt en mijn huis in de gaten houdt, dat soort dingen. En nu deze man met een camera.'

‘Waarom zou iemand dat doen?’

‘Dat is het probleem, Charlie, ik weet niet waarom.’ Molly schudde haar hoofd. ‘Nou ja, daar kan ik nu niets aan doen.’ Ze keek omhoog en zei: ‘Zo te zien gaat het regenen.’

Charlie speelde met een hoekje van het picknickkleed. ‘Je hebt meneer Oliver dus opgezocht?’

‘Ja, ik moest je adres hebben.’

‘Waarom?’

Ze haalde de *half crown* uit haar zak. ‘Omdat ik je dit wilde geven.’

Vóór de afgelopen nacht had Charlie het muntstuk misschien aangenomen, maar nu niet, want door dat geld dacht hij aan de dode agent. Aan de dode Eddie. Aan de grote vrachtwagen die over Eddies kleine hoofd reed. Aan Lonzo’s dreigementen. Hij maakte geen aanstalten om het geld aan te nemen.

Molly zei: ‘Ik heb je dit beloofd in ruil voor je diensten. Je hebt die diensten verleend en dus verdien je het om te worden betaald. Dat is gewoon eerlijk.’

‘Ik verdien helemaal niets,’ zei Charlie met tranen in zijn ogen.

‘Charlie, wat is er? Wat is er aan de hand?’

Hij wreef zijn ogen droog. ‘We kunnen maar beter gaan. Jij kunt daar een taxi nemen.’

‘Ik kan wel lopen. Ik woon hier niet ver vandaan. Dan wip ik onderweg even bij Harrods binnen. Daar ben ik nog helemaal niet geweest sinds ik terug ben.’

‘Maar niet als het gaat regenen. En een taxi is beter met je mand en zo.’

‘En jij dan?’

Hij haalde zijn schouders op. ‘Ik ben vaker nat dan droog. En ik vind het niet erg om grote afstanden te lopen. Dat doe ik elke dag.’

‘Is je school zo ver van je huis?’

'Die is... Nee, niet ver. Maar ik loop naar andere plaatsen, na school.'

Ze verzamelden alle spullen en stopten ze in de mand.

Bij de taxistandplaats vlak bij het park zei Molly: 'Ik zou je moeder graag willen ontmoeten.'

'Oké, en ik die van jou,' zei hij meteen.

Molly bloosde. 'Ik eh... Ze is niet in orde.'

'Je vader dan.'

'Juist. Ach, we zien wel. Ja toch?'

Terwijl ze in de rij stonden voor een taxi keek Molly naar een krant die op een parkbankje was achtergelaten. 'O, wat afschuwelijk!' Ze pakte de krant en liet Charlie de voorpagina zien. Daarop stond een foto van een vrachtwagen met ervoor twee lichamen onder lakens. Molly las voor: 'Een politieagent en een jongen zijn gedood tijdens een tragisch ongeluk. De agent is geïdentificeerd als Ambrose Tapper, eenendertig jaar. Hij was getrouwd en had twee jonge kinderen. De naam van de jongen is nog niet bekend. De chauffeur van de vrachtwagen vertelde de politie dat de agent drie jongens achtervolgde toen het ongeluk gebeurde.' Ze keek Charlie aan. 'Dat is toch afschuwelijk?'

Charlie keek naar de lakens waar de lichamen onder lagen en antwoordde niet.

Molly las verder voor. '"De chauffeur heeft de signalementen van de andere jongens doorgegeven aan de autoriteiten. De politie kijkt ook naar de misdaadverslagen in de omgeving, omdat ze ervan uitgaan dat de jongens iets illegaals deden. De agent deed zijn werk toen hij hen achtervolgde en aan zijn trieste einde kwam."'

Ze keek Charlie aan. 'Sommige mensen hebben gewoon geen respect voor de wet en het leven van anderen. O, moet je horen.' Ze las weer voor: '"Ze renden gewoon weg, vertelde de vrachtwagenchauffeur. Ze gingen er gewoon vandoor en lieten hun vriend dood achter." Wie doet nou zoiets?' Ze vouwde de krant op en legde hem terug op het bankje. 'Ik hoop echt dat ze die andere jongens vinden. En dat ze zich ellendig voelen omdat ze hun arme vriend gewoon achterlieten.'

Charlie keek langs haar heen en voelde de koude lus van de strop om zijn keel. Moeizaam zei hij: 'Daar is je taxi, Molly.'

Ze stapte in de taxi en wilde hem het muntstuk geven door het geopende raampje. 'Neem het alsjeblieft aan.'

Charlie zei: 'Dank je voor de picknick. Het was erg lekker.' Daarna draaide hij zich om en liep hij weg.

De taxi reed weg en Charlie pakte de krant en stopte hem in zijn zak. Hij liep helemaal naar huis, door de regen, terwijl hij zich afvroeg hoe hij de dode Eddie in vredesnaam had kunnen laten liggen.

Ik verdien het om opgehangen te worden.

Het stoffelijk overschot van Jane

De volgende nacht had Charlie genoeg moed verzameld om, zoals wel vaker, naar de heilige plek te gaan. Het was alweer een paar jaar geleden, maar de krater was nog steeds gevuld met puin. Toch was het terrein waar de school had gestaan overgenomen door stokrozen, vlinderstruiken en wilgenroosjes, van zaailingen tot volwassen planten, die leven brachten op de plek van de ooit plotselinge en gewelddadige dood.

Het was Charlies eerste schooldag geweest. Omdat hun huis was gebombardeerd, waren ze naar een andere wijk verhuisd. Hij en zijn moeder liepen hand in hand op straat, maar hoe dichter ze bij hun bestemming kwamen, hoe nerveuzer Charlie werd. Op een bepaald moment probeerde hij zijn hand uit de hare te trekken en hij smeekte haar om bij elkaar te blijven en om hem niet alleen in die onbekende school achter te laten.

Zijn moeder ging voor hem op haar hurken zitten, zodat ze elkaar konden aankijken, streek zijn haar glad, trok zijn kleren recht en zei dat de andere kinderen hem zouden begroeten als hun nieuwe vriendje. Hij zou samen met hen lezen en spelen, en zoveel leren dat zijn hoofd even vol zou worden als zijn maag na een goede maaltijd en dat dat heel fijn zou voelen.

En omdat hij meer van zijn moeder hield dan van wat ook,

en omdat ze nog nooit tegen hem had gelogen, waren ze doorgelopen. Na een knuffel voor de deur van de school hadden ze voor de laatste keer en met tranen afscheid van elkaar genomen.

Geen van beiden had op dat moment kunnen weten dat een enthousiaste schutter van de Luftwaffe uit Bremen, in de romp van een Dornier 17 die de opvallende kromming van de Theems volgde, op het punt stond een einde te maken aan het leven van zijn moeder en daardoor de toekomst van haar zoon op een onvoorstelbare manier zou veranderen.

Charlie ging op een overgebleven stuk van de muur van de school zitten, trok zijn pet af, steunde met zijn knokige ellebogen op zijn magere bovenbenen en sloot zijn ogen. Hij herinnerde zich de sirenes gevolgd door het snerpende geluid van de bommenwerper.

Charlie had gedacht dat hij een jongen hoorde fluiten. Hij wist niet dat het de sirene van de bommenwerper was die door de wind werd aangedreven als het vliegtuig dook. De sirenes werden Jerichotrompetten genoemd.

Niemand wist waarom, maar het luchtalarm was veel te laat afgegaan. Daardoor was er geen tijd geweest om naar een schuilkelder te gaan. Ze waren met z'n allen, met hun gasmasker op, teruggerend naar hun klaslokaal, waarna de leraar de deur had dichtgedaan. Trillend van angst waren ze onder hun tafeltjes gekropen toen ze hoorden dat de vliegtuigen over hen heen vlogen.

Het bombardement zelf was uit Charlies herinneringen verdwenen, maar hij wist alles nog vanaf het moment waarop hij zijn ogen had geopend. Boven hem was alleen duisternis geweest, doordat hij was bedolven door het ingestorte schoolgebouw, dat daarvoor een veilige plek voor kinderen was. Charlie had een hele tijd gedacht dat hij dood was en dat dit de hemel was zoals die door de dominee was beschreven. Hij had geen gevoel in zijn armen en benen. Zijn kleine borstkas was ingedrukt en zijn longen zaten vol dingen die daar niet hoorden te zijn. Hij hoorde een doordringende doffe pieptoon waar kennelijk geen enkel ander geluid tegenop kon.

De duisternis werd uiteindelijk van hem afgehaald toen handen hem terug in het licht trokken. Hij rook een overweldigende, voor hem onbekende geur. Dat was de geur van cordiet dat in alle explosieven zat.

Charlie werd op een brancard naar een bus gebracht, samen met een heleboel andere gewonden, omdat de ambulances de enorme hoeveelheid slachtoffers niet konden verwerken. Hem was verteld dat zijn verwondingen – een gebroken arm, een verbrijzeld sleutelbeen, een verstuikte enkel en kneuzingen op zijn hele lichaam – relatief licht waren vergeleken met die van andere slachtoffers. En doordat het allemaal zo snel was gegaan, had hij geen gruwelijke beelden gezien. Voortdurende, verstikkende duisternis, gevolgd door een explosie van licht – alsof hij opnieuw was geboren.

Niemand wist hoe het mogelijk was dat hij en een paar anderen in de school het hadden overleefd. Een wonder, hadden de kranten gezegd, ongetwijfeld heel blij omdat ze te midden van de ramp iets positiefs konden melden.

Charlie vergat zo ongeveer alles toen twee mannen in wijde kleren hem die avond in het ziekenhuis kwamen bezoeken, samen met zijn grootouders. Zijn oma zag eruit alsof ze niet meer wilde leven, terwijl zijn opa alleen naar zijn voeten keek. Oma had Charlie huilend zo stevig vastgepakt dat al zijn verwondingen gillend protesteerden. Maar Charlie had alleen aandacht voor de mannen, die hem aankeken met een vreemde mengeling van oprecht verdriet en professionele vermoeidheid. Ze vertelden hem dat zijn moeder een van de dodelijke slachtoffers was. Toen het luchtalarm te laat afging, had ze haar eigen veiligheid genegeerd en was ze teruggerend naar de school om haar zoon te halen. Een getuige had verteld dat er, vlak voordat ze de school had bereikt, nog geen drie meter bij haar vandaan een bom was ontploft. Dat had zij, net als het gebouw, niet overleefd. Jane Matters was veranderd in niet meer dan een herinnering, alleen omdat ze had gewild dat haar zoon naar een echte school ging en zij hem daar op zijn eerste dag naartoe had gebracht omdat ze zoveel van hem hield.

Charlie wist al, voordat het hem was verteld, dat zijn moeder dood was. Anders had zij al die tijd bij zijn bed gezeten, had ze zijn hand vastgehouden, zijn voorhoofd gekoeld en dingen gefluisterd die heel belangrijk waren voor het enige kind dat ze ooit zou krijgen.

En nu, al die jaren later, was de shock daardoor zo'n deel van hem geworden dat Charlie niet eens besefte dát het een deel van hem was. Net zoals een hart synchroon klopt, longen uitzetten en nieren filteren, bleef de shock door zijn lichaam jagen, alsof hij een nieuw orgaan had dat onophoudelijk en slopend angstgevoelens veroorzaakte.

Charlies laatste herinnering aan zijn moeder was dat ze wegliep door de gang, zich nog één keer omdraaide en tegen hem glimlachte. Met die ene glimlach had ze de angst kunnen wegnemen van haar enige kind dat alleen en zonder haar werd achtergelaten. Daarna had ze zich weer omgedraaid en was ze haar dood tegemoetgelopen.

Charlie staarde naar de overkant van de straat. Daar was het dichtstbijzijnde Underground-station dat tijdens het bombardement dat de school had vernietigd als door een wonder onbeschadigd was gebleven. Tijdens de bombardementen hadden Charlie en zijn grootouders samen met honderden anderen, nacht na nacht, op de rails of op de perrons geslapen. Vaak dropten de Duitsers eerst *bread baskets* met daarin honderden brandbommen of parachutefakkels die gebouwen in brand zetten, maar ook de weg aangaven voor de daaropvolgende golf bommen die de meeste schade aanrichtten en de meeste levens eisten.

De magnesiumbrandbommen waren gruwelijk, doordat brandend magnesium zo heet wordt dat het massief staal kan smelten. Ze landdden in gebouwen en veroorzaakten vuurzeeën die bijna onmogelijk te blussen waren, doordat magnesium ongevoelig is voor water. Het was bijna niet te geloven dat er op deze manier oorlog werd gevoerd, dacht Charlie weleens.

Als Charlie op de spoorrails lag of daar dwars boven in een provisorische hangmat van jutezakken lag, sloot hij zijn ogen en probeerde hij niet te luisteren naar wat er boven hen gebeurde. Tijdens een bombardement trilde de aarde zo dat het bij iedereen beneden oncontroleerbare angst veroorzaakte. Charlie luisterde dan of hij tegenvuur hoorde en bad dat elke Britse kogel zijn doel zou treffen.

Iemand had een piano in het station gezet en elke avond zongen de mensen samen. De vrouwelijke vrijwilligers van de Women's Voluntary Services, de WVS, zorgden ook voor thee en sandwiches. Daar keek Charlie heel erg naar uit, omdat dit vaak de meest uitgebreide maaltijd was die hij kreeg. Bibliotheken doneerden boeken en soms probeerde hij te lezen om niet aan de bommen te denken. Hij vond dat moeilijk, omdat het niet natuurlijk was om te wachten tot je doodging.

Nadat het sein veilig had geklonken liepen Charlie en zijn grootouders naar huis. Ze liepen om kraters heen waar eerder nog iets had gestaan en wendden hun blik af van de verschrompelde of uit elkaar gereten lichamen van mensen die kort daarvoor nog hadden geleefd. Het was een grote vlakte vol overblijfselen, veroorzaakt door de ontaardheid van de mensheid, minus de mens.

De nieuwe school waar Charlie na de dood van zijn moeder naartoe ging, was een kamer in de kelder van een armoedig pand van de overheid dat niet meer werd gebruikt, met één schoolbord, een paar stoelen en één uitgeputte lerares voor veertig kinderen. De meeste leerlingen zaten op de grond met hun gasmasker op. Dat herinnerde Charlie steeds opnieuw aan wat hem en zijn moeder die dag was overkomen.

Hij kreeg elke keer als hij naar de kelder ging hartkloppingen, gespannen spieren en een wazig zicht. Zodra hij met zijn gasmasker op in dat bedompte, sombere vertrek was, kon hij niets meer opnemen.

De lerares keek dan vol medelijden naar Charlie, die altijd in elkaar gedoken zat, maar concentreerde zich daarna op de kinderen die nog wel in staat waren iets te leren.

Op een dag overhandigde Charlie, voordat de andere kinderen er waren, de lerares een brief die zogenaamd door zijn oma was geschreven. Dat was het einde van Charlies officiële opleiding en het begin van zijn onofficiële scholing.

Charlies gedachten keerden terug naar het heden. Hij stond op van de muur en verliet de plaats waar zijn moeder was gestorven. De rest van die dag haalde hij een schuur bij de rivier leeg in ruil voor een muntstuk van twee shilling en een appel. De appel verving zijn ontbijt en zijn lunch, want oma had zo ongeveer niets om in de koelkast te zetten voor zijn ontbijt, of voor zijn zondagse lunch. Haar gehalveerde loon was laat uitbetaald en bovendien waren de planken leeg van de supermarkt waar zij met haar bonnenboekje en wat muntgeld boodschappen kon doen.

Na hun karige avondmaaltijd gaf Charlie zijn oma zijn muntstuk. Hij vertelde haar dat hij onderweg naar huis een man met een glimmende hoed op was tegengekomen die hem het geld had gegeven.

Zijn oma zei: 'Het doet me goed te weten dat er nog altijd goede mensen zijn, mensen die wél om anderen geven. De rijken en de armen trekken samen ten strijde, nietwaar Charlie?'

Hij klom in zijn kast en vlak nadat hij haar zacht hoorde snurken klauterde Charlie de brandtrap af.

'Hoi, Charlie.'

Hij draaide zich om en zag Lonzo, die op hem stond te wachten.

Vaarwel

Charlie keek of Lonzo zijn mes in zijn hand had, maar dat was niet zo en dus bleef hij gewoon staan.

Lonzo stapte naar hem toe en zei verdrietig: 'Eddie is dood.'

'Dat weet ik, ik las het in de krant.'

Lonzo keek naar de grond. 'Iedereen weet dat Eddie en ik makkers waren. Als de politie denkt dat... dan weten ze... En die vrachtwagenchauffeur, die heeft me volgens mij goed kunnen zien.'

'Wat ga je doen?' vroeg Charlie.

'Geen idee. Ik kan hier wel weggaan, maar ik kan nergens naartoe en heb geen geld om ernaartoe te gaan.'

'Zou je iets aan een *half crown* hebben?'

Lonzo keek hem stomverbaasd aan. 'Héb je een *half crown*?'

'Ik kan er wel aan komen. Daarna geef ik die aan jou.'

Lonzo keek hem verbijsterd aan. 'Waarom... zou je dat doen, Charlie?'

'We wilden niet dat Eddie of die agent doodgingen, Lonzo. Dat gebeurde gewoon.'

'Ik ben waardeloos, Charlie. Dat weet ik. Vroeger, voor de oorlog, was ik anders. Mijn ma, die was aardig, deed haar best. Altijd als mijn pa had gedronken en zijn riem losmaakte om mij ermee te slaan, liet ze dat niet toe. En toen nam de oorlog hem te pakken en daarna mijn ma...' Opnieuw staarde hij naar de grond. 'Ik wil je geld niet, Charlie. Geef het maar aan je oma.'

'Maar wat ga je dan doen?'

'Ik bedenk wel iets. Ik bedenk altijd wel iets, zelfs zonder Eddie. Hij was een goeie jongen, hij had het slechter dan ik. Echt waar. In dat weeshuis en zo. Wat de jongens hem aandeden omdat-ie zo klein was...'

'Ja,' zei Charlie.

'Ik ga misschien wel in het leger. Tegen de Jerry's vechten. Ik lijk oud genoeg.' Hij stak zijn hand uit. 'Het ga je goed, Charlie.'

Charlie schudde zijn hand en toen liep Lonzo weg.

Charlie kwam langs het wrak van een Dornier-bommenwerper. De vernielde neus zat half in een verlaten gebouw en de gebroken staart met het Duitse Kruis erop lag een paar meter verderop. Een sergeant van de RAF had het vlak nadat het toestel was neergestort nog bewaakt, maar die kwam niet meer nadat het wrak helemaal was gestript. De mensen maakten foto's van elkaar terwijl ze voor de kapotte romp stonden of er stenen naartoe gooiden. Charlie keek er even aandachtig naar, terwijl hij zich voorstelde dat de bemanningsleden plannen maakten voor hun bombardementen. Hij was blij dat ze dood waren.

Twee hoeken verderop schepte hij voor een man dode ratten uit een gebouw dat volgens de man zou worden gerestaureerd. Charlie wist niet wat dat betekende, maar hij schepte de magere grijze lijkjes bij elkaar om zijn geld te verdienen. Hij wist niet wat de man had gebruikt om de ratten te doden, maar hij rook iets sterks waarmee dat gedaan had kunnen worden en dat een raar gevoel in zijn maag veroorzaakte.

Nadat hij daarmee klaar was en zijn shilling had gekregen, liep hij snel naar de rivier en kotste het gal uit, net als de vier jongens die samen met hem de ratten hadden opgeruimd. De man van de shillings was zelf niet naar binnen gegaan, maar bleef op een afstandje staan en rookte een pijp.

In de aangename stilte van de paar uren tussen het pikkedonker en het ochtendgloren staarde Charlie naar het zwarte lint van de meanderende Theems. Deze fantastische stad lag half in puin. De ziel van de overlevenden idem. Miljoenen mannen waren gesneuveld op de slagvelden verspreid over de hele wereld en het conflict tussen de landen was nog lang niet afgelopen. Hij vroeg zich af of ze de volgende wereldoorlog de derde zouden noemen.

Hij gooide een platte steen op het donkere water, maar kon de rimpels niet zien.

Ik kan mezelf ook niet zien, maar toch ben ik hier. Nog wel. Tot ze mij misschien ophangen voor Eddie en die agent. Of als een bom die klus klaart.

Hij liep door, langs de rivier, naar het westen. Hij vond het fijn om in beweging te blijven. Voor jongens zoals Charlie was dat altijd een goed idee.

Moeder Wakefield

Mevrouw Pride lag nog te slapen toen Molly, al helemaal aangekleed, snel door de gang naar de slaapkamer van haar ouders liep en zonder aan te kloppen naar binnen ging.

Zoals steeds sinds ze thuis was, lag er niemand in het bed en had er ook niemand in gelegen. Molly had eerder een van haar handschoenen onder het onderlaken gelegd en het laken gladgestreken. Als haar vader in het bed was gaan liggen, was hem dat zeker opgevallen en had hij haar handschoen wel weggehaald.

De handschoen lag nog op precies dezelfde plek.

Daarna liep ze naar de badkamer. De badkuip was smetteloos, er lag geen stuk zeep, er lag wel een handdoek op de plank, maar die was kurkdroog en volgens haar al heel lang niet gebruikt.

Ze liep naar beneden en keek om zich heen. Hoed en wandelstok bij de voordeur. Ze had die nacht geen sleutel in het slot gehoord en geen gekraak van de voordeur. Geen enkele nacht trouwens sinds ze thuis was.

Molly ging naar de keuken en rook niets wat erop wees dat er kortgeleden was gekookt. Alle borden en kopjes stonden op hun plek, de gootsteen en het fornuis waren schoongemaakt en de houten werktafel was smetteloos. Niemand was hier kennelijk binnen geweest nadat zij en mevrouw Pride hier de vorige avond hadden gegeten en ze haar nanny had geholpen om alles schoon te maken en op te ruimen. Dat betekende dat haar vader onmogelijk iets had kunnen eten of drinken, zelfs niet als hij wel in zijn bed op de handschoen van zijn dochter had geslapen en zich had gewassen in de badkamer zonder daar sporen van achter te laten.

Molly verliet het huis en liep naar de garage. Door het vieze raam kon ze zien dat de Singer daar stond. Met haar sleutel opende ze de deur, ze liep naar binnen en streek met haar vinger over de motorkap. Haar vinger werd vies. Ze opende het portier en rook meteen de muffe geur van een ruimte die lange tijd afgesloten was geweest.

Molly liep het huis weer in toen mevrouw Pride haar kleine appartement boven de keuken verliet en via de achtertrap naar beneden kwam.

Haar oude nanny deed net een schort voor toen ze tot haar grote verbazing Molly zag. 'Molly! Lieve help, wat ben jij vroeg op! Kon je niet slapen?'

'Ik heb wel geslapen,' zei Molly kortaf. 'Alleen niet goed.'

Mevrouw Pride duwde wat haren terug op hun plek. 'Ik denk dat je vader...'

Molly viel haar in de rede. 'Hij is hier niet. Sterker nog, ik weet dat hij vannacht niet is thuisgekomen.'

'Tja, dat weet ik niet, lieve kind. Dat kan ik echt niet zeggen.'

'Ik kan het wél zeggen. Zijn bed is niet beslapen. Gisteravond, nadat u naar bed was gegaan, heb ik ook het wasgoed gecontroleerd. Daar zaten geen kleren van hem tussen en al zijn schone kleren hangen nog in zijn kast. Dus tenzij hij tegenwoordig de gewoonte heeft om het huis ongekleed te verlaten, is er iets helemaal niet in orde. In de keuken is niets aangeraakt en in zijn badkamer ook niet. Waarom zou iemand naar huis gaan zonder daar te eten, te slapen, zich te wassen en zich aan te kleden? En de Singer heeft al heel lang niet meer gereden.'

Mevrouw Pride keek haar met trillende lippen en een geforceerde glimlach aan. 'Je moet je echt vergissen, lieve kind.'

'Ik vergis me niet. En ik heb tot drie uur vannacht geluisterd of hij thuiskwam.'

'Daar kan een heel eenvoudige verklaring voor zijn. Misschien is hij de hele nacht op zijn werk gebleven. Dat doet hij vaker, weet je. Het ministerie van Voedsel...'

'Ik ben al naar zijn werk geweest en daar was hij niet.'

'Je... Ben je naar het ministerie van Voedsel gegaan?' vroeg mevrouw Pride stomverbaasd.

'Ja, en het gebouw was donker en verlaten.'

'Het was niet erg verstandig, lieve kind, om daar in je eentje naartoe te gaan. Stel je voor wat er had kunnen gebeuren.'

'Ik ging er niet alleen naartoe en er is niets gebeurd.'

'Tja, zoals ik al eerder zei, kan het zijn dat hij de hele tijd de stad uit was.'

'Nee, mevrouw Pride, dat is hij niet. Wat u me de hele tijd hebt verteld is duidelijk onzin en ik heb er genoeg van! Ik vraag u dan ook om op te houden met deze belachelijke onzin en me de waarheid te vertellen.'

Mevrouw Pride kromp ineen onder deze rechtstreekse aanval. 'Molly, lieve kind, je klinkt helemaal niet als jezelf.'

'Ik ben bijna zestien. Ik ben dus een jonge vrouw en niet het kleine meisje dat u zich herinnert.'

Mevrouw Pride bracht een hand naar haar mond en keek haar met grote ogen aan. 'Het is een moeilijke tijd geweest, Molly. Vreselijk moeilijk.'

'Ja, en?'

'Weet je zeker dat je dit wilt horen?'

'Ik weet heel zeker dat ik het móét horen, of ik dat nu wil of niet. Ik had het al veel eerder van u moeten horen.'

Mevrouw Pride liet zich in een stoel vallen. 'Je was altijd al een bijzonder praktisch kind.'

Molly ging zitten en keek haar verwachtingsvol aan.

'Wat ik je over je moeder vertelde is waar. Ze is inderdáád

in een sanatorium in Cornwall. Ik heb echt geaarzeld om je dat te vertellen.'

'Waarom?'

'Omdat sommigen zich daarvoor zouden schamen. Ik ben altijd heel beschermend geweest wat je moeder betreft. Ze was de liefste vrouw die ik kende... voordat ze... rare dingen ging doen.'

Molly haalde diep adem. 'Hoe lang is ze al in dat sanatorium?'

'Ongeveer vier jaar.'

Molly's mond viel open. 'Vier jaar! Wat is er in vredesnaam met haar gebeurd?'

'Ze gedroeg zich al een tijdje een beetje vreemd, maar je vader dacht dat we het hier wel konden redden. Maar toen...' Ze zweeg en keek naar haar handen.

'Vertel het me alstublieft!' smeekte Molly.

Mevrouw Pride keek Molly boos aan. 'Dat kwam in elk geval deels door die verdomde Duitsers! Ze begonnen op een avond met hun bombardementen. Ik was op bezoek bij een vriendin, het was mijn vrije avond. Je vader bracht je moeder naar een schuilkelder hier niet ver vandaan en...' Opnieuw zweeg ze en keek ze naar haar handen.

'En wat? Werd de schuilkelder gebombardeerd?'

'Nee. Maar in alle paniek raakten je moeder en je vader elkaar kwijt. Hij zocht haar overal, maar er waren zoveel mensen en het was ook donker. Toen de bombardementen ophielden, ging hij haar weer zoeken. En uiteindelijk vond hij haar.' Mevrouw Pride zweeg en bracht een trillende hand naar haar mond.

'Waar was ze?'

'Hij vond haar in een klein vertrek achter in een lange, donkere gang. Een paar... smeerlappen, sorry voor mijn taalgebruik, hadden haar daarnaartoe gebracht en hebben ongetwijfeld misbruik gemaakt van haar angst en verwarring.'

Molly bracht een hand naar haar hart. 'Een paar...'

'Ik wil het geen mannen noemen, omdat ze zich zeker niet hebben gedragen als mannen, maar meer als beesten.'

Molly kreeg tranen in haar ogen.

Mevrouw Pride zag dat en pakte haar hand. 'O, Molly, dit wil je echt niet horen.'

Molly beheerste zich zo goed ze kon. 'Ik ben bang dat ik alles moet horen, mevrouw Pride. Hoe... afschuwelijk ook.'

'Toen je vader haar vond, was ze gehavend, zat ze vol kneuzingen en huilde ze. Ze hadden haar handtas meegenomen, haar kleren gescheurd en haar... eer gestolen.'

Molly kreunde zacht.

'Je vader was natuurlijk woedend. Ze waren daarheen gegaan om te schuilen voor de verdomde Duitsers en nu was ze aangevallen door haar eigen mensen!'

'Wat deed vader toen?'

'Hij ging op zoek naar een politieman en probeerde die zover te krijgen een rapport op te maken en achter de mannen aan te gaan die het hadden gedaan.'

'Waarom zegt u "probeerde"?'

'Je vader zat in de stoel waar jij nu in zit toen hij me dit vertelde, terwijl je moeder boven zat te huilen. De agent stelde haar vragen, maar ze was natuurlijk veel te erg van slag om die te beantwoorden. Ze was hysterisch, echt waar, en je vader zei dat de agent eerder gefrustreerd en geïrriteerd leek dan ongerust of behulpzaam. Toen je vader dat probeerde uit te leggen, wilde de agent het niet horen! Hij had immers wel wat anders te doen, of niet? Hij had zelfs het lef om aan te voeren dat het oorlog was. Hoe kon hij zeker weten of er echt iets was gebeurd? Ze was misschien gewoon verdwaald en gevallen en haar kleren daardoor kwijtgeraakt. Ze had haar tas misschien gewoon laten vallen. Alsof dat allemaal mogelijk was,' zei ze woedend.

'Wat deed vader toen?'

'O, hij liet zich niet aftroeven door die agent. Hij ging naar een hoofdagent van de recherche en toen naar een hoofdinspecteur van de recherche en toen dat niet genoeg opleverde ging hij zelfs naar de commissaris van Scotland Yard.'

'En?'

'En het leek alsof het hun niets kon schelen, Molly. Volgens hen was dat gewoon iets wat gebeurde als het oorlog was. Vrouwen worden altijd aangevallen, zeiden ze. Mannen ook. Heel erg, ja, maar veel dingen zijn heel erg in deze moeilijke tijden. Ze hadden niet de mankracht om voor elke aangifte in actie te komen. Het halve korps zat nu bij het leger, zeiden ze tegen je vader. Ze haalden mannen terug die al met pensioen waren en jonge mannen die niet gekwalificeerd waren om voor Engeland te vechten, maar nu wel een politie-uniform droegen. Het is een schandaal, echt waar!'

'Er werd dus niets gedaan?'

'Nee. En voor zover ik weet zijn ze nooit op zoek gegaan naar die mannen.'

'En moeder?'

Mevrouw Pride zei met een gekwelde blik: 'Je moeder was altijd al snel opgewonden, nerveus. Zelfs voordat dit gebeurde. Dat heb je zelf gezien, ze betuttelde je op een manier die niet altijd heel gezond was, heb ik me achteraf gerealiseerd. En na je vertrek wond ze zich zelfs nog meer op en ze was ervan overtuigd dat je nooit meer terug zou komen.'

'Ze had me kunnen opzoeken.'

'Dat wilde ze wel, maar het was in die tijd niet gemakkelijk om Londen te verlaten. Eerlijk gezegd denk ik ook dat je moeder niet in staat was om zo ver te reizen. En na wat haar in die schuilkelder was overkomen, ging het heel snel erg slecht met haar.'

'Hoe slecht?'

'We probeerden haar een wandeling te laten maken, boden aan mee te gaan, maar zelfs als we haar al naar buiten kregen, begon ze te gillen en verzette ze zich tegen ons.'

'Mijn god!'

'Ze leek zich in zichzelf terug te trekken en liep als een geest door het huis.'

'Probeerde vader haar niet te helpen?'

'Zeker wel, maar tegenwoordig kun je niet eens een dokter vinden om een gebroken been te zetten, een baby op de wereld te helpen of je temperatuur op te nemen, Molly, laat staan de soort dokter die zij nodig had. Waar zwangere vrouwen zonder vroedvrouw naartoe moeten, weet ik niet, maar dat zal zeker geen goede plek zijn.'

'Dat denk ik ook niet,' zei Molly met een holle klank in haar stem.

'Ze schreef je brieven en schoof ze onder je slaapkamerdeur door, alsof je hier nog steeds woonde. Dat soort dingen deed ze. Of ze naaide een nieuw kraagje aan een oude jurk en hing die dan in je kamer zodat je die de volgende dag kon aantrekken. Ze dronk 's middags zelfs thee en praatte dan tegen je alsof je er was.'

'Bedoelt u dat mijn moeder gek aan het worden was?' vroeg Molly mat.

'Dat zou ik nooit zeggen. Zij is de vriendelijkste, liefste vrouw die ik ken.'

'Iemand kan vriendelijk en lief zijn, en tegelijkertijd gek,' zei Molly.

'Dat weet ik niet.' Mevrouw Pride keek naar haar handen. 'Maar ik denk dat zij probeerde terug te gaan naar een tijd waarin het geen oorlog was en haar hele gezin bij elkaar was en ze gelukkig was. Dat was een veilige plek voor haar en dus deed ze alsof ze daar was. En wie zou het die arme vrouw kwalijk kunnen nemen?'

'Daar hebt u misschien gelijk in,' zei Molly peinzend.

'Nou ja, ik ben geen psycholoog of zo, maar ik heb wel gezond verstand.'

'Hoe is moeder in Cornwall terechtgekomen?'

Mevrouw Pride schraapte haar keel en depte haar ogen met een zakdoek. 'Op een ochtend stond ze op voordat wij op waren. Ze liep naar beneden, zette in de keuken een pan vol bakolie op het fornuis, stak het vuur aan en vergat het vervolgens. Toen de olie begon te roken en zij zich realiseerde wat ze had gedaan, goot ze water op de olie. Nou ja, olie en water gaan niet samen, dus dat betekende bijna het einde voor haar en voor de keuken. Gelukkig hoorde je vader haar gillen en was hij op tijd beneden om verdere schade te voorkomen. Toen ze zag wat ze bijna had gedaan, draaide ze een beetje door. Zo kun je het denk ik wel noemen. Ze begon te gillen, stompte je vader, trok aan haar kleren en aan haar haren en, nou ja, ze begon te raaskallen.'

'Mijn god, mevrouw Pride,' zei Molly, volkomen van slag.

'Daarom vertrok mevrouw Brand. Weet je, je moeder viel haar ook aan toen zij je vader wilde helpen. "Wie denk je wel dat je bent, dat je je die vrijheden permitteert met meneer Wakefield, slet die je bent!" gilde ze tegen haar. En mevrouw Brand was minstens zestig! Hoe dan ook, de volgende ochtend nam ze ontslag en het was verschrikkelijk moeilijk om een vervangster te vinden, doordat je moeder de vrouwen per se zelf wilde spreken. En nou ja... de meeste vrouwen renden het huis uit nadat je moeder een paar minuten tegen hen had geschreeuwd en hen had uitgescholden. Dus toen moest ik haar werk overnemen.'

'Lieve help!' riep Molly.

'En de arme meneer John had ook verschillende keren ruzie met haar. Soms bestelde ze de auto en als ze dan de straat op reden, stapte ze uit of probeerde ze dat te doen. Als meneer John dan stopte en probeerde haar weer te laten instappen, begon ze met hem te vechten en riep ze dat hij probeerde haar te ontvoeren en haar vreselijke dingen wilde aandoen. Na de derde keer nam hij ontslag. Zei dat zijn zenuwen en zijn knieën dat niet langer konden verdragen.'

'Dat kan ik me voorstellen.'

'Ze werd woedend op iedere man die bij haar in de buurt kwam, de melkboer, de postbode, wie dan ook. Ze was niet meer te hanteren. Toen werd besloten om haar naar het sanatorium in Cornwall te sturen, een heel aardige plaats aan zee. Je vader bracht haar er per trein naartoe en zorgde dat ze een goede plek kreeg. Daarna kwam hij terug, maar hij ging zo vaak hij kon bij haar op bezoek.'

'Vertelde hij u hoe het met haar ging?'

'Hij zei er nooit iets over. En het voelde niet juist om hem ernaar te vragen, omdat hij er zelf niet over begon.'

'Waar is vader nu?'

'Hij is eh... Hij is weg, Molly,' zei mevrouw Pride ongerust.

Vader Wakefield

‘Wat bedoelt u met weg? Is hij... dood?’ vroeg Molly.

‘Dat weet ik niet.’

‘Hoe kunt u zoiets níét weten?’ riep Molly.

Mevrouw Pride wees naar de voordeur. ‘Ik zag hem op een ochtend de trap af komen. Hij had zijn koffer bij zich, zette zijn hoed op, trok zijn jas aan en pakte zijn paraplu, want het regende pijpenstelen. Hij draaide zich naar me om en zei: “Mevrouw Pride, zorg tijdens mijn afwezigheid alstublieft voor alles hier.” Dat verbaasde me natuurlijk, omdat hij niet had verteld dát hij op reis ging. Ik vroeg dus: “Waar gaat u dan naartoe, meneer Wakefield? En wanneer komt u terug, meneer?” Als huishoudster moest ik dat natuurlijk wel weten.’

‘Wat zei hij toen?’ vroeg Molly ademloos.

‘Hij zei: “Mevrouw Pride, zelfs als ik het antwoord op uw vraag had, weet ik niet of ik het u zou vertellen. Maar dat heb ik niet, dus hoef ik geen besluit te nemen.” Dat was letterlijk wat hij zei. Dat zal ik nooit vergeten.’

‘U liet hem dus gewoon vertrekken?’ vroeg Molly ongelovig.

‘Wat moest ik dan doen, Molly? Hij is de heer des huizes. Als hij wilde vertrekken, welk recht had ik dan om hem tegen te houden?’

‘Wanneer was dit?’

‘Zes maanden geleden, bijna op de dag af.’

'Zes maanden! Hoe zit het dan met de brief die hij op mijn bed heeft gelegd?'

Mevrouw Pride zei met een ongeruste blik: 'Wees alsjeblieft niet boos, Molly, maar ik heb die brief daar neergelegd. Toen je die ochtend terugkwam.'

'Maar u zei dat u mijn brief niet had ontvangen en dus niet wist dát ik terug zou komen.'

Mevrouw Pride keek nu zelfs nog beschaamder en wreef in haar magere handen. 'Het is waar dat we je brief niet hebben gekregen, maar ik was boven toen je op de deur klopte en zag je door het raam. Ik wist meteen dat jij het was, al was je heel erg veranderd. Ik pakte de brief en legde hem op je bed voordat ik opendeed en... deed alsof ik je niet herkende.'

'Maar het was vaders handschrift. Hij heeft die brief geschreven, dat weet ik zeker!'

'Hij heeft die brief inderdaad geschreven. Hij gaf hem aan mij voordat hij het huis verliet. Hij zei: "Gewoon voor het geval dat, mevrouw Pride. Er zijn natuurlijk wel vreemdere dingen gebeurd, maar voor het geval dat mijn lieve Molly thuiskomt. Dank u." Daarna tikte hij tegen zijn hoed, hij opende de voordeur en stapte naar buiten, de regen in. Daarna heb ik hem niet meer gezien.'

'Maar waarom hebt u me dat al die tijd dan niet verteld?'

'Ik zou je nooit met zoiets willen lastigvallen, Molly. Bovendien...'

'Bovendien wat?' vroeg ze op scherpe toon.

'Je vader liet me beloven dat ik het je niet zou vertellen. Hij wilde jou er niet mee lastigvallen. En ik kon niet tegen zijn wensen ingaan. Hij is de...'

'... de heer des huizes, ja, dat weet ik. Maar waarom bent u op een bepaald moment niet naar de autoriteiten gegaan om te vertellen dat hij was verdwenen?'

De vrouw keek geschokt. 'Molly, dan had ik je vader verraden! Hij heeft niet gezegd dat ik dat mocht doen. En het is oorlog! Heel veel mensen zijn verdwenen zonder afscheid te nemen. Waar jij was heb je dat misschien niet meegemaakt, maar hier in Londen gebeurt dat heel vaak.' Ze zweeg even en leek zich te vermannen. 'En dat zeg ik nu wel, maar toen ik al vier maanden niets van hem had gehoord... ben ik inderdaad naar het politiebureau hier gegaan om hun te vertellen dat je vader weg was.'

'En toen?'

'In dat ene politiebureau hingen letterlijk honderden briefjes over vermiste personen: hebt u die en die gezien?' Ze zweeg en sloeg haar blik neer. 'En eh...'

'En wat?'

Mevrouw Pride keek haar met tranen in haar ogen aan. 'Als ik hun zou vertellen dat meneer Wakefield weg was en mevrouw in een sanatorium was, en jij op het platteland, wat zouden ze dan met mij doen? Zou ik mijn aanstelling kwijtraken? Had ik dan geen dak meer boven mijn hoofd? Werd ik dan op straat gezet? Daar zijn toch al te veel mensen.' Ze sloeg haar handen voor haar gezicht en begon te huilen.

Molly stond op, hurkte naast haar, klopte op haar rug en bleef troostende woordjes zeggen tot de vrouw was gekalmeerd. Molly ging weer zitten. 'Ik neem aan dat dit verklaart waarom hij me nooit naar huis heeft gehaald.'

Mevrouw Pride snoot haar neus in haar zakdoek en keek Molly met een gekwelde blik aan. 'Dat was niet goed voor je geweest, door je moeder, door hoe zij eraan toe was.'

'Bedoelt u dat vader niet wilde dat ik haar zo zag?'

'Ja. Hij stuurde de Coopers elke maand geld omdat ze voor je zorgden.'

'Maar de Coopers vertelden me dat ze sinds kort geen geld meer kregen. Toch boden ze aan dat ik bij hen mocht blijven, maar ik wilde naar huis. Dat werd tijd, weet u.'

'Daar weet ik niets van. Maar nadat hij was vertrokken, moest ik het huis onderhouden en zo. Hij had wat geld achtergelaten en daarmee betaalde ik de rekeningen.'

'Waarom heeft hij me niet verteld wat er aan de hand was? Hij had me kunnen schrijven. Ik had naar huis kunnen komen om te helpen met moeder. Dan had vader mij gehad om mee te praten en om dingen mee te bespreken. Als ik hier was geweest, was hij misschien niet...'

'Dan was hij misschien niet weggegaan, bedoel je dat?'

'Ja!'

'Ik weet zeker dat hij deed wat volgens hem het beste voor jou was. Maar...'

'Maar wat?'

Ze keek Molly aan. 'Je moeder was niet de enige Wakefield die is veranderd door wat er die nacht is gebeurd. Je vader veranderde ook. Hij kwam soms de keuken binnen en begon dan te tieren dat hij een Engelsman was, trouw aan de Kroon, dat hij zijn belastingen betaalde en deed wat er van hem werd verwacht, onbaatzuchtig aan zijn plichten voldeed, een heuse patriot. En toch was zijn vrouw dit overkomen. Het leek wel alsof hij alle vertrouwen in heel Engeland was kwijtgeraakt. Ik weet echt niet wie er meer beïnvloed was door dit afschuwelijke gebeuren, je moeder of je vader. Daarna was meneer Wakefield een andere man, hij was volkomen veranderd. Toen de politie niets wilde doen? Toen in heel Londen geen dokter kon worden gevonden om je moeder te helpen? Toen het leek alsof het niemand iets kon schelen? Dat brak hem, Molly, en ik denk niet dat hij daarna nog ergens vertrouwen in had. Dat kwam niet alleen omdat het zo oneerlijk was, maar volgens mij ook omdat hij zichzelf de schuld gaf van wat er was gebeurd. Alsof hij je moeder in de steek had gelaten, alsof alles zijn schuld was. En dat is gewoon een te grote last voor iemand om te dragen. Dat denk ik tenminste.'

'Arme vader,' zei Molly ellendig. 'Ik vind het verschrikkelijk dat ik zo slecht over hem dacht.'

'Nou ja, je mocht het immers niet weten,' zei mevrouw Pride gedecideerd.

Na een stilte van een paar seconden ging Molly rechtop zitten. Ze probeerde er zo rustig mogelijk uit te zien, al had ze het gevoel dat haar zenuwen haar verlamden. 'Mevrouw Pride, kan ik hier wel blijven wonen zonder mijn moeder en vader? Is er geen wet of zo die dat verbiedt? Ik ben natuurlijk bijna zestien, maar toch nog altijd minderjarig?'

Mevrouw Pride wreef met haar handen over haar schort en streek nerveus de kreukels uit de stof. 'Ik... Dat weet ik niet, Molly. Misschien wel. Hoorde ergens dat je eenentwintig moet zijn om als een volwassene te worden beschouwd. Toch ben ik getrouwd toen ik niet veel ouder was dan jij nu bent en hoefden mijn ouders daar geen toestemming voor te geven. Bovendien kan je vader elk moment terugkomen,' zei ze vastberaden.

'Maar misschien ook niet.'

Mevrouw Pride bleef over haar schort wrijven en zei niets.

'Krijgen we wel regelmatig nieuws uit Cornwall over mijn moeder?'

'Je vader heeft vrij veel brieven ontvangen en volgens mij heeft hij ze hier achtergelaten.'

'Mag ik ze zien?' vroeg Molly gretig.

'De eerste brief die hij kreeg kan ik wel pakken. Ik weet waar die ligt.'

'Staat erin dat ze beter wordt?'

'Ik eh... Ik begrijp medische termen niet, maar ik denk dat zij, als jij hun schrijft, al je vragen zullen beantwoorden.'

'Ik zal hun die vragen stellen, mevrouw Pride,' zei Molly vastberaden.

'Ik weet dat je alleen maar wilt dat je papa en mama hier zijn. En ik zou willen dat ik daarvoor kon zorgen,' zei ze met een trillende stem.

'Tja, iets willen en iets krijgen zijn echt twee verschillende dingen, mevrouw Pride. Dat is vaak zo in het leven. Goed, de brief?'

Mevrouw Pride verliet snel de kamer, kwam terug en gaf de envelop aan Molly.

Molly stond op en zei: 'Ik ga hem lezen. Dan zal ik een beter beeld krijgen van haar toestand en kan ik over van alles nadenken. Daarna zien we wel verder, goed?'

'Je praat als een volwassene, Molly,' zei mevrouw Pride aarzelend.

'Ik heb toch geen keus?'

Voordat mevrouw Pride antwoord kon geven, liep Molly naar boven, rende door de gang naar haar kamer en deed de deur achter zich op slot. Ze liet zich op haar bed vallen en drukte haar gezicht diep in de kussens, zodat niemand behalve zijzelf haar kon horen huilen.

Cedric

Ignatius Oliver had de voordeur zelf gerepareerd, omdat hij geen echte vakman kon betalen. Hij haalde het belletje van de binnenkant van de deur en schroefde het vast aan het deurkozijn buiten. De politie had hem ondervraagd over de poging tot diefstal en hem verteld over het ongeluk met de vrachtwagen met twee doden. En over de twee jongens die waren ontsnapt, de ene groter en ouder, en de andere kleiner en jonger.

De deur bleef nu op slot. Op het briefje dat hij op de etalageruit had geplakt stond dat een klant moest bellen als hij geholpen wilde worden. Hij dacht niet dat veel mensen zouden bellen. De BBC had het verontrustende nieuws gebracht dat de Duitsers binnenkort zouden doorgaan met hun bombardementen, overdag en 's nachts. Hitler leek steeds meer de kluts kwijt door het feit dat hij de oorlog leek te verliezen, en voor die tijd wilde hij zo veel mogelijk mensen doden.

Dat één enkele gek de wereld zoveel schade kon berokkenen, dacht Oliver. God stelde hen allemaal inderdaad op de proef.

Oliver luisterde altijd naar zijn oude Philips-radio, die kraakte en zoemde, maar de BBC werd nog altijd duidelijk genoeg ontvangen. Als hij de keus had tussen slapen en naar de radio luisteren, zou hij voor het laatste kiezen. De mensen luisterden even aandachtig naar de weersverwachting die de

BBC uitzond als naar de toespraak van de koning om te horen of er een bombardement werd verwacht. Toch werden er niet alleen slechte berichten uitgezonden. Er waren ook programma's om de mensen op te beuren en aan het lachen te maken. Dat was heel belangrijk, omdat er anders nu het oorlog was helemaal niets leuks meer te vinden was.

Later ging hij met zijn bonnenboekjes naar de winkels om boodschappen voor de komende dagen te halen. Terug in de boekwinkel stofte hij een dik boek af en herschikte hij de stapels boeken op de doorbuigende planken, terwijl hij nadacht over zijn taken als blokhoofd.

De schuilkelders boden een toevluchtsoord voor iedereen die doodsbang was voor de bombardementen. Toch waren dat vaak geen veilige plaatsen, maar dat had niets met de Duitsers te maken. De lucht binnen was ongezond met zoveel mensen dicht opeengepakt. Er waren ook muggen, luizen en ratten. Er waren vaak uitbraken van schurft en andere besmettelijke ziektes en die waren soms dodelijker dan de bommen. Dan waren er altijd wel mannen die zich bezatten aan bier voordat ze ernaartoe gingen en vervolgens agressief werden of met elkaar op de vuist gingen.

Oliver had in de schuilkelders vaak een einde aan gevechten moeten maken, waarbij hijzelf ook klappen kreeg. Mensen waren gewoon niet geboren om kalm en vredig te zitten wachten terwijl anderen probeerden hen te doden door bommen uit de lucht te laten vallen.

En dan was er die ene zielige jonge vrouw. Ze kwam altijd naar dezelfde schuilkelder met dezelfde pop die haar dochter moest vervangen die ze in de oorlog had verloren. Oliver ging vaak bij haar zitten, streelde het haar van de pop en praatte met de vrouw over haar behoeftes, om ervoor te zorgen dat haar 'kind' rustig bleef tijdens de luchtaanval. Oliver wist niet of hij de vrouw hiermee hielp of niet, maar toch deed hij wat hem werd gevraagd.

Mensen namen elektrische kachels mee naar de schuilkelders, maar ook radio's of mechanische grammofoons, zodat ze naar iets anders konden luisteren dan naar ontploffende bommen. Kleine jongens speelden oorlogje met 'medailles' en een Home Guard-band om hun magere arm; ze renden rond met een luchtbuks en versloegen de Duitsers op overtuigende wijze. De Home Guard bestond uit anderhalf miljoen geüniformeerde lokale vrijwilligers die niet in aanmerking kwamen voor militaire dienst, meestal wegens hun leeftijd. Soms kwamen verpleegsters naar de schuilkelders en vertelden jonge moeders hoe ze kleren konden breien, terwijl hun pasgeboren baby's veilig werden weggestopt in bakken op hoge planken.

Toen de bombardementen aanhielden, werden in sommige stations planken op de rails gelegd om meer mensen te kunnen herbergen. Andere stations plaatsten zelfs stapelbedden zodat mensen daar 's nachts konden slapen.

Oliver deed af en toe eenvoudige goocheltrucjes om de kleintjes af te leiden van wat er boven hen gebeurde. Er werden ook leugentjes om bestwil verteld in een poging de ervaring voor de kleintjes draaglijker te maken. Oliver had echter gemerkt dat die leugens en afleidingsmanoeuvres bij kinderen van vijf of ouder niet werkten.

Wat hij het ergst vond was meehelpen met het opstellen van de slachtofferlijsten. Die werden op overheidsgebouwen in de omgeving geprikt, zodat de mensen wisten wat hun geliefden was overkomen.

Het winkelbelletje verstoorde zijn gedachten.

Oliver keek op en kon door de etalageruit zien dat er een man stond. Hij liep snel naar de deur, deed die van het slot en opende hem. Hij keek even naar de theewinkel, waar Desdemona Macklin zoals altijd voor het raam stond te kijken. Ze rookte een sigaret. Het leek wel alsof ze altijd een sigaret rookte. Hij had geen idee hoe ze dat voor elkaar kreeg met haar bonnenboekje en het merk Players. Oliver glimlachte naar haar en zwaaide. Ze zwaaide terug, maar keek hem duidelijk geïnteresseerd aan. En dat betekende niets goeds, in elk geval niet voor Oliver.

Eens een bemoeial, altijd een bemoeial, dacht hij. Ze had hem al vragen gesteld over zijn nachtelijke bezoeker en daar zat hij dus niet op te wachten. Helemaal niet.

Oliver deed de deur weer op slot zodra hij de bezoeker had binnengelaten en trok de kleine man opzij zodat Macklin hem niet meer kon zien. Dit was dezelfde man die Charlie in de boekwinkel had gezien, vlak voordat Charlie Olivers geld en boek had gestolen.

Hij zei geïrriteerd: 'Cedric, ik had je vandaag niet verwacht en al helemaal niet op dit tijdstip! Dat is niet veilig. Desdemona heeft je hier de vorige keer ook al gezien en nu weer.'

'Desdemona?'

'Desdemona Macklin. Zij heeft de theewinkel aan de overkant en stelde me vragen over je bezoek. Ze vertrouwde het niet en dat is niet goed, want ze is echt heel nieuwsgierig.'

'Het kon niet anders, Ignatius,' zei Cedric schouderophalend en met een veelbetekenende blik naar de theewinkel. Uit een zak van zijn lange overjas haalde hij een stapel papieren. Hij gaf ze aan Oliver en zei: 'Alles is in een stroomversnelling geraakt. Je moet heel voorzichtig zijn en dit op de gebruikelijke manier afhandelen.'

Oliver legde de papieren in dezelfde lade als de vorige keer en deed de la op slot. 'Wát is in een stroomversnelling geraakt?'

'De oorlog, Ignatius. Jullie Britten hebben meer lef getoond dan we verwachtten. En de Amerikanen zijn ontzettend vervelend geworden. We hebben een kritiek punt bereikt.'

'Ik dacht dat alles kritiek was, elk moment, behalve de grappige stukjes natuurlijk.'

'Lach maar. Goed, wat heb je voor me? Je bent altijd voorbereid. Dat vinden we juist zo goed van je.'

Oliver liep naar een boekenkast, ging op zijn tenen staan en pakte een dikke pil van een hoge plank en gaf die aan Cedric. 'Dit is een heel goed boek. Volgens mij bevalt dat je wel.'

Cedric nam het boek van hem aan. '*Consuelo* van George Sand?'

'Veel mensen beschouwen dit als haar beste werk.'

'Háár? Maar die naam is...'

'George Sand is een pseudoniem. Haar echte naam is Amantine Dupin. Ze was een Française en is in de vorige eeuw gestorven.'

'Frans dus?' zei Cedric met enige afkeer. Hij opende het boek en keek naar de papieren in de ruimte waar de bladzijden uit waren gesneden. Daarop stonden lange kolommen cijfers, symbolen en letters. 'Mijn meerderen zeiden dat jouw codering even vernuftig is als die van Enigma, Ignatius.'

'Dat is een groot compliment.'

'We prijzen ons gelukkig dat je hebt besloten voor onze belangen op te komen. *Cheers*, zoals jullie Britten zeggen.'

'Ik zal je uitlaten.' Oliver maakte de deur voor hem open.

Terwijl Cedric de steeg in liep, keek Oliver naar Macklin.

Ze stond achter de toonbank en maakte een aankoop klaar voor een klant, maar keek naar Oliver.

Hij glimlachte en zwaaide opnieuw.

Ze glimlachte terug, maar met een wantrouwige blik. Zodra ze klaar was met haar klant kwam ze naar buiten en zei: 'Je verzamelaar is weer in de stad, zag ik.'

'Inderdaad.'

'Een ander boek nu?'

'Hij is weg van bepaalde Franse auteurs.'

Ze sloeg haar armen over elkaar. 'Is dat zo?'

'Dat is zo,' zei Oliver. Hij liep terug naar zijn winkel en deed de deur achter zich op slot.

Het indrukwekkende domein van een ander

Later keek Oliver op zijn horloge. Het was tijd.

Hij hing het GESLOTEN-bordje in de etalage, schonk een kop thee in en trok een oud wollen vest aan tegen de kilte in de winkel. Hij haalde de dikke sleutel uit zijn zak, liep het korte trapje af en opende de deur. Hij zette de kop en schotel op een tafeltje dat tegen de muur stond, haalde nerveus adem en deed de deur van het slot. Hij deed de deur snel open, stopte de sleutel in zijn zak, pakte kop-en-schotel, liep naar binnen en deed de deur weer op slot. Hij bleef staan en keek even om zich heen.

Dit was Imogens studeerkamer geweest. Ze hadden in het appartement boven de winkel gewoond, dat bestond uit een kleine slaapkamer, een nog kleinere keuken, een minuscuul woonkamertje waar zelden iemand in had gezeten, een logeerkamertje en een wc. Het was allemaal sober en eenvoudig, de leidingen rammelden altijd, het water was nooit warm en de kachel was nooit echt heet. Het was koud als je warmte wilde en onverdraaglijk heet als je wanhopig naar koelte verlangde.

Maar de studeerkamer compenseerde dit allemaal en was Imogens grote trots geweest. Het was de oude studeerkamer van haar vader, John Bradstreet, een zeer gerespecteerde ambtenaar die voor verschillende regeringen belangrijk werk had verricht. Hij was de auteur van een plank vol wetenschappelijke boeken en had daarvoor een aantal illustere prijzen gewonnen. Imogen had hem aanbeden en hem na zijn dood heel erg gemist.

Na zijn ambtenarenloopbaan was haar vader begonnen met zijn boekwinkel. Deze kamer was zijn domein geweest. Hij had het ingericht op een manier die Imogen perfect vond, zodat ze de kamer nooit had veranderd nadat ze zijn winkel én het heiligdom van haar vader had geërfd.

Ten eerste was er het massief eiken bureau met prachtig houtsnijwerk aan de zijkanten en een groot werkblad met een groenleren inleg vastgeniet met koperen kopspijkers. De stoel had een hoge, met verbleekt bruin leer beklede rugleuning. Drie muren hingen vol planken die doorbogen onder de boekenverzameling van Imogen en haar vader, waarvan veel boeken waren gesigneerd. Tegen de vierde muur bevond zich een enorme open haard met een bakstenen schoorsteen en een houten schoorsteenmantel. Voor de oorlog brandde er meestal een haardvuur in, maar nu was het een luxe om er iets in te laten branden. Verder was het er een gezellig rommeltje van oude stoelen met versleten zittingen, wankele tafeltjes en een verzameling objecten die ze tijdens hun leven hadden verzameld en een kleed dat op fraaie wijze was verouderd en versleten, zoals alles in dit vertrek. De vloer bestond uit donkere planken van walnoothout die de geuren hadden opgenomen van ontelbare heerlijke haardvuren en de Barling-bruyèrepijpen die haar vader had gerookt.

Midden op het bureau, op het groene leer, stond een fraaie Crown-typemachine met een blanco vel papier erin. Naast de typemachine stond een tinnen archiefbakje. Ervoor lag een geopend dagboek waarvan de bladzijden met een elegant handschrift waren beschreven. Naast het dagboek lag de pen waarmee de teksten waren geschreven. De Onoto-vulpen was een kunstwerk met een gouden penpunt. Het was Olivers cadeau voor Imogen geweest toen ze één jaar getrouwd waren.

De pen was erg duur geweest, maar het fraai bewerkte metaal met glanzend parelmoer was bedoeld als het fysieke bewijs van zijn liefde voor haar.

Hij haalde een paar strookjes papier uit een vaas op de schoorsteenmantel, legde ze in de open haard, pakte twee kolen uit de kolenbak en gooide die erbij. Hij streek een lucifer aan, stak het papier in brand en regelde de luchttoevoer tot het vertrek een klein beetje werd verwarmd. Hij ging in de stoel zitten, keek een tijdje naar de teksten in het dagboek en legde zijn vingertoppen behoedzaam op de toetsen van de Crown.

Dit was altijd het moeilijkste deel. Nou ja, alles was moeilijk, maar dit... dit was al heel lang Olivers aartsvijand. Zijn Waterloo, zeg maar.

Het half afgemaakte manuscript, nog steeds zonder titel, was van Imogen. Voor haar dood had ze honderdvijfenzestig pagina's geschreven en die lagen nu in het archiefbakje naast de typemachine. Hij had elke bladzijde gelezen. Het verhaal was goed. Nee, beter dan goed. Hij vond het onafgemaakte manuscript uitzonderlijk goed.

Met dit grote aantal woorden had zijn overleden vrouw haar visie beschreven op de oorlog, of eigenlijk op de effecten ervan op haar geboortestad, en deze visie geïntegreerd in een roman. Het verhaal bevatte verschillende standpunten, van rijk tot arm, van Mayfair tot Stepney, van pacifisten tot militaire helden, van grootse leiders tot alledaagse volgers, van Tory-aanhangers tot fanatieke anarchisten. Ze had bladzijde honderdvijfenzestig afgemaakt en alvast de volgende lege bladzijde in de Crown gedraaid zodat ze de volgende dag meteen aan de slag kon, was opgestaan, had haar studeerkamer verlaten en was door de onmenselijke oorlog nooit teruggekeerd. Bladzijde honderdzesenzestig zat nog steeds in de typemachine, in afwachting van de afdruk van de toetsen.

Bijna een jaar zonder haar. Bijna een jaar sinds die bladzijde door haar behendige vingers in de typemachine werd gedraaid. Bijna een jaar sinds ze me voor altijd alleen liet. Alleen. En intens bedroefd.

Oliver kwam hier elke dag op precies hetzelfde tijdstip. Hij hoopte op inspiratie, zodat hij de roman van zijn vrouw af kon maken en het gedrukte boek met haar naam op de omslag kon zien. Hij zat elke dag in deze stoel, snoof de geuren op van de kolenkachel die hier ooit had gebrand en van de pijp die hier ooit was gerookt, en dronk zijn thee tot die koud werd. Toch kon hij geen enkel woord bedenken dat hij op het papier kon zetten. Hij deed alle juiste dingen, dacht hij. Hij legde zijn vingertoppen op de toetsen, verzamelde zijn gedachten en wachtte op de gestructureerde openbaring, die echter nooit kwam.

Zijn dilemma was heel duidelijk. Steeds als hij probeerde woorden te vormen, zag hij in gedachten Imogens gezicht en bleef dat zien. Daardoor was hij gewoon niet in staat tot inzichten of inspiratie of wat het ook was dat mensen overkwam als hun gedachten in woorden werden gevat en op papier werden gezet.

In zijn wanhoop haalde hij de Alberti's Disk uit zijn zak en draaide eraan, waardoor hij snel het ene gecodeerde cijfer na het andere creëerde. Hij had altijd meer affiniteit gehad met werken met cijfers en puzzels dan met vanuit het niets verhalen bedenken.

Olivers vader was hoogleraar wiskunde geweest en toen bleek dat de jonge Oliver talent had voor het ontcijferen van coderingstechnieken, had zijn vader hem steeds opnieuw uitgedaagd. Hij zei dan bijvoorbeeld: 'Dit is de Vigenère Square, Ignatius. Ik zal je een hint geven: deze is gebaseerd op de Caesarrotatie, waarmee ik je laatst nog testte.'

Oliver wist dat de Caesarrotatie de intelligentste geesten zevenhonderdvijftig jaar lang voor een raadsel had gesteld, en dat het nog eens achthonderd jaar had geduurd om een betere encryptietechniek te ontdekken. Oliver had van zijn vader de opdracht gekregen de geheimen ervan te ontsleutelen en was daar al binnen een paar minuten in geslaagd.

'Ik wil je niet onder druk zetten, maar men is er driehonderd jaar niet in geslaagd om het Vigenèrecijfer te ontsleutelen, Ignatius,' had zijn vader glimlachend gezegd, voordat hij hem het gecodeerde bericht gaf.

Oliver had al snel ontdekt dat de Vigenère-encryptie was gebaseerd op aaneengesloten series van verschillende Caesarrotaties. De code die zijn vader hem had gegeven, was een vraag geweest over een verjaardagscadeau voor zijn moeder. Die middag gaf Oliver zijn eigen gecodeerde antwoord aan zijn vader. 'Je hebt een gave, Ignatius,' had hij gezegd, nadat hij het antwoord van zijn jongste zoon had ontcijferd. 'Verspil het niet.'

Heb ik het verspild? Nee, ik heb het leven geleid dat ik wilde, met de vrouw met wie ik dat leven wilde leiden. Alleen niet zo lang als ik had gehoopt.

Daarna deed hij wat hij altijd deed. Hij opende het archiefbakje en las eerst het eerste hoofdstuk dat Imogen had geschreven en vervolgens het laatste. De hoofdpersoon van het eerste hoofdstuk was een slim en dapper jong meisje dat een hartverscheurend verlies had geleden. Het laatste hoofdstuk beschreef het lot van een jongen die zich afvroeg of hij, nu overal om hem heen bommen vielen, nog lang zou leven.

Daarna, alsof hij een handleiding volgde voor beproefde auteurs, sloot Oliver zijn ogen. Hij dacht aan zijn gesprekken met Imogen over haar boek, over haar gedachten, over de opties voor de plot en voor de 'karakterbogen', zoals zij ze noemde. Dat leidde onveranderlijk tot het gesprek met zijn geliefde vrouw dat Oliver nooit zou vergeten.

Imogens idee over dromen

Na hun avondmaaltijd – een restje vleespastei, gedroogd fruit uit blik en ieder een kleine aardappel weggespoeld met koppen sterke thee – pakte Imogen een fles port uit een kastje waarvan Oliver niet eens wist dat ze die hadden. Ze schonk wat port in twee glazen.

Ze hadden hun glazen meegenomen naar dit vertrek, draaiden de drank rond in hun glazen en praatten ontspannen over allerlei dingen die niet van bijzonder belang leken, zoals het weer, de boeken die zojuist waren afgeleverd of de slechte staat waarin hun keuken verkeerde. Over de luidruchtige kat in de steeg en het vreemde gerucht dat ze allebei hadden gehoord over deze en gene. En tot slot dat Desdemona Macklin niet erg aardig was, hoewel hij zich herinnerde dat zijn vrouw haar eigenlijk 'koe' had genoemd.

Daarna wilde Imogen praten over dromen. Oliver had zijn bril rechtgezet toen zij daarover begon. Hij was opgeleid als wiskundige en had geen enkele ervaring met en ook geen belangstelling voor dromen die niets met cijfers te maken hadden. En welke dromen hadden dat wel?

Voor de oorlog gaf hij les aan een privéschool voor jongens in Londen, die toen was gesloten. Vanwege zijn vaardigheden met cijfers had men Oliver gevraagd of hij zich in verschillende officiële posities nuttig wilde maken voor de Britse oorlogsinspanningen en werd hem een fulltimebaan aangeboden in Bletchley Park in Zuid-Engeland, waar de Britten probeerden het Duitse coderingssysteem te ontcijferen. Omdat dit feitelijk betekende dat hij Imogen dan jaren niet zou zien, had hij dat aanbod ietwat aarzelend afgeslagen. In plaats daarvan werd hij, ondanks Imogens bezwaren, blokhoofd.

Als hij dienst had, ging hij naar de blokhoofdenpost en wachtte daar tot het luchtalarm afging. Het gele alarm betekende dat de bommenwerpers nog tweeëntwintig minuten onderweg waren en het rode alarm – door iedereen *Wailing Winnies* of *Moaning Minnies* genoemd – halveerde die tijd. Als het gele alarm kwam, hielden de blokhoofden op met darten of kaarten, en kwamen ze snel in actie om mensen naar schuilkelders te brengen. Een van hun andere taken was, lang voordat de sirenes loeiden, patrouilleren in hun officiële sector. Ze controleerden of ramen en deuren volledig waren verduisterd, alle logboeken up-to-date waren ingevuld, de toiletten in de schuilkelders waren schoongemaakt, de watervoorraad was aangevuld en zelfs of de bibliotheken goed waren bevoorraad. Oliver, de echtgenoot van een boekhandelaar, genoot vooral van die taak.

Oliver was een keer bijna gedood tijdens zijn werk als blokhoofd, maar toch had hij nog altijd het gevoel dat hij niet genoeg deed. Anderen vonden kennelijk dat hij uitstekend werk verrichtte en hij was zelfs onderscheiden voor zijn diensten aan *King and Country*. Hij opende de lade van het bureau en haalde er de George-medaille uit. Op de ene kant stond koning George VI, die deze onderscheiding had ingesteld om burgers te eren die uitzonderlijk moedig waren geweest in oorlogstijd. Aan de andere kant stond Sint-Joris die de draak verslaat. Het lintje aan de medaille was karmozijnrood met vijf blauwe strepen. Mannen hoorden de medaille links op de borst te dragen. Oliver had de medaille nooit meer gedragen nadat de koning hem had uitgereikt, want waarom hij wel en anderen niet, vooral iedereen die was gedood? Hij legde hem terug in de la.

Hij had Imogen die avond aangekeken en heel oprecht gezegd: 'Ik leef mijn droom door hier bij jou te zijn, lieve schat.'

Ze had teder geglimlacht om zijn woorden en gezegd dat dromen zo tegenstrijdig waren.

Hij vroeg wat ze bedoelde.

Ze zei: 'Dromen houden immers nooit verband met de realiteit? Daar gaat het juist om in dromen, je wilt iets onmogelijks bereiken, iets onpraktisch, iets wat vaak volkomen onverdiend is, waardoor het feit dát je ernaar verlangt meer over je zegt dan de droom zelf.'

'Maar mensen kunnen naar hun droom toe werken,' had hij gezegd. 'Jij schrijft een roman. Dat is jóúw droom. Je werkt heel hard om die droom te verwezenlijken. Dus als je daarin slaagt, verdien je het ook. En dat, lieverd, brengt alles weer met elkaar in verband, iets wat jouw argument dus niet doet.'

Oliver wist dat zijn vrouw enorm intelligent was en bovendien een uitstekende debater, wat ze toen ze nog studeerden had getoond. Daardoor wist hij dat zijn argument, hoe verstandig of goedbedoeld ook, onderuit zou worden gehaald.

'Misschien is mijn roman wel de beste ter wereld, maar als mijn verhaal iemand die het kan uitgeven niet bevalt, zal mijn droom nooit worden verwezenlijkt. Terwijl het ook zo is dat wanneer mijn verhaal nergens op slaat, maar in handen komt van een invloedrijk iemand die gek is op dergelijke larie, het mogelijk is dat mijn boek door veel mensen wordt gelezen. Dan wordt mijn droom verwezenlijkt, maar wat betekent dat dan? Het hangt allemaal af van de grillen van anderen.'

'Je denkt veel te diep na over alles, Imogen,' had Oliver gezegd in een poging zijn vrouw uit een van haar buien te trekken. 'Dromen, of je nu slaapt of wakker bent, kunnen gek en blij zijn, of verdrietig en soms angstaanjagend, maar dromen maken deel uit van wat ons mensen maakt. Ik durf zelfs te stellen dat dromen een ondraaglijk leven soms draaglijk kunnen maken. Is dat zo verkeerd?'

Ze had haar port opgedronken en gezegd: 'Het is niet slechts een kwestie van goed of fout, Iggy...' – dat was haar koosnaampje voor hem, en dat vond hij heerlijk doordat het hun intimiteit symboliseerde – '... het is een kwestie van eerlijkheid. Dromen is vaak een manier om jezelf voor de gek te houden. Soms dromen we zo vaak over een ander soort leven dat we vergeten het leven te leiden dat we al hebben.'

'Er is niets mis met naar betere dingen streven,' had hij aangevoerd.

'Op dat punt is het verband dus zoek, want wie heeft het recht te bepalen wat beter is? Zal een miljoen pond alles goedmaken?'

Hij had geglimlacht. 'Nou, als iemand mij zo'n bedrag aanbood, zou ik geen nee zeggen.'

Ze had naar het archiefbakje gekeken en naar de bladzijden die daarin lagen. 'Ik wil geen ongeïnspireerd leven leiden. Ik wil ook geen leven leiden dat ik niet zelf heb gecreeerd. Ik wil mijn tijd niet besteden aan het zoeken naar iets, omdat iemand anders me vertelt dat wat ik heb niet goed genoeg is.'

'Maar je geniet van schrijven!'

'Geniet iemand ooit echt ergens van?'

Hij wilde een luchthartige opmerking maken omdat hij merkte dat ze zich steeds meer opwond. Hij dronk zijn port op en zei: 'Ik begrijp heel goed wat je bedoelt, Imogen. We moeten het beste maken van wat we hebben. Op zoek gaan naar iets volkomen anders, omdat mensen die we misschien niet eens kennen dat beter vinden? Ik zou willen zeggen dat dát het toppunt is van jezelf voor de gek houden.'

Ze had zijn hand gepakt en hem smekend aangekeken. 'Meen je dat echt?'

'Ja, Imogen, dat meen ik echt.'

Niet lang daarna hadden ze in dit vertrek opnieuw met elkaar gepraat en dat gesprek had zijn leven volkomen veranderd. Nee, dat woord dekte de lading niet, bij lange na niet. Dat gesprek had álles veranderd, hem en zijn wereld en, het allerbelangrijkst, zijn relatie met Imogen.

Niet veel later was ze dood.

En had hij aanvaard wat haar laatste wens bleek te zijn.

Dus, zoals elke keer als hij hier kwam, stond Oliver op. Hij verliet de studeerkamer en deed de deur achter zich op slot, zonder dat hij ook maar één woord had toegevoegd aan het werk in wording – het enige tastbare bewijs van zijn vrouw dat hij nog had.

Oliver droomde niet meer, niet als hij sliep en niet als hij wakker was. Daar had hij kennelijk de moed niet meer voor. Daarom was hij misschien niet in staat om zelfs maar een komma toe te voegen aan het onvoltooide werk van zijn vrouw.

Snel schreef hij met zijn Alberti's Disk een boodschap waarin hij alles beschreef wat hij na haar dood had ervaren, al zijn gevoelens en al zijn verdriet.

Ik zal altijd van je houden, Imogen. En die liefde wordt alleen geëvenaard door hoe intens en hoe vreselijk ik je mis.

Gespannen

De dag was al bijna ten einde toen Molly eindelijk rechtop in bed ging zitten met rode wangen, moeizaam ademend en met haar haren tegen haar hoofd geplakt. Ze voelde zich sloom, koortsig en suf, alsof ze ziek was. Mevrouw Pride had een paar keer op haar slaapkamerdeur geklopt, maar Molly had gewoon niet gereageerd, waarna haar oude nanny haar uiteindelijk met rust had gelaten. Daarna was Molly in slaap gevallen, mentaal volkomen uitgeput.

Verman je, Molly! Huilen lost toch zeker niets op?

Ze had pijn in haar buik en in haar hoofd, doordat ze de hele dag nog niets had gegeten, en opende de brief van het sanatorium in Cornwall.

Het briefpapier was vreemd stijf en had een chemische geur die ze niet kon plaatsen. De brief was gericht aan haar vader, Herbert James Wakefield. De woorden waren zakelijk en steriel, en beschreven op een ongevoelige manier de toestand van haar moeder. De schrijver was dokter Thaddeus P. Stephens. Het was zijn medische opinie dat Eloise Mary Wakefield leed aan een acute angststoornis. Maar dokter Stephens was ervan overtuigd dat hij haar toestand met bepaalde behandelingen kon verbeteren. Stephens zei niet precies wat die behandelingen inhielden, maar hij strooide wel met allerlei cryptische medische termen.

Molly móést de andere, recentere brieven zien van deze

dokter Stephens, waar mevrouw Pride het over had gehad. Ze moest ook iets eten. Ze had nog nooit zolang niets gegeten. Molly hield haar gezicht onder de kraan van de badkamer. Ze streek haar haar glad en keek in de spiegel boven de wastafel en vond dat ze er veel ouder uitzag dan ze was. Ze ging naar beneden, met haar hand stevig op de trapleuning omdat ze nog steeds onvast op haar benen stond.

'Mevrouw Pride?'

Het verbaasde haar dat de vrouw niet antwoordde.

Molly liep de achtertrap op naar het kleine appartement van mevrouw Pride en klopte aan. Geen reactie. Ze opende de deur en keek naar binnen. Het bed was opgemaakt en er was niemand binnen. Ze liep naar de badkamer, maar ook die was verlaten.

Molly ging weer naar beneden en liep naar de kleine keuken. Ze keek in de keukenkast die bijna helemaal leeg was en opende de koelbox waar een stuk brood, wat margarine en kaas in zaten. Ze deed de kaas op het brood, legde het brood op een bord, bracht water aan de kook en zette thee. Met de thee en het brood ging ze aan de keukentafel zitten.

Toen alles op was vroeg ze zich af wat ze zou doen. Zou ze in mevrouw Pride's kamer op zoek gaan naar de brieven? Of zouden ze in haar vaders studeerkamer liggen? Daar was ze sinds ze terug was niet geweest, hoewel ze dat vertrek als kind heerlijk had gevonden. Daar waren planken vol oude boeken, er hing de zoete geur van haar vaders sterke pijptabak en de mildere geur van oude inktpotjes. In een hoek stonden comfortabele leren stoelen en een kleine bank met versleten kussens met afbeeldingen erop van paarden en buggy's uit een andere tijd. Er was een forse open haard en er stonden altijd een karaf whisky en glazen op het houten dressoir met granieten blad dat ze als kind niet had durven aanraken. Dit was haar vaders heiligdom, het rook er naar hem.

Ze wist nog goed dat ze de deur soms opende en dan haar vader aan zijn bureau zag zitten, terwijl hij op fraai papier met een monogram een brief schreef met zijn favoriete pen, een Conway Stewart met visgraatmotief en een gouden penpunt. Met die pen had ze letters mogen oefenen en die pen in haar kleine hand had zo fijn gevoeld, zo belangrijk en welvarend.

Op dat moment hoorde ze de huissleutel in het slot van de keukendeur.

Mevrouw Pride kwam binnen, met haar hoedje op en haar boodschappenmand aan de arm. 'O, Molly. Ik dacht dat je nog sliep!' Toen ze het lege bordje en kopje op de tafel zag staan, riep ze: 'Lieve kind, zeg alsjeblieft niet dat je een maaltijd voor jezelf hebt klaargemaakt! Ik ben met de bonnenboekjes inkopen gaan doen voor je avondmaaltijd.'

Hoewel Molly's maag nog bijna leeg was, zei ze: 'Het is al goed, mevrouw Pride. Ik ben vrij vol. Wat u hebt gekocht mag u wel opeten.'

Mevrouw Pride keek haar nerveus aan. 'Ik hoop dat je goed hebt geslapen. En het spijt me als... de dingen die we bespraken je van slag hebben gemaakt.'

'Ze hebben me zéker van slag gemaakt. En hoewel ik had gewild dat u me dit alles eerder had verteld, kan ik wel begrijpen waarom u aarzelde dat te doen.'

'Dank je wel dat je dat zegt, lieve kind.'

'Maar vader had niet mogen vertrekken terwijl hij u in het ongewisse liet en mij niets liet weten. En hoe zit het met moeder? Weet zij dat hij weg is?'

'Dat weet ik niet.'

Molly deed haar ogen even dicht. Haar hele leven had ze haar vader aanbeden en nooit had ze zijn oordeel over wat ook maar in twijfel getrokken. Nu had hij haar gekwetst en teleurgesteld.

Ze deed haar ogen weer open. 'Goed, de brieven van het sanatorium? Kunt u ze voor me halen? Ik ben in vaders studeerkamer.' Ze zei dit alsof ze de vrouw des huizes was en ze nam aan dat ze dat nu ook was.

Maar hoe lang nog?

Het heiligdom van haar vader

Molly liep snel door de gang naar de werkkamer van haar vader, deed de deur achter zich dicht en keek om zich heen. Ze liep naar het raam, schoof het gordijn een stukje opzij en keek naar links en naar rechts. Ze zag geen rijdende auto's en geen voetgangers. De zon ging al bijna onder en de hemel boven de daken aan de overkant had een warme rode en goudgele gloed.

Molly ging op de groenleren draaistoel met de hoge rugleuning achter het bureau zitten. Toen ze nog klein was, draaide ze de stoel soms zo vaak rond dat ze duizelig werd. Eén keer was ze misselijk geworden, maar voordat ze het heiligdom van haar vader had ontheiligd met haar braaksel had ze naar de wc kunnen rennen.

Ze negeerde het lichtknopje aan de muur en stak een kaars aan met een lucifer uit hetzelfde doosje dat haar vader ontelbare keren had gebruikt om een van de pijpen in het rek op het bureau aan te steken.

Op het bureau stond de grote zwarte telefoon waarmee Herbert Wakefield ongetwijfeld belangrijke telefoongesprekken had gevoerd. Als kind had ze de hoorn weleens van de haak genomen en dan deed ze alsof ze de koning belde en hem uitnodigde voor een kopje thee. Haar vader had haar laten zien hoe ze een interlokaal gesprek moest voeren om haar oma in Shrewsbury, die inmiddels was overleden, te feliciteren met haar verjaardag.

Ze pakte de Conway Stewart-pen. Molly was ervan overtuigd dat de pen al sinds de laatste keer dat haar vader het huis had verlaten onaangeroerd naast de briefopener lag. Ze hield de pen boven een vel briefpapier van haar vader. Nu voelde de pen kleiner en nogal nietig in haar hand, maar die was nu natuurlijk veel groter dan de laatste keer dat ze de pen had vastgehouden. Toch kon ze niets bedenken wat belangrijk genoeg was om op te schrijven, dus legde ze de pen weer neer.

Stel dat papa nadat hij het huis verliet is gestorven?

Geëmotioneerd sloot ze haar ogen. Ze liet haar voorhoofd op het bureaublad rusten tot ze, ongeveer tien minuten later, iets hoorde in de hal en de deur werd geopend. Ze keek op.

Mevrouw Pride kwam binnen met een dienblad. 'Zal ik je eten op deze tafel zetten, lieve kind?'

'Maar ik zei toch dat...'

'Een beetje kaas en brood is geen echte maaltijd voor je,' zei de vrouw gedecideerd. 'Kijk, een stevige worst, wat friet, mosterd, brood met kaas en een wortel. En een mooie pastinaak, waar ik letterlijk om heb moeten vechten met een zogenaamde dame. En een kop verse thee met échte melk, en ik heb ons suikerrantsoen opgehaald.'

'Dank u wel, mevrouw Pride. Heel erg bedankt.'

'O, Molly! Je moet echt niet in het donker zitten, met alleen die ene kaars.' Ze zette het dienblad neer en liep naar het lichtknopje.

Molly zei snel: 'Doe dat alstublieft niet. Ik vind het prettiger zo, want ik heb een beetje migraine.'

'Als je het zeker weet...' Mevrouw Pride legde bestek en een stoffen servet voor haar neer.

Daardoor dacht Molly aan haar jeugd. Mevrouw Pride kwam elke ochtend haar kamer binnen en zorgde ervoor dat haar protegee echt schoon was. Haar nanny borstelde Molly's haar, hielp haar met aankleden en pas als Molly netjes genoeg was nam ze haar mee naar beneden.

Molly's moeder en vader zaten meestal in de kleine, zonnige ontbijtkamer naast de keuken: haar vader verdiept in *The Times* met een kop koffie, havermoutpap, bruine toast en twee gepocheerde eieren, en haar moeder bezig met een borduurwerkje. Eloise Wakefield hield altijd onmiddellijk op met wat ze aan het doen was als haar dochtertje binnenkwam en ze bleef net zo lang bij haar als het kind wilde. Soms moest mevrouw Pride Molly bijna letterlijk bij haar vandaan trekken om met haar werk te kunnen beginnen.

Molly herinnerde zich dat haar moeder nooit gelukkiger leek dan wanneer ze naar haar keek. Ze had het altijd heerlijk gevonden om het middelpunt van haar aandacht te zijn. Maar nu ze bijna volwassen was en daarop terugkeek, begreep ze welke problemen de lange scheiding had kunnen veroorzaken bij de moeder die zo op haar enige kind gericht was geweest. Misschien had mevrouw Pride dat laatst wel bedoeld. En na wat haar moeder was overkomen in die schuilkelder? Daardoor zou iedereen wanhopig zijn geworden, ongeacht of ze voor die tijd wel of niet mentale problemen hadden gehad.

Ze haalde het medaillon van haar halsketting en opende het om nog een keer naar de foto van haar moeder te kunnen kijken. Haar vriendelijke, lieve gezicht. Hoe zou ze er nu uitzien? Nog belangrijker, hoe zou haar moeder nu zijn?

'Heb je nog iets nodig?' vroeg mevrouw Pride.

Molly kwam met een schok terug in het heden. 'Wat? Neem me niet kwalijk. Nee hoor, dank u wel.'

'Voel je je echt wel goed, lieve kind?' vroeg mevrouw Pride op een toon die duidelijk maakte dat ze daar helemaal niet van overtuigd was. Ze keek gespannen naar het medaillon.

'Ik voel me prima, dank u. O ja, hebt u eh... Het is misschien een vreemde vraag, maar hebt u weleens iemand gezien die het huis in de gaten houdt?'

De vrouw trok haar wenkbrauwen op. 'Het huis in de gaten houdt?'

'Ja, een paar mannen. Misschien in een auto?'

'Nu je het vraagt... Ik heb al een paar keer dezelfde man aan de overkant zien staan die een sigaret rookte. Ik dacht dat hij gewoon een nietsnut was. Maar zo was hij niet gekleed. Hij leek eerder een heer, niet zo'n zwerver. Heb jij hem ook gezien?'

'Volgens mij wel.'

'Moeten we het aan de politieagent vertellen, denk je?' vroeg mevrouw Pride.

'Dat denk ik wel. Het is misschien niet belangrijk, maar... Nou ja, je kunt niet weten, vooral niet in deze tijd.'

'Goed, Molly. Als ik de bobby weer zie, zal ik het hem vertellen. Hij is een jongeman, heel plichtsgetrouw. Heb je verder nog iets nodig?'

'Ja, de andere brieven van de dokter in Cornwall.'

'Ja, natuurlijk. Dank je wel dat je me daaraan herinnert,' zei ze zonder Molly aan te kijken.

Molly had het gevoel dat mevrouw Pride dit familiedrama liever negeerde. Nadat ze was vertrokken, ging Molly aan de tafel zitten om te eten. Ze legde haar servet op haar schoot, strooide overal een beetje zout op en begon te eten. De eenvoudige maaltijd was heerlijk, maar ze had zo'n honger dat alles heerlijk zou zijn geweest.

Ze was net klaar met eten toen mevrouw Pride binnenkwam met een stapel brieven. 'Ze lagen in de kamer van je ouders. Ik moest wel even zoeken.'

'Dank u.'

Mevrouw Pride legde de brieven op het bureau, pakte het dienblad, verliet het vertrek en deed de deur dicht.

Molly legde de brieven in chronologische volgorde en pakte de eerste brief. De brief was geschreven op hetzelfde stevige papier. De inhoud was kort en zakelijk: haar moeder werd behandeld en reageerde goed op de behandeling. In de volgende brief en de brief daarna stond hetzelfde. Maar in de daaropvolgende brieven van dokter Stephens veranderde de woordkeus een beetje, maar toch begreep Molly de betekenis van de medische termen.

Er was sprake van bepaalde uitdagingen met betrekking tot de diagnose, schreef dokter Stephens. In een andere brief werd gewaarschuwd dat er extreme 'stemmingswisselingen' konden worden verwacht. In weer een andere brief, van veertien maanden geleden, stond de onheilspellende waarschuwing dat haar toestand was verslechterd. Maar in de daaropvolgende brief stond een optimistischer diagnose. Nog meer brieven gingen hierover, beschreven meer ups-and-downs. In de laatste brief stond alleen dat mevrouw Wakefield op bepaalde behandelingen reageerde en dat dokter Stephens voorzichtig optimistisch was dat ze deze keer de juiste aanpak hadden gevonden.

Molly legde de laatste brief neer en realiseerde zich opeens dat de dag waarop haar vader het huis voor de laatste keer had verlaten bijna samenviel met de laatste brief van dokter Stephens. Ze wist natuurlijk niet of deze beide gebeurtenissen verband hielden met elkaar, maar dat was zeker mogelijk.

Molly kreeg een idee. Ze nam de hoorn van de haak, draaide het nummer van de telefooncentrale en gaf de telefoniste het telefoonnummer van het Beneficial Institute dat in het briefhoofd stond. 'Dat is in Cornwall,' zei ze erbij.

'Wacht even alstublieft, voor dat nummer hebt u de interlokale telefonist nodig.'

Het bleef heel lang stil. Toen kwam er een andere telefoniste aan de lijn. 'Het spijt me, maar er wordt niet opgenomen. Misschien liggen de telefoonlijnen eruit. Probeer het later alstublieft nog een keer.'

Molly zuchtte, legde de hoorn weer op de haak en keek naar de kaars, die al bijna was opgebrand. Buiten was het al heel donker, want de gaslampen aan de lantaarnpalen werden niet aangestoken. Vanavond kon ze natuurlijk niet naar Cornwall reizen en ze had ook geen idee waar haar vader naartoe was gegaan. Ze wist zelfs niet of hij nog wel leefde.

Molly móést met iemand praten en dacht dat ze wist met wie ze dat het beste kon doen.

Twee zielen, één gedachte

Een torenklok in de verte sloeg het hele uur. Charlie liep de bekende steeg in en keek naar de bewolkte lucht. Hij had besloten Ignatius Oliver te vertellen dat hij een van de jongens was die waren weggelopen toen Eddie en de politieagent stierven. Hij wist niet of Oliver hem bij de politie zou aangeven, maar hij hoopte van niet. Maar hij kon dit niet langer voor zichzelf houden. Hij kon het ook niet aan zijn oma vertellen. Hij moest er niet aan denken dat ze hem diep teleurgesteld aankeek, dat kon hij niet verdragen.

Hij bleef staan toen hij haar zag. 'M-Molly?'

Molly stond voor de vieze etalageruit van The Book Keep en keek om. 'Charlie? Wat doe jíj hier?'

'Ik wil meneer Oliver iets vragen. Wat doe jíj hier?'

'Ik wil hem een paar brieven laten lezen.'

'Hoe ben je hier gekomen?' vroeg hij.

'Met een taxi.'

'Je zou 's avonds niet alleen buiten moeten zijn.'

'Jij wel dan?'

Hij maakte een afwijzend gebaar. 'Ik kan wel op mezelf passen, maar voor jou is dat heel anders.'

'Omdat ik een meisje ben?'

'Nee, omdat je niet meer weet wat er allemaal gebeurt in de stad.'

'Zoals je kunt zien ben ik hier veilig gekomen,' zei ze fel. Ze stak haar hand in haar zak en liet hem de *half crown* zien. 'Nu neem je dit wel aan.'

'Nee!'

'Als je dat niet doet, gooi ik hem in die put.'

'Nee, niet doen!' riep Charlie geschokt.

'Wacht maar!'

Charlie stak langzaam zijn hand uit, nam de munt aan en stopte hem in zijn zak. Daarna wilde hij de deur openen, maar die zat op slot.

'Wat is er met die deur gebeurd?' vroeg Molly toen ze de herstelde schade zag.

'Weet ik niet,' loog Charlie. 'Kijk, de bel hangt nu buiten.'

'Hier staat dat je moet bellen als je geholpen wilt worden. Het GESLOTEN-bordje hangt er wel, maar binnen brandt licht. Kom, laten we het maar doen.'

Charlie liet het belletje rinkelen en wachtte.

Even later zagen ze door de kier tussen de gesloten gordijnen Oliver achter de toonbank vandaan komen. Hij liep snel naar de deur en deed hem open. 'Molly, Charlie, wat een onverwacht genoegen! Kom alsjeblieft binnen.'

Dat deden ze.

'Het is al behoorlijk laat. Is er iets mis?'

Ze schudden hun hoofd.

'Willen jullie een kop thee?'

Opnieuw schudden ze hun hoofd.

Oliver keek naar zijn etalageruit en zei: 'Ongelofelijk! Ik ben nota bene blokhoofd en mijn verduisteringsgordijnen zijn niet eens helemaal dicht. Ik zou mezelf een waarschuwing moeten geven!' Hij trok de gordijnen helemaal dicht en vroeg: 'Goed, wat kan ik voor jullie doen?'

Molly keek naar Charlie. 'Wil jij eerst?'

'Nee, ga jij maar,' zei hij snel.

Molly haalde de brieven tevoorschijn, vertelde Oliver wat voor brieven het waren en ook dat haar moeder in een sanatorium in Cornwall was. Ze keek nerveus naar Charlie toen ze dat vertelde en haar wangen werden een beetje rood. 'Misschien kunt u ze lezen en me advies geven?' vroeg Molly aan Oliver.

'Ik wil je zeker helpen, maar ik ben natuurlijk geen dokter.' Hij zette zijn bril op, nam de brieven van haar aan en las alle brieven door onder het toeziend oog van Charlie en Molly.

Toen hij klaar was en alle brieven weer in de enveloppen had gestopt, gaf hij ze terug aan Molly. Hij zette zijn bril af en veegde hem schoon aan zijn mouw. 'Dit klinkt heel serieus, Molly. Nogmaals, ik ben geen dokter, maar mijn broer wel. Daardoor ken ik de termen "sociale fobie" en "neurose" wel. Het kan heel moeilijk zijn om daarvan te genezen. Dat kan, zoals met elke mentale ziekte, niet eventjes met een theelepel wonderolie of door iemands hand te verbinden.'

'Maar kan ze wel beter worden?'

'Jazeker. Ik weet niet over welke behandelmethoden ze het hebben, maar ik weet zeker dat ze alles voor haar doen wat ze kunnen. Wat vindt je vader van dit alles?'

Molly keek naar Charlie die haar ernstig aankeek. Daarna zei ze tegen Oliver: 'Hij... maakt zich ook grote zorgen. Hij heeft constant contact gehad met dokter Stephens, zoals u aan de brieven kunt zien. Hij heeft mijn moeder zelf naar Cornwall gebracht en haar daar vaak opgezocht.'

'Dan begrijp ik niet goed waar ik je mee zou moeten helpen. Je vader is in een veel betere positie om al je vragen te beantwoorden en om zo nodig actie te ondernemen.'

'Het probleem is dat mijn vader het heel druk heeft met zijn werk voor het ministerie van Voedsel. Soms komt hij 's nachts niet eens thuis. Ik dacht dat ik hem kon helpen als ik die last van zijn schouders neem.'

Oliver fronste en zei hoofdschuddend: 'Je bent echt te jong om je vader van een dergelijke verantwoordelijkheid te ontlasten, Molly. Geen enkele dokter zou bijvoorbeeld een instructie van jou met betrekking tot de behandeling van je moeder opvolgen. Ik betwijfel zelfs of ze de zaak met je willen bespreken.'

'Maar ik ben haar dochter!' zei Molly verhit. 'En ik ben geen kind! Ik ben bijna zestien.'

'Als ik het voor het zeggen had, zou ik je alles over haar toestand vertellen, maar ik heb het niet voor het zeggen. En door mijn broer weet ik dat artsen heel paternalistisch met vrouwen kunnen omgaan.'

Molly vroeg somber: 'Denkt u dat ik haar mag bezoeken?'

'Ik weet zeker dat dat kan. Dan moet je vader dat regelen en met je meegaan.'

Molly zei langzaam: 'Het probleem is dat hij het heel druk heeft. Ik zie hem soms dagen niet. Ik denk dat hij niet weg kan.'

'Misschien kun je ze opbellen?' opperde Oliver.

'Dat heb ik geprobeerd, maar de lijn werkte niet.'

'Ja, dat gebeurt tegenwoordig heel vaak. Maar ik heb geen idee wat ik voor je kan doen.'

'Is het erg ver naar Cornwall?' vroeg Molly.

'Vrij ver, inderdaad. Het is een prachtige streek, waar mensen naartoe gaan voor hun gezondheid en voor de zeelucht. Er gaan wel treinen naartoe vanaf Paddington Station, maar onderweg moet je vaak overstappen. Vroeger tenminste, maar nu het oorlog is, heb ik geen idee hoe lang de reis duurt. Ik weet niet eens óf je er nu kunt komen. Ik heb een keer gehoord dat alle spoorlijnen naar het zuiden buiten dienst zijn, maar weet niet of dat ook voor Cornwall geldt.'

'U bent er dus geweest?' vroeg Molly opgewonden.

'Nou ja, in Plymouth in Devon, vlak bij Cornwall. Mijn vrouw en ik waren daar op huwelijksreis.'

'Dan hebt u misschien vlak bij dat instituut gelogeerd,' zei Molly.

'Dat zou kunnen, maar ik kan me zo'n instituut niet herinneren. Ik weet ook niet hoe lang dat er al is. Onze huwelijksreis is alweer vijftien jaar geleden.' Zijn gezicht betrok toen hij dit zei. 'Vijftien jaar geleden... gisteren. We waren altijd van plan om terug te gaan, maar...'

'Het spijt me heel erg dat ik u hieraan heb herinnerd,' zei Molly toen ze zijn verdrietige blik zag.

'Dat hoeft echt niet. Dat kon jij toch niet weten.'

'Dan is het vast niet mogelijk om mijn moeder te bezoeken,' zei Molly.

'Je moet hier echt met je vader over praten,' zei Oliver. 'Ik ben ervan overtuigd dat hij, hoe druk hij het ook heeft, met dat instituut kan telefoneren en jou met de dokter kan laten praten. Of zelfs met je moeder, als ze daartoe in staat is. Misschien kan hij een reis regelen met zijn overheidscontacten.'

'Ik zal er met vader over praten,' zei Molly somber.

'Goed,' zei Oliver, hoewel hij zich verbaasde over Molly's gebrek aan enthousiasme over zijn bijzonder verstandige suggestie.

'Meneer Oliver? Er is nog iets.'

'Ja?'

'Ik weet dat het heel dom zal klinken, maar het lijkt alsof... Ik bedoel, er zijn misschien mensen die mijn huis in de gaten houden en mij volgen.'

'Je volgen?'

'Ja. Toen ik de eerste keer naar u toe kwam, werd ik gevolgd door twee mannen in een auto. Dat weet ik zeker. En ik heb een andere man gezien die mijn huis in de gaten houdt. Mijn nanny heeft hem ook gezien.'

'En vergeet die man in het park niet die een foto van je maakte en daarna wegrende,' zei Charlie.

'Een foto van je maakte?' herhaalde Oliver.

'Nou ja, ik denk tenminste dat hij dat deed,' zei Molly.

'Heb je dit aan je vader verteld?'

'Ik... Nee, maar dat moet ik misschien wel doen.'

'Ja, Molly, dat moet je zeker doen. Het betekent misschien

niets, maar toch, je kunt niet voorzichtig genoeg zijn. Vooral in deze tijd.'

'Natuurlijk. Ja, ik zal het hem meteen vertellen.'

'Goed.' Hij keek Charlie aan. 'En hoe gaat het met jou, Charlie?'

'Het gaat goed, meneer.'

'Waarom ben jij hier?'

'Ik... Ik zag dat uw deur was vernield.'

'Ja, het leek alsof iemand heeft geprobeerd in te breken. Ik heb niet gezien wie, maar volgens mij was het een groepje jongens. Dat is heel tragisch geëindigd. Misschien heb je daarover gehoord? Twee mensen zijn door een vrachtwagen aangereden en gedood.'

Molly riep: 'O nee! Bedoelt u die agent en die jongen? Dat lazen Charlie en ik in de krant.'

Oliver keek Charlie aan toen hij zei: 'Ik heb geen idee waarom ze van alle winkels hier juist mijn winkel uitkozen.'

'Misschien waren ze niet erg slim,' zei Charlie zonder hem aan te kijken. 'Of ze wilden boeken hebben?'

'Misschien,' zei Oliver. 'Maar daarvoor hoefde je hier niet naartoe te komen. Je kon pas zien hoe mijn deur eruitziet toen je hier net aankwam. Waarom ben je hier dus?'

'Ik... Ik...' Charlie keek naar Molly. 'Ik vroeg me af of u een potlood hebt.'

'Een potlood?'

'Ja, zodat ik iets kan schrijven in het boek dat u me gaf.'

'Heb je dan geen potlood voor school?' vroeg Molly.

'Ja, maar dat moet ik daar laten. Dat mogen we niet meenemen naar huis.'

'Hoef je thuis dan geen huiswerk te maken?' vroeg ze.

Charlie keek haar boos aan. 'Lezen en zo, maar niet schrijven.'

'Ik heb iets wat beter is dan een potlood.' Oliver liep naar de toonbank, opende een la en haalde er een pen uit. 'Deze pen gebruikte mijn vrouw altijd tot ik haar, toen we één jaar getrouwd waren, een nieuwe gaf.'

'Die wilt u toch zeker niet weggeven!' zei Molly.

'Dan noemen we het gewoon een lening, goed, Charlie? Als je ermee klaar bent of iets anders hebt waar je mee kunt schrijven, breng je hem terug.'

Hij wilde hem aan Charlie geven, maar die nam hem niet aan. 'Het is goed, Charlie, echt. Ik wil graag dat je hem gebruikt.'

Charlie stak langzaam zijn vieze hand uit en nam de glanzende pen aan. 'Dank u,' mompelde hij.

'Ik ben ervan overtuigd dat wat je ook maar gaat schrijven belangrijk is,' zei Oliver.

'Dat betwijfel ik,' zei Charlie.

'Zelfs al is het alleen maar belangrijk voor jezelf. En dat is het allerbelangrijkst,' zei Oliver.

'Wat een goede gedachte,' zei Molly.

'Dat zei Imogen altijd.'

'U zult haar wel verschrikkelijk missen,' zei ze.

'Wel iets meer dan verschrikkelijk,' zei Oliver zonder haar aan te kijken.

'Kwam het door een bombardement?' vroeg Charlie. 'Dat ze is gestorven?'

'Charlie!' zei Molly bestraffend. 'Dat gaat je niets aan!' Natuurlijk had zij Oliver diezelfde vraag ook al een keer gesteld.

'Nee hoor, het is wel goed. Het kwam door de bombardementen, maar ook weer niet. Meer dan dat kan ik gewoon niet... vertellen. Eerlijk gezegd heb ik het gevoel dat ik het zelf niet eens meer weet.'

Iets luchtiger vroeg Oliver: 'Heeft iemand nu zin in een kop thee?'

Een nieuw plan

Drie nachten later lag Charlie naar het plafond te kijken en dacht na. Hij had die avond een schip dat aan de kade van de Theems lag ontdaan van puin in ruil voor twee shilling plus een kwart brood en een stuk cheddar als bodempje voor zijn lege maag. Het regende toen hij naar huis liep, maar thuis had hij zich zo goed mogelijk afgedroogd, zodat zijn oma niet zou weten dat hij weg was geweest. Hij dacht niet dat hij een tweede keer het smoesje over luizen kon ophangen.

Hij keek naar het dagboek en vroeg zich af of hij dat voor vijf pond kon verkopen. Zou juffrouw Virginia Woodley van King & Chauncey hem dat geld nog steeds willen geven? Als hij terugging, zijn spijt betuigde en een paar leugentjes vertelde?

Uit zijn zak haalde hij de pen die Oliver hem had gegeven. Het was een prachtige pen: hij lag goed in de hand, was heel mooi en had een gouden knop. Deze pen kan ook wel wat geld waard zijn, dacht hij. Maar hij gaf zichzelf meteen een standje. *Je gaat de pen van zijn overleden vrouw echt niet verkopen, stomkop! Die pen is niet van jou.*

Charlie vroeg zich opnieuw af of hij het dagboek kon verkopen, omdat de situatie inmiddels heel nijpend was. Over twee dagen konden ze niet langer in de flat wonen en zijn oma had nog steeds geen andere woonplek voor hen gevonden. Ze was al begonnen met haar weinige bezittingen in dozen te stoppen en vroeg zich wanhopig af waar ze haar toilettafel en stoel moest laten. Ze was die avond met een grimmige blik en stijve ledematen naar haar slaapkamer gegaan. Charlie had dit soort problemen niet, want hij bezat niets om in dozen te doen, op een paar extra kleren na.

Hij besloot zich de volgende ochtend eerst te wassen, ervoor te zorgen dat zijn kleren netjes waren en daarna meteen naar King & Chauncey te gaan. Daar wilde hij zijn zaak voorleggen aan juffrouw Woodley. Hij zou de vijf pond krijgen, snel weer naar huis gaan en wachten tot zijn oma thuiskwam van haar werk zodat hij haar trots kon vertellen dat ze waren gered door de verkoop van het boek. Hij zou haar de vijf pond geven, net als de *half crown* van Molly die hij had verdiend, plus de shillings voor het schoonmaken van het schip. Dan zou hij een glimlach op haar gezicht zien verschijnen en zou alles weer goed zijn. Deze keer zou Charlie degene zijn die voor hen had gezorgd nadat hij al zo lang een last voor zijn oma was geweest.

Met een dak veilig boven hun hoofd zou Charlie op zoek gaan naar goedbetaald werk. Hij was bijna veertien, heel sterk en vol energie. Hij kon heus wel dingen doen die een echt loon waard waren.

Charlie ging verliggen in zijn kist. Als hij wilde slapen moest hij overdwars en in elkaar gerold gaan liggen, maar toch voelde hij dan nog steeds het hout tegen zijn hoofd en zijn tenen.

Het regende nu zelfs nog harder. Hij hoorde de regen tegen de verduisterde ramen in de andere kamer. Morgen zou het kil en vochtig zijn, en hij was bang dat zijn oma kou zou vatten. De meeste medicijnen gingen naar de soldaten, en dat hoorde ook. Hij zou goed op haar moeten letten en misschien kon hij met iets van zijn toekomstige loon hoestsiroop voor haar kopen bij de drogist verderop in de straat.

Daarna dwaalden zijn gedachten naar Molly en hun gesprek met meneer Oliver. Hij dacht dat ze tegen meneer Oliver had gelogen. Haar vader was niet op het ministerie van

Voedsel, maar was wel verdwenen. Daar was Charlie echt van overtuigd. Molly had dus zelfs met haar fraaie huis, haar nanny en een Singer eigenlijk geen ouders, terwijl hij zijn oma tenminste nog had. Toen bedekte Charlie zijn ogen met een hand en dacht eraan hoe fijn het zou zijn om ouders te hebben. Misschien lag Molly nu ook klaarwakker in haar bed en dacht ze precies hetzelfde. Dat smeedde een band tussen hen, besefte hij opeens. Hij vond dat griezelig, omdat ze uit zulke verschillende werelden kwamen.

En hoewel hij Ignatius Oliver heel aardig vond, was de man wel bijzonder vreemd. En die stapels papieren? Hij zei dat het een manuscript of zo was. Charlie dacht aan de boekwinkel in de steeg waar Oliver andere papieren had gekregen van dezelfde man die hij die eerste avond in The Book Keep had gezien.

Ja, heel vreemd.

Hij stond op en probeerde met wat spuug de vlekken uit zijn kleren te krijgen en zijn pet in de juiste vorm te trekken. Morgenochtend wilde hij zijn haar netjes maken en het stuk zeep gebruiken om zijn gezicht en handen helemaal roze te boenen.

Charlie was doodmoe, alleen al door het schoonmaken van zijn kleren, dus klom hij weer in zijn kist. Het geroffel van de regen op het raam werd steeds luider zodat hij langzaam in slaap viel.

Toen hij zijn ogen weer opendeed, regende het nog steeds pijpenstelen. Hij ging rechtop zitten en rekte zich uit, terwijl hij zich realiseerde dat het later was dan anders.

Opeens drong het tot hem door: hij had zijn oma niet horen rondlopen en haar ook niet gehoord toen ze naar de wc ging of in de keuken bezig was terwijl ze alles klaarmaakte voordat ze voor haar halve loon ging werken. Ook de kus op zijn voorhoofd had hij niet gevoeld.

Ik heb dus heel diep geslapen!

Opeens alleen

'Oma?'

Hij klom uit zijn bed.

'Oma?'

Hij ging haar zoeken.

Haar slaapkamer was leeg.

De badkamer niet.

Charlie bleef in de deuropening staan en keek naar de vloer.

Hij kon maar één oog zien door de houding waarin ze daar lag. Het oog was open en leek hem aan te kijken, slechts twee centimeter boven de koude vloer. De pupil leek dof en ongewoon groot.

Hij zette behoedzaam één stap naar binnen. 'Oma?'

Misschien is ze gevallen, dacht hij, en toen bewusteloos geraakt. Een van haar pantoffels lag op de grond. Hij zag haar gezwollen kuit en de blauwe aderen als een meanderende rivier op een landkaart.

Stel dat ze om hulp had geroepen en hij daar gewoon doorheen had geslapen?

Hij schuifelde dichterbij. 'Oma? Moet ik je helpen om op te staan?'

Het oog knipperde niet. De blote voet bewoog niet, zelfs geen millimeter.

Hij knielde naast haar, stak zijn hand uit en raakte haar schouder aan. Ze had haar nachtpon nog aan. Haar grijze haar lag rondom haar schouders. Het was langer dan hij had gedacht – ze droeg het altijd in een knotje – en de strengen lagen lukraak om haar heen.

Hij voelde haar hals.

Die was koud en stijf, en voelde absoluut niet als zijn oma. Zij was altijd warm. In koude nachten had hij zijn magere lichaam vaak aan haar gewarmd.

Hij ging naast haar zitten, met zijn knokige knieën tegen haar aan en zijn hand beschermend op haar wang. Die was ook koud, alsof ze buiten was geweest en net binnen was gekomen om zich te warmen, maar toen was gevallen.

'Oma? Gaat het wel? Ben je gewond?'

Buiten regende het nog steeds. Charlie had het gevoel dat een heel klein deel van hem opsteeg naar het plafond en op hen neerkeek. De roffelende regen kreeg een treurig ritme, als het orgel in een kerk.

Zijn lichaam vlak onder het plafond kwam weer samen met wat beneden was achtergebleven. In gedachten hoorde hij opeens een vertrouwd refrein.

Ik ben geen jongen.

Ik ben een man.

Gedraag je dan ook zo, Charlie.

Hij slaagde erin haar op haar rug te rollen en legde zijn oor op haar borst, met zijn vinger tegen haar hals. Dat had hij ambulanceverplegers zien doen, na bombardementen, bij bloedende mensen op straat.

Of het hart klopte.

Of de longen uitzetten.

Bij zijn oma was dat geen van beide het geval.

Hij legde zijn vinger op haar lippen om te controleren of hij haar adem voelde.

Hij voelde weer aan haar wang. Ze was nu zelfs nog kouder.

Hij leunde naar achteren en keek naar haar zoals zij daar lag – hulpeloos. Nee, dood, moest hij toegeven. Haar lichaam slap, haar mond opengezakt, haar ogen open. Hij probeerde haar ogen te sluiten, maar haar oogleden weigerden dicht te gaan. Hij moest dit aan iemand vertellen, maar hij kon niet bedenken aan wie dan. Toen kreeg hij een inval.

Boven woonde een buurman, een man die bij de slager twee pleinen verderop werkte. Hij was aardig geweest voor oma, gaf haar weleens een bot voor in de soep, vond zo vaak mogelijk restjes vlees voor hen, riep altijd vrolijk hallo als hij hen tegenkwam en kwam altijd even kijken hoe het met hen ging als de Jerry's ophielden met hun bombardementen.

Charlie opende de voordeur en rende de trap op. Hij bleef kloppen tot hij de man hoorde zeggen: 'Rustig maar, ik kom eraan.' Charlie zei net genoeg om de man in actie te laten komen. De buurman rende op blote voeten de trap af. Charlie liep langzaam achter hem aan, want hij wist wat er in de badkamer op hem lag te wachten en hij had geen haast om dat opnieuw te zien.

Later kwam er een politieagent binnen, samen met een man in een donker pak en met een bolhoed op die een zwarte tas bij zich had. Hij bleef een tijdje in de badkamer, waar Charlies oma nog steeds op de grond lag. Hij haalde een officieel uitziend boekje met een harde kaft tevoorschijn, noteerde een paar dingen, ondertekende het, scheurde de bladzijde eruit en gaf dat aan de politieagent.

Charlie dacht dat hij de man iets hoorde zeggen over zijn oma's hart.

De bobby had Charlie gevraagd waar zijn ouders waren. Hij zei, bijna gedachteloos, dat zijn vader in het leger zat en zijn moeder naar haar werk was. De bobby had geknikt en gezegd dat Charlie zijn moeder zijn condoleances moest overbrengen. Daarna waren de twee mannen vertrokken.

De buurman had Charlie gevraagd of er iemand was met wie hij contact kon opnemen en naar wie hij toe kon gaan. Charlie had hem angstig verteld dat er zo iemand was, hoewel hij geen idee had wie of waar dat dan was.

Enige tijd later reed er een lange, zwarte auto voor, met eerbiedige mannen in een donker pak, met een hoge hoed op en met een paraplu tegen de regen. Een van de mannen vertelde Charlie dat de dokter die zijn oma dood had verklaard hem had laten weten dat er iemand moest worden begraven. Charlie had versuft geknikt en hem laten zien waar zijn oma was.

Terwijl ze haar lichaam, bedekt met een laken, op een brancard naar beneden droegen, dacht Charlie om de een of andere reden aan zijn adres: Flat 4a, 13 Dapleton Terrace, Bethnal Green, Londen.

Dit was niet langer zijn thuis.

Buren stonden voor het flatgebouw en keken hoe oma achter in de lange auto werd geladen. Een paar sloegen een kruisje, anderen bogen hun hoofd en weer anderen huilden omdat het leven hier zo zwaar was en oma voor iedereen zo vriendelijk en behulpzaam was geweest. Ze breide een pet of handschoenen voor een buurkind, bracht iemand een kom hete soep, gaf vaak stukken hard brood weg die haar winkel had willen weggooien, maakte een mosterdpleister voor iemand met een pijnlijke borst of bood gewoon een stevige, liefhebbende hand en een troostende stem aan een ongeruste moeder met een pasgeboren baby.

De lange auto reed weg, waarna Charlies oma voor altijd weg was.

Een man met een snor en een hoge hoed had Charlie een kaartje gegeven met de naam en het adres van waar ze haar naartoe brachten. Hij had Charlie verteld dat zijn ouders de volgende dag langs moesten komen. Hij had niet om geld gevraagd. Hij had nergens om gevraagd. Hij had niet gevraagd of Charlie eigenlijk wel ouders had of waar zij nu konden zijn. Dat was kennelijk gebruikelijk tijdens een oorlog, vooral waar Charlie woonde.

Zijn familie had zijn vader niet begraven, omdat er geen

lichaam was geweest om te begraven. En Charlie had nog in het ziekenhuis gelegen toen zijn moeder werd begraven. Hij kon zich nog goed herinneren dat hij bij de begrafenis van zijn opa was geweest; die begrafenis was door zijn oma geregeld. Nu was het Charlies beurt, maar hij had geen idee hoe hij dat moest doen. Hij bleef nog heel lang op de stoep van Dapleton Terrace 13 staan, terwijl de mensen langs hem heen liepen om weer naar huis te gaan en door te gaan met hun leven. Soms raakte iemand zijn arm aan, zei een paar troostende woorden of woelde door zijn haar. Twee vrouwen knuffelden hem even. Een andere vrouw drukte twee plakken op de kolenkachel opgewarmd brood met een plak kaas ertussen in zijn koude hand. Toch bleef hij daar staan, omdat 4a niet langer zijn thuis was.

Hij had geen huis.

Hij had geen oma.

Hij had niets, alleen zichzelf. En wat was dat nou helemaal waard, dacht hij.

Charlie dacht dat allemaal wel, maar om de een of andere reden had dat emotioneel gezien geen invloed op hem. Hij had niet gehuild. Hij was niet verlamd op de grond gevallen. Hij had eigenlijk helemaal niets gedaan en hij voelde zich ontzettend schuldig omdat hij fysiek helemaal niet had gereageerd op de traumatische dood van zijn oma. Hij had veel heftiger moeten reageren op haar dood, maar toch had hij zijn verantwoordelijkheid voor haar niet genomen nu ze dood was, net als toen ze nog leefde. Hij had haar niet het hoedje en de bril kunnen geven, en ook niet het geld voor de huur. Hij had haar eigenlijk nooit echt iets gegeven, maar dat alleen af en toe geprobeerd. En zij was gestorven terwijl ze waarschijnlijk dacht dat haar enige kleinkind nooit iets van zichzelf zou maken.

Hij liep hun flat weer in en pakte de enige schone nette jurk die zijn oma had bezeten. Hij verzamelde haar kousen en ondergoed en haar zondagse schoenen voor de kerk, hoewel ze sinds de dood van zijn moeder geen van beiden nog gelovig waren. Maar dit waren haar begrafeniskleren en die moesten netjes zijn. Hij stopte ze allemaal in een van de waszakken die hij onder de gootsteen in de keuken vandaan haalde.

Charlie trok zijn jas aan, zette zijn pet op en verliet de flat met haar kleren in de ene en al zijn eigen bezittingen in de andere waszak. Het regende gelukkig iets minder hevig. Hij hoopte dat ze zijn oma's oog hadden kunnen sluiten, want het voelde niet goed als dat oog openbleef nu ze daar niets mee kon zien. Hij hoopte dat zijn vier shillings en six pence genoeg waren voor een fatsoenlijke begrafenis, maar iets zei hem dat dat niet zo was. Wat zou er dan met zijn oma gebeuren?

Charlie begon te rennen, naar de enige plek in heel Londen die hij kon bedenken om naartoe te gaan.

Allemaal bijzondere dingen

'Ja?' Mevrouw Pride keek strak naar Charlie, die voor haar stond, met over elke magere schouder een waszak. Halverwege was het weer harder gaan regenen, zodat hij doorweekt was. Hij zette een zak op de grond, tikte tegen zijn pet en zei: 'Alstublieft mevrouw, ik vroeg me af of juffrouw Molly Wakefield thuis is.'

'Stel dát dat zo is, wat heb jij daar dan mee te maken?'

Voordat hij antwoord kon geven, ging de deur verder open en verscheen Molly.

'Charlie?' riep ze. 'Wat is er?'

'Jij... Ken je deze... jongen?' vroeg mevrouw Pride.

'Ja. Hij is mijn vriend. Kom binnen, Charlie, snel, het gaat nog harder regenen.' Ze stak haar hand uit, pakte zijn arm en trok de drijfnatte Charlie mee naar de voorkamer.

Mevrouw Pride deed de voordeur dicht en keek achterdochtig naar wat zij ongetwijfeld beschouwde als een bijna verdronken dakloze die druipend op het handgeweven vloerkleed van de Wakefields stond.

'Ik red me nu wel, mevrouw Pride, dank u. Maar wacht even... Charlie, heb je al gegeten?'

Hij schudde zwijgend zijn hoofd. Hij had het broodje met kaas dat hij van de vrouw had gekregen aan een dakloze man gegeven die hij onderweg hiernaartoe was tegengekomen. Voor zover hij zich kon herinneren was dit de enige keer geweest dat hij eten had weggegeven. Nu deed zijn maag pijn van de honger.

'Mevrouw Pride, wilt u alstublieft een ontbijt voor Charlie maken? En theezetten?'

'Ja, Molly. Als je het heel zeker weet?' Ze keek Molly vragend aan.

'Ik weet het heel zeker.'

Terwijl de zichtbaar nerveuze mevrouw Pride snel wegliep, vroeg Molly aan Charlie: 'Hoe ben je hier gekomen?'

'Rennend,' zei hij.

Ze vroeg verbaasd: 'Dat hele stuk? In de regen?'

Hij knikte.

Ze keek onderzoekend naar zijn verdrietige gezicht. 'Wat is er gebeurd?'

Charlie boog zijn hoofd alsof het gewicht van de hele wereld op hem drukte. 'Mijn oma. Ze... is vanochtend gestorven.'

Molly bracht een hand naar haar mond. 'Is je oma dood?'

Charlie knikte langzaam. Hij rilde. Niet van de kou, maar omdat dit de eerste keer was dat hij hardop had gezegd dat zijn oma niet langer bij hem was.

'O! Wat vind ik dat erg, Charlie. Kom alsjeblieft hier zitten, dan pak ik een deken voor je.' Molly pakte een deken, sloeg die zorgvuldig om zijn schouders en ging naast hem zitten. 'Wat is er gebeurd? Was ze ziek?'

Charlie wreef over zijn natte neus. 'Weet ik niet. Ik vond haar op de vloer van de badkamer. Haar ogen waren open en ze ademde niet. De dokter zei iets over haar hart. Ze... De mannen hebben haar meegenomen in hun auto.'

'Je bedoelt de begrafenismensen?'

'Denk het wel.' Charlie snoof.

'Weet je waar ze haar naartoe hebben gebracht?'

Charlie haalde het kaartje uit zijn zak en gaf het aan haar.

Ze las wat erop stond. 'Ja, natuurlijk.'

'Ze zeiden dat ik morgen moet komen.'

'Ja, dat klopt denk ik wel. Ze zullen tijd nodig hebben om... dingen goed te regelen.' Molly keek hem aan en vroeg gespannen: 'Woonde je bij je oma?'

Charlie knikte.

'Woonde er nog iemand anders bij jullie?' vroeg ze behoedzaam.

Charlie schudde zijn hoofd. 'Nee. Mijn ma is dood en mijn pa is gesneuveld in Duinkerken. Het... spijt me dat ik je dat niet eerder heb verteld, maar ik vind het niet fijn om te vertellen dat ik ze niet meer heb.'

Molly leunde naar achteren. Nu voelde ze zich nog veel schuldiger, want zij had hem haar eigen geheim over haar vader ook niet verteld. 'Wat erg voor je. Maar het komt wel goed, Charlie.'

Hij keek haar kwaad aan. 'Het is niet goed! Mijn oma is dood!'

'Ik bedoelde dat alles wordt verzorgd, dat zij wordt verzorgd. Ik zal je helpen om dat te doen. Iemand verliezen is al zwaar genoeg zonder dat je je druk moet maken over zulke... details.'

Alles wat je net zei, is net zo goed op jezelf van toepassing.

Charlie haalde de *half crown* die ze hem had betaald en zijn shillings van de vorige nacht uit zijn zak. 'Dit heb ik om haar fatsoenlijk te begraven.'

Molly keek naar de munten en zei: 'Dat is vast wel genoeg.'

'Denk je dat echt?' vroeg Charlie vol twijfel.

'Ja, dat denk ik. Goed, wat zit er in die zakken?'

Hij had ze op de grond naast hem gezet.

'In deze zak zitten oma's kleren waarin ze... moet worden begraven. In die andere zit alles wat ik heb, want... Weet je, ik kan daar niet langer wonen... De huur... Ze hadden oma's loon gehalveerd, zodat we de huur niet langer konden betalen.' Hij zweeg abrupt en leek zich diep te schamen.

'Daar houden we ons later wel mee bezig. Terwijl jij eet, zal ik dit bekijken om te zien wat wat is.'

Charlie keek beschaamd. 'Ik heb haar ondergoed en zo ook meegenomen, want...'

'Dat was heel verstandig van je.'

Charlie riep opeens, met een verwilderde blik: 'Mijn boek! Ik ben mijn boek vergeten!'

'Dat is wel goed. We kunnen later wel teruggaan om het boek te halen.'

'Misschien is er geen later!' riep Charlie.

'Ik weet zeker dat dat wel zo is. Goed, ik ga even kijken hoe het is met je ontbijt.' Ze liep snel weg.

Charlie bleef zitten. Hij was wanhopig, omdat hij wist dat dingen verdwenen die waren achtergelaten door mensen die waren gestorven of de huur niet meer konden betalen. Maar hij kon nu niet helemaal terugrennen, want hij was ontzettend moe, niet zozeer door het rennen maar door het verlies van het enige familielid dat hij nog had.

Hij stond op en keek om zich heen. Hij was nog nooit in zo'n huis als dit geweest, vol meubels en met schilderijen aan de muren en een dik tapijt op de vloer. En daar was een enorme open haard met een echte schoorsteenmantel waar een prachtige klok van koper en hout op stond. Hij wist dat sommige mensen zo woonden, maar had zoiets nog nooit met eigen ogen gezien.

Toen drong het besef dat hij nu helemaal alleen op de wereld was echt tot hem door! Hij liet zich op de bank zakken en al zijn kracht sijpelde weg. Hij had altijd geprobeerd tegenslagen te overwinnen door positief te blijven, waardoor hij erin was geslaagd om het goede in het slechte te zien. Maar nu kon hij niets anders zien dan de ellende die hem te wachten stond.

Molly kwam terug en zei: 'Je ontbijt is zo klaar en het water kookt bijna. Ga je mee, dan kun je aan de keukentafel zitten, terwijl ik de zakken meeneem naar mijn kamer en kijk wat er allemaal in zit?'

Ze nam hem mee naar de keuken, waar mevrouw Pride zijn ontbijt klaarzette. Hij kreeg een gebakken ei, een plakje geroosterd brood met echte boter en een stukje cheddar, een beetje ham, een kommetje haverpap, een gestoofde pruim en een kop met wat op echte melk leek. Molly zou vroeger misschien afkeurend naar zo'n karige maaltijd hebben gekeken, maar Charlie leek verbijsterd en heel even leek zijn verdriet verdwenen. 'Lieve help, Molly, eet je elke keer zo'n maaltijd?'

Ze kon het niet opbrengen om hem aan te kijken of hem antwoord te geven, dus vluchtte ze snel de keuken uit.

Terwijl Charlie zijn bestek pakte, nam Molly de zakken mee naar haar slaapkamer en bekeek de inhoud van de eerste. Ze vouwde de kleren van Charlies oma zorgvuldig op of hing ze in de kledingkast, nadat ze eerst wat kreukels eruit had gestreken. Mevrouw Pride kon ze later wel strijken. Ze ontdekte dat Charlie een paar essentiële zaken was vergeten, maar Molly wist zeker dat ze die uit haar eigen kledingkast kon halen.

Molly opende Charlies zak en hapte naar adem, want de stank was overweldigend en ze zag een ratjetoe aan ruwe, donker geworden kleren. Ze haalde niets uit de zak, maar droeg de hele zak snel en op gepaste afstand naar beneden, zocht mevrouw Pride en gaf haar opdracht alles grondig te wassen.

Mevrouw Pride keek in de zak en zei: 'Mijn god, ik zie hier niet veel dat de moeite loont om bewaard te worden, Molly. Ik zou zeggen, gooi het maar in de vuilnisbak.'

'Als we zijn boek gaan halen, kan ik wel een paar noodzakelijke kleren voor hem kopen. Dat zal voorlopig tenminste genoeg zijn. Waar bewaart u het huishoudgeld?'

'Dat bewaarde ik in de kast in de kleine zitkamer achter in het huis. Maar tegenwoordig bewaar ik het in een doos in de kast onder de trap.' Ze nam Molly mee en liet haar de doos zien.

Toen Molly zag wat erin zat, vroeg ze: 'Is dit echt alles wat we hebben?'

'Ik had je dit eerder moeten vertellen, maar ik wilde je niet ongerust maken.'

'Me wat vertellen?' Molly keek haar nanny nieuwsgierig aan.

'Ik ging vorige week naar de bank om meer ponden te halen. Dat had ik sinds het vertrek van je vader niet meer hoeven doen. Maar nu je terug bent en zo... Hoe dan ook, de rekeningen die hij had geopend... Nou ja...'

'Nou ja wat?'

'De bankmanager kwam persoonlijk naar me toe, nam me mee naar zijn kantoor en vertelde me dat het geld niet langer beschikbaar is.'

Molly keek haar verbijsterd aan. 'Zei hij ook waarom niet?'

'Nee, maar hij was heel grof en keek me zelfs heel wantrouwig aan.'

'Hoe kán dit?' zei Molly geschrokken.

'Daarna riep hij een andere man, die me zo brutaal als de beul vroeg waar meneer Wakefield was en waarom hij niet naar de bank kwam om informatie in te winnen over zijn bankrekening.'

'Wat is het verwarrend allemaal,' zei Molly.

Mevrouw Pride keek haar van opzij aan. 'Het... Nou ja, het leek bijna alsof hij suggereerde dat je vader iets had misdaan. Diefstal of ontvreemding of hoe ze dat ook maar noemen.'

'Dat zou vader nooit doen,' zei Molly gedecideerd.

'Dat weet ik ook wel. Ik vertel je alleen wat die bankmeneer volgens mij dacht. De oorlog doet vreemde dingen met mensen, Molly.'

Molly wist niet of ze het over de mensen van de bank of over haar vader had. 'Mevrouw Pride, zei u dat u ook hebt gezien dat een man het huis in de gaten hield?'

'Ja. En toen de bobby zijn ronde deed heb ik hem dat ook verteld. Hij schreef het op en beloofde te kijken of hij hem ook zag.' Mevrouw Pride verstijfde. 'Wacht, denk je dat dat iets te maken kan hebben met de bank?'

'Dat weet ik niet. Het is gewoon heel verwarrend. Ik bedoel, waarom zou de bankmanager u persoonlijk willen spreken over een gewone bankrekening?'

'Dat vond ik ook heel vreemd.' Ze leek zich opeens nog meer zorgen te maken.

'Wat is er?' vroeg Molly snel.

'Ach, het is vast niets, maar een paar weken geleden heb ik een brief gestuurd naar een vriendin van me in Norfolk. Ik had al heel lang geen brief meer geschreven. Moest naar het postkantoor voor een postzegel.'

'En?' vroeg Molly ongeduldig.

'Weet je, mijn vriendin schreef me terug. Ze zei dat het leek alsof mijn brief open was gestoomd en daarna weer was dichtgeplakt.'

'Opengemaakt en toen weer dichtgeplakt?'

'Ja. Dat was heel vreemd.'

'Mevrouw Pride?'

'Ja?'

'Begon mijn vader ook gek te worden? Hij vertrok immers zonder verklaring aan u en zonder een brief of een telefoontje naar mij? Misschien heeft dat wel iets te maken met die mannen die ons in de gaten houden, met het vreemde gedrag van de mensen bij de bank en misschien met het lezen van uw brief. Vader heeft in zijn wanhoop misschien iets onvoorzichtigs gedaan.'

Mevrouw Pride rechtte haar rug en zei gedecideerd: 'Jouw vader was, is, de meest evenwichtige man die ik ooit heb ontmoet. Als hij gek werd, dan geldt dat voor de hele wereld.'

Molly stopte genoeg geld in haar zak, maakte zich klaar om weg te gaan en voegde zich weer bij Charlie, die zijn ontbijt al bijna helemaal ophad. 'Hoe was het eten?' vroeg ze.

'Ik heb nog nooit zoiets lekkers gegeten. En het was zoveel.'

Molly begon bijna te huilen om deze lof. *Maar misschien ben ik er binnenkort net zo aan toe als hij.* 'Charlie, ik zag je gasmasker niet in die zakken.'

Hij keek haar spijtig aan. 'Mijn oma en ik hebben onze gasmaskers een paar dagen geleden verkocht.'

'Verkocht?' vroeg ze verbijsterd.

'We moesten rekeningen betalen en een man heeft ons er geld voor gegeven.'

'Ik begrijp het. Nou ja, mijn vader... ik bedoel, we hebben er hier nog wel eentje voor je.'

'Bedankt.' Hij at zijn pap op en pakte zijn pet.

'Charlie, waar ga je naartoe? Je kleren zijn nog nat!'

'Geen probleem, Molly. Dat boek is belangrijker, het is vijf pond waard.'

Te laat

Molly stond erop om met een taxi naar 13 Dapleton Terrace te gaan. Daar aangekomen trok Charlie de portiekdeur open, waarna ze snel naar Charlies verdieping gingen. Ze waren nog niet eens bij de voordeur toen Charlie riep: 'Ik heb de deur dichtgedaan toen ik wegging, dat zweer ik! En nu is hij open.'

'Ach, misschien is iemand daarna even naar binnen gegaan om te kijken of alles in orde was.'

'Ja, misschien,' zei Charlie ongerust. Hij ging naar binnen en liep naar zijn kast.

'Je... Sliep je hierin?' vroeg ze toen ze het beddengoed in de kist zag. Als ze haar armen spreidde, kon ze beide kanten van de ruimte aanraken.

Hij antwoordde niet, maar ging meteen op zoek in zijn bed en riep: 'Het boek is weg! Het lag hier.' Hij schopte tegen de kist. 'Verdomme!'

'Charlie! Let op je woorden!' zei ze bestraffend.

Charlie hoorde iets, stak zijn hoofd om de hoek en zag het geopende keukenraam. Het raam dat hij altijd gebruikte als hij 's nachts wegging en terugkwam. Hij rende ernaartoe, keek naar buiten en zag Lonzo.

Lonzo sprong net van de brandtrap op de omgekeerde vuilnisbak, landde op de grond en rende snel weg, met iets onder zijn arm.

Charlie leunde naar buiten en riep: 'Hé Lonzo, kom terug! Dat is van mij! Hoor je me?'

Lonzo ging nog sneller rennen, tot hij een hoek omsloeg en niet meer te zien was.

'Wie was dat?'

Charlie zag dat Molly naast hem stond en ook naar buiten keek. 'Lonzo.'

'Hij heeft je boek dus gepikt?'

'Ja,' antwoordde Charlie bitter.

'We moeten dit melden bij de politie.'

'De politie?!' riep Charlie geschokt.

'Hij heeft het van jou gestolen, Charlie. Dat is een misdaad.'

Charlie mompelde: 'We... hebben de politie niet nodig. Ik regel het zelf wel.'

'Waar ken je deze Lonzo van?'

'Hij woont hier ergens in de buurt.'

'Dus dan kunnen we met zijn ouders praten?'

Charlie wreef over zijn neus. 'Hij heb geen ouders.'

'Hij hééft geen ouders,' verbeterde Molly hem. 'Grootouders misschien?'

'Nee, die heeft hij ook niet.'

'Wie heeft hij dan wel?'

'Nou, niemand. Hij had maar één vriend...' Charlie zweeg abrupt.

'Waarom heeft Lonzo dat boek meegenomen?' vroeg Molly.

'Omdat ik hem had verteld dat ik er vijf pond voor kon krijgen, daarom. En nu krijgt Lonzo dat geld en kan ik mijn oma geen goede begrafenis geven,' zei hij intens verdrietig.

'Dan moeten we naar zijn huis gaan en eisen dat hij je boek teruggeeft.'

'Lonzo woont niet in een huis en hij gaat dat boek verkopen.' Wanhopig schudde hij zijn hoofd. 'Verdomme!'

Molly wilde hem geen standje geven omdat hij vloekte. Terwijl ze naar buiten liepen, vroeg ze: 'Hoe zit het met je ou-

ders? Je zei dat je vader bij Duinkerken is gesneuveld?'
'Ja.'
'En je moeder?'
'Een bom.'
'Wat erg voor je.'
Charlie keek naar een gebombardeerd huis verderop in de straat waar kinderen in de puinhopen speelden. Hij zuchtte. 'Het lijkt wel alsof iedereen min of meer dood is, Molly. Alleen weten sommige mensen dat nog niet.'

De ingewikkelde dingen van het einde

Ze gingen naar een tweedehandswinkel en kochten voor Charlie twee stel kleren, ondergoed en sokken, hoge schoenen die in redelijke staat verkeerden en een vilten pet. Charlie had eerst geprotesteerd toen Molly hem vertelde wat ze van plan was, maar gaf uiteindelijk toe en stopte zijn nieuwe kleren zorgvuldig in een doos die de winkelbediende hem gaf.

Terug in Chelsea waste Charlie zich uitgebreid in de badkuip op pootjes van Molly's ouders. Hij had zichzelf zo grondig schoongeboend dat hij helemaal rood was toen hij eruit stapte. Hij voelde zich schoner dan hij ooit voor mogelijk had gehouden en trok een stel van zijn nieuwe kleren aan met zijn nieuwe schoenen, en alles paste hem uitstekend.

Later zaten hij en Molly in haar vaders studeerkamer.

Charlie keek verbaasd naar de planken vol boeken. 'Heb je die allemaal gelezen?'

'Toen ik hier vertrok was ik te jong om ze te lezen, maar op het platteland las ik elke dag. Ik las bijna alles uit de bibliotheek van de dominee en daarna ging ik elke week naar de bibliotheek in het stadje. Het is echt heerlijk om jezelf te verliezen in een wereld die iemand anders heeft verzonnen. En je kunt tijd doorbrengen met heel veel verschillende mensen uit heel veel plaatsen, plaatsen waar ik misschien nooit echt naartoe zal gaan.'

Charlie begreep precies wat ze bedoelde. 'Mijn moeder en ik gingen weleens naar het café, ik met mijn boek en zij met haar boek. Dat was fijn.'

'Je moeder... Je had het over een bom?'

Charlie keek omhoog. 'Ik denk dat niemand verwachtte dat de Jerry's een school zouden bombarderen.'

'Was jij toen ook in die school?'

'Ja, maar ik was alleen een beetje gebutst.' Hij keek om zich heen. 'Dus jij hebt ook geen ouders?'

Ze zei snel: 'Ik heb wél ouders. Mijn vader is nu weg voor zijn werk en zoals je weet is mijn moeder in een sanatorium in Cornwall.'

Charlie wreef over zijn nu wel heel schone neus en knikte. 'Wanneer komt je pa terug van zijn... werk?'

Molly kon hem niet langer aankijken terwijl ze haar nieuwe leugen opdiste: 'Ik denk dat hij niet veel langer weg zal blijven, nu ik thuis ben, bedoel ik.'

'Hadden jij en je ma een goede band?'

'Mijn moeder was mijn beste vriendin. Maar ze hield misschien wel te veel van me.'

'Hoe kun je te veel van iemand houden?'

'Ach, dat is niet belangrijk.' Weemoedig zei ze: 'Ik had me er zo op verheugd om haar en mijn vader terug te zien toen ik thuiskwam. En ik heb geen van beiden gezien.'

'Wacht, zelfs je pa niet? Maar je zei...'

'Ik was niet helemaal eerlijk tegen je, Charlie.' Met een schuldige en gekwelde blik zei ze: 'Ik heb hem niet gezien én ik heb geen idee wanneer ik hem wel zal zien. Dit... was niet de thuiskomst zoals ik me die had voorgesteld.' Ze keek hem aan. 'Maar jij hebt het veel moeilijker dan ik. Ik ben er tenminste vrij zeker van dat mijn ouders nog leven. Ik zou willen dat jouw ouders ook weer bij je konden komen, Charlie. Ik weet zeker dat ze dat heel graag zouden willen.'

'Tja, iets willen is volkomen zinloos. Voor jongens zoals ik tenminste.' Hij stond op. 'Ik ga er maar eens vandoor. Bedankt voor het eten en de kleren.'

Ze keek hem verbaasd aan. 'Ik dacht dat je hier zou blijven, voorlopig tenminste.'

'Waarom? Ik ben toch geen familie van je of zo?'

'Maar je bent mijn vriend.'

'Toch lijkt me dat geen goed idee. We zijn... Nou ja, we zijn anders.'

'We moeten iets regelen voor je oma. Daar kan ik je mee helpen.'

Hij keek haar onderzoekend aan. 'Waarom zou je? Ik bedoel, ik heb ook niets voor jou gedaan.'

'Je hebt me naar het ministerie van Voedsel gebracht.'

'Daar heb je me een *half crown* voor betaald.'

'Die je eerst niet eens wilde aannemen. Waarom eigenlijk niet?'

Charlie haalde zijn schouders op. 'Omdat ik toch die kant op ging, dus waarom zou ik betaald moeten worden om ergens naartoe te gaan waar ik toch al naartoe ging?'

'Ik vind dat je hier moet blijven, in elk geval een tijdje. Dan kunnen we alles regelen voor je oma. Weet je waar ze... Ik bedoel, voor de begrafenis?'

'Zelfde plek waar we mijn ma en opa hebben begraven, denk ik.'

'Waar is dat?'

'Op een kerkhof vlak bij waar we vroeger woonden, in Stepney. We gingen regelmatig naar die kerk toen mijn ma nog leefde. De kleine begraafplaats ligt erachter.'

'Het zal fijn voor haar zijn om bij familie te zijn.'

'Denk je dat die begrafenislui daarmee kunnen helpen?'

'Er gaan altijd mensen dood en die worden gepast waardig en respectvol begraven. Dit is immers Engeland.' Molly dacht aan de rijen doodskisten van gesneuvelde soldaten voor het ziekenhuis vlak bij Leiston.

Charlie zei: 'Je zou mijn oma aardig hebben gevonden. Ze

zei altijd wat ze dacht, maar heeft goed voor me gezorgd.'

Molly verdrong de gedachte aan de doodskisten. 'Dat geloof ik graag en ik weet zeker dat ik het fijn had gevonden als ik haar had gekend.'

***

De volgende ochtend gingen ze met een taxi naar Wilkinson & Dunn, Begrafenisondernemers, niet ver van Charlies oude flat. Het was een somber, donker bakstenen gebouw met een dubbele zwarte voordeur en een hoge, ronde schoorsteen waar dikke rook uit kwam. Op het bord stond dat in dit gebouw ook een crematorium was gevestigd. Molly wendde haar blik snel af van de rookwolken.

Ze spraken met de man die Charlie zijn kaartje had gegeven. Hij heette Wilkinson de Tweede en was de zoon van de inmiddels overleden oprichter van het bedrijf, vertelde hij. Toen Charlie vertelde op welke begraafplaats zijn moeder en opa waren begraven, streek Wilkinson over zijn snor, knikte en zei dat dat wel geregeld kon worden. Hij vroeg niet naar Charlies ouders en niet naar zijn leeftijd.

Door de tienduizenden slachtoffers van de bombardementen in Londen, nog veel meer die daardoor dakloos waren geworden en ontelbare aantallen mensen die aan de een of andere ziekte waren gestorven, was het kennelijk niet echt van belang of iemand alleen achterbleef. Dat was zoveel mensen al overkomen.

Ze gaven Wilkinson de tas met de begrafeniskleren van Charlies oma. Toen de man begon te vertellen wat zijn tarief was, zei Molly opeens dat ze dacht dat ze buiten een handschoen had laten vallen en vroeg Charlie of hij die voor haar wilde halen.

Toen hij terugkwam met de handschoen die Molly inderdaad vlak bij de ingang had laten vallen, vertelde Wilkinson hem dat het totale tarief voor de begrafenis vier shillings en six pence was; precies het bedrag dat Charlie in totaal had verdiend met zijn klussen voor Molly en de man van het schip. Wilkinson beloofde dat hij met de kerk die Charlie had genoemd zou regelen dat zijn oma vlak bij haar man en haar dochter zou worden begraven.

Charlie betaalde hem het bedrag, en dat was dat.

Wilkinson vertelde ook dat de begrafenis over twee dagen zou plaatsvinden. Hij stond op, keek op het enorme zilveren zakhorloge aan zijn vest en vroeg: 'Wil je je oma nu zien, jongeman? We hebben haar nog niet klaargemaakt voor haar begrafenis. Ze is hier vlakbij, verderop in de gang.'

Charlie keek hem met grote ogen aan. 'Oma z-zien?'

'Ja. Of je kunt wachten tot de dag van de begrafenis.'

'Ik wacht wel,' zei Charlie snel.

Op de terugweg keek Charlie Molly aan en zei: 'Het verbaast me dat je niet had gemerkt dat je je handschoen liet vallen.'

'Dat gebeurt echt veel vaker.' Ze keek hem aan. 'Je hoeft je oma niet te zien, hoor, als je dat niet wilt.'

Hij keek haar onderzoekend aan. 'Heb jij weleens iemand in een kist gezien?'

Molly dacht meteen weer aan de rijen eenvoudige doodskisten van de gesneuvelde soldaten die hun geliefden nooit meer zouden zien. 'Ja, het zoontje van het gezin bij wie ik logeerde. Dat was heel triest, want hij was nog maar negen. Hij leek... heel vredig, alsof hij sliep. En hij was niet meer ziek. Daar probeerde ik aan te denken, maar toch moest ik huilen. Het is heel normaal als je huilt.'

'Dat zal wel. Toch zal ik proberen niet te huilen.'

'Waarom?'

'Als je begint, kun je misschien niet meer stoppen.' Charlie dacht aan zijn ma en zijn oma, en zijn wangen trilden. 'Ik in elk geval niet.'

Bekentenissen

Op de ochtend van de begrafenis was het koud en door de dreigende wolken lag de stad onder een regensluier. De lange lijkwagen stond aan de stoeprand. Wilkinson & Dunn had voor kistdragers gezorgd.

De kleine begraafplaats was bedekt met dood gras en stond vol oude, scheve en met korstmos bedekte grafstenen die meer of minder versierd waren. De enige toegang was een roestig gietijzeren hek aan een hellende stenen zuil. De korte stoet mensen liep naar een rechthoekig gat met de vereiste diepte.

Wilkinson de Tweede liep voorop, gekleed in een zwart rokkostuum met hoge hoed, passend bij deze verdrietige aangelegenheid. Achter hem liepen Molly in een zwarte jurk en Charlie in het tweede stel kleren dat Molly voor hem had gekocht. En achter hen liepen de twee rijen mannen met op hun schouders de kist met oma's lichaam.

Eerder, in het gebouw van de begrafenisonderneming, had Charlie naar zijn oma gekeken. Molly had vastberaden naast hem gestaan en zijn hand vastgehouden. Ze had gelijk gehad, had Charlie tegen haar gezegd. Zijn oma zag er heel vredig uit, alsof ze gewoon lag te slapen. Haar ogen waren gesloten, haar kleine handen lagen op elkaar op haar borstkas, haar jurk leek heel mooi en haar huid leek lichter dan hij voor mogelijk had gehouden. Haar gezicht en lichaam leken compacter, alsof de mensen van Wilkinson & Dunn iets uit haar lichaam hadden gezogen. Charlie bleef naar haar kijken, zijn gezicht vertrok en er rolden tranen over zijn koude wangen. Molly zei niets, maar ze kneep in zijn hand en hield haar blik eerbiedig neergeslagen, terwijl ook bij haar tranen over haar wangen rolden.

De dominee stond bij het graf te wachten in zijn donkere ambtsgewaad en met een versleten Bijbel. Hij las voor uit de Heilige Schrift en sprak bezielde woorden over de doden, woorden die hij ongetwijfeld heel vaak zei, vooral nu het oorlog was. Hij was de eerste die een handvol aarde op de kist in het gat gooide.

De dominee knikte tegen Molly, pakte Charlies schouder even vast, fluisterde een paar hulpvaardige en troostend bedoelde woorden en vertrok, wellicht om een andere teraardebestelling voor te zitten, zonder dat hij Charlie had gevraagd waar de rest van zijn familie was.

Wilkinson lichtte zijn hoed, knikte kort en informeel naar hen, waarna hij gevolgd door zijn mannen en volledig betaald wegliep.

Daardoor bleven Charlie en Molly alleen achter, met een grote, ruig uitziende man met een baard en enorme vereelte handen die drie graven verderop met zijn rug tegen een oude grafsteen zat. Naast hem lag een gebutste schep. Hij nam een slok uit een zakflacon, deed zijn ogen dicht en sukkelde in slaap, in plaats van meteen het graf van de oude vrouw dicht te scheppen.

Charlie keek niet naar het vers gedolven graf, maar naar een paar grafstenen. Hij wees naar een ervan, een kleine steen waarvan de inscriptie nog vrij goed leesbaar was. 'Dat is mijn opa.'

Molly keek ernaar en las hardop voor: 'Elias Jacob Wilson. Wat een mooie naam!'

'Mijn tweede naam is van hem. Hij vertelde me dat hij, toen

hij de vorige keer tegen de Jerry's vocht, een kogel in zijn arm kreeg. En hij zag slecht met één oog door het gas dat ze gebruikten.'

'Wat vreselijk!'

Hij raakte de andere grafsteen aan met zijn schoen. 'En dit hier is mijn ma.'

Molly keek naar de inscriptie: JANE ALICE MATTERS, DIERBARE MOEDER EN DOCHTER. Ze keek Charlie aan. 'Je zult haar wel heel erg missen.'

Charlie trok zijn pet van zijn hoofd en staarde met een vertrokken gezicht naar het graf. 'Ik lag nog in het ziekenhuis toen ze werd begraven. Maar later ging ik hiernaartoe en toen vertelde ik haar dat ik haar nooit zou verlaten omdat ik mijn ma nooit kon verlaten. Ik wil niet dat ze alleen is. Nooit. Dat zou niet goed zijn na alles wat ze voor mij heeft gedaan.'

Molly haalde diep adem en keek naar de grafsteen. In gedachten wiste ze de tekst en verving die door: *Eloise Mary Wakefield, geliefde echtgenote en moeder.*

Met tranen in haar ogen en een licht gevoel in haar hoofd verplaatste ze zichzelf in gedachten naar het zuidwesten, naar Cornwall en het Beneficial Institute. En ze zag haar moeder die, met een deken om zich heen, op een winderig gotisch terras zat en uitkeek over het platteland dat wel heel vreemd zou lijken voor een vrouw die altijd in Londen had gewoond.

'Gaat het?'

Molly schudde de beelden van zich af en keek naar Charlie, die haar nieuwsgierig aankeek. 'Je kunt hier weggaan en haar toch nooit, maar dan ook nooit alleen laten, Charlie.'

'Hoe dan?' vroeg hij vol twijfel.

Ze pakte zijn hand en bracht die naar zijn borst. 'Je zult haar altijd bij je dragen, waar je ook naartoe gaat. Zo sterk is de liefde, weet je. Ze heeft jou bijna een jaar in zich gedragen. Die band kan niet worden verbroken, dus waar je ook naartoe gaat, dáár zal ze altijd bij je zijn. Dat is... een soort wet...

nee, een soort bindende afspraak. En die geldt voor altijd.' Ze liet zijn hand los.

'Denk je dat echt?'

'Ik weet dat het zo is. Geloof je me?'

Charlie dacht hier even over na. 'Ja, ik geloof je.'

'Ik moet je iets vertellen, of eigenlijk moet ik je iets toevertrouwen.'

'Wat dan?'

'Mijn vader is niet weg voor zijn werk. Hij heeft ons huis maanden geleden verlaten en daarna heeft niemand hem meer gezien.'

'Wat? En je hebt geen idee waar hij naartoe is gegaan?'

'Nee. Op dit moment heb ik dus, net als jij, geen ouders.'

'Ik ben blij dat je me dat vertelt, Molly. Het is niet goed om te veel voor jezelf te houden. Ik doe dat soms en dat is... nou ja, dat is niet goed.'

'Toen ik thuiskwam, verwachtte ik dat ik mijn beide ouders zou zien. En nu?'

'Maar zoals je al zei, komen je pa en ma misschien wel terug.'

'Denk je echt dat dat mogelijk is?'

'Volgens mij zijn heel veel dingen mogelijk. Ik denk niet alleen dat dingen kúnnen gebeuren, maar ik denk vooral dat er volgens mij geen goede redenen zijn waarom ze níét kunnen gebeuren.'

'Maar op dit moment heb ik eigenlijk niemand,' zei Molly.

'Toch wel, je hebt mij.'

Molly keek hem aan. 'En jij hebt mij, Charlie. Dus hebben we elkaar. Dat is heel belangrijk, vind je ook niet?' zei ze, alsof ze zichzelf wilde opbeuren.

'Dat is veel beter dan alleen zijn. Dat je iemand hebt om mee te praten en zo.'

'Wij redden ons wel. Dat weet ik gewoon. Denk jij dat ook?'

'Dat begin ik wel te denken,' zei Charlie oprecht.

Even later gaven ze elkaar een hand en hielden die stevig vast terwijl ze ernstig naar de andere laatste rustplaatsen van de doden keken.

***

Het ging harder waaien. De herfstbladeren aan de oude bomen aan één kant van de begraafplaats ritselden en bereidden zich voor op het einde van hun leven. Tientallen vogels in deze bomen vlogen tegelijk op en leken zich niet af te vragen waar ze hierna konden rusten. Ze waren opeens onafhankelijk, iets wat echt de moeite waard was om op deze druilerige ochtend bij stil te staan nu ze waren omringd door recente en minder recente doden.

Achter een van de bomen, een ranke esdoorn met puntige bladeren, stond Ignatius Oliver. Zijn oude jas bedekte zijn magere lichaam en zijn versleten en gevlekte hoed bedekte zijn hoofd. Hij nam even de tijd om zijn bril schoon te vegen aan de mouw van zijn jas, zette de bril weer op zijn neus en keek naar de vogels in de lucht die rondjes vlogen of duikvluchten maakten – als levende vliegers die niet werden beperkt door de zwaartekracht.

Hij was naar Charlies flat gegaan om te kijken hoe het met hem ging en had toen gehoord dat zijn oma was overleden. Vervolgens was hij naar Wilkinson & Dunn gegaan, omdat een buurman van Charlie die naam op de lijkkoets had zien staan. Daar had hij gehoord waar en wanneer de begrafenis zou plaatsvinden, en ook dat Molly Wakefield erbij betrokken was. Hij was gekomen om de vrouw de laatste eer te bewijzen, maar wilde dat doen zonder Charlies privacy te schenden. Toch had hij zojuist alles gehoord wat de jongelui tegen elkaar hadden gezegd.

De laatste keer dat Oliver op een begraafplaats was geweest, had hij naar de plek staan kijken waar zijn geliefde Imogen had moeten liggen en waar hij zou moeten worden begraven als zijn einde was gekomen. Aan de andere kant waren de graven van Imogens ouders. Terwijl de vogels behendig rondvlogen, liep Oliver langzaam weg.

Hij had vandaag nog iets ontdekt: Molly Wakefield werd inderdaad gevolgd. Hij had de twee mannen gezien die zich aan de andere kant van de kleine begraafplaats achter een paar bomen hadden verscholen. Het was duidelijk dat ze daar waren om het meisje in de gaten te houden. Oliver vroeg zich af waarom. Hij liep langzaam weg en kwam tot de conclusie dat deze kwestie even ingewikkeld leek als een van zijn encrypties.

Te gek voor woorden

'Wil je nog een kopje thee, Charlie?'

Charlie keek op en zag dat Molly naar hem keek. Ze zaten in de studeerkamer van haar vader voor het haardvuur, dat langzaam doofde.

'Nee hoor, ik heb genoeg gehad.'

De regen sloeg tegen de ruiten en de wind loeide door de schoorsteen.

'Weet je, als het buiten koud was of als het regende, zat ik hier vaak bij mijn vader. Dan brandde hier ook een vuur en las hij me voor, terwijl mijn moeder lag te rusten.'

Charlie keek haar aan. 'Lag ze vaak te rusten?'

'Dat idee had ik toen niet, maar ik kon het nergens mee vergelijken. Achteraf gezien kan ik zeggen dat ze waarschijnlijk inderdaad vaak lag te rusten. Ik heb ontdekt dat ze heel... zwak is.'

'Ga je naar Cornwall om haar te bezoeken?'

'Dat zal heel moeilijk worden. Je hebt zelf gehoord wat meneer Oliver zei.'

'Maar misschien gaat het beter met haar als ze jou kan zien. Misschien komt ze dan zelfs wel naar huis.'

'Het probleem is, Charlie, dat mijn moeder dit huis bijna in brand heeft gestoken doordat ze niet helemaal goed was in haar hoofd.'

Hij haalde zijn schouders op. 'Mijn opa was vergeetachtig

en zag soms dingen die er niet waren. Oma liet hem gewoon zijn gang gaan en na een tijdje werd hij altijd weer normaal.' Hij zweeg even. 'Als je wel besluit om naar Cornwall te gaan, hoe wil je daar dan naartoe? Met de trein, zoals meneer Oliver zei?'

'Dat denk ik wel. Ik weet alleen niet hoeveel dat kost.'

Hij keek om zich heen in de elegante kamer. 'Maar je hebt toch zeker meer dan genoeg geld?'

Molly keek hem onzeker aan. 'Mijn vader heeft wel wat geld achtergelaten, maar dat is al bijna op.'

Charlie keek met een schuldige blik naar zijn theekopje en zette het op de tafel. Daarna keek hij naar de tweedehandsschoenen die ze voor hem had gekocht alsof ze ongelofelijk duur waren geweest in plaats van de paar shillings die ze in werkelijkheid hadden gekost.

Molly zei: 'Mijn moeder hield veel van me. Misschien zelfs te veel.'

'Dat zei je laatst ook, maar ik begrijp nog steeds niet wat je daarmee bedoelde.'

'Ken je het woord "obsessief"?' vroeg ze behoedzaam.

Charlie schudde zijn hoofd.

'Je bent obsessief als je zoveel van een ander houdt dat het je gedachten beïnvloedt en je soms dingen doet die heel slecht zijn voor jezelf en daardoor ook voor de mensen van wie je houdt.'

'En jij denkt dat je moeder obsessief is?'

'Ja, misschien wel. Eerst begreep ik dat niet, maar ik ben nu veel ouder en kan dingen beter begrijpen.'

'Maar zelfs als ze dat zou zijn, is het nog steeds heel erg om niet bij haar te zijn. Ik zou er alles voor overhebben om mijn ma terug te krijgen.'

'Dat geldt ook voor mij, Charlie. Mijn ouders zijn alles voor me.'

Charlie keek naar de laatste vlammen. 'Je zou toch denken

dat je vader hier zou willen zijn om je te helpen? En haar.'

Ze keek hem even aan. 'J-ja. Er is vast iets heel belangrijks gebeurd waardoor hij op die manier is vertrokken en ons in de steek liet.'

'Dat lijkt me niets voor hem.'

Molly zei gespannen: 'Toch is hij gewoon vertrokken, Charlie. Zonder ook maar iets tegen me te zeggen.'

'Ik zeg het liever niet, Molly, maar...' Hij keek haar behoedzaam aan.

'Ik weet ook wel dat hij misschien dood is, maar hij was natuurlijk niet dood toen hij dit huis verliet. Hij had me een bericht kunnen sturen, maar besloot dat niet te doen. En dat was niet goed!'

'Stel dat hij niet terugkomt?'

'Dan zal alles... ingewikkeld worden. Zelfs nog moeilijker dan het nu al is.'

Ze zwegen en luisterden naar de regen en naar de wind, die de regendruppels nog steeds tegen de ramen sloeg.

Molly keek van opzij naar Charlie. Hij leek veel jonger en tegelijkertijd ook veel ouder dan zij was. Ze hadden allebei hun ouders verloren; hij voor altijd, en het was niet zeker of het voor haar uiteindelijk anders zou zijn. 'De familie van mijn moeder komt oorspronkelijk uit Yorkshire,' zei ze opeens.

'Yorkshire?'

'Ja. Dat ligt in het noorden. Vrij ver hier vandaan, dicht bij Schotland eigenlijk. Het is de grootste county in Engeland. Het is zelfs zo groot dat het is verdeeld in heel veel gemeentes en kiesdistricten en zo. Het is ook heel beroemd doordat de Rozenoorlog daar plaatsvond.'

Charlie keek haar stomverbaasd aan. 'Wat? Vochten mannen om bloemen?'

'Nee. Het was een oorlog tussen het Huis York en het Huis Lancaster. De rode roos stond op het wapen van Lancaster en de witte roos op het wapen van York. Ze vochten om de troon van Engeland.'

Charlie schudde mistroostig zijn hoofd. 'Wat is wie dan ook opgeschoten door te vechten?'

'Ik heb erover gelezen nadat mevrouw Pride me vertelde dat mijn moeder daarvandaan kwam.'

'Wacht even, heeft mevrouw Pride je dat verteld? Dus je moeder niet?'

'Inderdaad. De Tinsdales, zo heetten ze. Ze waren kennelijk heel welvarend.'

'Denk je dat je daar nog steeds familie hebt?'

'Misschien wel.'

'Dan zou je hen kunnen opzoeken.'

'Waarom zou ik dat doen?' Ze keek hem fel aan.

'Als zij geld hebben, kunnen ze jou en je ma misschien helpen. En je misschien zelfs helpen om je pa te vinden.'

Molly dacht hier even over na, terwijl Charlie naar het vuur keek.

'Maar als ik naar Yorkshire ga en vader thuiskomt of als er een brief komt over moeder, dan zou dat niet goed zijn.'

'Je zou die plek waar je ma is kunnen schrijven,' stelde Charlie voor.

'Dat is waar. Misschien kan ik meneer Oliver vragen om me te helpen een goede brief te schrijven. Hij lijkt heel slim en goed op de hoogte. En heel aardig.'

'J-ja, misschien wel,' mompelde Charlie.

Ze keek hem aan. 'Is er iets?'

Hij haalde zijn schouders op.

'Charlie, vertel het me.'

'Het is gewoon zo dat ik meneer Oliver bijzonder vreemde dingen heb zien doen.'

Ze fronste. 'Wat bedoel je?'

Hij vertelde haar over de man en de stapel papieren. 'Hij zei dat het een man-nu-scrip of zo was.'

'Een *manuscript*, dat is een boek voordat het een boek wordt. Nou ja, het lijkt me heel normaal dat de eigenaar van een boekwinkel manuscripten krijgt.'

'Maar daarna zag ik dat meneer Oliver in een steeg ergens naar binnen ging en weer naar buiten kwam met papieren. En daar was diezelfde man.'

'Was dat een uitgeverij?'

Hij haalde zijn schouders weer op. 'Weet ik niet. Het was gewoon een deur in een oud gebouw. Hij leek... een beetje zenuwachtig toen hij dat deed. Net als de man die hem die papieren gaf. Hij leek... ik weet het niet... stiekem te doen, alsof hij wist dat hij iets deed wat niet goed is. En de eerste keer dat ik hen zag was het al ver na middernacht.'

Molly leek van slag door deze informatie. 'Dat zou je niet verwachten als iemand een manuscript afgeeft. Weet je nog waar die andere plaats is?'

Charlie knikte en pakte zijn theekopje. 'Ja, dat denk ik wel.'

Molly dacht even na en kwam toen tot een conclusie die haar verbijsterde. Nou ja, niet echt. Ze had inmiddels het gevoel dat ze geen controle meer had over haar leven: ze maakte zich grote zorgen om haar moeder die ze niet kon bezoeken en ze voelde zich in de steek gelaten door haar vader die ze had aanbeden. Maar in deze zaak kon ze de leiding nemen, zelfs als dat betekende dat ze ontdekten dat Oliver gewoon een vriend had bezocht.

Ze stond op. 'Laten we ernaartoe gaan en kijken wat we kunnen zien. Mevrouw Pride is al naar haar kamer, zodat we ongezien weg kunnen gaan.'

Molly vond twee paar laarzen en twee regenjassen, en een grote paraplu.

Charlie wilde net de voordeur opendoen toen Molly opeens verstijfde en zijn hand pakte om hem tegen te houden. 'Wat is er?'

'Als diezelfde mannen het huis in de gaten houden, wil ik niet dat ze ons volgen.'

Charlie knikte begrijpend. Hij liep naar de achterdeur, keek naar buiten en zag het hek rondom de achtertuin. 'Kun je over een hek klimmen?' vroeg hij aan Molly.

'Dat lijkt me wel.'

'Oké. Volg me en loop gebukt. Kijk niet naar de straat voor het geval iemand een zaklamp gebruikt, want je ogen weerkaatsen het licht, snap je?'

Ze glipten naar buiten en slopen naar het hek. Charlie duwde Molly omhoog en over het hek, gooide de paraplu naar haar toe, klom zelf over het hek en landde aan de andere kant soepel op de grond. Hij pakte haar hand en nam haar mee door de achtertuin van de buren, hielp haar opnieuw om over een hek te klimmen en klom er vervolgens zelf behendig overheen. Ze liepen in een rap tempo, zigzaggend door de straten, terwijl Charlie zich af en toe abrupt omdraaide om te zien of ze werden gevolgd. Op een bepaald moment ging hij langzamer lopen. 'Nu zijn we wel veilig, denk ik.'

Molly zei buiten adem: 'Je lijkt hier veel ervaring mee te hebben, met dit eh... stiekeme gedoe.'

'Dat weet ik niet echt, maar als je bedoelt dat ik er niet van hou dat mensen me volgen, dan klopt dat. Dat moet ook wel, waar ik vandaan kom.'

Een brief bezorgd in het donker

Ze liepen snel naar de volgende kruising en namen een bus waarvan Charlie wist dat die hen tot vlak bij hun eindbestemming zou brengen.

'Hoe komt het dat je de stad zo goed kent?' vroeg Molly toen ze gingen zitten.

'Dat gebeurt gewoon, maar ik ga niet vaak met de bus. Alleen als ik achterop meerij.'

Molly vroeg geschrokken: 'Wat? Bedoel je aan de buitenkant?'

'Ja, als je wilt kan ik jou dat ook wel leren. Je moet gewoon sterke vingers hebben, je evenwicht kunnen bewaren, niet opvallen en klaar zijn om er als het nodig is af te springen. Bespaart je heel veel geld.'

'Zoiets zou ik nooit doen! Dat is illegaal.'

'Dat weet ik niet, hoor.'

'Dat is illegáál, Charlie. Daarom verkopen ze kaartjes.'

Hij keek naar de regen buiten en zei niets.

Na een rit van twintig minuten door Londen trok Charlie aan het koord en bij de halte verliet hij samen met Molly de bus.

Onder de paraplu liepen ze een paar minuten door de regen, hoewel die langzaamaan minder hevig werd.

'Hierlangs,' zei hij.

Ze liepen een steeg in en bleven staan achter een oud houten krat tegenover een gehavende deur in het midden van een troosteloos en vies bakstenen gebouw.

'Daar is het,' zei Charlie zacht met zijn hand om Molly's rechteroor, hoewel het zo hard waaide dat hij gewoon had kunnen schreeuwen zonder dat iemand hem had kunnen horen.

Ze wachtten een heel uur en wilden net weggaan toen Charlie zei: 'Er komt iemand aan.' Aan de andere kant van de steeg had hij een glimpje licht opgevangen.

Ze doken in elkaar achter het krat.

Er kwam een blokhoofd aan, gekleed in een antigascape over een oliejas en gaswerende kleding, en met een kleine zaklamp met beschermkap in zijn hand.

De man bleef staan bij de deur die Charlie had aangewezen en keek om zich heen. Hij haalde een envelop uit zijn zak, stopte hem in de brievenbus in de deur en liep door.

Toen hij langs hen heen liep, zagen ze dat het Ignatius Oliver was.

Molly wilde hem roepen, maar Charlie legde een hand op haar schouder en schudde zijn hoofd.

Toen Oliver was verdwenen, vroeg Molly: 'Waarom hield je me tegen?'

'Dit is niet pluis, Molly.'

'Hij bezorgde misschien gewoon een brief, Charlie, meer niet.'

'Zo laat op de avond?'

'Hij loopt zijn ronde als blokhoofd. Je zag zijn uniform. En de man die jij hier zag, was dezelfde die je in de boekwinkel had gezien. Ze zijn kennelijk bevriend. Misschien bespaart hij zo gewoon de kosten van een postzegel.'

Molly maakte aanstalten om de steeg te verlaten, maar Charlie keek ongerust naar de deur met de brievenbus waar Oliver de envelop in had gestopt.

Een riskante onderneming

Het was alweer een paar dagen geleden dat Molly en Charlie hadden gezien dat Oliver de envelop in de brievenbus had gestopt. Ze zaten opnieuw in de studeerkamer van Molly's vader en staarden naar het flakkerende vuur dat een beetje warmte verspreidde. Ze hadden allebei een deken over hun schoot en benen.

Buiten was het nog steeds koud, maar gelukkig regende het niet meer. Het was onbewolkt en het waaide minder hard.

'We moeten iets doen met je school, Charlie. Die is toch in Bethnal Green?'

Hij zei: 'Ik ben veertien, Molly. Ik ben klaar met school.'

'Maar toen meneer Oliver je die pen gaf, zei je dat je nog op school zat.'

'Dat klopt, maar ik ben vorige week veertien geworden en toen ben ik van school gegaan,' loog hij. 'Volgens de wet mag dat ook en ik heb alles geleerd wat ik nodig heb. Nu moet ik gaan werken.'

'Ik kan volgend jaar hopelijk examen doen en daarna misschien naar de universiteit.'

'Wil je dat dan?' vroeg hij verbaasd.

'Ik wil dokter worden.'

'Kan een meisje dokter worden?'

'Natuurlijk!' zei ze narrig.

'Over dokters gesproken, heb je die brief aan die dokter in Cornwall al af?' vroeg Charlie.

Molly schudde haar hoofd. 'Nee, zoals ik al zei hoopte ik dat meneer Oliver me daarmee kon helpen.'

'Dan moet je hem dat gaan vragen.'

'Dat ga ik ook doen, maar ik ga eerst kijken of onze lunch klaar is. Ik ben uitgehongerd.' Ze liep weg.

Charlie stond op, liep een beetje rond en bewonderde de boeken en het meubilair en de accessoires. Hij keek even naar de deur, ging achter het bureau zitten en pakte de pen die Oliver hem had gegeven. Hij deed alsof hij iets opschreef op een spierwit vel briefpapier waarop de naam en het adres waren gedrukt van Herbert James Wakefield in Chelsea. Charlie was nog steeds kwaad omdat Lonzo zijn boek had meegenomen. Daar had hij vijf pond voor kunnen krijgen, maar nu hij tijd had gehad om erover na te denken was hij tot de conclusie gekomen dat hij daar ook dingen in had kunnen schrijven, zoals Oliver had voorgesteld.

Dan kon ik het voorlezen aan mama, zoals zij mij ook altijd voorlas. Molly zei dat ik hier weg kan gaan en mijn ma toch niet in de steek laat. Misschien kan ik haar voorlezen waar ik ook ben. En als ik tegen de Jerry's ga vechten, kan ik hier niet blijven. Maar dan help ik ook mee, want dat zou ma ook hebben gewild.

Charlie vond het heel aardig van meneer Oliver om hem deze pen te lenen. Hij voelde zich schuldig, omdat hij de man de waarheid niet had verteld over die avond: dat hij een van de jongens was die hadden geprobeerd in te breken in zijn winkel.

Je bent een slecht mens, Charlie. Deze man helpt je en wat doe jij voor hem? Je probeert zijn geld te stelen, dat doe je. En nu denk je slechte dingen over meneer Oliver, terwijl hij alleen maar een vriend voor je was.

Hij werd geroepen om te komen lunchen. Na het eten had hij nog steeds honger. Hij zag wel dat dat ook gold voor Molly, hoewel ze hem grotere porties had gegeven dan ze zelf had genomen, net zoals zijn oma altijd had gedaan. Maar hij had een besluit genomen en moest nu iets gaan doen, dus zette hij zijn pet op en trok hij zijn jas aan.

'Waar ga je naartoe?' vroeg Molly.

'Een wandeling maken.'

'Wil je dat ik meega?'

Charlie zei: 'Eh...'

'Het is al goed, hoor,' zei ze vriendelijk. 'Ik wil soms ook even alleen zijn.'

Charlie vertrok en liep snel weg. Hij had Molly niet willen vertellen waar hij naartoe ging, omdat hij dacht dat ze dat niet zou goedkeuren. Hij mocht meneer Oliver graag en vertrouwde hem. Maar de man die die avond bij de boekwinkel was geweest mocht hij absoluut niet, want die man had iets stiekems. Charlie had genoeg criminelen meegemaakt om er eentje te herkennen. Misschien wilde de man dingen van meneer Oliver stelen of wilde hij hem overhalen iets te doen wat meneer Oliver niet wilde doen, net zoals Lonzo bij hem had gedaan. Als Charlie ontdekte wat er aan de hand was, kon hij meneer Oliver misschien helpen.

In de steeg verstopte Charlie zich achter hetzelfde krat dat hij en Molly eerder hadden gebruikt.

Een halfuur later verliet Cedric het troosteloze bakstenen gebouw. Hij sloeg links af en verliet de steeg.

Charlie moest beslissen of hij de man zou volgen of niet. Hij nam een besluit en keek Cedric na tot de man niet meer te zien was. Daarna rende hij naar de overkant en keek door het raam naar binnen. De gordijnen waren gesloten, maar niet helemaal, zodat hij een stukje kon zien van een klein vertrek waarin een schemerig licht brandde. Hij zag niemand binnen.

De steeg was verlaten en hij zag alleen verduisterde ramen en vieze deuren.

Charlie bekeek het deurslot, haalde zijn lockpick uit zijn

zak en luisterde aandachtig terwijl het metaal over de binnenkant van het slot gleed. Toen hij eindelijk een klikje hoorde, draaide hij de deurknop heel voorzichtig open. Hij vatte moed door de gedachte dat hij een vriend probeerde te helpen, duwde de deur open en keek naar binnen. De kamer was donker en, gelukkig, verlaten.

Hij glipte naar binnen, klaar om meteen weg te rennen zodra er iemand binnenkwam.

Binnen zag hij een stoel, een bureau met een kast erboven en op de vloer een vies en dun rechthoekig kleed. Op een tafel stond maar één lamp. Het andere licht scheen naar binnen door de kier tussen de verduisteringsgordijnen. Verder waren er een klein bed, een paar haken aan de muur waar wat kleren aan hingen en naast het bed stond een versleten paar schoenen. Er was maar één kamer, zonder keuken of wc.

Charlie opende het bureau. Erin lagen onbeschreven vellen papier, een pen, een paar enveloppen en stempels. Met zijn lockpick opende hij de deur van de kast boven het bureau.

Gossie!

In de kast stond een afgesloten houten doos. Toen Charlie die met zijn lockpick openmaakte, zag hij iets wat leek op de typemachine die hij een keer in de etalage van een winkel had gezien. Maar deze zag er toch heel anders uit. Onder en boven waren een stel identieke letters, maar hij zag geen toetsen die je kon indrukken. Ze leken op stukjes glas met eronder een letter. Er staken ook dingen uit die op de tanden van een tandwiel leken. Er zat een aan- en uitknop op, zoals Charlie op het dashboard van een auto had gezien. Door de binnenkant van het deksel van de kist liepen draden en tussen het onderste toetsenbord en de binnenkant van de kist waren zwarte cilinders bevestigd.

Het gekste vond hij dat er geen plek was om papier in te draaien. Hij keek nog beter en zag iets wits tussen de zijkant van de machine en de binnenkant van de kist. Hij stak zijn hand erin en haalde er een vel papier uit.

Charlie kon geen Duits spreken of lezen, maar hij had woorden gezien waarvan hij wist dat ze Duits waren. En dit waren Duitse woorden, dat wist hij zeker.

Hij legde het papier terug, zette de kist weer op de plank en zag het boek dat ernaast lag. Hij pakte het en keek ernaar.

'Con-sway-low,' zei hij langzaam terwijl hij de titel las. Hij sloeg het boek open en hapte naar adem: alleen de buitenste randen van de bladzijden waren er nog, want in het midden zat een groot gat. Op de binnenkant van het voorplat zag hij tot zijn grote verbazing een stempelafdruk:

THE BOOK KEEP

COVENT GARDEN

Hij sloeg het boek langzaam dicht, legde het terug, deed de kast op slot en verliet de kamer, nadat hij eerst door het raam had gekeken of hij veilig naar buiten kon gaan.

Waar is meneer Oliver bij betrokken?

Nieuwe informatie

Charlie liep terug naar Molly's huis en vertelde haar alles wat hij had ontdekt.

Ze was helemaal ontdaan. 'Dat was heel gevaarlijk, Charlie! Stel dat die man was teruggekomen?'

'Ik weet het, maar ik dacht dat die man meneer Oliver kwaad wilde doen of hem wilde dwingen iets te doen wat hij niet wilde doen. Maar nu weet ik niet wat er aan de hand is.'

Molly zei peinzend: 'Een vreemd uitziende typemachine en een boek met een gat in de bladzijden? Lieve help! Misschien kun je in dat gat iets verstoppen!'

'Dat dacht ik ook.'

'Welk boek was het?'

'Een boek van een man die George nog wat heet. George *Sand*, dát was het. En het komt uit The Book Keep zag ik aan het stempel in het boek.'

'En op het papier dat je zag stonden Duitse woorden?'

'Volgens mij wel. En meneer Oliver heeft zo'n ding, een Alberts eh... schijf of zo. Hij vertelde me dat dat ding wordt gebruikt om geheime boodschappen mee te versturen.'

Molly leek van slag door al deze nieuwe informatie. 'Ik weet niet goed wat we moeten doen, Charlie. We hebben nergens bewijzen voor.'

'We kunnen er een politieagent bij halen en die zou dan die vreemde machine kunnen vinden. Dát zou bewijs zijn.'

'Misschien wel,' zei Molly aarzelend. 'Maar dan zou je met de politie moeten praten en hun alles moeten vertellen wat je hebt gezien. Maar dan gaan ze je ook vragen wat je te zoeken had in de kamer van die man en daarna stellen ze je misschien heel andere vragen.'

Charlie was bleek geworden toen ze zei dat hij met de politie moest praten. Hij zei: 'Dan... moeten we misschien nog even wachten.'

'Er zou een volkomen onschuldige verklaring voor dit alles kunnen zijn,' zei Molly, hoewel ze dat zelf niet leek te geloven.

'Inderdaad,' zei Charlie afwezig. Hij werd afgeleid door de gedachte dat hij zelf naar de galg werd geleid.

***

Die avond zaten ze bij elkaar in de studeerkamer naar een radioprogramma te luisteren.

De deur werd geopend en mevrouw Pride keek naar binnen. 'Molly, een heer bij de voordeur vraagt naar je.'

Molly keek verbaasd. 'Wat zegt u? Een heer?'

Mevrouw Pride gaf haar een kaartje. 'Hij gaf me dit kaartje. Ik laat liever geen onbekenden binnen. Dat zouden je ouders zeker niet goedkeuren.' Ze keek Charlie veelbetekenend aan.

Molly las de tekst op het kaartje. 'O, het is meneer Oliver.'

'Zal ik tegen hem zeggen dat je het druk hebt? Hij lijkt een beetje vreemd.'

'Nee, u mag hem hier wel naartoe brengen. Ik ken meneer Oliver. Hij is... een vriend.'

Met een vinnige blik zei mevrouw Pride: 'Weet je het zeker?'

'Heel zeker, dank u wel.'

Ze hoorden haar voetstappen in de gang.

'Wat moeten we doen?' vroeg Charlie, helemaal in paniek. 'Met wat we weten?'

'We blijven rustig en doen... normaal,' zei Molly, hoewel ze helemaal niet rustig of normaal leek.

Oliver kwam even later de kamer binnen en deed de deur achter zich dicht. Hij had zijn hoed afgenomen, maar zijn waterproof jas glom van de regendruppels. 'Dank je dat je me wilt ontvangen.'

Molly zei, terwijl ze hem door de zenuwen amper aankeek: 'Natuurlijk. Maar ik had geen idee dat u wist waar ik woon.'

'Je staat in het telefoonboek. Nou ja, je vader dan.'

'Ik zou denken dat hier veel Wakefields zijn,' zei ze argwanend.

'Ik zag zijn voornaam op de brief van het Beneficial Institute.'

'Ja, natuurlijk.'

'En je vertelde dat hij bij het ministerie van Voedsel werkt. Daar werkt ook een vriend van me.'

Hierdoor dacht Molly dat meneer Oliver misschien ook aan zijn vriend kon vragen wat er met haar vader was gebeurd. 'Ik hoop niet dat u hier in dit weer lopend naartoe bent gekomen.'

'Een wandeling in de regen is eerlijk gezegd heel verfrissend.' Hij keek Charlie aan. 'Dat was een mooi afscheid, Charlie.'

Charlie en Molly hapten allebei naar adem.

Charlie vroeg: 'Afscheid?'

'Je oma's begrafenis.'

'Was u daar dan?'

'Ik stond achter de rij bomen. Ik zou natuurlijk nooit storen tijdens zo'n persoonlijke kwestie, maar toch wilde ik haar de laatste eer bewijzen.'

'Maar hoe wist u dat ze was overleden?' vroeg Molly.

'Ik wilde Charlie opzoeken en ging naar zijn flat, maar een buurvrouw vertelde me wat er was gebeurd. Ik wist natuurlijk niet dat hij nu bij jou logeert.'

Molly knikte. 'Dus u bent hier voor mij? Aangezien u niet wist dat Charlie hier was?'

Oliver liep naar het vuur en warmde zijn handen. Toen hij zich naar hen omdraaide, leek hij ongerust. 'Inderdaad, Molly. Weet je, ik heb korte tijd voor de regering gewerkt.'

Molly en Charlie keken elkaar aan.

'Echt waar? Wat deed u daar?' vroeg ze.

'Dat kan ik jullie helaas niet vertellen. Er is een wet die me verbiedt geheimen te verklappen, weet je, de Official Secrets Act.'

Molly en Charlie keken elkaar geschrokken aan en daarna weer naar Oliver.

'Ja, ik weet dat ik niet op zo iemand lijk, maar dat was misschien wel de reden.' Hij keek haar bezorgd aan. 'Toen ik op de begraafplaats was, zag ik twee mannen die je in de gaten hielden, Molly. Je had dus helemaal gelijk.'

Molly keek even scherp naar Charlie. 'Weet u wie het waren?'

Oliver zei: 'Als ik moest gokken zou ik zeggen mensen van de regering. Van de veiligheidsdienst. Heb je ooit gehoord van MI5 of de Security Service?'

Ze schudden hun hoofd.

'Hun bestaan is geen geheim. Hun taak is feitelijk het land beschermen tegen zijn vijanden, spionnen en zo.'

'U werkte dus voor deze MI5?' vroeg Molly.

'Daar kan ik echt geen antwoord op geven.'

'Maar waarom zouden die mannen me volgen? Ik heb niets gedaan.'

'Toen ik met mijn vriend bij het ministerie van Voedsel praatte, vertelde hij me iets interessants.'

'Weet hij hoe het met mijn vader is?' vroeg ze gretig.

'Hoe het met hem is? Je zei tegen mij dat hij gewoon lange dagen maakte.'

'Ja eh... dat was niet helemaal waar. Hij is eerlijk gezegd

weggegaan en niet meer teruggekomen. Het spijt me dat ik u dat niet eerder heb verteld.'

'Nou ja, ik moet jou ook iets bekennen. Op de begraafplaats hoorde ik dat je Charlie meer vertelde over de afwezigheid van je vader.'

'Waarom deed u dan alsof u dat niet wist?' zei Molly verwijtend.

'Ik wilde het gewoon zeker weten. We leven in een moeilijke tijd en je kunt niets zomaar aannemen. Toen ik die mannen zag en hoorde dat je Charlie vertelde dat je vader is verdwenen, ben ik inlichtingen gaan inwinnen.'

'Ik snap het.' Molly sloeg haar blik neer.

'Ik begreep het namelijk echt niet dat je me, als je vader nog gewoon thuis was, dingen vroeg over je moeder en me vroeg die brieven te schrijven. Weet je, ik ben inderdáád iets over hem te weten gekomen.'

'Wat dan?'

'Dat je vader nooit bij het ministerie van Voedsel heeft gewerkt.'

Molly had net haar theekopje gepakt, maar ze was zo ontdaan door dit nieuws dat ze het op het kleed liet vallen.

Charlie keek even naar de paar druppels thee die in het vloerkleed trokken en keek daarna stomverbaasd naar Oliver.

'Uw vriend moet zich vergissen,' zei Molly langzaam. 'Of misschien heeft mevrouw Pride mijn vader verkeerd begrepen. Ja, dát moet het zijn!' Haar blik lichtte op en ze zei tegen Charlie: 'Dáárom was hij die avond niet op dat ministerie. Mevrouw Pride wist het gewoon niet.'

'Maar op die brief stond het briefhoofd van het ministerie van Voedsel,' zei Charlie.

'Dat is waar.' Molly was opnieuw in verwarring. 'Wat weet u nog meer over mijn vader, meneer Oliver?'

Voordat Oliver antwoord kon geven keek hij op, en Charlies blik vloog naar het raam.

‘Wat is er?’ vroeg Molly.

‘Luchtalarm,’ zei Oliver. ‘Ik ben vrij vanavond en heb mijn gasmasker niet eens bij me. Wat ontzettend dom van me.’

‘U mag die van mijn vader gebruiken. Dan gebruik ik mijn eigen en kan Charlie het masker van mijn moeder gebruiken.’

Oliver nam de leiding. ‘Kom mee. Een metrostation is de dichtstbijzijnde en beste schuilplaats. Snel! We hebben niet veel tijd voordat de volgende sirene klinkt en het is wel een stukje lopen.’

Ze liepen snel naar de voordeur en pakten de maskers en paraplu’s van de haken bij de voordeur.

Molly zei: ‘Wacht, waar is mevrouw Pride?’

Snel doorzochten ze het huis, maar ze konden haar niet vinden.

‘Ze zal wel naar buiten zijn gegaan,’ zei Oliver. ‘Misschien is ze al in een schuilkelder.’

De sirenes loeiden steeds luider.

Olivers blik werd grimmig. ‘Schiet op, jongelui. Schiet op!’

Alles stort in

Ze liepen met de stroom mensen mee en Molly keek omhoog om te zien of de Duitse vliegtuigen er echt aankwamen. Dit was een volkomen nieuwe ervaring voor haar en ze maakte zich grote zorgen.

Oliver zag haar blik en zei: 'Ze zijn er nog niet, Molly. Straks horen we opnieuw een sirene en dan hebben we nog ongeveer tien minuten, dus...'

Ze kwamen langs een vernietigde gebombardeerde *street shelter*, een van de vele kleine schuilplaatsen die aan het begin van de oorlog waren gebouwd zodat daar vijftig mensen konden schuilen voor 'bomscherven'. Die schuilplaatsen hadden helaas een ernstige ontwerpfout, want door een explosie implodeerden de twintig centimeter dikke betonnen muren en werden de mensen die binnen waren eronder bedolven. Oliver had zo'n ramp een keer meegemaakt tijdens zijn werk als blokhoofd, waarna hij net als zijn collega-blokhoofden had moeten overgeven.

Tien minuten later renden ze samen met heel veel andere doodsbange mensen de trappen van het metrostation af.

Oliver identificeerde zich bij een andere geüniformeerde bewaker als blokhoofd, waarna ze samen iedereen hielpen om naar binnen te gaan en een plekje te zoeken, voordat ze de ingang van de tunnel afsloten. Toen hij daarmee klaar was, ging Oliver naast Charlie en Molly op het perron zitten wachten.

'Denkt u dat ze echt komen?' vroeg Charlie aan Oliver.

'Het is weliswaar bewolkt en het regent, maar het waait niet zo hard, dus het zou kunnen. De burgerwachten zijn inmiddels heel goed in hun werk, helaas door alle ervaring die ze hebben opgedaan.' Hij keek Molly met een geruststellende blik aan. 'We zijn hier veilig. Dit station ligt heel diep.'

Na de tweede sirene zat iedereen gespannen te wachten. Toen hoorden ze het gedreun van vliegtuigmotoren. Het waren er zoveel dat iedereen verbaasd opkeek.

Hierbeneden was het zo griezelig stil dat ze een man hoorden mompelen: 'Kom op, stelletje klootzakken! Gooi ze maar gewoon, dan zijn we dood.'

Oliver sloeg zijn armen om de jongelui heen, trok hen tegen zich aan en kromde zijn magere lichaam alsof hij hen kon beschermen tegen wat komen ging.

Het geluid van vliegtuigmotoren kwam steeds dichterbij en het luchtafweergeschut begon te schieten. Molly kromp bij elk salvo ineen. Daarna hoorden ze het gierende geluid van de vallende bommen, dat hoe dichter ze bij de aarde kwamen steeds hoger klonk.

Toen de eerste bommen doelwitten raakten, was het alsof de explosies dwars door het plafond van het station gingen, alsof er een aardbeving plaatsvond.

Oliver boog zich nog meer over de kinderen heen en kreunde van de pijn toen een plafondtegel op zijn schouder terechtkwam. Vlak boven hun hoofd kwam een andere bom neer, waardoor de vloer onder hun voeten hevig trilde. Verderop in het station hoorden ze gegil en even later klonk het alsof er een muur instortte. Dikke stof- en rookwolken schoten door de tunnel, waardoor ze allemaal kokhalsden.

Molly hield Charlies hand stevig vast. Ze was nog nooit zo bang geweest. Ze vroeg zich af hoe Charlie en meneer Oliver dit tijdens de Blitz maandenlang bijna elke nacht hadden doorstaan. Ze ving Charlies blik en kon wel zien dat hij bang was. Toch glimlachte hij dapper en zei: 'Het is goed, Molly. De Jerry's richten meestal niet erg precies.'

Ze knikte en slaagde erin zwakjes terug te glimlachen, hoewel ze in werkelijkheid misselijk was en ze haar hartslag in haar slapen kon voelen.

Er vielen steeds meer bommen en boven zich hoorden ze afwisselend explosies, gegil en kreten van paniek. Bij hen in het metrostation krijsten baby's en huilden kinderen, maar ook sommige volwassenen. Twee uur lang hoorden en voelden ze bijna continu explosies die door merg en been gingen. Molly dacht dat deze ervaring zelfs in de hel niet kon worden geëvenaard.

Toen namen de gierende geluiden, de trillingen en de explosies af in aantal en hielden opeens op. Iedereen bleef verlamd zitten en niemand kon geloven dat het afgelopen was en dat ze nog leefden.

Toen het tien minuten stil was geweest, ging Oliver langzaam rechtop zitten en liet hij Molly en Charlie los. Hij wreef over zijn gewonde schouder. 'Oké, nu zullen we algauw het sein veilig horen,' zei hij. 'Maar tot die tijd moeten we nog wachten. Ze kunnen nog een tweede golf bommenwerpers sturen.'

Molly keek hem verbijsterd aan. 'Een tweede golf?'

'Ach, vannacht misschien niet,' zei hij geruststellend.

Twee minuten later hoorden ze gelukkig dat de sirenes het sein veilig gaven. Sommige mensen liepen naar een van de uitgangen, terwijl anderen zich klaarmaakten om de nacht onder de grond door te brengen voor het geval de Luftwaffe terugkwam en opnieuw zou proberen hen te doden.

Toen Molly, Charlie en Oliver weer op straat stonden, roken ze rook en hoorden ze gegil en sirenes. Soms ook een enkele explosie, waarschijnlijk doordat een vernielde gasleiding brand had veroorzaakt. Vlammen stegen zo hoog op dat de nacht bijna dag leek en ze de hitte op hun huid en de rook in hun longen voelden.

Ze zagen dat brandweermannen verschillende branden probeerden te blussen met harde stralen water. Mensen renden alle kanten op langs hen heen.

'Zo te zien hebben ze ons goed geraakt,' zei Oliver ontmoedigd.

'Help me! Help me alsjeblieft!' riep iemand vlak bij hen.

Ze renden naar het geluid toe en zagen een man die midden in een stapel gloeiend heet puin lag waar rook uit opsteeg. Hij bloedde en zijn gezicht was lijkbleek.

Oliver zei: 'Jongelui, ga hulp zoeken! Ik ga kijken of ik iets voor hem kan doen. Als blokhoofd heb ik geleerd eerste hulp te verlenen.'

Molly gehoorzaamde hem niet, maar glipte langs hem heen en bekeek de man. Ze zag dat hij zijn arm vasthield en er sijpelde bloed door zijn gescheurde overhemd heen. Ze onderzocht de wond en de straal bloed. 'Meneer Oliver, hebt u een zaklamp?'

Hij haalde een lamp tevoorschijn en richtte de lichtstraal op de plek die ze aanwees, op de arm van de man.

Molly zei tegen de man dat hij tot tien moest tellen en dat dit een beetje pijn ging doen, maar dat ze het moest doen. Ze keek naar Oliver en Charlie en zei zacht: 'Jullie moeten hem vasthouden en zorgen dat hij niet beweegt.'

Dat deden ze, terwijl zij met haar handschoenen aan de zaklamp vasthield en de vinger van haar andere hand in de wond stak. De man gilde het uit van de pijn en zou om zich heen hebben geslagen als Charlie en Oliver hem niet stevig hadden vastgehouden.

'Oké,' zei Molly. 'Ik ben klaar. Jullie mogen hem loslaten.'

'Wat deed je?' fluisterde Oliver.

Ze fluisterde terug: 'Ik heb een gescheurde ader terug kunnen duwen. Daardoor zal het bloeden niet helemaal stoppen, maar wel behoorlijk minder hevig worden. Als ik dit niet had gedaan, was hij doodgebloed. Nu moet ik het bloedverlies nog meer vertragen.'

Ze nam haar hoedje af, scheurde het lint eraf en keek Oliver aan. 'U moet zijn arm heel stevig vasthouden, terwijl ik dit om zijn arm bind.' Ze keek de gewonde man weer aan en zei gedecideerd: 'U mag u niet bewegen. Begrijpt u dat? Dit zal niet zoveel pijn doen als zonet, maar het moet echt gebeuren. Goed?'

Hij knikte, met zijn gezicht vertrokken van de pijn.

Oliver hield de arm vast op de plek die Molly aanwees. Ze koos de goede plek, wikkelde het lint om de bovenarm en bond het vast als een tourniquet. Daarna zag ze tot haar grote opluchting dat het bloeden veel minder was geworden. Ze zei tegen de man: 'Het komt weer helemaal goed met u, maar u moet heel stil blijven liggen. Charlie, ga snel hulp halen. Hij moet meteen naar het ziekenhuis.'

Charlie rende weg en kwam een minuut later terug met een politieman. Molly vertelde de agent wat er nodig was, waarna deze blazend op zijn fluitje wegrende. Ze controleerde de tourniquet en veegde het zweet en het bloed van het gezicht van de man. Eerst had ze een schone zakdoek uit haar zak gehaald en daarmee de wond verbonden. 'Doe uw ogen dicht en haal langzaam en rustig adem,' zei ze. 'Dan vertraagt uw hartslag, waardoor u minder bloed zult verliezen. Er komt zo hulp aan.'

'Waar heb je dat allemaal geleerd?' vroeg Oliver verbaasd.

'In een ziekenhuis in Leiston.'

De politieagent kwam terug met een ambulance en twee verpleegkundigen.

Molly vertelde hun haar diagnose en zei dat de gewonde man heel stil moest blijven liggen en dat de tourniquet op zijn plaats moest blijven.

Zonder dat de gewonde man haar kon horen zei ze: 'Voordat jullie hem verplaatsen, moeten jullie zijn gewonde arm aan zijn lichaam vastbinden. Ik heb de ader zo goed mogelijk hersteld, maar die is nog steeds beschadigd. En ik moest de tourniquet stevig aandraaien omdat hij zoveel bloed verloor.

Vergeet niet om tegen de chirurg te zeggen dat het de bovenarmslagader is. Hij moet zodra hij in het ziekenhuis is geopereerd worden. Zo'n tourniquet mag niet te lang blijven zitten, want in dat geval kan de geblokkeerde bloedsomloop permanente schade aan zijn arm veroorzaken, die dan misschien geamputeerd moet worden. Goed, hebben jullie morfine?'

Een van de verpleegkundigen, die vol ongeloof naar haar had geluisterd, zei: 'Ja, maar...'

Ze viel hem in de rede: 'Geef me dan een spuit met een morfineoplossing, zodat ik hem daarmee kan injecteren. Dat zal hem verdoven tijdens de rit naar het ziekenhuis en tijdens de operatie.'

De verpleegkundige riep: 'Jou morfine geven? Je bent nog maar een kind!'

Oliver stapte naar voren en zei: 'Eh, ik ben arts en mijn dochter herhaalt alleen wat ik vlak voordat jullie hier waren tegen haar zei.' Hij keek een beetje gegeneerd naar Molly. 'Ze wil later verpleegster worden.'

Dit stelde de verpleegkundige gerust. 'Ach, u hebt helemaal gelijk. Wilt u hem die morfine dan geven, dokter?'

Oliver werd lijkbleek. 'Nee hoor, dat mag zij doen.'

Nadat ze de gewonde man hadden weggebracht zei Charlie: 'Dat was geweldig, Molly.'

Oliver zei: 'Het spijt me echt, Molly. Hij denkt dat ik arts ben, maar jij hebt het leven van die man gered. Als ik patrouilleer heb ik altijd eerstehulpspullen bij me en ik weet hoe ik een pleister of verband moet aanbrengen, maar wat jij net hebt gedaan kan ik echt niet.'

'Ik hoop gewoon dat hij herstelt. Ik probeerde tegenover hem vertrouwen uit te stralen, maar dat was een bijzonder ernstige wond.'

Ze liepen met z'n drieën terug naar Molly's huis.

En kwamen tot de ontdekking dat haar huis niet langer bestond.

Allemaal dood

Oliver, Molly en Charlie stonden verslagen bij het ooit zo statige huis van de Wakefields toen de brandweer en mensen van de Civil Defence's Heavy Rescue Division de puinhopen doorzochten.

Die divisie bestond uit mannen die de gehavende vrachtwagens bestuurden en de ondankbare taak hadden om in de puinhopen op zoek te gaan naar overlevenden, hoewel ze meestal alleen doden vonden. Vaak waren het mannen uit de bouwwereld, vanwege hun kennis van bouwconstructies en drukpunten en dergelijke, zodat ze veilig in ingestorte gebouwen konden zoeken.

Nadat ze er eindelijk in waren geslaagd om het lichaam van mevrouw Pride onder het puin vandaan te halen, werd ze in een ambulance gelegd, die daarna wegreed.

Later zou blijken dat er tijdens deze luchtaanval bijna honderd mensen waren gedood, nog eens vijfhonderd gewond waren geraakt en meer dan honderd huizen en gebouwen waren vernietigd, waarvan vele in de chique wijken Chelsea, Knightsbridge en Mayfair.

'Maar ze was niet eens thuis toen wij weggingen!' Molly was helemaal in shock doordat ze binnen slechts enkele uren haar nanny, haar huis en al haar bezittingen was kwijtgeraakt.

Oliver zei: 'Misschien is ze om de een of andere reden teruggekomen en besloot ze toen om daar te schuilen. Wat enorm tragisch.' Hij keek naar links en naar rechts in Molly's straat. Alle andere gebouwen die hij kon zien, waren vrijwel onbeschadigd. Behalve Molly's huis en het huis ernaast. Hij wist heel goed dat er nooit een duidelijke reden voor was waarom het ene huis wel en het andere niet werd geraakt.

Terwijl ze daar stonden kwam er een andere politieagent naar hen toe. 'Woonde jij hier, meisje?' vroeg hij.

'W-wat?' stamelde ze.

'Woonde jij hier samen met die dode vrouw? Dat zei de dame aan de overkant. Ze zei dat mevrouw Pride je nanny was.'

'Dat klopt.'

'Waar zijn je ouders dan, meisje?'

Molly verstijfde, maar slechts heel even. 'Zij... waren niet thuis. Ik verwacht dat ze morgen terugkomen.'

'Juist. Kun je ergens naartoe tot ze terug zijn?'

Oliver zei: 'Ze kan wel bij... mijn vrouw en mij logeren. We zijn vrienden van de familie. We waren even bij Molly op bezoek nu haar ouders weg waren en gingen naar de ondergrondse toen we de sirenes hoorden.'

De agent keek naar Charlie. 'En jij, jongen?'

'Hij is mijn zoon,' zei Oliver meteen.

'Goed dan. Nou, veel sterkte allemaal.' Hij liep snel naar de plek waar Molly's huis had gestaan.

Molly vroeg: 'Waar moeten Charlie en ik nu naartoe? Naar een weeshuis?' Ze keek Charlie aan, die bedrukt terugkeek.

'Ik denk dat we dat later wel kunnen bespreken,' zei Oliver.

Molly zei: 'Mevrouw Pride moet een gepaste begrafenis krijgen, maar ik weet niet hoe ik dat moet regelen. Het beetje geld dat we nog hadden, lag in het huis.'

'Heeft ze familie?' vroeg Oliver.

Molly schudde haar hoofd. 'Volgens mij niet. Haar man was al overleden toen ze voor ons kwam werken en ze heeft nooit iets over kinderen gezegd.'

'Broers of zussen dan?'

'Dat weet ik niet. Het klinkt misschien heel dom, maar over dat soort dingen hebben we het nooit gehad.' Ze voelde zich schuldig.

'Kom mee, we gaan naar de boekwinkel, waar we rustig over alles kunnen nadenken. We bedenken wel iets.'

Ze liepen weg door de rook en de vernietiging van het bombardement van die nacht, langs verse puinhopen, doden die onder bebloede lakens lagen en gewonden die in voertuigen werden geladen. Langzaam liepen ze naar Covent Garden en The Book Keep.

Oliver deed de deur van het slot en gebaarde dat ze naar binnen moesten gaan. 'Ik heb een logeerkamer, daar kunnen jij en Charlie wel slapen. Ik heb nog steeds kleren die Imogen had bewaard van toen ze jonger was. Die passen je misschien wel, Molly. En de zoon van een nicht die in het begin van de oorlog bij ons woonde had ongeveer jouw maat, Charlie. Hij heeft hier wat kleren achtergelaten.'

Molly en Charlie begrepen heel goed dat Oliver probeerde optimistisch te blijven, ondanks al deze grote uitdagingen.

'Ik heb eten eh... genoeg,' zei hij zwakjes. 'En heel veel thee.'

Molly hapte naar adem. 'Mijn bonnenboekje. Dat lag in ons huis!'

Charlie zei: 'Oma had mijn bonnenboekje, maar dat is natuurlijk allang verdwenen.'

Oliver zei: 'Het kost maar een shilling om een verloren gegaan bonnenboekje te vervangen. Hoewel, dat kon weleens moeilijk worden, aangezien jullie er zelf naartoe zouden moeten om een nieuwe aan te vragen. En dan zullen ze jullie lastige vragen stellen. O, en voordat ik het vergeet, moeten we het over jullie school hebben.'

'Ik ben al klaar met school,' zei Charlie meteen.

Molly zei: 'Ik ook, maar ik hoop volgend jaar, als ik zestien word, examen te kunnen doen.'

'Goed,' zei Oliver opgelucht. Hij liep snel weg om thee te zetten.

Charlie keek naar de herstelde voordeur.

Molly zag waar hij naar keek. 'Charlie, is er iets mis?'

Hij keek haar kwaad aan. 'Zo ongeveer alles is mis, voor ons allebei. Begrijp je dat dan niet? We zijn allebei wees! Ik tenminste en jij bijna. Ze sluiten ons ergens op, samen met een heleboel andere kinderen die niemand belangrijk vindt.'

'Zo werkt het niet, Charlie.'

Zijn gezicht verstrakte en hij snauwde: 'Zo werkt het dus wél! Ik heb vrienden. Ik weet wat er gebeurt met... zulke mensen.' Hij keek weer naar de deur en zijn woede sloeg om in melancholie.

Oliver kwam terug met een dienblad met theekopjes en een paar koekjes.

Ze dronken thee. Charlie at twee koekjes en Molly maar één. Ze at het afwezig, terwijl ze gedachteloos naar de boeken op de planken keek.

Oliver keek naar hen. Het gewicht van het besluit dat hij zojuist had genomen drukte zwaar op zijn tengere schouders, waardoor hij nu zelfs nog kleiner leek. Hij keek naar de kassa en berekende hoeveel geld daar nog in zat.

Bij lange na niet genoeg!

Hij keek ernstig. Hij was een weduwnaar zonder kinderen, maar nu had hij er twee. En nog illegaal ook. Weeskinderen werden naar een weeshuis gestuurd. Hij wist dat beter dan de meeste mensen. Hij en zijn broer waren naar een weeshuis gestuurd nadat hun ouders door een treinongeluk vlak bij Doncaster waren gestorven.

'Ik kan gewoon niet geloven dat mevrouw Pride dood is,' zei Molly. 'Op mijn moeder na was zij eigenlijk mijn enige gezelschap. Mijn vader had het altijd zo druk.'

'Ik weet zeker dat hij heel veel van je houdt, Molly,' zei Oliver.

'Maar hij is weggegaan zonder mij iets te vertellen. Geen

telegram, geen brief... Dat is onvergeeflijk. En mijn arme moeder zit in een sanatorium. Ik heb geen huis. Ik heb niets, alleen de kleren die ik draag. Letterlijk!' Ze zweeg en keek naar Charlie, die aandachtig naar haar terugkeek terwijl hij het laatste koekje opat. 'Sorry, Charlie. Ik weet dat jij je hebt moeten redden met veel minder dan ik nu heb.'

'Jij bent je huis vannacht kwijtgeraakt. En je nanny. Natuurlijk ben je boos. Ik was ook kwaad toen mijn oma doodging. Ik ben nog stééds verdomde kwaad,' zei hij fel.

Molly dronk langzaam haar thee op. 'Wist ik maar waar mijn vader kan zijn.' Ze keek Oliver aan. 'Voordat we de sirenes hoorden, had u het over mijn vader en over die mannen op de begraafplaats. Maar dat heeft toch zeker niets met mij te maken?'

'Nee, niet direct.'

'Bedoelt u dat het iets met mijn vader te maken heeft? U had het over de Secrets Act. Als hij niet voor het ministerie van Voedsel werkte, waar werkte hij dan?'

Oliver zette zijn theekopje neer en wreef over zijn bovenbeen, omdat de brandwonden die hij eerder had opgelopen pijn deden. 'De man die ik sprak zei dat hij dacht dat je vader de Official Secrets Act ook heeft ondertekend.'

'Waarom?'

'Daar kunnen veel redenen voor zijn, bijvoorbeeld omdat hij betrokken is bij de oorlogsinspanningen en over vertrouwelijke informatie beschikt.'

'Zou het kunnen dat hij... ik weet het niet, hoor... als spion tegen de Duitsers werkt?' Ze keek even naar Charlie, die aandachtig naar Oliver keek. 'Ik weet dat hij voor de oorlog vaak naar het Europese vasteland reisde, maar mij is nooit verteld waarom.'

Oliver zei onzeker: 'Dat zou kúnnen, Molly.'

'Is hij dan gevangengenomen door de Duitsers? Is... hij gedood?'

‘Ik weet het echt niet,’ zei Oliver. ‘Het spijt me.’

‘Maar kunt u meer te weten komen, door wat u vroeger deed? En de mannen die mij in de gaten houden? Misschien weten zij iets?’

Oliver keek haar ongemakkelijk aan. ‘Ik kan het proberen.’

‘Dat zou ik heel erg waarderen, dank u wel.’

Oliver schraapte zijn keel en zei: ‘Ik heb opgezocht waar het Beneficial Institute is. Dat staat aan de kust vlak bij Falmouth in Cornwall.’

Molly vroeg gretig: ‘Is er een manier om daarnaartoe te gaan?’

‘Er rijdt nu geen bus naartoe, maar er gaat wel een trein naar Falmouth. Dat is, door de beperkingen door de oorlog, een reis van ongeveer tien uur en de treinen rijden niet regelmatig. Het leger heeft voorrang, snap je. En de Duitsers voeren regelmatig bombardementen uit op de spoorlijnen, dus dat is ook een hindernis.’

‘Maar ik kan de reis wél maken? Ik moet mijn moeder echt zien. Misschien weet zij wel waar mijn vader is.’

‘Dan is er het probleem van de prijs voor de treinkaartjes,’ zei Oliver, opnieuw met een blik naar de kassa. ‘Verder heb je onderweg geld nodig voor eten en kleren en onderdak en andere noodzakelijke dingen.’

‘Ik kan wel geld verdienen. Ik kan in uw winkel werken.’

‘Dat zou je kunnen doen, maar vaak gaan er dagen voorbij zonder dat er een klant binnenkomt.’

‘Dan kan ik de winkel schoonmaken.’

‘Absoluut, dat kun je doen.’

Ze keek naar Charlie, die de nerveuze blik op Olivers gezicht aandachtig bekeek. In tegenstelling tot Molly, die alleen kon denken aan manieren om naar haar moeder toe te gaan, zette hij grote vraagtekens bij het onderwerp ‘loon voor het schoonmaken’.

‘Charlie zou hier ook kunnen werken,’ zei Molly opgewekt.

'In ruil voor kost en inwoning,' zei Charlie. 'Maar ik zal ergens anders gaan werken voor wat zakgeld.'

Dit leek Molly te verbazen.

Oliver zei: 'Charlie, dat is echt niet nodig. Ik kan vast wel een manier vinden om jullie te betalen.'

Charlie schudde zijn hoofd. 'U zou ons alleen moeten betalen, meneer Oliver, als het nódig is dat wij voor u werken. Anders is het pure liefdadigheid en mijn oma hield er niet van om daar gebruik van te maken en dat heeft ze mij ook geleerd. Bovendien hebt u alleen uw eigen bonnenboek voor ons drieën. Oma had die van haar en die van mij, en zelfs daarmee konden we niet genoeg eten kopen.'

Molly zei ontmoedigd: 'Ik kan ook wel ergens anders werk vinden, dat weet ik zeker.'

'Maar jullie zijn nog maar kinderen,' zei Oliver.

Molly zei gedecideerd: 'Ik ben geen kind meer, meneer Oliver. Verderop in de straat is een apotheek. In het ziekenhuis in Leiston heb ik heel vaak medicijnen aangevuld. Ik kan vragen of ze een assistente nodig hebben.'

'Daar moet je ongetwijfeld een minimumleeftijd voor hebben, Molly,' zei Oliver.

Met een trillende stem zei ze: 'Ik heb verdorie vannacht iemands leven gered! Ik kan het toch zeker vragen?'

'Natuurlijk kun je dat doen,' gaf Oliver toe. 'Maar op dit moment lijkt me dat je na alle emoties een goede nachtrust nodig hebt. Alles zal er morgenochtend beter uitzien.'

Het was duidelijk dat Molly en Charlie niet dachten dat dat zelfs maar een klein beetje mogelijk was.

En Ignatius Oliver eigenlijk ook niet.

Het echte begin van iets

Het werd al ochtend, maar Oliver had bijna geen oog dichtgedaan. Hij liep in zijn haveloze ochtendjas door de winkel, raakte soms even een boek aan, zette er eentje recht en veegde met zijn mouw wat stof van een plank of een afdruk van een vinger van de etalageruit.

Opeens zag hij dat er water onder de deur door naar binnen sijpelde. Door alle regen van de laatste tijd en de slechte afwatering stond er een laagje water in de steeg. Hij liep snel naar de wc, pakte een oude handdoek en propte die in de kier.

Daarna liep hij het trapje af naar de deur van de studeerkamer van zijn vrouw. Hij pakte de sleutel, deed de deur van het slot en ging naar binnen.

Sommige schrijvers hielden ervan om vroeg in de ochtend te werken, anderen kregen vooral in de late avond inspiratie, terwijl ambitieuzere schrijvers dag en nacht konden schrijven.

Imogen had het liefst in de late middag of de vroege avond aan haar roman gewerkt, als ze klaar was met haar andere werkzaamheden. Alles wat er in die tijd was gebeurd en wat ze had gedacht kwam dan samen in haar creatieve proces waarin ze dat alles verwerkte in sprankelende teksten, personages en verhaallijnen. Dat gebeurde niet altijd, had ze hem verteld. Sterker nog, vaak gebeurde dat niet, maar daardoor liet ze zich niet ontmoedigen. Schrijven is vaak geestdodend werk, had ze gezegd. Het maakte niet uit hoe lang je het al deed, want het schrijfproces werd nooit gemakkelijker. Het werd gewoon steeds verbazingwekkender, alsof je wist dat het voor iedereen een soort geheim was dat je soms bijna ontrafelde. En net als je dacht dat het je was gelukt, verdween het gewoon in de duistere spelonken van je brein, net als de flarden van een ongrijpbare droom.

Maar, had ze gezegd, in die verbijstering en in die frustratie zag je soms opeens groei, verbetering en het verlangen om door te gaan, en dat was meer dan alleen een rijkelijke beloning. Hoewel ze naar lezingen was geweest van beroemde schrijvers die beweerden dat ze altijd volkomen zelfverzekerd waren, had Imogen gezegd dat 'zo'n domme overtuiging vergelijkbaar is met een geladen pistool tegen je hoofd, waardoor je misschien nooit meer een geloofwaardige gedachte op papier zou kunnen zetten'.

Oliver was helemaal niet bang dat hij te zelfverzekerd werd als het om verhalen schrijven ging. Hij ging achter het bureau zitten en keek naar het blanco vel papier in de Crown-typemachine, zijn aloude vijand. Nu er twee jonge mensen bij hem woonden, wilde hij nog liever iets waardevols produceren.

Hij keek omhoog en hoopte dat Molly en Charlie vlak boven zijn hoofd rustig lagen te slapen. Eigenlijk was deze situatie bijzonder ironisch, want Imogen had nooit kinderen gewild, misschien meer door onzekerheid dan door iets anders. Ze had hem toevertrouwd dat ze zichzelf absoluut niet in staat achtte om net zo'n goede ouder te worden als haar ouders.

Oliver had wél vader willen worden, maar nog liever gewild dat Imogen zijn vrouw werd. En nu had hij een zoon en een dochter. In elk geval een tijdje.

Het is denk ik maar goed dat het geen kleine kinderen zijn, want dan was je pas echt verloren. Toch is het ook niet gemak-

kelijk om met mensen van hun leeftijd om te gaan, want zij zijn echt veel ingewikkelder dan jongere kinderen. Vergeleken met hen zijn de meest complexe encrypties een eitje.

Hij staarde naar het papier, dat vol minachting terugkeek. Wanhopig pakte Oliver het eerste hoofdstuk van Imogens manuscript uit de bak. De eerste hoofdstukken waren opwindend geweest. De oorlog, de problemen en ontberingen, de doden, het elke paar minuten naar de lucht kijken in de constante verwachting dat de sirene wel weer zou afgaan en daarna het gegier van vallende bommen.

Verderop in het verhaal had hij gelezen over gezinsleden die van elkaar gescheiden waren of elkaar kwijt waren. De verdwenen hoop en de dagelijkse strijd om alles te overleven terwijl de aanvoer van levensmiddelen steeds verder afnam. De woede en ontevredenheid werden sterker, vooral onder degenen die altijd al het gevoel hadden gehad dat de regering, zelfs in vredestijd, niets nuttigs deed. Als de overheid geen hulp kon bieden nu de bevolking die hulp het meest nodig had, wat voor nut had de overheid dan? Dat was een simpel en dus sterk argument, en was dan ook het onderwerp dat in het hele onafgemaakte manuscript terugkwam.

Imogen had dat onderwerp diepgaand en gevoelig behandeld, en zich uiteindelijk verzet tegen de veronderstelling dat anarchie en dictatuur beter waren dan een overheid die zich voegt naar de wil van het volk. Ze hadden allebei de gesprekken gehoord – in winkels, pubs en kerken en op talloze andere plaatsen waar je kon horen waar andere mensen zich druk over maakten. Er waren vrij veel mensen die met tegenzin bewondering voelden voor de wrede efficiëntie van de Duitse oorlogsmachine en op het eerste gezicht het voordeel inzagen van één machthebber die alles voor iedereen bepaalde in plaats van de logge 'eb en vloed'-compromissen die noodzakelijk waren in een democratie.

Maar Oliver was van mening, zoals zelfs een willekeurige

waarnemer van de geschiedenis vol overtuiging kon zeggen, dat een land dat door één man werd geleid nooit goed was voor wie ook, zelfs niet voor die ene machthebber.

Mensen zijn slechte goden. Daar zijn we gewoon niet op berekend.

Dat was Imogens eerste zin van hoofdstuk 8 geweest. En die zin was een van zijn favoriete uitspraken.

Maar toen waren hun levens veranderd op manieren die Oliver zich nooit had kunnen voorstellen. Misschien was dat ook wel de reden dat Imogen haar boek nooit had afgemaakt. Ja, natuurlijk was dat de reden. En dat was ook de reden geweest van haar dood.

Hij legde de bladzijden boven op de stapel in de doos en leunde naar achteren in de oude, versleten en oncomfortabele stoel. De stoel was met opzet oncomfortabel, want Imogen wilde zich niet comfortabel voelen als ze schreef. Zij wilde bijna pijn voelen als ze schreef, zodat ze die emotie op authentieke wijze in haar verhaal kon opnemen.

Pijn was iets universeels omdat ieder mens op een bepaald moment pijn voelde: fysiek, mentaal en/of emotioneel. Dat bleef niemand bespaard, rijk of arm, jong of oud. Helaas riep de rugpijn door de oncomfortabele stoel bij Oliver geen grootse ideeën op. Zijn vingers bewogen zelfs niet in de richting van de toetsen van de typemachine. Hij voelde zich onbekwaam en overweldigd.

Afgeleid en ontdaan zag hij opeens dat Molly en Charlie in de deuropening stonden en naar hem keken, hun gezicht gezwollen door te weinig slaap. Hij stond onhandig op toen ze Imogens vroegere heiligdom binnenkwamen.

Molly zag de Crown-typemachine en vroeg: 'Bent u schrijver?'

Oliver liep om het bureau heen en ging op de rand zitten, zodat ze de typemachine en het manuscript niet meer konden zien. Om verschillende redenen had hij het gevoel dat zijn privacy was geschonden, dat een lang bewaard geheim opeens was ontrafeld. 'Mijn vrouw wel. Een heel goede schrijver zelfs.'

'Liggen hier boeken van haar? Ik zou ze heel graag lezen.'

'Ze was bezig met haar eerste boek toen ze stierf.'

'O,' zei Molly.

'Ik had niet verwacht dat jullie zo vroeg al wakker zouden zijn,' zei Oliver.

'We werden wakker door de regen,' zei Charlie.

'Echt waar? Ik vond dat geluid juist heel ontspannend,' zei Oliver, hoewel hij natuurlijk ook klaarwakker was.

'Ik bedoel dat er water op mijn hoofd druppelde,' vertelde Charlie.

Hij en Molly sliepen in de kleine logeerkamer met twee bedden.

'O ja. Ik was al heel lang van plan dat lek te repareren.'

'Wat is dit een mooie kamer,' zei Molly verlegen, alsof ze voelde dat zij Olivers gekoesterde privacy hadden geschonden. Maar toen staarde ze naar de typemachine en veranderde haar blik. Ze liep iets dichter naar Oliver toe.

'Ja. Ik kom hier graag. Meestal niet zo vroeg, maar...'

'Wilt u proberen het boek af te maken, voor uw vrouw?' Molly kwam nog dichterbij en zag dat het inderdaad een typemachine was waar een vel papier in was gedraaid. Haar blik ontspande.

'Wat? Eh... nee,' loog hij. Veel eerlijker voegde hij eraan toe: 'Daarvoor bezit ik het talent noch de discipline. Ik kan veel beter overweg met cijfers. Die zijn gewoon wat ze zijn, en als je dezelfde cijfers bij elkaar optelt is de uitkomst altijd identiek. Ik geef de voorkeur aan een dergelijke consistentie. Ik kan absoluut niet tegen onvoorspelbaarheid. Toch lijkt alles tegenwoordig onvoorspelbaar en daardoor vind ik de wereld op dit moment zo verontrustend.' Hij zweeg abrupt, alsof hij het vervelend vond dat hij zoveel over zichzelf had verteld.

'Mag ik lezen wat uw vrouw heeft geschreven?' vroeg Molly.

Beschermend legde hij een hand op de bladzijden. 'Dat lijkt me niet eerlijk naar Imogen toe. Ik bedoel, een verhaal dat maar half af is?'

Hij nam hen mee de studeerkamer uit, deed de deur dicht en op slot.

'Willen jullie ontbijten? Ik heb twee eieren, een reepje bacon en een plakje ham, plus wat brood en margarine en sinaasappelmarmelade. Ik zal vandaag met mijn bonnenboekje naar de winkels moeten gaan voor meer levensmiddelen. Terwijl jullie eten, kan ik even naar dat plafond kijken. Ik denk dat een paar doeken het probleem wel kunnen oplossen. Of misschien moeten we het bed verplaatsen?' Hij liep naar de kleine keuken om hun ontbijt te maken.

Molly zei tegen Charlie: 'Volgens mij was hij niet eerlijk tegen ons. Maar dat was echt een typemachine.'

'Toch betekent dat niet dat hij niet iets fouts doet.'

'Maar zo iemand lijkt hij me niet. En hij zei dat hij voor de regering werkt. Hij is op de hoogte van dat Secrets Act-ding.'

'Ik weet het echt niet,' bekende Charlie.

'Denk je dat we naar de politie moeten gaan? Ik wil liever niet denken dat meneer Oliver iets... illegaals doet, maar dat zou onze plicht zijn als Britse burgers.'

Bij het woord 'politie' keek Charlie onwillekeurig naar de deur en toen zag hij de doorweekte handdoek.

Molly volgde zijn blik. 'Ik zou willen dat je me vertelde wat je dwarszit.'

Hij keek haar aan en werd rood. 'Alles zit me op dit moment dwars. We hebben geen ouders. We hebben helemaal niets.'

'Maar we zijn hier.'

Hij wees naar de deur. 'Aan de overkant woont de vrouw van de theewinkel en zij zal heel snel weten dat wij hier wonen. Wat denk je dat zij dan doet?'

'Wat dan?'

'De politie waarschuwen. Zij weet dat meneer Oliver geen kinderen heeft. Dan stoppen ze ons in een weeshuis.'

'Dat weet je toch niet!'

'Dat weet ik verdomme wel!'

'Ach, misschien is een weeshuis niet eens zo slecht,' zei ze.

'Dat zijn weeshuizen wel! Ik heb vrienden die daarnaartoe zijn gestuurd.'

'Welke vrienden?'

'Dat is niet belangrijk. Gewoon vrienden.'

En nu is een van hen dood, dacht Charlie. En hij had geen idee waar Lonzo naartoe was gegaan. Misschien was hij echt bij het leger gegaan, zoals hij de laatste keer dat ze elkaar zagen had gesuggereerd.

Charlie kon niet weten dat Lonzo dat inderdaad zou proberen en dat dat helemaal verkeerd zou aflopen. Voor Lonzo én voor hem.

Voor koning en vaderland

'Hoe oud zei je ook alweer dat je was, knul?' vroeg de forse man in het legeruniform aan Lonzo.

Lonzo stond nerveus voor hem, met zijn vieze pet in zijn handen, maar met een zelfverzekerde blik. Hij had zich gewassen met een gestolen stuk zeep en water uit een openbare fontein. Daarna had hij een stel tweedehandskleren die achter een winkel lagen meegenomen. Zijn versleten instappers had hij vervangen door een paar schoenen die hij na het laatste bombardement had gevonden. De eigenaar was door dat bombardement kennelijk overleden, zodat de schoenen wel een beetje verschroeid waren, maar toch nog altijd veel beter dan Lonzo's eigen schoenen.

'Achttien,' zei Lonzo meteen.

'Zo oud lijk je niet,' zei de sergeant-majoor in His Majesty's Army. Hij miste zijn linkeronderarm vanaf de elleboog en ook zijn rechteroog, waar hij nu een lapje voor droeg. Daarom selecteerde hij hier rekruten die, nu hij dat niet langer kon, zouden meevechten in de oorlog. Boven zijn stevige bovenlip zat een kaarsrecht dun snorretje.

Lonzo maakte zichzelf zo groot mogelijk. 'Ik heb gewoon goed eten en een uniform nodig, dan is mijn leeftijd me wel aan te zien. Dan word ik wel dikker.'

'Je adres?'

Lonzo zei zonder aarzelen: 'Flat 4A, 13 Dapleton Terrace, Bethnal Green, baas.'

'Je bent dus een East Ender? Jullie zijn goede vechters. En je mag me *sir* noemen.'

'Vecht nu al een hele tijd, sir. Op straat, bedoel ik.' Lonzo grijnsde.

'In een oorlog vechten is volkomen anders, jongeman.'

'Juist, baas. Eh... sir.'

'Ouders?'

'Dood, sir,' antwoordde Lonzo.

'Hoe?'

'Mijn pa in de oorlog, ergens in Frankrijk. Dat denk ik tenminste. Mijn ma tijdens een bombardement vlak bij de havens. Ze maakte daar schoon. De Jerry's kregen haar te pakken.'

'Bij wie woon je nu?'

'Mijn oma. Maar zij hoeft geen toestemming te geven, omdat ik meerderjarig ben.'

'Heb je papieren om dat te bewijzen? Geboorteakte? Identiteitskaart?'

'Verdwenen door een brand.' Lonzo veegde zijn loopneus af en ontweek de blik van de sergeant-majoor. 'Maar het was een B-kaart, sir, en 262 was mijn nummer, dat zweer ik.'

Dit betekende dat Lonzo was geboren in het tweede kwartaal van 1926 en dus achttien was. De B-kaart werd verstrekt aan iedereen tussen de zestien en de eenentwintig.

'Volledige naam?'

Lonzo rechtte zijn rug en zei: 'Alonzo Sylvester Rossi. Iedereen noemt me Lonzo.'

De snor zakte een stukje. 'Rossi? Ben je buitenlander?'

'Mijn pa kwam uit Italië en mijn ma had wat Spaans bloed.'

'Je bent dus een "Benito Mussolini en Francisco Franco"-buitenlander.'

Lonzo keek de man strak aan. 'Mijn ma is geboren in Stepney, net als ik. Mijn pa kwam hierheen toen hij jong was, ging bij het leger en vocht voor de Engelsen, sir. Hij was dus geen buitenlander toen hij een kant moest kiezen. Ik weet niets over die andere mannen over wie u het had.'

De sergeant-majoor schraapte zijn keel. 'Je moet worden goedgekeurd tijdens een fysiek onderzoek. De artsen gaan je bekijken, je ogen, oren, voeten, borst.'

'Ik ben zo gezond als een vis.'

'Kun je lezen?'

Lonzo aarzelde geen seconde. 'Van de nonnen geleerd.'

'De nonnen?'

'Op de school waar ik op zat.'

'Ben je katholiek?' De sergeant-majoor vroeg dit alsof dat ook een probleem kon zijn.

'Ik niet, sir,' zei Lonzo nonchalant.

'Laten we de papieren maar eens invullen, goed? Ga daar maar zitten.'

'Uitstekend, sir.'

Lonzo vulde, met de hulp van de sergeant-majoor, alle noodzakelijke papieren in.

Daarna zei de militair dat hij moest wachten. De man bekeek een paar documenten en een lijst die hem was overhandigd waarop het signalement stond van iemand. Nadat hij alles had doorgenomen, keek hij naar Lonzo, die op zijn stoel zat te soezen. De sergeant-majoor liep zachtjes naar een ander vertrek en voerde een telefoongesprek.

Vijftien minuten later maakte iemand Lonzo wakker door een tikje op zijn schouder. Het was een streng uitziende man met een officieel arrestatiebevel. 'Inspecteur Willoughby van de recherche. Je moet met me meekomen, jongeman.'

Lonzo keek wild om zich heen, maar twee forse politieagenten met glimmende knopen op hun uniform en een hoge helm op hun hoofd voorkwamen dat hij kon ontsnappen. 'Ik heb niets gedaan.'

'Niemand zei dat je iets had gedaan, jongen,' zei Willoughby. 'Of wel soms?'

Lonzo werd, geflankeerd door de beide agenten, naar buiten gebracht.

Toen de sergeant-majoor dat zag, verscheurde hij Lonzo's formulieren die hij vervolgens in de vuilnisbak gooide. 'Volgende!' riep hij tegen een assistent die bij de deur stond te wachten.

Inspecteur Willoughby van de recherche

De politieauto reed snel naar het politiebureau. Daar namen een van de agenten en inspecteur Willoughby van de recherche Lonzo mee naar een klein vertrek met een elektrische kachel aan het plafond waardoor hij begon te zweten, en met tralies voor de ramen waardoor hij bang werd.

De forse agent drukte hem in een harde stoel aan een houten tafel en ging daarna voor de enige deur staan.

Willoughby hing zijn overjas en hoed aan een paar haakjes, stak een sigaret op en bood Lonzo er een aan, die hem accepteerde. De rechercheur was een jaar of vijftig en zag er stoer uit. Hij had brede heupen en grove, vlezige schouders. Hij leek bijna nergens meer van te schrikken, doordat hij veel te veel afschuwelijke dingen had gezien die hem hadden veranderd. Helaas niet in positieve zin, zodat er geen sprankje medeleven, medelijden of iets anders was overgebleven. Hij keek Lonzo vals aan.

Terwijl ze rookten, trok Willoughby zijn stropdas los. Hij opende een map die hij op de tafel had gelegd. Nadat hij even rustig had zitten lezen, haalde hij er een foto uit en legde die voor Lonzo neer. 'Herken je hem?'

Lonzo keek naar de foto, maar wendde vol walging snel zijn blik af. 'Nee, nooit gezien.'

'Hij heette Eddie Gray. Natuurlijk ken je hem, Lonzo. Jullie waren vrienden!'

'Die man lijkt helemaal niet op Eddie. Bovendien heb ik hem al in geen tijden meer gezien!'

'Nee, want hij is dood. Je ziet zijn geplette hoofd toch zeker wel? En al dat bloed?' Hij schoof de foto dichter naar Lonzo toe. 'Kijk nog eens.'

Lonzo schudde zijn hoofd. 'Nee, dat wil ik niet.'

Willoughby leunde naar voren, trok de sigaret uit Lonzo's mond, pakte hem bij de haren op zijn achterhoofd en drukte zijn gezicht naar de foto. 'Kijk naar je vriend, Lonzo. Naar wat er van hem over is. Kijk naar de vriend die je liet stikken en hebt laten doodgaan!'

Lonzo riep: 'Daar weet ik niets van! Dat zweer ik op het graf van mijn ma!'

De rechercheur liet hem los en leunde naar achteren. 'Over een paar minuten zetten we je in een rij met andere jongemannen, want de vrachtwagenchauffeur heeft je duidelijk gezien. Hij is hier nu en zal jou aanwijzen als een van de twee criminelen die hij die nacht heeft gezien. Ik wil je er even aan herinneren dat er toen ook een agent is gestorven. Hij had een vrouw en jonge kinderen. Zijn vrouw heeft nu geen man meer en de kinderen zijn hun vader verloren.' Hij wees beschuldigend naar Lonzo. 'En dat is allemaal jouw schuld!'

Willoughby keek de agent aan en knikte.

Even later werd Lonzo's gezicht met geweld tegen het houten tafelblad gedrukt, kreeg hij een keiharde stomp tegen zijn hoofd en werd hij tegen de grond geslagen.

'Wees voorzichtig, jongen, straks doe je jezelf nog pijn.' Willoughby stak nog een sigaret op en blies bedaard de rook uit, terwijl Lonzo – bloedend, vol blauwe plekken en zichtbaar versuft – begon te huilen en zijn handen voor zijn gewonde gezicht sloeg. Een van zijn ogen zwol al op en zat bijna dicht.

De agent trok hem overeind en duwde hem weer in de stoel.

'Is... Staat daar de doodstraf op?' vroeg Lonzo huilend.

'Dat zou zomaar kunnen. Een politieman is nu dood. Maar als jij me vertelt wie die andere jongen was, nou, dan kan ik misschien iets voor je doen.'

'K-kunt u dat echt?'

'Ik beloof je niets. Maar als je ons de waarheid vertelt, zou ik je wel kunnen helpen.' Willoughby drukte zijn sigaret uit, zwaaide zijn haar naar achteren en leunde naar voren tot zijn gezicht nog maar enkele centimeters van Lonzo's gezicht verwijderd was. 'Hoe heet hij?'

'Ch-Charlie. Charlie Matters.'

'Waar is hij?'

'Weet ik niet. Zijn oma ging dood en toen moest hij zijn flat in Bethnal Green uit.'

'Ouders?'

'Dood.'

'En je hebt geen idee waar hij nu is?'

Lonzo schudde zijn hoofd. 'Nee, baas. Dat zweer ik.'

Willoughby pakte een notitieboekje en een pen. 'Beschrijf hem.'

Dat deed Lonzo. 'K-kunt u me toch helpen?'

Willoughby schreef alles op en keek hem aan. 'Je hebt me niet echt iets nuttigs verteld, Lonzo. In deze stad lopen een heleboel jongens rond zoals deze Charlie. Gaat hij naar school?'

'Nee.'

'Heeft hij nog andere familieleden?'

Lonzo schudde zijn hoofd. 'Weet ik niet.'

Willoughby greep een van Lonzo's handen en verdraaide de wijsvinger tot die brak.

Lonzo gilde het uit van de pijn.

'Lieg niet tegen me, jongen. Daar krijg je spijt van.' Hij liet Lonzo's hand los.

Lonzo trok zijn hand terug en hield met zijn andere hand zijn gewonde vinger vast. Hij jammerde: 'Hij heeft geen familie, dat zweer ik! Hij had alleen zijn oma nog en zij is dood. Ze hebben haar begraven in Stepney. Bij de kerk.'

'Waarom brak je in bij een winkel? En waarom bij die winkel?'

Lonzo slikte en staarde naar de tafel. Met zijn ene goede oog zag hij dat de agent weer op hem af kwam lopen. 'We hoorden dat er wat geld in de kassa zat.'

'Hoe hoorde je dat?'

'Ergens.'

Willoughby wees naar de deur. 'Als we dit vertrek verlaten en jij uit de rij andere jongemannen wordt gepikt, ga je naar de gevangenis. Daar gaan ze je ophangen.'

'Ik zag die vrachtwagen pas toen hij over Eddie heen reed. Dat zweer ik! We wilden niet dat iemand iets overkwam.'

'Het kan de wet niets schelen wat je wilde, Lonzo. Alleen wat je dééd. Goed, ik vraag het je nog één keer: waarom die boekhandel?'

Lonzo keek ongerust naar de agent, die nog een stap dichterbij was gekomen en zijn houten knuppel ongeduldig en dreigend tegen een van zijn brede handpalmen sloeg.

'Ch-Charlie wist daarvan. Hij had eerder iets van die man gestolen, maar daarna gaf die sukkel het geld terug.'

Willoughby fronste en vroeg verbaasd: 'Wacht, zeg je nu dat deze Charlie Matters het geld dat hij had gestolen heeft teruggegeven? Waarom zou hij dat in vredesnaam doen, jongen? Hou je me soms voor de gek? Dat bevalt me helemaal niet.'

'Hij zei dat die man het moeilijk had en dat geld nodig had. Maar Charlie had een boek met lege bladzijden. Die had hij van die winkelier gekregen. Zei dat-ie het wilde verkopen.'

'Is dat zo?' brulde Willoughby.

Lonzo was niet van plan om de diefstal van dat boek toe te voegen aan zijn lijst misdadige activiteiten. 'Hoe moet ik dat weten?'

'Larie!' Willoughby knikte tegen de agent.

De agent sloeg keihard met zijn stok tegen Lonzo's achterhoofd, waardoor deze opnieuw van zijn stoel viel. Lonzo's hoofd bloedde hevig en hij gaf over.

Willoughby riep: 'Jezus, jongen, beheers je! En jij wilde bij het leger? Mijn god, je had het nog geen tien minuten volgehouden tegen de Duitsers. Ga snel in je stoel zitten, voordat de agent gedwongen is je te "helpen".'

Willoughby trommelde met zijn vingers op de tafel en wachtte, terwijl Lonzo moeizaam opstond en zacht huilend ging zitten. 'Je zei dat hij dat boek van de winkel had. Had hij het gestolen?'

'Hij zei dat hij het had gekocht met de shillings die hij van die winkel had gestolen. Maar dat was een leugen, want hij gaf dat geld terug.'

'Hij had het dus gepikt?' vroeg de inspecteur.

'Weet ik niet. Maar hij wilde niet dat wij naar die winkel gingen. Hij probeerde ons tegen te houden. Misschien was hij bevriend met die man.'

Willoughby keek in zijn notitieboekje. 'Met Ignatius Oliver?'

Lonzo wreef over zijn gewonde neus en raakte de wond op zijn achterhoofd aan, waarna zijn vingers onder het bloed zaten. 'Weet ik niet, misschien. Maar Charlie wilde niet dat we van hem gingen stelen, dat kan ik u wel vertellen.'

Willoughby leunde naar achteren en dacht hierover na. 'Oké, Lonzo Rossi, buitenlander. Dat is alles.'

Lonzo keek hem aan. 'K-kan ik nu gaan, baas? Ik wilde me aanmelden bij het leger, om tegen de Jerry's te vechten, snapt u?'

De rechercheur keek hem ongelovig aan. 'De enige plek waar jij naartoe gaat, is de gevangenis!'

'Maar u zei...'

Willoughby viel hem in de rede: 'Een politieman is dood. Terwijl dit land in oorlog is en we iedere geschikte man nodig hebben in een politie- of een legeruniform. En jij en deze Charlie Matters hebben hem zo ongeveer vermoord. Als ik er iets over te zeggen heb, en dat is zo, worden jullie allebei oud en grijs in de gevangenis. Tenzij ze jullie natuurlijk ophangen, wat ik veel liever zou zien.'

Lonzo begon te snikken.

Willoughby maakte met een ongeduldig gebaar duidelijk dat de agent hem moest wegbrengen.

Zodra Willoughby alleen was, dacht hij maar één ding: ik zál die knaap vinden, die Charlie Matters.

Hij wist ook precies waar hij moest beginnen met zijn zoektocht. Morgen ging hij naar Covent Garden, naar The Book Keep.

Hulpverpleegster

De apotheker, een man met een snor en een schort, bedankte Molly beleefd voor haar aanbod om de poeders te mengen en complimenteerde haar met haar gepaste Engelse bereidheid om te midden van een wereldoorlog de handen uit de mouwen te steken. 'Zeg maar tegen je moeder dat ik dat heb gezegd,' voegde hij er bemoedigend aan toe.

Kon dat maar, dacht Molly.

Ze voelde zich vies en onverzorgd toen ze weer buiten was. Ze had Imogens oude kleren bekeken, zoals Oliver had voorgesteld, maar die waren allemaal beschimmeld door de lekkages in de flat. Daarom had ze haar eigen kleren zo goed mogelijk afgenomen met een spons, ze had een paar toiletartikelen van Imogen gebruikt om haar haar in model te brengen en om haar gezicht en haar lichaam te reinigen. Maar haar schoenen zaten vol vlekken, haar kousen begonnen af te zakken en haar hoedje was aan één kant ingedeukt door alle gedrang die avond in de Underground.

Twee andere apothekers wezen haar aanbod ook af, maar wel veel minder vriendelijk dan de eerste. De laatste man beschuldigde Molly er zelfs van dat ze zijn tijd verspilde met haar domme grap en joeg haar bijna letterlijk weg. 'Verdwijn, juffie, voordat ik iets zeg wat je niet snel zult vergeten. Het is verdomme oorlog, weet je dat soms niet? Als jij mijn dochter was, kreeg je met de riem!'

Ze probeerde het bij winkels, marktkramen, warenhuizen, cafés en op elke andere plek waar stond dat ze personeel nodig hadden. Maar eenmaal binnen bedachten de mensen altijd wel een reden om haar af te wijzen. Misschien kwam het door haar leeftijd, of door haar kleren die, hoewel nu een beetje vies, zichtbaar duur waren geweest, of ze bewaarden de posities voor mensen die de baan volgens hen echt nodig hadden. Maar, dacht Molly, dat geldt toch ook voor mij!

Ze wilde het net opgeven toen ze een bordje zag dat ze tot haar grote verbazing eerst over het hoofd had gezien: COVENT GARDEN MEDICAL CLINIC. Het bordje hing aan een bakstenen gebouw met in de voorgevel een deur en vier ramen. Toen ze door een van de ramen naar binnen keek, zag ze bedden waar zieke en gewonden mensen in lagen. Verpleegsters, in hun rok, cape en kapje, liepen met een gestreste blik met flessen en dienbladen rond.

In het voorportaal zag ze een bordje met de tekst: HULPVERPLEEGSTERS GEVRAAGD. INFORMEER BINNEN. Ze rechtte haar schouders, zette haar ingedeukte hoedje recht en liep naar binnen om informatie in te winnen.

Ze werd ontvangen door een slanke verpleegster in een donkere geruite rok en witte schoenen met rubberzolen en met zorgenrimpels in haar voorhoofd. 'Ja? Ben je hier om iemand te bezoeken?'

'Nee, ik ben hier om te solliciteren naar een positie als hulpverpleegster.'

De vrouw fronste. 'Wat? Ik heb echt geen tijd voor domme...'

'Ik heb een medische training gehad en ik wil helpen.'

'Maar je bent een kind!'

'Nee, ik ben zestien.'

'Dat is nog steeds veel te jong voor deze baan. Daarvoor is een speciale opleiding vereist. Je weet het misschien niet, maar we hebben banden met het Britse leger en we zijn hiernaartoe gestuurd om te helpen met de verzorging van slachtoffers van bombardementen en zo. Velen van ons hebben in ziekenhuizen aan de frontlinies gewerkt.'

'In Engeland kunnen vrouwen van zestien trouwen en kinderen krijgen. Mensen van mijn leeftijd werken in fabrieken en op boerderijen waar voedsel wordt verbouwd, en ze doen heel veel andere dingen ten dienste van de oorlog.'

'Dat kan wel zo zijn, maar dat geeft je niet het recht hier te komen en te doen alsof je weet hoe je zieken en gewonden moet behandelen. We plukken hier verdorie geen wittekool, jongedame. Er is net een bombardement geweest en we worden overladen met gewonden.'

'Dat weet ik, van dat bombardement,' zei Molly. 'Ik was er ook en heb doden gezien.'

'Dan zou je dus beter moeten weten,' snauwde de verpleegster.

'Ik zei toch dat ik ben opgeleid om te helpen met de verzorging van zieken en gewonden!'

'Waar?'

'In Leiston. Dat ziekenhuis was een oorlogsziekenhuis geworden en daar hielp ik mee met de verzorging van patiënten. Veel verwondingen waren heel ernstig. De zuster van de pastoor, bij wie ik logeerde, was een bijzonder goed opgeleide hoofdzuster die artsen tijdens operaties assisteerde. Zij heeft me alles geleerd. Net als een van de daar gestationeerde artsen. Ik heb allerlei verpleegkundige handelingen verricht, van het verbinden van wonden tot zelfs het regelmatig assisteren tijdens operaties.'

'Larie!' snauwde de vrouw.

'Hoe zou je een ernstige infectie dan behandelen?'

Deze vraag werd niet gesteld door de verpleegster, maar door een andere vrouw. Ze was groot en indrukwekkend, en droeg de officiële insignes van een hoofdzuster, een functie die vergelijkbaar was met de rang van legermajoor. Kennelijk had zij een deel van het gesprek gehoord. Haar lichte, strenge gezicht leek uit marmer gehouwen.

De verpleegster keek haar verbaasd aan. 'Hoofdzuster Tweedy, ik had u helemaal niet gezien.'

'Dat begrijp ik, zuster Helen.' Ze keek Molly aan. 'En, kind?'

Molly keek haar aan. 'Een ernstige infectie?'

'Natuurlijk weet je wat ernstige infecties zijn als je enige tijd gewonde soldaten hebt behandeld.' Tweedy keek Molly doordringend aan. 'Kom op, voor zo'n ervaren verpleegster zou het heel eenvoudig moeten zijn om daar antwoord op te geven.'

Molly zei: 'Goed dan. Wij zouden als ontsmettingsmiddel sulfanilamide gebruiken, of anders injecties met penicilline. Beide middelen werken uitstekend om de levensgevaarlijke bacteriën te doden die, zoals u weet, snel de bloedbaan kunnen binnenkomen en vervolgens door septikemie de dood kunnen veroorzaken. Dat is veel te vaak gebeurd. We moesten regelmatig een of meer ledematen amputeren. Ook door gangreen natuurlijk. Dat was uiteraard heel erg, maar wel noodzakelijk om iemands leven te redden. Want zodra de infectie zich door het lichaam heeft verspreid, is het heel moeilijk om die nog te stoppen en gaat iemand dood.'

De hooghartige glimlach op Tweedy's lippen verdween. 'Je hebt dus verstand van penicilline en sulfanilamide?'

'Zuster Cooper vertelde me dat penicilline is uitgevonden door Alexander Fleming, en sulfanilamide door een onderzoeker bij het Pasteur Instituut. Die medicijnen hebben tijdens de oorlog veel levens gered. Net als plasma, dat veel stabieler is dan echt bloed en lang niet zo snel bederft. Gewonde mannen verliezen natuurlijk erg veel bloed en plasma werkt fantastisch. Bovendien kun je gewonde mannen die veel bloed hebben verloren natuurlijk niet vragen om zelf ook nog eens bloed te doneren. Excessief bloedverlies kan snel leiden tot shock, wat op zijn beurt snel de dood kan veroorzaken.

Ons enige probleem was dat we nooit genoeg plasma konden krijgen, doordat die maar beperkt werd geleverd. Ik weet niet hoe de situatie hier is.'

'Hier wordt ook heel weinig geleverd,' zei Tweedy langzaam. 'En soldaten die veel pijn hebben? Hoe zou je die behandelen?'

'Wij gebruikten ampullen om gestandaardiseerde doses morfine in de bloedbaan te brengen. Daardoor raakten de mannen buiten bewustzijn, waardoor ze goed konden worden behandeld zonder dat ze zich verzetten en zichzelf nog meer kwaad deden. We speldden de ampul op hun kraag zodat iedereen kon zien dat ze een dosis hadden gekregen, omdat morfine heel sterk is en een overdosis gemakkelijk tot de dood kan leiden. Het was vaak één grote chaos in het ziekenhuis, vooral nadat een troepenschip had aangemeerd en alle gewonden tegelijk binnen werden gebracht, dus deden we alles om dat soort fouten te voorkomen.'

Zuster Helen en Tweedy keken elkaar stomverbaasd aan.

Tweedy zei: 'Het spijt me dat ik aan je twijfelde. Het is wel duidelijk dat je écht hebt geholpen met de gewonden.'

'Ik bied ook mijn excuses aan omdat ik je niet geloofde,' zei zuster Helen.

'Ja, ik ben natuurlijk inderdáád erg jong voor zulk werk,' zei Molly, meer tegen zichzelf dan tegen hen. 'Maar ze hadden mijn hulp nodig toen ik daar was en dus hielp ik. Dat was het minste wat ik kon doen, ziet u. Die mannen hadden zoveel opgeofferd.' Ze keek Tweedy aan en vroeg: 'Dus, mag ik hier helpen?'

Tweedy keek naar haar collega. 'Tja, dit zijn uitzonderlijke omstandigheden die misschien uitzonderlijke maatregelen vereisen. Ik ben zes maanden geleden overgeplaatst van het Europese vasteland naar hier, aangezien de verwondingen en ziektes hier in Londen snel in aantal toenamen. En we hebben écht te weinig personeel, vandaar dat we extra hulp zoeken. Verder kunnen de ziekenhuizen hulpverpleegsters een opleiding van slechts vijftig uur geven voordat ze aan het werk moeten, terwijl jij zo te horen veel meer ervaring hebt dan dat aantal uren.'

'Ik werkte vaak meer dan vijftig uur in één enkele week.'

'We kunnen je helaas niet veel betalen, vier pond per week. Maar we hebben hier een kleine kantine voor je ontbijt, tussendoortje, lunch en diner. Het is niets bijzonders natuurlijk, maar het is goed en gezond eten.'

'Dat is prima.'

'Waar woon je?' vroeg Tweedy.

Molly had bijna Chelsea gezegd, maar zei snel: 'Hier niet eens ver vandaan.'

'Omdat je zo jong bent hebben we wel een brief nodig van je ouders waarin ze je toestemming geven om hier te werken.'

Molly aarzelde geen seconde. 'Dat zal mijn vader zeker doen. Nu ik terug ben in Londen moedigde hij me aan om te helpen met al mijn kennis en vaardigheden.'

'Bijzonder sociaal gezind, ook van hem,' zei Tweedy. 'Zuster Helen zal wat gegevens van je noteren en als je morgen de brief van je vader meeneemt, zien we wel verder. Komt dat goed uit, eh...'

'Molly, Molly Wakefield. Dat komt heel goed uit. Dank u.'

'Nee, ik moet jou bedanken.'

Een inspecteur komt langs

Molly liep de hele weg terug naar The Book Keep te glimlachen. Nu hoefde ze alleen meneer Oliver nog over te halen om die brief te schrijven. Als hij dat niet wilde doen, had ze er alle vertrouwen in dat ze het handschrift van haar vader goed genoeg kon kopiëren. En hoofdzuster Tweedy kon het natuurlijk nergens mee vergelijken.

Toen ze de steeg in kwam, zag ze dat er een forse man voor de deur van de boekwinkel stond. Hij straalde iets arrogants uit, droeg een verfrommelde hoed en een lange bruine regenjas en liet meneer Oliver, die in de deuropening stond, iets zien wat volgens haar een foto was. Toen Molly dichterbij kwam, draaide inspecteur Willoughby zich naar haar om en tikte tegen zijn hoed. 'En wie bent u, jongedame?'

Oliver zei snel: 'Dit is inspecteur Willoughby van de politie, Molly. Hij vraagt informatie over ene Charlie Matters. Hij denkt dat deze jongen samen met een paar andere jongens heeft geprobeerd in te breken in mijn winkel. En toen ze ervandoor gingen, zijn een van de jongens en een politieagent onder een vrachtwagen gekomen en dat hebben ze niet overleefd.'

Molly werd bleek.

Oliver zei: 'Ik heb de inspecteur al verteld dat we deze Charlie Matters niet kennen en ook niet wisten dat hij misschien heeft geprobeerd hier in te breken.'

Willoughby, die hen allebei nauwlettend in de gaten hield, vroeg: 'Wat is uw relatie met Molly?'

'Zij is de nicht van een neef van me die op het platteland woont. Molly logeert een tijdje hier.'

Willoughby vroeg aan Molly: 'Mag ik vragen waarom je in Londen bent?'

Molly zei snel: 'Hier is een privéschool voor meisjes waar mijn moeder me naartoe wil sturen.'

'Welke?'

'St. Elspeth's.'

'Wat, in Chelsea?'

'Inderdaad.' Molly had die school expres genoemd, omdat al voordat ze naar het platteland was vertrokken, was afgesproken dat ze daarnaartoe zou gaan. 'Kent u die school?'

'Ik weet dat het goudgeld kost. De kleindochter van hoofdcommissaris Quigley gaat daarheen. Je familie heeft dus geld.'

'Nou ja, mijn opa van mijn moeders kant deed voor de oorlog goede zaken in... lammeren... en landbouwproducten. En mijn andere opa produceerde allerlei dingen. Mijn moeder beschouwt een goede opleiding als de basis van het leven. Ik hoop ooit zelf arts te worden.'

'Je bedoelt verpleegster,' verbeterde Willoughby haar.

'O ja, natuurlijk bedoelde ik dat,' zei Molly vriendelijk.

'Je kent die jongen dus niet, die Charlie Matters?'

'Ik ben nog maar kort in Londen en heb nog niet de kans gehad om echt iemand te leren kennen.'

'Juist.' Willoughby keek hen nog steeds vol wantrouwen aan. 'En een andere jongen, Lonzo Rossi? Dit is een foto van hem.' Hij liet Molly de foto zien.

Molly herkende de naam, want die had Charlie genoemd toen hij haar vertelde dat deze jongen zijn boek had gestolen. Maar ze schudde haar hoofd. 'Die heb ik nog nooit gezien,' zei ze eerlijk. 'Wie is dat?'

'Een vriendje van die Matters.' Tegen Oliver zei hij: 'Ik heb u verteld hoe die jongen eruitziet. Als u hem ziet, bel me dan onmiddellijk op dit nummer.' Willoughby gaf Oliver een kaartje.

'Natuurlijk, rechercheur. Dat doe ik.'

Willoughby liep weg, maar keek nog een keer achterom.

Oliver zwaaide naar hem en ging daarna samen met Molly naar binnen.

Molly zei tegen Oliver: 'Dus daarom was Charlie zo verdrietig. De jongen die dood is, was zijn vriend.'

'En zijn andere vriend heeft kennelijk tegen de politie gepraat.'

'Lonzo Rossi.'

Oliver knikte. 'Ja. Hij zit nu in de gevangenis, dat zei Willoughby tenminste. Ze hebben hem opgepakt toen hij zich wilde aanmelden voor militaire dienst.'

'Charlie had het een keer over hem. Lonzo had het boek gestolen dat u Charlie had gegeven.'

'Ik begrijp het.'

'Waarvan zullen ze hem beschuldigen?' vroeg Molly angstig.

'Hij somde een hele rij dingen op, ben ik bang. Zoals de rechtsgang belemmeren, verspillen van politietijd, maar de meer ernstige waren meewerken aan de dood van een politieagent, poging tot inbraak en zich onttrekken aan arrestatie. Inspecteur Willoughby zei dat dit een jarenlange gevangenisstraf betekent.'

Molly zei vol afschuw: 'Dat is belachelijk! Charlie is nog maar een jongen!'

'Toch ziet de wet dat anders, ben ik bang, aangezien het al tieners zijn. Bovendien is het oorlog, dus gelden er nu andere regels.'

'Toch loog u tegen die inspecteur, net als ik,' zei Molly.

'Ik voel me heel schuldig omdat ik jou hierbij heb betrokken, maar ik wilde me niet in de kaart laten kijken.'

‘Dat is geen probleem, meneer Oliver. Ik zou Charlie nooit willen verraden.’

‘Maar de inspecteur is zo te zien heel wantrouwig.’

‘Waar is Charlie?’ vroeg ze.

‘Hij is net als jij vertrokken om een baantje te zoeken. Ik zou echt willen dat hij niet het gevoel had dat hij dat moet doen. Ik kan heus wel voor jullie allebei zorgen.’

‘Weet u, ik ben net aangenomen als hulpverpleegster.’

‘Echt? Waar?’

‘Bij de Covent Garden Medical Clinic.’

‘Meen je dat? Daar heb ik als blokhoofd vaak gewonde mensen naartoe gebracht. Ze zijn echt heel goed.’

‘U moet een brief schrijven, als mijn vader, waarin u me toestemming geeft om daar te werken.’

‘Luister, Molly, denk je echt dat dat noodzakelijk is? Ik kan...’

‘Ik verdien daar vier pond per week.’

Oliver hapte naar adem. ‘Vier pond? Per week? Meen je dat?’

‘Ik kan daar ook eten.’

Oliver keek peinzend naar de kassa waar, nadat hij verschillende rekeningen had betaald, nog maar twintig pond in zat. ‘Tja, als je het heel zeker weet...’

‘Ik weet het echt zeker. En meneer Oliver, we moeten er absoluut voor zorgen dat Charlie en inspecteur Willoughby elkaar nooit tegenkomen.’

Een geheim onthuld

Eerst kwam de boot, of de schoener, of hoe die man het ding ook noemde. Charlie noemde het smerig, en de man betaalde hem en andere jongens ieder een *half crown* om dingen van die schuit in de Theems bij de andere troep te vegen.

Daarna at Charlie een appel die toevallig van een rek voor een winkel viel nadat hij er zacht tegenaan had geduwd. Daarna schepte hij paardenstront uit een aanhanger in jutezakken die in volkstuintjes als mest werd gebruikt. Dat leverde nog een paar shillings op. Nog weer later kreeg hij een *crown* van een dankbare vader met twee kleine kinderen, omdat Charlie in de puinhopen van hun gebombardeerde huis na enig zoeken een puppy vond die half begraven was onder stenen en afval. Het beest leefde en was vreemd genoeg niet gewond. De pup was zo blij dat hij was gered dat hij Charlies neus likte en zich tegen hem aan drukte, omdat hij absoluut niet opnieuw alleen wilde zijn. Charlie had nooit een huisdier gehad en had de pup het liefst gehouden, tot hij zag hoe blij het dier was toen hij weer met zijn baasjes was herenigd. Met de pup op de arm liepen ze weg, helemaal blij, al hadden ze geen huis meer.

Charlie waste zijn gezicht, handen en kleren bij een kraan, jatte een paar fraaie leren autohandschoenen en een bijna splinternieuwe Homburg-hoed uit een niet afgesloten Rolls-Royce voor een elegant herenhuis in het bijzonder chique Belgravia. Hij verkocht de spullen aan een schimmige vent in een steeg vlak bij het BBC-gebouw naast het Langham Hotel die, zoals Charlie wist, goede zaken deed met dergelijke 'gevonden' voorwerpen. Dat leverde hem drie hele *guineas* op.

Nu moest Charlie naar een plek die niets te maken had met viezigheid in zakken scheppen of dingen stelen om aan geld te komen. Hij reed stiekem mee achter op een vrachtwagen en sprong er vlak bij Chelsea af. Vanaf daar liep hij naar de plek waar Molly's luxueuze en elegante huis had gestaan. Charlie doorzocht de puinhopen en vond de Conway Stewart-pen, die klem zat tussen de beide stukken van een gehalveerde baksteen. De pen zag er nog verrassend goed uit, dus stopte hij hem in zijn zak. Daarna ontdekte hij een gebogen pijp van kersenhout. Onder een stapel puin vond hij een blik vol munten en een stapeltje ponden met een elastiek eromheen, en dat geld ging in een andere zak. Het verbaasde hem heel erg dat hij die had gevonden, omdat lui zoals hij, maar ook brandweermannen, blokhoofden, Heavy Rescue-mannen of politieagenten er meestal met dit soort dingen vandoor gingen. Er was een borstel waarmee Molly volgens hem zijn haar had geborsteld. En tot slot vond hij een foto in een lijst waarvan het glas gebarsten was. Op de foto stonden Molly en, dacht hij, haar moeder en vader. Hij schatte haar op een jaar of zes. Hij veegde alles zo goed mogelijk schoon aan zijn broek en stopte de lijst in een andere zak.

Toen hij opkeek zag hij iets wat hij tot zijn verbazing niet eerder had gezien. De garage achter het huis was onbeschadigd. Dat was bijna een wonder, maar Charlie was wel aan dat soort dingen gewend. Hij was een keer in een gebouw geweest toen de bommen vielen. De gebouwen aan weerszijden waren met de grond gelijkgemaakt, terwijl zijn gebouw onbeschadigd was en er zelfs geen ruit was gebroken.

Charlie liep over het puin naar de garage en keek door het

raam naar binnen. Daar stond de Singer, geel met een zwarte kap en een lange, rechthoekige motorkap. Hij keek om zich heen en toen hij niemand zag, maakte hij het slot open met zijn lockpick en glipte hij naar binnen. Het rook er naar olie en benzine en vocht. In alle hoeken en gaten van de garage zaten spinnenwebben. Hij liep eerbiedig naar de fraaie Singer toe, liet zijn blik over de lange motorkap glijden en nadat hij moed had gevat streek hij over de metalen kap. Die voelde koel en stevig. Charlie opende het chauffeursportier. Binnen rook het naar oud leer, en de knoppen op het dashboard schitterden als sterren in de hemel. Hij stapte in en pakte het stuur vast, terwijl hij zijn vingers eromheen klemde en het weer losliet. Hij kon niet autorijden, maar toch zat Charlie Matters achter het stuur van een Singer!

Hij keek naar de achterbank en stelde zich voor dat Molly en haar ouders daar zouden zitten, misschien met een picknickmand naast zich vol lekkernijen.

Hij opende het handschoenenkastje, stak zijn hand erin en voelde iets van metaal: het waren de sleutels van de auto en zeer waarschijnlijk die van de garagedeur. Hij staarde naar het contact en naar de startknop, maar durfde het toch niet aan en stopte de sleutels in zijn zak, omdat hij wist dat er op een bepaald moment iemand zou komen die wel het lef en de moed had, en dan was de Singer verdwenen.

Hij stapte uit, deed de auto op slot en verliet de garage, die hij ook afsloot. Hij sprong op de achterbumper van een bestelwagen en reed hierop mee tot halverwege Covent Garden.

Toen hij uiteindelijk bij de steeg was, zag hij een man die met Oliver stond te praten en hem iets liet zien, maar Charlie kon niet zien wat het was. Toen kwam Molly eraan, vanaf de andere kant van de steeg, waarna zij en Oliver met de man praatten.

Charlie zorgde dat ze hem niet konden zien, maar hoorde dat zijn naam een paar keer werd genoemd. Toen hoorde

Charlie de naam Lonzo Rossi. Charlie wist zeker dat dit een politieman was; hij had er al zoveel gezien dat hij ze bijna meteen herkende. Lonzo had hem vast verraden.

Nadat de politieagent was vertrokken en Molly en Oliver naar binnen waren gegaan, sloop Charlie verder. Hij keek door het etalageraam naar binnen en zag dat Molly en Oliver met elkaar praatten en zich grote zorgen leken te maken. Hij kon wel begrijpen waarom: ze waren nu op de hoogte van zijn schandelijke geheim. Hij was een crimineel, sterker nog, een moordenaar die aan de galg zou eindigen.

Nog maar een paar minuten geleden was hij ontzettend blij geweest met het geld dat hij had verdiend en met de paar spullen van Molly die hij voor haar uit de puinhopen had gehaald. Verder had hij opgewonden in de Singer gezeten, terwijl hij zich voorstelde wat er allemaal mogelijk was, maar hij had geen moment gedacht aan een strop om zijn nek. Nu zat hij in zak en as. Hij liep snel weg in de toenemende duisternis.

Charlie wist niet waar hij naartoe moest, maar hij kon niet terug naar The Book Keep. Hij kon meneer Oliver niet onder ogen komen, en Molly al helemaal niet. Hij herinnerde zich wat ze had gezegd nadat ze het nieuwsbericht had gezien over de dood van Eddie en de agent: 'Ik hoop echt dat ze die andere jongens vinden. En ik hoop dat ze zich ellendig voelen omdat ze hun arme vriend gewoon achterlieten.'

Ik voel me inderdaad ellendig, Molly, echt waar. Maar daar kan ik nu niets aan veranderen. Eddie is dood. Lonzo is bijna zeker dood. En ik ben de volgende.

Hij had zich nooit eerder zo verloren gevoeld en zo ellendig. Hij had gedacht dat de dood van zijn moeder gevolgd door het overlijden van zijn oma de ergste dingen waren die hem ooit waren overkomen, maar nu zijn eigen leven op het spel stond, werd hij verteerd door zijn angst. En hij voelde zich ontzettend schuldig omdat hij zijn eigen leven belangrijker vond dan dat van zijn lieve moeder, die zonder ook maar een moment te aarzelen haar eigen leven had willen geven voor het zijne.

Je bent verdomme geen cent waard, Charlie! Achtenswaardig? Je bent niet beter dan je zou moeten zijn. Je bent geen haar beter dan Lonzo. Je steelt en je laat andere mensen doodgaan. Je verdient de strop.

Zelfs nu hij dit allemaal dacht, stroomden de tranen uit zijn ogen en had hij het gevoel dat zijn keel werd dichtgeknepen, alsof het touw al om zijn nek zat.

Je bent geen jongen, Charlie. Je bent een man. Gedraag je ook zo.

Maar hoewel hij in gedachten zijn vertrouwde mantra uitsprak, veranderde dat niets aan hoe hij zich voelde. En dat was bang, koud en hongerig. Hij had geld in zijn zak, maar dat zou hij nooit voor zichzelf kunnen uitgeven. Spontaan nam hij een besluit: hij sloop terug naar The Book Keep en keek even door het raam naar binnen om er zeker van te zijn dat er niemand in de winkel was. Omdat Oliver was vergeten de deur op slot te doen, hield Charlie de bel vast zodat die geen geluid kon maken. Hij glipte naar binnen, legde het geld en de dingen die hij in Molly's verwoeste huis had gevonden op de toonbank en sloeg op de vlucht.

Hij keek nog één keer achterom naar de kleine winkel waar de enige vrienden waren die hij op de hele wereld had. Toen hij dat dacht kreeg hij opnieuw een brok in zijn keel, want hij besefte dat hij hen nooit meer zou zien. Hij veroorzaakte altijd alleen maar problemen, en echte vrienden brachten hun problemen niet naar hun vrienden.

Hij versnelde zijn pas en begon even later te rennen. Charlie was altijd snel geweest. Dat werd je wel als je altijd op de loop moest voor mogelijke problemen.

Een verdrietige ontdekking

Later stonden Molly en Oliver in de winkel en keken stomverbaasd naar het geld en de spullen uit Molly's huis die op de toonbank lagen.

'Charlie is hier geweest. Deze dingen komen uit mijn huis.' Molly opende het blikje en zei toen ze het geld zag: 'Dit was ons huishoudgeld.' Ze pakte de foto van de stapel waarop zij met haar ouders stond en keek ernaar.

Oliver wreef diep in gedachten verzonken over zijn kin. Hij keek naar de deur. 'Denk je... Is het mogelijk dat hij zag dat we met die inspecteur stonden te praten en toen begreep waar het over ging? Of heeft hij misschien gehoord...?'

'En dat hij dit hier daarna heeft neergelegd en...?' Molly was bijna in tranen.

'Dat zou dit alles wel verklaren. Daarna is hij ervandoor gegaan, omdat hij ons niet in de problemen wilde brengen.'

'We móéten hem vinden, meneer Oliver. We moeten hem vertellen dat we weten dat hij niets te maken had met wat er met die jongen en die agent is gebeurd.'

'Maar het ziet ernaar uit dat hij hier die nacht wél was, Molly.'

'U gelooft toch niet dat hij wilde dat die jongen en die agent doodgingen?'

'Absoluut niet. Charlie is een goede knul. Maar hij... Nou ja, hij...'

'Wat?' vroeg ze op scherpe toon.

'Hij heeft op een avond wel wat geld van me gepikt.'

'Wat!'

'Maar dat heeft hij de volgende dag teruggebracht. Ik bedoel, hij kwam toen helemaal hierheen om het terug te geven. Als je dat doet, ben je een goed mens.'

'Inderdaad,' zei Molly opgelucht.

'Maar zoals inspecteur Willoughby het ziet, was Charlie op de plaats delict en is hij vervolgens op de vlucht geslagen, wat hem schuldig maakt.'

'Wat kunnen we doen?'

'We moeten Charlie zien te vinden en ervoor zorgen dat hij veilig is en weet dat wij vinden dat hij onschuldig is en dat wij hem... onderdak zullen verlenen.'

'Maar is dat dan geen misdaad?'

Oliver leek erg ongerust, maar zei: 'Zo zou dat wel gezien kunnen worden, maar ik ben de volwassene en daarom zullen ze het mij aanrekenen en jou niet, door je leeftijd.'

'Charlie is jonger dan ik en toch wordt hij nu gezocht door de politie voor een misdaad. Ik geloof dus niet dat uw opvatting wat dit betreft klopt,' voerde Molly aan.

'Daar heb je helemaal gelijk in.' Oliver zuchtte.

Molly zei: 'Toch kan dat me niets schelen. Charlie is mijn vriend. Sterker nog, jullie zijn de enige vrienden die ik heb. Dus wat moeten we doen om hem te zoeken?'

'We gaan eerst naar zijn oude flat. Misschien is hij daarheen gegaan, hoewel daar nu al een nieuwe huurder in kan zitten. Door de woningnood kan dat heel snel gaan. We gaan er meteen naartoe.'

Molly pakte het geld dat Charlie had achtergelaten en gaf het aan Oliver. 'U zou dit moeten hebben. Dit is... een gedeeltelijke vergoeding omdat wij hier mogen wonen. Nou ja, ik dus voorlopig alleen. Tot Charlie terug is,' voegde ze er snel aan toe.

***

Ze vertrokken. Er was bijna niemand op straat, omdat het heel mistig was en erg koud. Ze hadden allebei een gasmasker bij zich en lieten zich leiden door de witte verf op de stoepranden, bomen en lantaarnpalen.

'Je wordt dus hulp... Wat word je ook alweer?' vroeg hij.

'Hulpverpleegster.' Ze vertelde hem over haar medische ervaring in Leiston.

Hij schudde zijn hoofd. 'Lieve help, Molly, dat je dat soort werk al op zo'n jonge leeftijd hebt gedaan. Zoiets heb ik nooit eerder gehoord. En zoals je die gewonde man hebt behandeld? Dat is echt heel bijzonder.'

'Jonge mensen zijn tot heel veel dingen in staat als het nodig is,' zei ze opgewekt.

'Dat is inderdaad zo.'

'En vanavond moet u die brief voor hoofdzuster Tweedy schrijven.'

'Dat zal ik doen.'

Na een lange wandeling, die hen vermoeide en pijnlijke voeten opleverde, waren ze bij Dapleton Terrace. Ze informeerden bij verschillende bewoners, maar niemand had Charlie gezien sinds zijn oma was weggehaald. Hun werd verteld dat de flat wel opnieuw was verhuurd, maar dat de nieuwe huurders er nog niet woonden. Ze liepen de trap op en bleven staan voor de voordeur van Charlies oude huis.

Molly zei: 'U hebt me nooit verteld hoe u wist waar Charlie woonde.'

'Hij was vlak bij mijn winkel iets verloren waar zijn naam en adres op stonden, dus dat heb ik teruggebracht. Maar ik ben niet binnen geweest. Ben jij hier al eerder geweest?'

'Ja, de eerste keer toen Charlie en ik gingen picknicken, en de tweede keer toen we het boek zochten dat u hem had gegeven en dat had hij hier per ongeluk had achtergelaten.'

‘Ik begrijp het. En je zei dat deze Lonzo het had gestolen?’

‘Ja.’

De voordeur zat niet op slot en ze gingen zonder geluid te maken naar binnen. Oliver knipte een lamp aan en in het beetje licht ervan keken ze om zich heen.

Molly wees de kast aan waar Charlies bedkist in stond. Oliver bleef een tijdje staan kijken naar de kist die amper groot genoeg was voor een peuter, laat staan voor een knaap van Charlies leeftijd.

In de slaapkamer van Charlies oma zei Molly, toen ze de foto aan de muur zag: ‘Die wil hij vast en zeker hebben.’

Oliver liep ernaartoe en zei: ‘Ja, dat zullen zijn ouders wel zijn.’ Hij haalde de foto van de muur en stopte hem in zijn jaszak.

Molly zei: ‘Zijn oma moet een portemonnee of zo hebben gehad, maar die zie ik nergens. Hun bonnenboekjes ook niet. Ik had eraan moeten denken die te zoeken, toen ik hier de laatste keer met Charlie was, maar hij was zo ontdaan doordat Lonzo zijn boek had meegenomen dat ik daar toen geen moment aan heb gedacht.’

‘Ik vrees dat haar portemonnee en de bonnenboekjes allang verdwenen zijn.’

‘Denkt u dat hij misschien is teruggegaan naar mijn oude huis?’

‘Ik zou niet weten waarom. Hij is daar al geweest om de puinhopen te doorzoeken en toen heeft hij de spullen gevonden die hij in de winkel heeft achtergelaten.’

‘Hij vertelde dat Lonzo was... weggestuurd door de gezinnen die hem in huis hadden genomen.’

‘Waar woonde hij dan?’

‘Dat heeft Charlie me nooit verteld.’

Oliver keek vertwijfeld rond. ‘Molly, tenzij we heel veel geluk hebben, ben ik bang dat we moeten wachten tot Charlie uit zichzelf terugkomt.’

Haar gezicht betrok. 'Maar als hij dat niet doet? Als hij net als Lonzo probeert bij het leger te gaan?'

'Charlie weet echt wel dat dat onmogelijk is. Deze Lonzo kon misschien doorgaan voor een jonge man die zich vrijwillig komt aanmelden, maar dat geldt echt niet voor Charlie.'

Ze vonden een bus die hen zou terugbrengen naar Covent Garden, maar Molly zei verwijtend dat buskaartjes zo duur waren. Oliver zei: 'Ik ben moe, mijn voeten doen ontzettend pijn, net als die van jou. Ik moet vannacht mijn rondes lopen en jij moet morgenochtend werken. Ook moet ik straks nog een brief voor je schrijven, en daarna nog een andere.'

'Voor wie is die tweede brief?'

'Voor een man bij het War Office die ik ken. Hij weet misschien iets over je vader. Ik heb hem al vaak gebeld, maar hij neemt nooit op. Dat zal wel tegen de strenge voorschriften zijn. Heel irritant.' Hij keek Molly met een flauwe glimlach aan.

Het begon te regenen en hard te waaien toen ze in de bus naar Covent Garden stapten. Het was ijskoud in de bus.

Molly keek naar Oliver, die zijn dunne jas steviger om zich heen klemde, zijn hoed naar beneden trok en zijn ogen sloot. Zij en Charlie hadden nooit ontdekt wat Oliver te maken had met de man met die Duitse papieren en die vreemde machine in zijn flat. Toch kon ze niet geloven dat Oliver betrokken was bij iets crimineels.

Als ik hem niet kan geloven, wie kan ik dan wel geloven? Verder heb ik helemaal niemand meer.

De schuilplaats

Charlie blies in zijn handen en negeerde de pijn in zijn maag. De rijdende etenskraam vlakbij was net dichtgegaan toen hij er aankwam, maar de vrouw daar had medelijden met hem en gaf hem nog een stuk National Cheddar en een oud gemberkoekje dat erg vies was, maar dat hij toch snel opat.

Hij lag op de gebarsten leren achterbank van de Singer en trok zijn jas steviger om zich heen. Nadat hij The Book Keep had verlaten, vroeg hij zich af waar hij naartoe kon. Hij had niet veel keus, maar koos voor de Singer. Hoewel hij die auto niet kon besturen, kon hij er wel in slapen. Alleen had hij gedacht dat het veel warmer zou zijn.

Heel even fantaseerde hij erover dat hij de auto zou starten en de verwarming aan zou zetten, maar hij begreep zelf ook wel dat dat geen goed idee was. Dat zou veel te veel lawaai maken.

Rond middernacht – dat wist hij doordat de kerkklokken vlakbij luidden – besloot hij dat het geen goed plan was om hier koud en hongerig te blijven liggen. Hij deed de Singer op slot en glipte de garage uit.

Na een lange en vermoeiende wandeling was hij bij de bakkerij waar zijn oma had gewerkt. De bakkerij die haar loon had gehalveerd en haar vervolgens niet had betaald waar ze recht op had. Hij maakte behendig het oude slot op de achterdeur open met zijn lockpick, stopte alle broodjes die hij kon vinden in zijn zakken en pakte een pot honing en een potje jam. Toen zijn oma hier nog werkte, had hij het nooit in zijn hoofd gehaald om hier in te breken, maar nu deed hij dat wel, ter ere van haar. Dat was natuurlijk niet echt zo, omdat zij het nooit goed had gevonden dat hij ook maar iets zou stelen.

Het regende. Hij ging in een steeg onder een afdak zitten en schrokte twee grote broodjes met honing en jam naar binnen. Daarna protesteerde zijn maag iets minder heftig.

Charlie kwam tot de conclusie dat hij de nachten niet in de Singer kon doorbrengen en dus een nieuw onderkomen moest zoeken. Dit was een goed moment om daarnaar op zoek te gaan. Hij klopte de kruimels van zijn broek en begon te rennen.

Lonzo en Eddies vroegere woonplek was een oud en gebombardeerd gebouw in Stepney, vlak bij de havens – of eigenlijk vlak bij waar de havens waren geweest. Charlie rende net de laatste hoek om toen een bliksemflits de hemel verlichtte. De daaropvolgende donderslag volgde hem toen hij door de verduisterde straten rende.

Charlie bleef op de hoek staan. Hij dook in elkaar en keek vermoeid naar het half verwoeste gebouw. Hij had net bedacht dat de politie dit gebouw misschien in de gaten hield en daarom wachtte hij een halfuur, terwijl hij goed oplette. Hij keek ook aandachtig naar de schaduwen om te kijken of hij de omtrek zag van een forse agent of de man die hij bij The Book Keep had gezien.

Toen hij uiteindelijk tot de conclusie kwam dat er geen gevaar was, glipte hij door de achterdeur naar binnen – of eigenlijk door de opening waar de achterdeur was geweest voordat de Luftwaffe was overgevlogen en de deur met veel geweld had verwijderd.

Charlie wist dat Eddie en Lonzo helemaal boven in het gebouw hadden gebivakkeerd. Lonzo had hem verteld dat de lucht daar aangenamer was en dat de ratten kennelijk niet zo ver naar boven wilden klimmen. Charlie was hier vaak geweest als ze weer eens met z'n drieën laat in de avond op jacht waren geweest. Nadat ze hier dan de buit hadden verdeeld, ging Charlie terug naar Dapleton Terrace.

Nu keek hij naar de twee slaapplaatsen op de vloer. Ze bestonden feitelijk alleen uit een hoopje vieze doeken en dekens die Eddie en Lonzo hadden gepikt, en twee met proppen kranten gevulde jutezakken die als kussens fungeerden.

Hij ging naast een van de slaapplekken zitten en stelde zich voor dat Eddie naast hem zat. De levende Eddie met zijn broedende blik en inventieve geest.

Charlie zag ook andere dingen op de grond liggen, zoals een kaarsstompje, een doosje lucifers, een paar gestolen tijdschriften, stapels kranten – vermoedelijk voor een vuurtje of om eronder te gaan liggen om iets warmer te kunnen slapen, een ijzeren pan met de opgedroogde restanten van een langgeleden klaargemaakte maaltijd, een lege fles Highland Queen-whisky, een opvouwbare lepel en vork in een leren hoesje waarvan Charlie wist dat Lonzo die uit een pub had gestolen, en een riem waar nieuwe gaten in waren gemaakt toen tailles kleiner waren geworden door de honger. Er lagen ook lege sigarettenpakjes, een paar versleten sokken, een stapel lege blikjes en doosjes en...

Charlie kon zijn ogen bijna niet geloven! Dat was het dagboek dat Oliver hem had gegeven en dat Lonzo uit zijn flat had gestolen. Hij liep ernaartoe en toen hij het opraapte, ging er een koude rilling door hem heen. *Ik liep net over een graf.*

Eddie was inderdaad dood. Lonzo ook? Hadden ze hem nu al opgehangen?

Charlie liep terug naar waar hij had gezeten en ging opnieuw zitten met zijn knieën opgetrokken en de koele, ruwe omslag van het dagboek in zijn handen.

Hij sloeg het dagboek open en zag dat Lonzo in een kinderlijk handschrift iets op het schutblad had geschreven. Hij wist dat Lonzo amper op school had gezeten, maar toch kon hij de twee woorden gemakkelijk lezen: *Sowie, Edie.*

Charlie sprak de woorden geluidloos uit. Hij sprak niet gewoon uit wat er was geschreven, maar misschien met het idee dat hij tegen zijn dode vriend praatte: *Sorry, Eddie.*

Hij legde het dagboek neer, stond op en liep naar een kozijn waar geen ruit meer in zat. De kou waaide vanaf de Theems naar binnen en er ging een koude rilling door hem heen, terwijl de regendruppels zijn nieuwe thuis in waaiden.

Charlie keek uit over de stad waar hij was geboren en waar hij waarschijnlijk ook zou sterven. Het was een weidse en uitgestrekte vlakte vol gebouwen en mensen, van wie de meesten goed waren, enkelen niet goed en anderen, zoals hij, die dat allebei een beetje waren. Maar hij wist dat ze allemaal bang waren voor de toekomst.

Charlie kon morgen doodgaan door een bombardement, of worden overreden door een bus die vanuit de nevelige duisternis op hem afkwam. Of hij kon worden opgehangen voor misdaden gepleegd in oorlogstijd. Hij wist dat hij kinderen hun vader had ontnomen en een vrouw haar echtgenoot. Het hoofd van de arme Eddie was geplet door het vieze wiel van die vrachtwagen. Dat was verschrikkelijk, en vreselijk! Hij was te jong om de omvang hiervan echt te begrijpen, maar volgens zijn eigen morele kompas had hij iets verkeerds gedaan. En dit vreselijk verkeerde kon nooit worden goedgemaakt. Hij kon niet gewoon even een paar gestolen spullen terugbrengen of een paar leugens tegen zijn oma van zich afschudden.

Het leven dat hij vanaf nu moest leiden zou zijn straf zijn. Zelfs na de oorlog, ongeacht wie deze oorlog won, bleef hij Charlie Matters, de moordenaar.

Hij liep wankelend naar Eddies oude slaapplek en liet zich erop vallen. Hoewel hij niet wilde huilen, deed hij het toch, terwijl hij in gedachten zijn dode moeder zag.

Na een tijdje stopte hij met huilen. Met zijn vieze mouw veegde hij de tranen uit zijn ogen en van zijn gezicht. Hij zei tegen zichzelf: je bent een man, Charlie Matters. Vanaf nu is er geen tijd meer voor tranen, die zijn zinloos, vriend.

Brieven schrijven

Oliver nam aan dat Molly in haar kamer lag te slapen. Daarom liep hij, na zijn taken als blokhoofd in een nacht waarin gelukkig geen luchtalarm was afgegaan, naar Imogens studeerkamer. Hij ging achter het bureau zitten, maar was niet van plan om, zoals hij anders altijd deed, tevergeefs te proberen de roman van zijn vrouw af te maken. Hij zou de brief voor Molly schrijven.

Hij besloot dat pen en papier beter geschikt waren dan de typemachine, dus begon hij in het licht van een enkele kaars te schrijven. Zoals Molly hem had opgedragen, richtte hij de brief aan hoofdzuster Tweedy. Hij dacht diep na over de beste woorden om te vertellen dat hij alle vertrouwen had in Molly's vaardigheden en dat hij ermee instemde dat ze een bijdrage leverde aan de oorlogsinspanningen. Hij vond het niet moeilijk om de juiste woorden te vinden, omdat hij had gezien hoe ze in een wanhopige situatie de gewonde man met zijn bloedende arm had behandeld. Hij ondertekende de brief bijna met zijn echte naam, maar sloot de brief af met 'Herbert James Wakefield'.

Een klein leugentje om uitstekende redenen.

Hij depte de inkt droog, vouwde het papier dubbel en stopte het in een envelop, die hij vervolgens verzegelde.

Nu moest hij nog een brief schrijven en die zou hij typen, op de Crown-typemachine. Hij legde zijn vingers op de toetsen en begon te typen. De brief was gericht aan majoor Scott Bryant, zijn contactpersoon bij het War Office. Oliver informeerde naar de verblijfplaats van ene Herbert James Wakefield, tot voor kort woonachtig in Chelsea, die kennelijk de Official Secrets Act had ondertekend. Oliver schreef niet waarom hij zich voor Wakefield interesseerde noch dat diens dochter op dat moment bij hem woonde. Als ze dat ontdekten, zou er binnen de kortste keren iemand van het ministerie van Gezondheid bij hem op de stoep staan om het meisje bij hem weg te halen.

Oliver wilde wel heel graag weten waarom mensen Molly in de gaten hielden. Hij dacht absoluut niet dat dat iets te maken kon hebben met Molly of haar moeder, waardoor het alleen verband kon houden met haar verdwenen vader en misschien ook met de reden voor zijn verdwijning.

Hij is ongetwijfeld ondergedoken en nu willen ze hem opsporen. De enige vraag is waarom.

Hij beëindigde de brief met de gebruikelijke gemeenplaatsen en dankwoorden, en de verzekering dat hij dit geheim zou houden. Hij trok de brief uit de Crown en ondertekende hem. Hij schreef het adres op een envelop, stopte de brief erin en nam zich voor de brief de volgende ochtend op de post te doen.

Nu hij helemaal klaar was, doofde Oliver de kaars. Hij sloot de studeerkamer af en legde de beide enveloppen op de toonbank in de winkel. Hij opende de kassa en keek naar het geld dat erin zat. Hij wist tot op de cent hoeveel erin moest zitten, en het geld dat Charlie in Molly's huis had gevonden was een welkome aanvulling geweest. Hij kende mensen die letterlijk geen cent bezaten.

Mensen zoals Charlie.

Hij liep naar het raam en deed de verduisteringsgordijnen een klein stukje open.

Oliver had zijn vrouw een keer gevraagd waarom haar vader geen boekwinkel had geopend in Paternoster Row, in de City of London. In die straat waren de meeste belangrijke boekwinkels te vinden, net als de gigantische groothandel Simpkin & Marshall, waar Oliver de meeste boeken inkocht.

Paternoster Row was een speciale straat, vond hij, met een bijzonder verhaal over de naam. Eeuwen geleden liepen de monniken en geestelijken van St. Paul's door deze straat terwijl ze het Onzevader baden. In de originele Latijnse versie begon dit gebed met de twee woorden 'Pater Noster'. Deze woorden waren in de loop der tijd gecombineerd tot één woord om de straat zijn ongebruikelijke naam te geven. Later was dit opnieuw gedaan, aangezien hier vlakbij andere op de religie geïnspireerde namen waren geïntroduceerd, zoals de Ave Maria Lane en de Amen Corner. Hij glimlachte omdat deze gedenkwaardige historische namen nog altijd werden gehandhaafd.

Het antwoord van zijn vrouw op zijn vraag over het waarom van de locatie van The Book Keep was heel eenvoudig geweest: 'Mijn vader zei dat we de rijkdom van boeken moesten verspreiden, Iggy. Alle boeken op één plek concentreren betekent dat anderen de ervaring van het openslaan van een dik boek wordt ontzegd. Nee, wij moeten daar zijn waar de mensen zijn die ons nodig hebben. En de mensen die boeken nodig hebben, wonen verspreid door deze mooie stad, niet gewoon op één verheven plek. Plaatsen waar genoeg boeken zijn die door meer mensen worden gelezen, worden vanzelf verheven plaatsen in de mooiste zin van het woord: zij worden verheven door de individuele geest en ziel.'

Hij kon zich deze woorden nog goed herinneren. Het besluit van haar vader pakte positief uit voor hen, maar negatief voor anderen. In 1940, in een hachelijke nacht in de kerstperiode, hadden de Duitsers de wijk gebombardeerd waarin Paternoster Row was gesitueerd, en wel zo hevig dat het leek alsof ze precies wisten wat daarbeneden allemaal was.

Een maand later had de Amerikaanse politicus Wendell Willkie de restanten van Paternoster Row bezocht en gezegd dat de Duitsers de plaats hadden vernietigd waar de waarheid werd verteld. Oliver wist heel weinig van Amerikanen, maar hij vond dat Willkie de spijker op de kop had geslagen.

Boeken gevuld met de waarheid werden compleet vernietigd, net als de ziel van mensen zonder boeken.

Zelfs voordat de zwaarste bommen die nacht werden gegooid, waren de aan parachutes bevestigde magnesiumclusterbommen met veel geknetter ontploft, waardoor de vredige boekenstraat één grote vuurzee werd. Het magnesium ontwikkelde zo'n hoge temperatuur en er waren zoveel clusterbommen dat zand, normaal een betrouwbare manier om magnesium te doven, nutteloos bleek. En als iemand water op magnesium spoot ontplofte het gewoon. Een extra probleem was dat de Duitse bommen ook de waterleidingen hadden vernietigd en aangezien het bombardement was uitgevoerd toen het eb was, kon er ook geen water uit de Theems worden gepompt. Uiteindelijk kreeg de brandweer opdracht om Paternoster Row te laten uitbranden. En dat was ook gebeurd.

Vooral het pand van Simpkin & Marshall had met een ongekende intensiteit gebrand. Het inferno was gevoed door de inventaris van miljoenen boeken. Zelfs nog tragischer was dat er veel mensen waren omgekomen, soms zelfs levend verbrand in hun bed. Dit werd de *Second Great Fire of London* genoemd, na de eerste grote brand van bijna drie eeuwen eerder. De hele stad liep gevaar volledig uit te branden door de brandbommen die in die koude decembernacht werden gegooid. Uiteindelijk werden de branden wel geblust en was St. Paul's Cathedral daar vlakbij opnieuw gespaard gebleven.

Oliver en Imogen waren een keer naar Paternoster Row gegaan en hadden allebei gehuild toen ze de verwoesting zagen. Zijn vrouw was bijna ontroostbaar geweest toen de as van de vernietigde boeken die door de lucht dwarrelde hen bedekte als de as van een apocalyptische vulkaanuitbarsting.

Oliver herinnerde zich dat de dodenlijst aan de muur van het stadhuis verschillende bladzijden lang was. Op deze lijst stonden zeker twaalf brandweerlieden die tijdens hun blus-pogingen waren gedood.

Hij herinnerde zich dat Imogen met grote ogen had staan kijken en ze was – door het verlies van boeken en mensen, de twee dingen waar ze het meest van hield – snikkend op de stoep neergezakt. Hij had haar zo stevig mogelijk vastgehouden. Helaas hadden zijn woorden haar niet kunnen troosten en zijn geliefde vrouw had nog zeker een uur alleen maar kunnen huilen.

Toen Imogen uiteindelijk zwakjes was opgestaan, keek ze hem aan zoals ze hem nooit eerder had aangekeken. Hij had het gevoel gehad dat ze een volkomen ander mens was geworden. Ze had gezegd: 'Oorlog is nooit het antwoord, Ignatius. Nooit!' Daarna was ze weggelopen.

Later bleek dat dit een cruciaal moment was geweest voor Imogen Oliver. Of eigenlijk voor hen allebei.

Oliver kreeg tranen in zijn ogen door deze afschuwelijke herinnering. Hij keek naar de Secret Garden Theewinkel aan de overkant. Desdemona Macklin zou hem ongetwijfeld beschrijven als iemand die volkomen op zichzelf was. Ze was erg oplettend en leek iedereen te zien die bij hem op bezoek kwam. Eén iemand in het bijzonder, Cedric. En dat was niet goed.

Hij trok de gordijnen weer dicht. Tijdens de Blitz sloten de meeste winkels om vier uur, zodat de mensen wat konden slapen voordat hun nachtdienst begon als vrijwilliger bij onder andere de brandweer, de organisatie van blokhoofden bij de Luchtbescherming of de Heavy Rescue Division.

Hij rolde een mouw op en keek naar een van de brandwonden die hij had opgelopen toen er een magnesiumclusterbom op hem terechtkwam. Dat had gevoeld alsof er een stroomstoot door zijn lichaam ging. Als zijn collega-blokhoofd hem niet had geholpen, zou hij niet meer leven. Deze collega was de volgende nacht gedood doordat er een muur boven op hem viel. Oliver liep toen maar een paar meter achter hem, gewoon doordat hij even was blijven staan om een gewonde kat op te pakken en zijn gasmasker had afgezet om beter te kunnen zien zodat hij de brandende kooltjes van de vacht van het arme dier kon vegen. Daarna keek hij op en zag hij de muur op zijn collega vallen.

Hij had toen geen dienst gehad, maar was vlak bij het Marble Arch Underground Station in Oxford Street in Westminster geweest toen er een bom door het plafond van het station viel. De mensen die niet door deze explosie waren gedood, waren uit elkaar gereten door de tegels die van de wanden sprongen en als duizenden ronddraaiende messen op hen af vlogen. Toen hij daar ging helpen, had hij geen lichamen, maar lichaamsdelen moeten weghalen. Hij en een stuk of tien andere blokhoofden hadden uren geholpen met opruimen. Oliver wist wel dat er overlevenden waren, maar had dat niet met eigen ogen gezien.

Tijdens zijn opleiding als blokhoofd van de Luchtbescherming had hij een bepaalde mate van afstandelijkheid aangeleerd. Tijdens die cursus had Oliver deze koelbloedigheid logisch en noodzakelijk gevonden, maar toch kon hij die als hij aan het werk was onmogelijk toepassen. Een blokhoofd dat te midden van alle vernietiging en dood onverstoorbaar en emotieloos bleef, was niet iemand die hij ooit in zijn leven wilde ontmoeten.

Olivers officiële rapportageformulieren, waarop de blokhoofden alle ongelukken tijdens hun dienst moesten noteren zodat een database van vijandelijke activiteiten kon worden opgebouwd, zaten vaak vol vlekken van zijn tranen.

Hij dacht weer aan Charlie. De jongen moest natuurlijk ergens zijn, maar hij was ervan overtuigd dat hij hem nooit zou kunnen vinden in deze miljoenenstad van honderden vierkante kilometers en god mocht weten hoeveel gebouwen en plaatsen om zich in te verbergen. Hij en Molly zouden moeten wachten tot Charlie uit zichzelf bij hen terugkwam.

Als de jongen daar ooit in slaagde.

Een goede man?

'De brief lijkt in orde,' zei hoofdzuster Tweedy de volgende ochtend tegen Molly. Ze vouwde de brief op, deed hem weer in de envelop en legde hem in een la van haar bureau. Ze stond op en zei: 'Goed, we gaan een uniform voor je halen. Gisteravond heb ik een van onze vrijwilligers opdracht gegeven om een uniform van een verpleegster die ongeveer dezelfde maat had als jij te vermaken. Ik denk dat het je redelijk zal passen.'

Ze nam Molly mee naar een kleedkamer waar ze haar haar nieuwe outfit gaf: een witte rok en blouse, een kapje en blauwe cape, en schoenen met rubberzolen en witte kousen. 'Ga je maar omkleden, dan zet ik je daarna aan het werk. Eerst wil ik dat je samen met een paar vrouwen van de WVS verband oprolt en daarna kun je met verpleegsters meelopen op hun rondes. Om erin te komen, zeg maar. Hoe klinkt dat?'

'Dat klinkt heel goed,' zei Molly. Ze was zo opgewonden dat haar gezicht vuurrood was en ze kriebels in haar maag had.

Ze trok snel haar uniform aan en liep terug naar Tweedy, die in de hal op haar stond te wachten. Ze zei: 'Ik heb weleens over de WVS gehoord, maar weet niet goed wat ze precies doen.'

'Dat is de Women's Voluntary Service, een organisatie van vrouwelijke vrijwilligers. Ze doen ontzettend veel: ze organiseren veldkeukens, leiden kledingcentra voor daklozen en doen huishoudelijk werk in klinieken zoals deze. Ze stoppen zelfs sokken voor het leger. Ik weet niet hoe wij het zonder hen moesten redden. Ze krijgen natuurlijk niets betaald en moeten zelfs hun eigen uniform kopen.'

Tweedy bracht Molly naar een vertrek waar een groepje vrouwen bezig was. Ze waren gekleed in hun officiële 'uniform': een grijsgroene tweed rok, een rode trui en een vilten hoed. Ze zaten aan een lange tafel, rolden verband op en vulden dozen met medische benodigdheden en andere noodzakelijke spullen. Sommigen stopten sokken, zoals Tweedy al had verteld. Anderen liepen weg met zwabbers en emmers en doeken en klemborden met een lange lijst werkzaamheden.

Tweedy stelde Molly voor. Verschillende vrouwen keken verbaasd naar Molly in haar hulpverpleegstersuniform.

'Hoe oud ben je, lieverd?' vroeg eentje.

'In oorlogsjaren of in kalenderjaren?' Molly had zich goed voorbereid op dit soort vragen.

Dat brak het ijs. Alle vrouwen grinnikten om haar antwoord.

Een paar uur lang rolde Molly verband op en ze liet de vrouwen zelfs een snellere en efficiëntere manier zien om dat te doen.

'Fantastisch,' zei de vrouw die Molly had gevraagd hoe oud ze was. 'Wat slim. Waar heb je dat geleerd?'

'In een ziekenhuis in Leiston, een stad in Suffolk.'

'Nou, ik ben daar nog nooit geweest, maar zij lijken goed op de hoogte van moderne methoden.'

'Dat zijn ze inderdaad.'

Na een snelle lunch in de kantine van de kliniek liep Molly met een verpleegster mee op haar ronde. Ze begreep dat de vrouw haar specifieke taken gaf en goed op haar lette om haar kennis en vaardigheden te kunnen inschatten.

Later zei de vrouw: 'Je hebt een prettige manier van doen en veel ervaring, Molly. Je gaat goed met de patiënten om en boezemt vertrouwen in, wat feitelijk het halve werk is.'

'Deze patiënten hebben bijzonder ernstige wonden,' zei Molly.

'Dat klopt. En als de ziekenhuizen niet helemaal vol lagen, zouden ze daar zijn en niet hier. Terwijl wij maar twee artsen hebben om de rondes te doen.'

'Maar twee?'

'Ze zijn allebei al behoorlijk oud en weten niets van moderne behandelmethoden en zo. De jonge artsen werken fulltime in de ziekenhuizen, dienen in het leger of zijn gedood tijdens bombardementen. Het is een hopeloze situatie.'

'Maar ze hebben verpleegsters, zoals u,' zei Molly vastberaden.

'En mensen zoals jíj, Molly,' zei de verpleegster vriendelijk.

Na haar dienst liep Molly doodmoe terug naar The Book Keep.

Oliver zette net een paar nieuwe boeken op de planken. 'Hoe ging het?' Hij zag dat Desdemona Macklin naar hen keek door het raam van haar theewinkel. Hij zwaaide naar haar en zij zwaaide aarzelend terug.

Molly keek die kant op. 'Charlie zei dat die vrouw heel oplettend is.'

'Ze heet Desdemona Macklin en ja, dat is ze inderdaad. Imogen kon haar niet uitstaan. Er ontgaat Desdemona niet veel. Ze zou zelfs een uitstekende spion zijn.'

Molly keek hem scherp aan. 'Het ging heel goed vandaag, wat het werk betreft tenminste. Maar de patiënten daar zijn zwaargewond en ziek, terwijl de middelen die we hebben om hen te helpen bij lange na niet voldoende zijn.'

'Molly, volgens mij is dat een accurate samenvatting van het voornaamste probleem van Engeland. Ik ga water opzetten voor thee. Er zijn maar weinig zaken in het leven waar een kop thee je niet bij kan helpen. Wil je avondeten?'

'Nee, ik heb al in de kliniek gegeten. Kan ik iets voor u

klaarmaken?' vroeg ze aarzelend. 'Hoewel ik eigenlijk een hopeloos geval ben in de keuken.'

'Ik heb niets nodig.'

'Dank u wel voor de brief. Die was uitstekend geschreven.'

'Ik heb kennelijk iets geleerd van Imogen.' Hij verdween achter het gordijn.

Molly zette haar tas neer met de kleren die ze had gedragen toen ze naar de kliniek ging. Ze nam haar cape af en hing hem aan een haakje naast Olivers versleten jas.

Het stoorde haar nog steeds dat Oliver altijd de gedachten en meningen van zijn overleden vrouw ventileerde in plaats van die van zichzelf. Hij leek Imogen te beschouwen als de perfecte bron van kennis en wijsheid, terwijl hij zijn eigen prestaties en talenten bagatelliseerde. Haar moeder was geobsedeerd geweest door Molly; dat begreep ze nu wel. Maar was Oliver geobsedeerd door de overleden Imogen? Was dat wel gezond? Molly dacht van niet.

Wat had hij eigenlijk te maken met die vreemde man die Charlie had gezien, de man met die vreemde machine en die Duitse documenten in zijn huis?

Molly wist dat ze moest proberen daar meer over te weten te komen, maar eigenlijk zag ze daartegen op. Niet omdat ze dacht dat ze onaangename of zelfs corrupte dingen over meneer Oliver zou ontdekken, maar omdat ze bang was dat ze hem, als ze de waarheid ontdekte, zou kwijtraken als haar vriend. Op dit moment was hij de enige die ze nog had. Ze vond het afschuwelijk dat ze zo afhankelijk was van één ander mens.

Maar misschien denkt meneer Oliver precies hetzelfde over mij.

Molly keek om zich heen in de boekwinkel. Ze vond het chaotische interieur nog steeds erg troostend. Ze liep rond, pakte af en toe een boek en las soms een paar zinnen. Op een hoge plank stond een boek van George Sand. Ze keek naar het gordijn, maar had de fluitketel nog niet gehoord, dus had ze nog wel wat tijd. Ze pakte het boek van de plank en sloeg het open. Ze was opgelucht, maar tegelijkertijd teleurgesteld, toen ze zag dat er geen holte in dit boek zat zoals in het boek dat Charlie had gevonden.

'Op zoek naar een goed boek?' vroeg Oliver, die bij het gordijn stond. 'De thee is zo klaar. Ik heb ook een paar koekjes.' Hij liep naar haar toe. 'Aha, George Sand.'

Ze keek aandachtig naar hem om te zien of hij ongerust leek, maar kon niet besluiten of dat wel of niet zo was. 'Ik heb dit boek nog nooit gelezen.' Ze keek naar de titel. '*De kleine Fadette*?'

'De Franse titel is *La Petite Fadette*. Het is een ingewikkeld verhaal over een tweeling op het Franse platteland. Veel schrijvers zijn gefascineerd door tweelingen. Shakespeare bijvoorbeeld, in zijn werk komen veel tweelingen voor, zoals in *Twelfth Night*. En de Amerikaan Mark Twain schreef er vaak over.'

'Interessant. Heeft hij nog andere boeken geschreven?'

'George Sand was in werkelijkheid een Franse vrouw met de naam Amantine Dupin. Ze schreef in de negentiende eeuw.'

'Waarom gebruikte ze dan de naam van een man?' vroeg Molly.

'Ik neem aan dat schrijven in die tijd geen gepaste bezigheid was voor een vrouw. Imogen vertelde me een keer dat "Anoniem" bijna altijd een vrouw was.'

'Als ik ooit een verhaal schrijf, zal ik dat onder mijn eigen naam doen en daar heel trots op zijn. Ik kan me voorstellen dat een boek schrijven veel werk is.'

Oliver keek naar de deur van Imogens studeerkamer. 'Dat kan ik beamen.' Snel voegde hij eraan toe: 'Maar alleen doordat Imogen me vaak vertelde wat die opgave inhield.'

Molly fronste omdat hij zijn vrouw alweer in het gesprek

betrok en besloot daar eindelijk iets over te zeggen. 'Meneer Oliver, bent u zich er wel van bewust dat u altijd over Imogen lijkt te praten alsof u zelf geen gedachten of meningen hebt, maar alleen refereert aan wat zij zei of deed?'

Hij leek te schrikken van haar woorden.

Molly had natuurlijk geen idee hoe hij zou reageren. Kwaad misschien?

Maar zijn blik verzachtte en hij leunde tegen de muur. 'Doe ik dat echt?' vroeg hij mat.

'Ik denk dat u dat wel weet,' zei ze gedecideerd. 'U hebt me verteld dat u goed met cijfers overweg kunt. Dat is een bijzonder uniek talent en ik neem aan dat u daar veel beter in was dan Imogen.'

Daar moest Oliver over nadenken. Hij sloeg zijn blik neer. 'Ik... ben inderdaad heel goed in... wiskunde en zo. Ik denk niet dat Imogen zich daarvoor interesseerde.'

'Misschien omdat ze daar niet zo goed in was als u.'

Hij zweeg.

'Maar je kunt niet goed zijn in alles, toch?'

'Nee,' zei Oliver zacht. Hij keek haar aan. 'Ik begrijp wat je probeert te doen, Molly. Maar als je zoveel van iemand hebt gehouden als ik van Imogen, en als je die persoon dan kwijtraakt?' Met een verdrietige blik haalde hij zijn schouders op. 'Ik denk dat je dan vooral probeert om die persoon in leven te houden met je gedachten en je woorden. Je... wilt ervoor zorgen dat die persoon altijd bij je blijft. Zodat...'

'Zodat u haar niet kunt vergeten?' vroeg Molly.

Hij knikte en zei: 'En als je je ook nog eens schuldig voelt aan de dood van die persoon?'

'Waarom zou u zich schuldig voelen, meneer Oliver? Ik bedoel... Ik weet niet hoe ze is gestorven, maar u kon toch zeker niets doen om dat te voorkomen?'

'Je kunt altijd iets doen, Molly. Altijd. Als ik iets had gedaan, zou ze misschien nog leven.'

Molly vroeg geschrokken: 'Wat bedoelt u...'

De fluitketel begon te fluiten.

Oliver, duidelijk niet op zijn gemak, zei: 'Aha, de thee.' Voordat ze haar zin kon afmaken, liep hij snel weg.

Toen ze hun thee dronken en een paar koekjes aten, zei Oliver: 'Molly, ik wilde je nog vertellen dat ik een brief aan het War Office heb geschreven over je vader. Zodra ik antwoord krijg, zal ik je het laten weten.'

'Dank u. Ik ga zelf een brief schrijven aan het Beneficial Institute in Cornwall. De brieven die dokter Stephens heeft gestuurd zijn tijdens het bombardement verloren gegaan, maar ik weet het adres nog. En, wat gaan we doen met Charlie?'

Oliver zei dat het onmogelijk zou zijn om hun vriend te vinden. 'Ik hoop echt dat hij op een bepaald moment uit zichzelf terugkomt.'

Ze fronste. 'Maar hij is ergens, helemaal alleen, en misschien overkomt hem iets. Er zijn... slechte mensen in deze stad die misbruik kunnen maken van weerloze kinderen.'

Hij keek haar geschrokken aan. 'Molly, heb je het over iets specifieks met betrekking tot Charlie?'

'Nu ik terug ben in Londen en ik alle vernietiging en wanhoop zie... Ik bedoel alleen dat dit voor een jongen alleen geen goede situatie is.'

Oliver keek schuldig. 'Je hebt helemaal gelijk en ik schaam me ervoor dat ik er zo over dacht. We moeten alles op alles zetten om hem te vinden.' Hij keek haar aan. 'Ik bedoel, dat ík dat moet doen. Jij hebt een baan. Ik zal een plan opstellen om op zoek te gaan naar Charlie en dat plan uitvoeren terwijl jij op je werk bent.'

'Maar u hebt een boekwinkel!'

'Mijn klanten komen bijna allemaal voor lunchtijd. Ik zal hier 's ochtends werken en daarna al mijn tijd besteden aan de zoektocht naar Charlie. Wil je me nu excuseren, want voordat mijn nachtdienst als blokhoofd begint, moet ik nog een paar dingen doen.'

'Meneer Oliver?'

'Ja?'

Molly had hem het liefst gevraagd onder welke omstandigheden Imogen was overleden en wat hij had kunnen doen om dat te voorkomen, maar ze zei alleen: 'Laat maar. Het is niet belangrijk.'

Een probleempje

'Inspecteur, eh... We hebben misschien een probleempje.'

Inspecteur Willoughby zat achter zijn bureau en keek naar de bobby die had meegeholpen met de arrestatie en de hardhandige ondervraging van Lonzo Rossi.

De forse agent stond met een ongemakkelijke blik in de deuropening.

'Waar heb je het over, Higgins?' gromde Willoughby. Hij was net bezig met het corrigeren van een paar verslagen die allang klaar hadden moeten zijn. Hij had enorm de pest aan het administratieve werk dat bij zijn functie hoorde.

'Het gaat over die jongen, Lonzo Rossi.'

'Wat is er met hem?'

De agent kwam naar binnen, deed de deur dicht en liep een beetje beschroomd naar het bureau. 'Hij lijkt niet wakker te worden, weet u?'

Willoughby stak een shagje op en blies de rook opzij. 'Wat bedoel je daar verdomme mee?'

Higgins haalde zijn schouders op. 'Wat ik zeg. Hij heeft na zijn arrestatie amper gegeten en hij leek suf toen we hem in de cel zetten, hij liep schuifelend en verloor zijn evenwicht. Ik gooide wat water over hem heen en trok hem overeind. Maar nu wordt hij helemaal niet wakker. Ik probeerde hem wakker te krijgen zodat hij iets ging eten, maar zonder succes.'

'Verdomme! Breng me naar hem toe!'

Een minuut later schoof Higgins het schildje voor het oogje in de celdeur opzij, en de inspecteur keek naar binnen.

Lonzo lag op zijn rug op de harde brits en een arm bungelde slap naar beneden.

'Maak de deur open!' beval Willoughby.

Ze liepen samen naar binnen.

De inspecteur knielde naast Lonzo en voelde zijn pols. 'Hij leeft nog wel, maar het houdt niet over.' Hij sloeg een paar keer keihard tegen Lonzo's gehavende gezicht. 'Kom op, knul! Wakker worden! Doe maar niet net alsof. Lonzo!'

Opeens zag Willoughby het opgedroogde bloed in Lonzo's neusgaten, in zijn haar en op zijn schedel. Hij trok een ooglid omhoog en zag dat Lonzo's pupil helemaal niet reageerde.

'Moeten we de dokter erbij halen?' vroeg Higgins zenuwachtig.

Willoughby dacht snel na. Dit was al de derde gevangene die ernstig gewond was geraakt tijdens zijn verhoren. Zijn baas had hem al een waarschuwing gegeven. Als deze jongen die hij gevangen had gezet doodging, werd hij misschien wel gedegradeerd tot uniformdienst. 'Nee, dat doen we niet. Deze knaap wordt toch opgehangen.'

De grote agent schuifelde een beetje heen en weer en staarde naar de vlekkerige vloer. 'Nee toch, meneer. Ik bedoel, hij heeft zelf niemand vermoord. Die andere jongen kwam onder die vrachtwagen.'

Willoughby keek hem ernstig aan. 'Moet ik je er nu echt aan herinneren dat een van je collega's dood is? Vind je dat dan helemaal niet belangrijk, agent Higgins?'

De grote man stapte naar achteren. 'Natuurlijk wel, meneer. Ambrose Tapper was een goede agent, een prima agent zelfs. Er was geen betere.'

'Nou dan?'

De man keek nerveus naar Lonzo. 'Maar als er een onderzoek wordt ingesteld naar hoe hij gewond is geraakt, meneer...

Dan denken ze misschien... Snapt u?' Hij keek de inspecteur gespannen aan. 'Ik wil mijn baan niet kwijtraken. Ik bedoel, dat wil toch zeker niemand van ons?'

Willoughby stond op en keek op Lonzo neer. Hij dacht even na en zei toen: 'Dat bombardement van laatst?'

'Wat is daarmee, meneer? Op de radio zeggen ze dat ze vannacht misschien terugkomen.'

Willoughby wreef over zijn baardstoppels en zei: 'Nou, dan brengen we deze knaap vannacht terug naar de plaats delict. En als de Duitsers inderdaad opnieuw een bombardement uitvoeren, pakt dat misschien prima uit.'

'Maar meneer...'

'Jij gaat doen wat je moet doen, agent, of je krijgt een aantekening.'

Higgins salueerde een beetje halfslachtig. 'Ja, meneer. Hoe moeten we het doen?'

Willoughby begon zacht te praten.

Een nacht in de hel

Ignatius Oliver droeg zijn blokhoofduniform en had zijn grote gasmasker bij zich. Het was een speciale uitvoering met grote glazen voor zijn ogen en een ingebouwde speaker, zodat hij een mensenmassa instructies kon geven waardoor ze hun leven konden redden. Aan zijn schouder hing een opgerolde slang die kon worden aangesloten op de emmer met voetpomp die zijn collega van die nacht, Lee Parker, zou meenemen. Oliver stopte het handboek in zijn zak, omdat niemand elke instructie perfect kon onthouden. Hij had een zaklamp bij zich met een speciale afdichting, zodat die niet per ongeluk een onbedoeld doelwit voor de Luftwaffe kon worden, maar toch zou hij hem naar de grond gericht houden. Dat, de gasratel en de eerstehulpdoos vormden zijn apparatuur.

Oliver dacht eraan dat zijn uniform voor de Blitz alleen maar had bestaan uit een donkerblauwe overall en een stalen helm met op de voorkant de letters ARP: de afkorting van Air Raid Precautions – Luchtalarm Voorzorgsmaatregelen. Tegenwoordig was alles een stuk ingewikkelder.

Hij opende de deur van Molly's kamer en zag dat ze diep lag te slapen na haar lange en vermoeiende werkdag. Hoewel ze eigenlijk nog een kind was, droeg ze toch de lasten van een volwassene op haar jeugdige, maar toch capabele schouders.

Hij vertrok naar de plek waar hij met Parker had afgesproken, zodat ze aan hun rondes konden beginnen.

Het was een heldere, bijna windstille nacht, wat hem grote zorgen baarde. En de maan, hoewel geen 'bommenwerpersmaan', was vol en scheen fel genoeg om desastreus te kunnen zijn voor de Britten. De BBC had daarom herhaaldelijk gewaarschuwd voor een mogelijke aanval.

Hij kwam langs een kruising waar een officieel bord aan een muur hing met de tekst: WAT TE DOEN ALS IK SCHOTEN, EXPLOSIES OF HET LUCHTALARM HOOR.

In gedachten herhaalde Oliver de officiële instructies: begin niet als een gek rond te rennen waardoor u anderen bang maakt, maar houd uw hoofd koel en zoek met uw gasmasker dekking in daarvoor bedoelde locaties. Probeer niet naar de vallende bommen te kijken. Vergeet niet dat bepaalde geluiden goede geluiden kunnen zijn, zoals wanneer onze jongens terugschieten met hun luchtafweergeschut. En tot slot: de kans is bijzonder groot dat u niet aan stukken wordt gereten.

Bijzonder geruststellend.

Hij begroette Parker, een man van een jaar of vijftig, altijd met een scheve glimlach op zijn gezicht en een flacon water bij zich, waar misschien een klein beetje van iets anders in zat. Parker had de voetpomp en een lege emmer bij zich die, samen met de slang van Oliver, konden worden gebruikt om kleine brandjes te blussen. Helaas waren de branden die zij tegenkwamen zelden klein.

Parker zei nuchter: 'Het lijkt erop dat Londen vannacht opnieuw te pakken wordt genomen. Nou ja, laten we maar beginnen. Goed?'

Ze begonnen aan hun sectorrondes en kwamen ook langs de Covent Garden Medical Clinic. De verduisteringsgordijnen daar waren dicht, net als alle andere in de straat. Er was bijna geen verkeer.

Een uur lang liepen ze hun rondes. Het was al bijna tien uur toen de eerste sirenes de stilte verbraken. De radarstations en wachters hadden kennelijk gezien dat de vijand het Kanaal overstak.

Ze keken omhoog, al wisten ze ook wel dat er nog niets te zien was. Oliver wist dat in de hele stad gespannen schutters naar hun luchtafweergeschut renden en al heel snel projectielen zouden afvuren.

Hij en Parker kwamen snel in actie toen de eerste mensen naar buiten liepen: ze bliezen op hun fluitje, riepen instructies door de versterkte apparatuur in hun gasmasker en brachten de mensen in ordentelijke groepen in veiligheid. Oliver was blij dat Molly, die er slaperig uitzag, er ook bij was.

Er waren verschillende publieke schuilplaatsen in de buurt, en Parker en Oliver verdeelden de eerste groepen zo snel en efficiënt mogelijk over deze locaties. Mensen die een achtertuin hadden, zouden in hun half begraven Andy-schuilkelder gaan en daarin gaan liggen in de hoop dat ze niet zouden sterven. Oliver wist dat veel Londenaren weigerden om in de Underground-stations te schuilen. Velen hadden hem verteld dat zij vonden dat ondergronds schuilen een gebrek aan morele moed betekende. Desdemona Macklin was een van de mensen geweest die hem dat hadden verteld. 'Een gat onder de grond?' had ze vol afkeer gezegd. 'Nee hoor, bedankt. Als ik toch moet sterven, wil ik in mijn eigen huis zijn.'

Het rode alarm weerklonk toen hij nog aan het werk was. Nog een minuut of twaalf tot de aanval, dacht Oliver met een relatieve kalmte die hij eigenlijk niet voelde.

Oliver noteerde de naam van iedereen in zijn schuilkelders. Daarna rende hij naar buiten en vergeleek zijn lijst met die van Parker. Er waren enkele mensen wier verblijfplaats onbekend was, maar voor wie ze wel verantwoordelijk waren. Ze splitsten zich opnieuw op om hen op te sporen.

Oliver rende naar de vijf huizen op zijn lijst, waarvan twee verlaten waren. Het derde huis was van Desdemona Macklin. Ze kwam naar de deur, weigerde zoals gewoonlijk om te vertrekken en ging terug naar haar kelder om te schuilen. In het vierde huis woonde een oudere vrouw die een beetje versuft was, maar toch slaagde Oliver erin haar naar een schuilkelder te brengen. Nadat hij haar naam op de lijst had doorgestreept en naar het vijfde en laatste huis rende voelde hij het.

Dat was zijn eigen 'vroege waarschuwingssysteem', iets wat hij had ontdekt tijdens de eerste luchtaanval die hij ooit had meegemaakt: het buitensporige gezoem en getril onder zijn voeten, alsof er een miljoen bijen in het wegdek zaten. Feitelijk was het de luchtverplaatsing van de volledige vloot propellervliegtuigen zo'n driehonderd meter boven hem. En als de kracht van wat hij voelde en hoorde iets duidelijk maakte, dan was het dat dit geen goede nacht zou worden voor de Engelsen.

Een heuse luchtaanval.

Oliver begon te rennen. Het huis waar hij naar onderweg was, stond net om de hoek. Daar woonden meneer en mevrouw Ramsey, oudere mensen die niet altijd reageerden op de sirenes. De trillingen werden zo intens dat Oliver het gevoel had dat hij werd opgetild. Hij keek opnieuw omhoog en zijn hartslag versnelde. Hij zag bijna niets, alleen de donkere, rechthoekige vormen van een ongelofelijk aantal Luftwaffe-bommenwerpers. De luiken van de vliegtuigen gingen open, waarna pijlsnel duizenden bommen op Londen vielen.

Oliver luisterde aandachtig naar het gierende geluid van de vallende bommen. Hij wist uit ervaring dat een bom, zodra het geluid lager werd, van je af bewoog, maar als het geluid hoger werd was het tegendeel het geval. Helaas voor Oliver werd het geluid hoger.

Hij rende een hoek om en dook achter een stapel zandzakken die tien rijen dik voor een klein hotel lagen. Oliver zorgde dat zijn borstkas de stoep niet raakte, om te voorkomen dat zijn ribben werden geplet door de trilling van de explosies. De eerste explosieven vielen om de hoek, en even later besefte Oliver dat hij niets meer hoorde, alsof iemand hem van een steiger in diep water had geduwd. Hij hoorde helemaal niets, alleen een onheilspellend, dof soort geluid. Hij voelde dat zijn lichaam schokte en wegrolde en iets hards raakte. Overal om hem heen vielen dingen, heet en brandend, en scherp en stekend. Toen hoorde hij het opnieuw, iets wat hij liever niet wilde horen.

Hij schrok en keek omhoog toen de lucht in brand leek te vliegen. Lange, zilveren draden van geëlektrificeerde moleculen vielen als brandende vijandelijke minuscule parachutisten naar de aarde.

Magnesiumclusterbommen.

De Luftwaffe had zijn tactiek gewijzigd. De klootzakken hadden kennelijk begrepen wat het voordeel was als ze eerst de bommen en daarna de fakkels lieten vallen, dacht hij.

Met het mes dat hij, net als alle blokhoofden, bij zich had, sneed hij een zandzak open. Hij strooide het zand op elke plek waar de fakkels landden. Hij moest voorzichtig zijn, omdat de Duitsers tegenwoordig vertraagd ontploffende explosieven aan de brandbommen bevestigden. Toen zijn bot geworden mes de zandzakken niet meer kon opensnijden, legde hij zijn stalen helm op de brandende fakkels om de toevoer af te snijden van de zuurstof die vuur nodig had.

Oliver keek achterom en werd lijkbleek. De hele voorgevel van het gebouw wankelde, alsof de muur nog niet wist of hij bleef staan of zou vallen. Een deel van de op elkaar gestapelde zandzakken was opengebarsten en hij dook erdoorheen, rolde over de stoep, krabbelde snel overeind en rende voor zijn leven.

Even later stortte de muur achter hem in elkaar. Door de kracht van de klap achter hem werd hij naar de overkant geblazen, waar hij tegen een lantaarnpaal klapte. Hij hield zich er even aan vast terwijl de bakstenen en de scherven van geëxplodeerde ruiten door de lucht vlogen. Gelukkig kon hij zich niet langer vasthouden zodat hij op de grond viel, terwijl die levensgevaarlijke stenen en scherven over hem heen vlogen.

Hij bleef verdoofd op de grond liggen, probeerde op adem te komen en na te denken. Langzaam stond hij op en toen wist hij weer waar hij naartoe onderweg was geweest.

De Ramseys, Neil en Dorothy!

Overal om hem heen hoorde hij kreten om hulp en het gegil van de gewonden en stervenden. Hij zag mensen wier kleren van hun lijf waren gerukt wankelend het hotel verlaten, bebloed en versuft. Twee van hen vielen gewoon neer. Hij rende naar hen toe om te helpen, maar zag toen dat ze al dood waren.

De sirenes loeiden nog steeds, het gejammer van de Jerichotrompetten was alomtegenwoordig en het luchtafweergeschut vuurde dodelijke schoten af. Oliver zag dat duizenden granaten en kanonskogels de lucht in werden geschoten die door hun snelheid kleurrijke sporen tegen de donkere hemel creëerden.

En nog altijd vielen die verdomde bommen, terwijl de waterproof magnesiumfakkels het landschap verlichtten en alle verdorvenheid en alle kwaad van de hel gewelddadig en wreed op de aarde neerkwamen.

Een bijzonder slachtoffer

Oliver was getuige van de ene na de andere explosie in Londen. Door de zware explosies vielen gebouwen om, braken straten open als golven in de oceaan, vatten geparkeerde auto's vlam of ze werden als speelgoedauto's omvergeblazen. De sirenes van ambulances en brandweerwagens overstemden de kakofonie van apocalyptische geluiden.

Het was alsof er midden in een van de grootste wereldsteden een vulkaan was uitgebarsten.

Het deed Oliver denken aan Pompeï. Hij slaagde erin om de hoofdkraan van het gas van het hotel dicht te draaien en daarna nog twee andere verderop in zijn blok. Met zijn gasratel waarschuwde hij de mensen voor het gevaar van ontsnappend methaangas. Via de microfoon in zijn gasmasker riep hij instructies tegen mensen die amper op hun benen konden staan, laat staan dat ze zijn instructies konden uitvoeren. Het hotel leek wel een poppenhuis doordat de hele voorgevel was verdwenen. Daardoor kon hij gewoon in tientallen kamers kijken.

Overal waren branden. Wanhopige mensen sprongen uit bovenverdiepingen naar beneden; zij kozen voor een snelle dood in plaats van levend te verbranden.

Hij hielp een stel brandweermannen met een groot, rond doek. Ze liepen ermee naar het hotel en hielden het onder een man die zich gevaarlijk aan de rand vastklampte.

'Spring!' riep een van de brandweermannen.

De man schudde zijn hoofd, doodsbang door de vlammen achter hem die steeds dichterbij kwamen.

Oliver riep: 'We vangen je op, man! Er is er nog niet eentje zijn dood tegemoet gesprongen. Zal ik je straks op een biertje trakteren?'

De angstige man schoot in de lach toen hij dit hoorde, sloot zijn ogen en sprong.

Oliver en de brandweermannen zetten zich schrap met hun kin op de borst en ze keken niet meer omhoog nadat ze zich ervan hadden overtuigd dat ze precies onder de man stonden. Daardoor voorkwamen ze, als de man op het zeildoek landde, dat ze naar achteren werden geduwd en hun rug brak. De man landde ongedeerd op het zeildoek en werd overgedragen aan een team ambulancemedewerkers.

Daarna rende Oliver naar de mensen die gewoon uit het gebouw waren gesprongen en hij vond er maar twee die nog leefden. Hij deed wat hij kon met zijn eerstehulpkit. Toen er ambulances en ziekenhuisbussen arriveerden, stuurde hij de verplegers naar deze slachtoffers toe.

Een van de artsen riep: 'Moeten we u naar het ziekenhuis brengen?'

'Waarom?' vroeg Oliver verbaasd.

'Kijk eens naar uzelf, man.'

Dat deed Oliver en hij zag dat zijn cape en jas gescheurd waren en dat de mouwen van zijn overhemd en zijn broekspijpen aan flarden hingen. Zijn armen en benen zaten onder het bloed, en in zijn huid zaten stukjes glas die in het licht van de zaklamp van de arts fonkelden als diamanten. Nu de adrenaline die door zijn lichaam was gestroomd minder werd, voelde hij een vreemde pijn in zijn rechterbeen en merkte hij dat zijn gehoor fluctueerde, alsof de mensen om hem heen afwisselend fluisterden en schreeuwden. 'Ik ben in orde,' zei Oliver.

Opeens dacht hij weer aan de Ramseys. Hij hinkte naar hun huis en zag dat de deur uit de gevel was geblazen en de ruiten waren verdwenen. Binnen woedde een brand. Hij had alleen zijn waterslang, want Parker had de emmer en de pomp. Hij riep: 'Meneer en mevrouw Ramsey. Zijn jullie binnen?'

Hij wist dat ze een Andy-schuilkelder in de achtertuin hadden. Misschien...? Hij rende om het huis heen en verbeet de pijn in zijn gewonde been die bij elke stap door hem heen gierde. Hij zag dat de golfplaten van de Andy die de zijkanten en het dak vormden en het bouwsel daardoor stevigheid gaven, bedekt waren met aarde. Dat was ook de bedoeling, wist hij. Maar een deel van de achtergevel van het huis was boven op de Andy gevallen, waardoor die gedeeltelijk was ingestort.

Oliver kroop naar de ingang van de Andy en duwde met zijn blote handen bakstenen en hout en glasscherven voor de opening opzij, waardoor hij diepe sneden in zijn handen kreeg. Hij zag een schoen en toen een hand: de schoen van een man en de hand van een vrouw. Hij kroop verder en scheen met zijn zaklamp naar binnen.

Het waren de Ramseys, en ze waren allebei dood. Aan de aard van hun verwondingen te zien, leken ze acuut te zijn overleden, iets wat in oorlogstijd te danken was aan Gods genade.

Oliver strompelde terug naar het hotel waar Parker gewonden en stervenden hielp.

Parker zei: 'Iedereen in mijn schuilkelders is in orde. Ik denk dat de vliegtuigen al verder zijn gevlogen.' Opeens keek hij aandachtig naar zijn collega. 'Verdomme, Ignatius, je bent gewond!'

'Niets aan de hand. De pomp?'

'O ja.' Parker vulde de emmer met een brandslang, waarna ze met behulp van de pomp water over mensen spoten die bedekt waren met brandende kooltjes en blusten ze kleine brandjes die op verschillende plekken waren ontstaan. Toen de brandweer erbij kwam, hielpen ze de mannen met het blussen van de resterende branden in hun wijk. De zoektocht naar mensen in de puinhopen begon pas echt na de komst van de Heavy Rescue Division. Deze mannen verrichtten werkzaamheden die niemand ooit zou hoeven te verrichten. Ze vonden veel meer doden dan levenden.

Een half gecremeerd jong stel lag nog in hun hotelbed; Oliver hoorde later dat ze op huwelijksreis waren geweest. Een man stond nog steeds bij de receptiebalie met zijn hand versmolten met de bel en met zijn longen in elkaar geklapt door de kracht van de explosie. Hij zag er heel gewoon uit, al was hij dood. Een ober in het restaurant. Een kok in de keuken. Oliver wist niet waarom zij het luchtalarm hadden genegeerd, maar voor die beslissing hadden ze met hun leven betaald.

Ze hoorden nog steeds explosies in andere delen van de stad. De lucht hing zo vol rook dat het leek alsof heel Londen in brand stond.

Drie uur later weerklonk het eindsignaal van het luchtalarm. Oliver was nog nooit zo opgelucht geweest, hoewel hij wist dat veel beschadigde gebouwen die nog overeind stonden alsnog gesloopt moesten worden.

Hij had mannen van de Heavy Rescue Division meegenomen naar de Andy in de achtertuin van de Ramseys en hun de doden laten zien. Hun lichamen zouden worden weggehaald en hun familie zou op de hoogte worden gebracht. Dat was tegenwoordig 'normaal'.

De explosievenopruimingsdienst was erbij geroepen om verschillende niet-ontplofte bommen in gebouwen en tuinen onschadelijk te maken.

Oliver en Parker werkten gestaag door tot ze alles hadden gedaan wat ze konden doen. Daarna kregen ze koffie en eten in een mobiele kantine, maar ook wat warme soep uit een grote ketel. Nadat ze hun rapport hadden ingevuld en ingeleverd, liepen ze langzaam terug naar huis.

'O mijn god!' riep Parker. 'Ligt daar nog een dode?'

Ze renden naar hem toe. Het was een jongeman, gehavend en bewusteloos, die Oliver bekend voorkwam. Hij voelde zijn pols en ontdekte dat hij nog leefde. 'Snel, de ambulances zijn allemaal bezig. De kliniek staat een blok verderop. We kunnen hem dragen.'

Ze tilden hem samen op, hij was niet erg zwaar, en algauw waren ze bij de Covent Garden Medical Clinic.

Parker klopte aan. De zusters deden open en de jongen werd snel op een brancard gelegd en weggebracht om te worden onderzocht.

Oliver liep ook naar binnen en zag licht- en zwaargewonde mensen op bedden liggen die tegen de muren stonden, sommigen zelfs in een provisorisch bed, terwijl anderen gehurkt op de grond zaten. Een van de zusters, die Olivers wonden had gezien, kwam naar hem toe en vroeg: 'Moeten uw wonden worden gereinigd en verbonden? Dat willen we met alle plezier doen,' zei ze vermoeid. Haar gezicht zat vol vieze vlekken, net als haar gesteven uniform, waar ook bloed op zat. Ze leek doodmoe.

Oliver keek naar de gewonden die kreunden van de pijn en wachtten op hulp. 'Nee, volgens mij hebben zij u dringender nodig dan ik.'

Oliver nam afscheid van Parker en liep moeizaam terug naar The Book Keep. Hij ging naar binnen, liep naar de badkamer, kleedde zich uit en waste zich, waarna hij met een pincet zo veel mogelijk glassplinters uit zijn lichaam haalde. Hij verbond zichzelf zo goed mogelijk en trok schone kleren aan.

Hij keek in Molly's kamer en zag dat ze alweer thuis was en lag te slapen. Hij wist dat ze haar rust echt nodig had voor wat haar de volgende dag in de kliniek te wachten stond.

Oliver kon niet slapen en zette een kop koffie van koffiedik van een paar dagen geleden. Hij pakte zijn oude verrekijker en ging via een binnentrap naar de bovenverdieping van The Book Keep. Hij keek uit over de stad en was blij dat hij lang niet zoveel branden zag als hij had gevreesd. Maar overal hing rook en overal waren open plekken waar voor deze nacht nog gebouwen hadden gestaan.

Komt er dan nooit een einde aan deze verdomde oorlog?

Men was algemeen van mening dat bombardementen overdag erg waren, maar dat ze de mensen 's nachts doodsangsten aanjoegen. Oliver vond ze allemaal vreselijk.

Wat had hij ook alweer een keer gehoord?

Dante had geen idee van Hitler.

Oliver stond daar nog steeds toen de zon door het wolkendek brak. Zijn armen voelden moe aan, net als zijn benen, maar vooral zijn geest was moe. Tot 1939 had hij nog nooit een dode gezien – een dode die niet in een kist lag dan. Nu had hij meer doden gezien dan iemand ooit zou mogen zien. In elke toestand. Nooit vredig. Nog nooit vredig.

Zijn lieve Imogen was niet in vrede gestorven. Zij was gestorven toen ze nog veel belangrijke dingen had willen doen. Hij wist dat ze een ongeduldige, tegendraadse geest zou zijn geweest.

Hij nam slokjes van zijn koffie, die nergens naar smaakte en alleen maar warm was, en keek uit over de stad. Londen was volkomen veranderd, verwoest en aangevallen, gewond, maar niet verslagen. Tenminste niet als hij daar iets aan kon doen. En dat kon hij, al was het maar een beetje.

Toen het helemaal licht was, ging hij naar binnen en begon het ontbijt klaar te maken voor Molly.

Het was fijn om weer iemand te hebben om voor te koken.

Ze zou haar eerste maaltijd van de dag nodig hebben, hoe karig die ook was, zodat ze daar de rest van de dag op kon teren.

Net als iedereen.

Zwaargewond

'Zijn wonden lijken anders,' zei Molly. Ze keek naar de patiënt die Oliver en Parker die nacht binnen hadden gebracht, al wist ze dat niet. Oliver had haar niet veel verteld over wat er was gebeurd. Hij had ook geprobeerd om zijn wonden te bedekken, maar Molly had aan zijn gezicht gezien dat hij veel pijn had en mank liep met zijn gewonde been.

De patiënt kwam haar bekend voor, net zoals Oliver had gedacht.

Hoofdzuster Tweedy onderzocht de jongen uitvoerig. 'Als ik moest raden, Molly, zou ik zeggen dat deze jongen is mishandeld. De wond op zijn hoofd lijkt te zijn toegebracht door een stomp voorwerp en de wond op zijn gezicht door een vuist. Deze verwondingen heb ik aan de frontlinies gezien. En zijn vinger is gebroken.'

'Hoe is hij hier terechtgekomen?'

'In het verslag staat dat twee blokhoofden hem vanochtend vroeg binnen hebben gebracht.'

'Blokhoofden! Weet u wie het waren?' vroeg Molly.

'Ik was hier niet.'

'Weten we wie deze jongen is?'

'Kijk maar even in zijn broekzakken,' zei Tweedy.

Molly pakte de broek en keek of er een ID-kaart in zat. Dat was niet zo, maar ze verstijfde toen ze de registratiekaart uit zijn zak haalde.

Alonzo Sylvester Rossi? Dáárom kwam hij me zo bekend voor. Hij was de jongen op de foto die inspecteur Willoughby mij en meneer Oliver had laten zien.

Tweedy keek haar aan. 'Iets gevonden?'

'Eh... Hierop staat Alonzo Sylvester Rossi. Komt het weer goed met hem?'

'Hij is nog steeds bewusteloos. De wond op zijn hoofd is niet behandeld en behoorlijk ontstoken. Die is nu grondig gereinigd en hij heeft penicilline gekregen. Maar het was een diepe wond, dus zal de infectie zich al door zijn lichaam hebben verspreid. Hij kan ook hersenletsel hebben.'

'Lieve help!'

'Als hij hersenletsel heeft, heb ik weinig vertrouwen in zijn herstel. We hebben hier geen röntgenapparaat en de artsen die hier hun rondes lopen zijn geen hersenchirurg. Ik betwijfel trouwens of daar nog veel van over zijn in Londen.'

Een andere verpleegster kwam binnen en zei dat Tweedy dringend nodig was bij een andere patiënt.

'Maak het hier maar af, Molly. Ik kom zo snel mogelijk weer bij je.'

'Goed, hoofdzuster.'

Nadat ze waren weggelopen, boog Molly zich over Lonzo heen en zei: 'Lonzo! Kun je me horen? Lonzo? Weet jij waar Charlie is? Ik ben een vriendin van hem. Lonzo? Weet je waar Charlie Matters is? We zoeken hem.'

Lonzo gaf geen antwoord. Lonzo bewoog zich niet. Lonzo deed niets.

Molly maakte zijn wonden nog een keer grondig schoon, verbond ze opnieuw en legde zijn beddengoed en kussen recht. Daarna bleef ze aan het voeteneind van zijn bed naar hem staan kijken. Een van Charlies vrienden. Dit was de jongen die die nacht bij hem was geweest. Maar waar was Charlie? Had hij ook een pak slaag gehad? Lag hij ergens, gewond of...?

***

Na afloop van haar werkdag gaf Tweedy Molly toestemming om verband, ontsmettingsmiddel en wondzalf mee naar huis te nemen. Ze had Tweedy verteld dat haar 'vader' blokhoofd was en tijdens het bombardement gewond was geraakt.

'Zorg dan maar goed voor hem, Molly. We hebben hem in de toekomst zeker nog nodig.'

Bij The Book Keep zwaaide Molly naar mevrouw Macklin, die door haar etalageruit nadrukkelijk naar haar keek. Ze liep naar binnen en ging meteen op zoek naar Oliver.

Hij was niet in zijn slaapkamer, maar ze zag tot haar grote schrik dat zijn uniform bebloed en gescheurd naast zijn bed op de grond lag.

Lieve help! Hoe heeft hij dit overleefd?

Ze liep snel de trap af naar Imogens oude studeerkamer. Ze klopte aan. 'Meneer Oliver? Ik ben het, Molly. Ik heb verband en zalf voor uw wonden. Meneer Oliver!'

Er reageerde niemand. Ze vreesde dat hij als gevolg van zijn verwondingen bewusteloos was geraakt en in de kamer lag. Ze probeerde de deurknop om te draaien, maar de deur zat op slot.

Molly dacht snel na en rende de trap op naar Olivers slaapkamer. Na even zoeken vond ze de sleutel waarmee Oliver de deur van de studeerkamer op slot had gedaan. Ze nam de sleutel mee, rende naar beneden en deed de deur van het slot.

Molly zag algauw dat Oliver daar niet was en ze had natuurlijk meteen weg moeten gaan, maar ze was nieuwsgierig. Ze keek in het bakje met het niet voltooide manuscript van Imogen Olivers boek. Nadat ze een paar bladzijden had gelezen, wist ze dat de vrouw een echte woordkunstenaar was geweest. Ze legde de bladzijden terug en ging door met zoeken. In een bureaula vond ze de George Medal met de gegraveerde afbeelding van hun koning.

Toen ze de medaille teruglegde in de la zag ze op het bureau nog een foto van Imogen staan. Ze herkende de vrouw van de met crêpe versierde foto die ze eerder had gezien, waarop Oliver naast zijn vrouw stond en vol bewondering naar haar keek. Hij leek jonger en zorgeloos.

Molly hoopte dat de man met wie zij ooit zou trouwen minstens half zo bewonderend en liefdevol naar haar zou kijken. Imogen was heel knap en had lang, dik glanzend haar. Molly vond Imogens intense blik enorm intimiderend en kon zich voorstellen dat de vrouw toen ze nog leefde andere mensen helemaal had geïmponeerd.

Opeens viel haar blik op de brief die naast de foto lag. Ze aarzelde, maar niet lang, vouwde de brief open en las hem snel door. De brief was geadresseerd aan Oliver en afkomstig van de politie in Cornwall. Ze schrok van de inhoud en legde de brief snel terug. In de brief stonden de omstandigheden van Imogens dood precies beschreven: ze had zelfmoord gepleegd. In *Cornwall*.

Molly keek ontdaan om zich heen.

Ze schrok toen ze een ander boek van George Sand zag liggen, *Jacques*. Ze pakte het boek, sloeg het open en zag tot haar grote schrik dat ook hier een deel van de inhoud was weggesneden. In de opening die hierdoor was ontstaan, kon gemakkelijk iets worden verstopt. Ze legde het boek terug, verliet het vertrek en deed de deur op slot.

Geroepen door de bemoeial

Molly bracht de sleutel terug naar Olivers slaapkamer en liep naar de winkel. Het duizelde haar. Waarom had Imogen zelfmoord gepleegd? Ze dacht aan iets wat Oliver haar had verteld: hij had het gevoel dat hij schuldig was aan haar dood, omdat ze, als hij iets had gedaan, nog zou leven. Had Imogen zelfmoord gepleegd omdat ze niet kon leven met waar Oliver bij betrokken was? Voelde Oliver zich daarom schuldig?

Molly keek naar buiten en zag mevrouw Macklin, die haar stoep veegde, maar ondertussen naar haar keek. Ze wenkte Molly, die de deur opende en naar buiten liep.

Macklin zei: 'Hallo, volgens mij hebben we elkaar niet ontmoet, kindje. Ik ben Desdemona Macklin. Dit is mijn theewinkel.'

'Hallo. Ik ben Molly Wakefield.'

Macklin zette haar bezem tegen de muur, haalde een sigaret uit een pakje dat in de zak van haar schort zat en stak hem aan. Ze nam een trek en blies de rook recht naar Molly toe, die het geërgerd wegwuifde.

'Waar ken je meneer Oliver van?' Macklin negeerde Molly's ongenoegen.

'Hij is de neef van mijn moeder,' zei Molly automatisch.

'Jullie wonen dus niet in Londen?'

Molly zei: 'Nee, in Suffolk. Daarom logeer ik bij meneer Oliver.'

Macklin keek naar haar uniform. 'Dat is een verpleegstersuniform, zie ik, maar je kunt niet ouder zijn dan een jaar of veertien.'

'Ik ben ouder dan ik lijk. En ik heb medische ervaring, weet u. Ik werk als hulpverpleegster bij de Covent Garden Medical Clinic. Zij hebben alle hulp nodig die ze kunnen krijgen.'

'Dat geloof ik meteen.' Macklin keek wantrouwig naar haar. 'Wat goed van je,' voegde ze eraan toe, hoewel ze dat niet leek te menen.

'Weet u waar meneer Oliver is?' vroeg Molly.

'Hij is om een uur of één vertrokken, zonder een woord tegen me te zeggen. Hij zwaaide even en was weg. Hij leek een beetje mank te lopen.'

'Door het bombardement van vannacht. Hij is gewond geraakt.'

Macklin maakte een niet bepaald meelevend geluidje. 'Arme man. Ja, vannacht was heel heftig. Ik dacht dat het plafond naar beneden zou komen.'

'Bent u dan niet naar een schuilkelder gegaan?'

'Ik heb hier een kelder, die is volgens mij net zo goed als een schuilkelder. En ik hou er niet van om onder de grond te schuilen. Dat lijkt me niet de juiste instelling.'

'Nou ja, als je dood bent, heb je weinig aan de juiste instelling. Goed, ik moet ervandoor.'

'Laatst zag ik hier iemand met Ignatius praten die wel van de politie leek?'

Molly draaide zich langzaam om. 'Ja, iemand had geprobeerd in te breken in zijn winkel, maar er is niets gestolen.'

'O jee, die criminelen ook! Had dat iets te maken met die agent en die jongen die onder die vrachtwagen zijn gekomen?'

'Volgens mij wel.'

'O jee, wat verschrikkelijk.'

'Ja, heel erg.'

'Ik zag je net ook in de studeerkamer, Imogens studeerkamer noem ik het altijd. Haar vader, meneer Bradstreet, vertelde me een keer dat dat haar meest geliefde plekje was.'

'Dat kan ik me voorstellen, het is een mooi vertrek.'

Macklin keek haar vals aan. 'Heb je gevonden waar je naar op zoek was?'

Molly stoorde zich mateloos aan de nieuwsgierige vragen, maar probeerde dat niet te laten merken. 'Ik zocht meneer Oliver. U hebt Imogen en haar vader dus gekend?' In gedachten voegde Molly eraan toe: u weet wel, de vrouw die u een ontzettend irritante bemoeial vond?

'Zeker. De boekwinkel werd na de dood van haar vader nagelaten aan Imogen. Toen zijn zij en Ignatius hier komen wonen.'

'En toen stierf ze. Wat ontzettend verdrietig.' Molly keek haar vragend aan om op haar beurt wat meer te weten te komen.

'Dat was inderdaad heel verdrietig. We waren het niet echt met elkaar eens, want zij was voor Labour en ik ben een Conservative, net als mijn vader en mijn opa. Ze las altijd, maar ik vind dat boeken rare dingen kunnen doen met een mens. Kijk maar naar het boek dat die Hitler schreef, waarvan ik de titel niet meer weet. Denk je soms dat hij niet een paar mensen op andere gedachten heeft gebracht met die rotzooi?'

'Andere boeken hebben zijn beweringen volkomen onderuitgehaald,' zei Molly.

'Dat hangt volgens mij af van wat je leest en of je gelooft wat je leest. Ja toch?'

'Ja, misschien wel.'

'En zo te zien gelooft Duitsland hem wel,' zei Macklin.

'Ik denk dat sommige Duitsers niet echt een keus hebben.'

'Moordenaars zijn het, allemaal! Denk alleen maar aan vannacht. Verdomde heidenen.'

'Eh... bent u op Imogens begrafenis geweest?'

Macklin keek Molly vals aan. 'Er was geen begrafenis.'

'Wat zegt u?'

'Er was geen begrafenis, omdat er geen lichaam was dat begraven kon worden.'

'Dat begrijp ik niet.'

'Wil je zeggen dat Ignatius je dat nooit heeft verteld?' vroeg de vrouw, zichtbaar genietend.

'Nee.'

Macklin nam een trekje van haar sigaret. 'Ach, hij vond je misschien te jong. Ook al ben je een zuster en zo,' voegde ze er minachtend aan toe.

'Wat is er dan gebeurd?' Molly negeerde de hatelijke klank in Macklins stem.

'Ik vraag me af of ik je dat wel moet vertellen nu Ignatius dat niet wilde.'

Molly zag aan Macklins blik en lichaamstaal dat ze niet kon wachten om haar alles te vertellen. 'Geloof me, ik ben volwassen genoeg om de omstandigheden van haar dood te horen.'

'Je praat alsof jij ook veel boeken leest,' zei Macklin, wat ze duidelijk niet als compliment bedoelde.

'Ik lees weleens een boek, dat is waar,' zei Molly diplomatiek. Ze had wel vaker mensen ontmoet zoals deze Macklin die, hoewel ze een eigen bedrijf had, van mening was dat een vrouw nooit een boek hoorde te lezen, maar alleen zou moeten koken, naaien, schoonmaken en kinderen krijgen. 'Maar als u het me liever niet vertelt is het ook goed. Ik moet nog wat doen.' Ze wilde zich opnieuw omdraaien om terug te lopen naar de boekwinkel.

Macklin trapte haar sigaret uit op de keitjes en zette een stap naar Molly toe. Het was goed te zien dat ze plezier had in wat ze zo dadelijk zou vertellen. 'Weet je, ze nam een trein naar de kust, naar Cornwall volgens mij.'

Molly keek haar aan. 'En meneer Oliver?'

'Hij zei dat hij geen idee had dát ze daarheen ging. Hoe dan ook, ze liep daar kennelijk rond tot het donker werd. Weet je wat Imogen toen deed?'

'Wat dan?' vroeg Molly ademloos.

'Ze ging op een van die kliffen staan en... sprong in de zee.'

'O mijn god!'

Molly's fysieke reactie was echt. Ze wist natuurlijk al dat Imogen in Cornwall zelfmoord had gepleegd, maar niet op welke manier, omdat dát niet in die brief had gestaan.

Macklin keek opgewekt naar Molly's geschrokken blik. 'Inderdaad! Mensen die zagen dat ze het wilde doen probeerden haar tegen te houden, dus daardoor weten we wat er is gebeurd. De zee was heel wild en haar lichaam is nooit gevonden. Overal waren schepen en mijnen en onderzeeboten. En nou ja, ze was immers toch al dood? Het had dus geen zin om levens te riskeren om een dode op te vissen, vooral niet iemand die zelfmoord heeft gepleegd.'

Molly had haar adem ingehouden, maar ademde nu uit. 'Wat vreselijk!'

'Ze pleegde zelfmoord, een doodzonde.' Macklin sloeg een kruisje, kuste haar vingertoppen en keek omhoog. 'Arme vrouw,' zei ze nog, met veel meer genoegen dan verdriet, vond Molly tenminste.

'Meneer Oliver zal wel helemaal kapot zijn geweest.'

'De man heeft zijn winkel wekenlang niet verlaten, alleen als hij dienst had als blokhoofd. Nadat hij me had verteld wat er was gebeurd, heb ik voor hem gedaan wat ik kon, hem eten en zo brengen. Maar hij had echt veel verdriet. Ik dacht zelfs dat hij gek werd, maar uiteindelijk ging het weer wat beter met hem. Het is duidelijk dat het hem goeddoet dat jij bij hem bent, kindje. Mannen zouden niet alleen moeten wonen. Dan halen ze zich rare ideeën in het hoofd, weet je?'

Molly dacht heel even ontdaan dat mevrouw Macklin iets over Oliver wist dat heel belastend voor hem was. 'Ik weet wel zeker dat hij het fijn vindt dat ik hier ben. Hij is zo vriendelijk en aardig... en vaderlandslievend. Hij heeft zelfs die George Medal en zo.'

Macklin keek haar zwijgend aan, wat op zich al vreemd was. Maar misschien ook niet, als de vrouw iets wist.

'Nou ja, ik moet ervandoor,' zei Molly.

'Ja, en ik moet dit afmaken. Het werk is nooit klaar. Zeg maar niet tegen Ignatius wat ik je heb verteld, laat dat ons geheimpje maar blijven. Het lijkt trouwens wel alsof er tegenwoordig heel veel geheimen zijn.'

Na Macklins laatste hatelijke opmerking liep Molly naar haar kamer boven. Ze ging op haar bed liggen, met haar hoofd vol zorgelijke gedachten.

Ons geheimpje? ... alsof er tegenwoordig heel veel geheimen zijn?

Molly was heel bang, want misschien was ze straks Charlie én Oliver kwijt.

Dan ben ik echt helemaal alleen.

Een tweede onthulling

Toen Molly wat later hoorde dat de deur werd geopend, rende ze naar beneden en zag ze Oliver binnenkomen. 'Ik maakte me al zorgen over u,' zei ze gespannen en een beetje geïrriteerd.

'O, neem me niet kwalijk, maar zoals ik al zei, was ik op zoek naar Charlie.'

Molly ontspande zich. 'Ach, wat dom van me! Natuurlijk, dat was ik helemaal vergeten.'

Hij zwaaide met een envelop. 'Ik heb antwoord gekregen van mijn vriend bij het War Office.'

'Echt waar? Wat zegt hij?'

'Het leek me een goed idee om de brief samen te lezen.'

Molly reageerde angstig op zijn voorstel.

Oliver zag dat en vroeg: 'Voel je je wel goed?'

'Wat?' vroeg ze afwezig. 'Ja. Ja, ik ben in orde. Maar eh... voordat we die brief gaan lezen moet u me eh... eerst uw wonden laten verzorgen. Alles wat daarvoor nodig is heb ik meegenomen uit de kliniek.'

'Maar ik ben helemaal niet gewond.'

'Meneer Oliver, ik ben een ervaren hulpverpleegster en zelfs als ik dat niet was, is het heel duidelijk dat u wel gewond bent.'

'Maar de brief dan?' Hij zwaaide er uitnodigend mee.

'Als ik klaar ben, is die brief er nog steeds.' Ze maakte de wonden op zijn armen en benen schoon, bracht er zalf op aan en verbond ze.

'Ik vind het nogal gênant dat jij dit doet, Molly,' zei hij.

'Ik doe dit elke dag bij mensen die ik niet ken.' Daarna bekeek ze zijn kuit en enkel en raakte een paar plekken aan, waardoor hij kreunde en zijn gezicht vertrok van de pijn. Ze haalde een spalk en tape uit haar tas. 'U hebt een lichte verstuiking. Dit zal helpen het gewricht tijdens de genezing op zijn plaats te houden, maar u zou hem een paar dagen niet moeten belasten.'

'Molly, dat is gewoon onmogelijk. Na het laatste bombardement moeten alle blokhoofden tot nader order elke nacht werken.'

'Dan moet u hem maar zo min mogelijk belasten.'

'Ik heb wel een wandelstok. Goed, nu heb je lang genoeg gewacht.' Hij haalde de brief uit de envelop en vouwde hem open.

Ze stopte haar verbandmiddelen in haar tas en keek gelaten naar de brief.

Hij zag haar blik en vroeg: 'Wil je niet horen wat ze zeggen?'

'Natuurlijk wel.'

'Maar?'

'Maar tot nu hoopte ik nog dat mijn vader terugkwam. Toch denk ik dat zekerheid beter is dan onzekerheid.'

'Nu ik erover nadenk, kun je deze brief misschien beter lezen als je alleen bent.'

'Nee. Ik zal behoefte hebben aan uw advies voor eventuele volgende stappen. Laten we de brief dus toch maar samen gaan lezen.'

Ze gingen naast elkaar zitten en lazen de brief door. Molly las iets sneller dan Oliver en toen ze alles had gelezen kreeg ze tranen in haar ogen.

Toen Oliver klaar was, zei hij verbaasd: 'Ik weet wel zeker dat er een misverstand in het spel is.'

‘Ik zou niet weten waarom, aangezien het War Office schrijft dat mijn vader een crimineel is die zich nu verbergt voor de autoriteiten.’

Hermes

'Eh... Hoe oud zei je dat je was, jongen?' vroeg Arthur Benedict. Hij had grijs haar, een witte puntkraag en een stijf zwart colbert.

De nog niet eens veertienjarige Charlie keek hem aan en zei vol overtuiging: 'Zestien.' Charlie was een postkantoor binnengelopen, omdat hij had gezien dat ze telegrambezorgers zochten.

'Je bent nogal klein voor een jongen van zestien.'

'Ik ben nog niet helemaal volgroeid, baas.'

'Als je zestien bent, waarom heb je je Civil Service-examen dan nog niet gedaan?'

'Wie zegt dat ik dat niet heb gedaan?'

'En?'

'Het is oorlog en er zijn niet veel banen, zelfs niet met dat diploma. Ik moet geld verdienen.'

Benedicts blik verzachtte. 'Hoe heet je?'

'Ignatius Oliver.'

'Wat een naam, zeg!'

'Ik ben genoemd naar een heilige, die is opgegeten door een stel wilde beesten.'

'Ja, ja, daar heb ik iets over gehoord van mijn dominee. En het is waar dat we hulp nodig hebben. Ik ben afgelopen maand vier jongens kwijtgeraakt aan het leger en eentje door een van die niet-ontplofte bommen die besloot af te gaan toen die arme knul erlangs reed. Heb je zelf een fiets?'

'Heb ik die nodig?'

'Nee. We hebben er wel een paar die je kunt gebruiken. Maar als je zelf een fiets hebt, krijg je het aantal mijlen ook vergoed. Anders krijg je een weekloon.'

'Hoeveel?'

'Zestien shillings en vier pence,' zei Benedict.

'En als ik mijn eigen fiets heb?'

'Vier penny's per mijl erbij.'

'Ik heb zelf een fiets,' zei Charlie meteen.

'Goed zo. Goed, het is handig als je hier de weg weet. Onze klanten verwachten snelheid. Heb je het verhaal over Hermes weleens gehoord?'

'Was hij een heilige die ook snel was?'

'Ach, laat maar zitten, jongen.'

Benedict stelde Charlie vragen over verschillende locaties en de snelste route om daar te komen, en Charlie beantwoordde alle vragen snel en correct. Benedict was zichtbaar onder de indruk van een paar slimme sluiproutes die Charlie noemde. 'Ik zie wel dat je goed de weg weet. Bijna alsof je de kennis hebt geleerd die vereist is om *cabby* te worden. Taxichauffeurs moeten daar jaren voor leren.'

Charlie keek om zich heen in het postkantoor. De meeste huizen in Engeland hadden geen telefoon. En veel mensen die wel een telefoon hadden merkten dat die het door de oorlog en alle bombardementen niet altijd deed. Daardoor waren telegrammen opnieuw populair geworden, vooral in Londen.

'Dus, heb ik de baan?'

Benedict keek hem aan door zijn rechthoekige brillenglazen die zijn pupillen angstaanjagend groot maakten. 'Wanneer kun je beginnen?'

Charlie had om de hoek in een stapel puin een fiets zien liggen. 'Ik moet nog even iets doen. Ben zo terug. Daarna kan ik beginnen.'

'Prima. Dan geven we je je uniform en werk je de rest van de dag samen met een van mijn andere jongens, zodat hij je kan laten zien hoe we alles doen. Morgen werk je dan alleen. O ja, vinden je ouders dit goed?'

'Mijn pa is gesneuveld in Duinkerken en mijn ma kan alle hulp die ze kan krijgen goed gebruiken. We moeten vijf monden voeden.'

'Goede god, jongen! Je arme ma! Goed, ga maar doen wat je moet doen en dan regel ik ondertussen hier alles voor je.'

Nog geen twee minuten later was Charlie terug met 'zijn' fiets. Met de fietspomp van het postkantoor pompte hij de banden op. Daarna moesten hij en Benedict het stuur recht buigen, maar verder was de fiets in orde.

'Luister, je spullen en je uniform worden dagelijks geïnspecteerd. Vandaag zal ik niet op je fiets letten, maar je moet hem nog goed schoonmaken. Datzelfde geldt voor je schoenen, je broekriem en de rest. We hebben een naam hoog te houden,' zei hij trots.

'Ja, baas.'

'Goed zo, jongen.'

Charlies uniform bestond uit een marineblauw pak met een rode bies op de manchetten, onderaan de broekspijpen en rondom de kraag en randen. Het petje had dezelfde bies plus een rode knop bovenop.

Benedict zei: 'We geven je hoge schoenen, een jas voor de winter en goede schoenen voor de zomer, plus een cape en lange broek voor als het regent, wat in dit land helaas veel te vaak het geval is. We vinden wel een paar spullen die je goed passen. Goed, over je werkrooster. Met ingang van morgen zet ik je op de route van acht tot acht, dus van acht uur 's ochtends tot acht uur 's avonds. Vandaag mag je om vijf uur stoppen, zodat je even kunt wennen, zeg maar. En morgen ben je hier precies op tijd, jongen.'

'Goed.'

‘Luister, als je het telegram aflevert, wacht je tot ze hem hebben gelezen voor het geval ze een antwoord willen versturen. En je vraagt altijd of ze dat willen.’ Waarschuwend voegde hij eraan toe: ‘Denk dus maar niet dat je het telegram onder de deur door kunt schuiven en er dan vandoor kunt gaan. Dat gaat niet gebeuren. Wij zijn professionals.’

‘Hoe werkt het dan, dat antwoordding?’

‘Dat zal ik je vertellen. In deze leren tas, die je aan je riem draagt, zitten blanco telegramformulieren, enveloppen en visitekaartjes. Als er niemand thuis is, laat je je kaartje achter als bewijs dat je hebt geprobeerd het telegram af te leveren. Je noteert het tijdstip waarop je dat opnieuw gaat proberen met deze pen op de achterkant van het kaartje. Als ze wel thuis zijn en een antwoord willen versturen, vullen zij een van deze formulieren in die jij hun overhandigt.’

‘Oké, dat begrijp ik. Maar hoe betalen ze er dan voor, baas?’

‘Ze betalen jóú. In het handboek, dat je ook bij je hebt, staat precies hoeveel alles kost. Een telegram van negen woorden – wat is inclusief het adres – kost zes penny’s, plus een penny voor elk extra woord. Wenstelegrammen zitten in een lichtblauwe envelop, zoals deze, en kosten zes penny’s extra. Prioritytelegrammen worden het eerst afgeleverd en kosten ook zes penny’s extra. Kun je goed rekenen, Ignatius?’

‘Heel goed, zeker als ik geld moet tellen.’

‘Uitstekend, want je moet het precies goed hebben. Alles wat je te weinig hebt, wordt ingehouden op je loon. Aan het einde van elke werkdag reken je af. Het is trouwens wettelijk verboden om fooien aan te nemen, in welke vorm dan ook.’ Benedict keek Charlie streng aan en draaide zich op een overdreven manier om alsof hij wilde checken of er niemand meeluisterde. Daarna keek hij Charlie weer aan en voegde hij eraan toe: ‘Ik heb echt geen idee hoe ze die regel willen handhaven, maar ik moet het je vertellen, jongen.’ Daarna knipoogde hij.

Charlie knikte begrijpend. ‘Oké, baas.’

Die eerste dag werkte Charlie samen met Peter Duckett, een magere jongen van achttien met een lange hals. Samen bezorgden ze de telegrammen die ze van het kantoor kregen. Duckett vertelde Charlie ook dat ze op straat mensen konden benaderen met de vraag of ze een telegram wilden versturen. Deze klanten konden daarvoor een van de officiële formulieren gebruiken die ze bij zich hadden, de rug van de jongens gebruiken als een soort bureau om hun telegram op te schrijven en meteen betalen.

'Maar als we elke week hetzelfde loon krijgen, waarom zouden we dan proberen meer opdrachten binnen te slepen? Wat schieten we daar dan mee op?' vroeg Charlie.

'Als we meer telegrammen binnenhalen, geven ze ons een bonus. Plus een mijlenvergoeding. Meer telegrammen betekent meer mijlen, snap je?'

'Inderdaad, vier penny's per mijl,' zei Charlie.

'En mensen geven ook weleens een fooi. Dus hoe meer klanten, hoe meer fooien. De ouwe Benedict heeft je natuurlijk verteld dat we geen fooien mogen aannemen.'

'Dat is zo, maar ik denk niet dat-ie het meent.'

'Je hebt gelijk, hij meent het niet.'

Duckett vertelde dat hij was afgekeurd voor het leger door iets raars in zijn borst. 'Ik deed het ook niet echt goed tijdens mijn Civil Exam, maar dit is geen slechte baan.'

'Is het Civil Exam moeilijk?'

'Gemakkelijk is het niet, dat kan ik je wel vertellen. Je moet alle county's en rivieren en weet ik wat nog meer op een kaart van Engeland benoemen. Daarna moet je opschrijven wat de regering doet om mensen zover te krijgen om War Savings te kopen. Ook moet je alles weten over een vent die Ma-cowber heet en dan stellen ze je vragen over die rare vrouw uit She-lott die altijd in een verdomde spiegel kijkt.'

'Van dat alles weet ik helemaal niets,' zei Charlie stomverbaasd.

'Ik ook niet, vriend. Daarom rij ik dus op deze verdomde fiets.' Ernstig voegde hij eraan toe: 'Mensen kijken me raar aan, weet je. Omdat ik niet vecht, bedoel ik. Ze denken verdomme dat ik laf ben. Maar ik kan die lui natuurlijk geen foto's van mijn borst laten zien. Ik heb er niet om gevraagd om een hartprobleem te hebben.' Hij keek Charlie een beetje gespannen aan. 'Ik draag in elk geval een soort uniform. Of niet soms?'

'Zeker weten,' zei Charlie.

'Eh... Hoe oud ben je eigenlijk?' vroeg Duckett toen ze terugreden naar het postkantoor om nieuwe telegrammen op te halen.

'Oud genoeg voor deze baan,' was Charlies antwoord.

Eén keer gezien

De volgende dag werkte Charlie alleen en hij scheurde door heel Londen om telegrammen te bezorgen. Hij had zijn loon natuurlijk nog niet ontvangen, dus ging hij naar een wvs-kantine waar hij zijn enige maaltijd van die dag kreeg: een beker melk, gebakken Spam en wat friet.

Voordat hij die ochtend naar het postkantoor ging, besteedde hij veel tijd aan het grondig schoonmaken van zijn fiets met een doek, een beetje water en wat kwalijk ruikend schoonmaakmiddel dat Benedict hem had gegeven. Na zijn dienst fietste hij naar de steeg in Covent Garden. Hij zette zijn fiets neer en keek gebukt door de grote etalageruit naar binnen. De winkel was schemerig verlicht, zag hij door een kier in de verduisteringsgordijnen. Hij schrok toen hij Molly zag in een verpleegstersuniform. Daarna zag hij Oliver die met een stijf been naar een boekenplank liep, een boek van een plank pakte, ermee terugliep naar Molly en iets tegen haar zei.

Het liefst had hij op de ruit getikt om hun te vertellen dat hij oké was en nu betaald werk had. Maar ze hadden vast opdracht gekregen om het de politie meteen te vertellen als ze contact hadden met Charlie. Ze konden misschien worden gearresteerd als ze dat niet deden.

Hij draaide zich om en wilde weer weggaan, maar verstijfde, want de vrouw van de winkel aan de overkant stond in haar deuropening en keek naar hem. Hij kon aan haar blik zien dat ze hem had herkend. Hij sprong snel op zijn fiets en scheurde weg.

Later droeg Charlie zijn fiets de trap op naar zijn slaapplek, waarna hij zich op zijn 'bed' liet vallen. Helemaal veilig voelde hij zich hier niet. Als Lonzo de politie over dit huis had verteld, kwamen ze hem hier misschien wel zoeken. Maar zouden ze dan niet al zijn geweest? Bovendien, deze plek was natuurlijk niet geweldig, maar wel beter dan de andere keuzes die hij had. En als hij hier niet weg hoefde...?

De sirenes hadden Charlie uit een diepe slaap gerukt, waarna hij naar een station van de ondergrondse vlakbij was gegaan. Hij werd misselijk van de geuren en de lichaamswarmte van zoveel mensen bij elkaar, vooral op een bijna lege maag.

Een vrouw die zag hoe mager Charlie was, bood hem een stuk brood met kaas aan, dat hij dankbaar van haar had aangenomen en opgeschrokt. Een andere vrouw bood hem iets van haar eigen eten aan.

Toen om een uur of vier 's ochtends het sein veilig klonk, was Charlie teruggelopen naar zijn onderkomen. Een paar uur later fietste hij alweer naar het postkantoor om met zijn werk te beginnen.

Toen Benedict de zichtbaar vermoeide en magere Charlie zag zei hij vriendelijk: 'Ik bied nieuwe jongens aan alvast een deel van hun loon uit te betalen, Ignatius. Dus als je dat wilt... Gewoon wat zakgeld.'

'Dat wil ik wel,' zei Charlie meteen. Hij borg de shillings veilig op en vertrok.

Weken achter elkaar fietste Charlie vol overgave door de straten. Hij werd er ook goed in om mensen over te halen gebruik te maken van zijn diensten, vooral zakenmannen. 'Kost niet veel om uw belangrijke berichten daar te krijgen waar ze moeten zijn,' zei hij dan. 'Stelt u zich eens voor hoe fijn mensen het zullen vinden om iets van u te horen.'

Die zin werkte vaker wel dan niet. Hij had er een gewoonte van gemaakt om naar hotels te gaan, zoals het Ritz en het Dorchester, en naar andere plaatsen waar welvarende mensen het zich konden permitteren om te logeren. Daarmee verdiende hij ponden in plaats van penny's.

Arthur Benedict was dan ook bijzonder tevreden. 'Je hebt echt talent voor dit soort werk, let op mijn woorden, jongen.' Zwijgend stopte hij een extra *crown* in Charlies zakje met zijn weekloon. 'Jij kunt de oudere jongens wel wat leren, serieus.'

Toen Charlie die avond terugkwam in zijn kamer om zijn uniform uit te trekken, wist hij meteen dat er iets mis was. Zijn spullen waren doorzocht en er waren een paar dingen verdwenen.

Charlie had al zijn geld op zak, dus dat was in orde, en hij had de krant verstopt achter een stuk van de lambrisering. Hij haalde de krant eruit, pakte al zijn spullen bij elkaar en vertrok, terwijl hij zich afvroeg waar hij naartoe kon gaan.

Hij was net naar de hoofdstraat gefietst toen iemand riep: 'Hé, stop! Blijf waar je bent!'

Dit was de forse man die hij voor The Book Keep had gezien toen die met Molly en meneer Oliver stond te praten: de politieman.

Charlie bleef niet waar hij was. Hij fietste snel weg, terwijl de trage inspecteur Willoughby en agent Higgins tevergeefs achter hem aan renden.

Het kostte Charlie tien seconden om te verdwijnen in de straten van een stad die hij beter kende dan wie ook.

Willoughby en Higgins bleven uiteindelijk hijgend staan.

De rechercheur keek in de richting waarin Charlie was verdwenen en mompelde: 'Ik krijg je nog wel te pakken, al is dat het laatste wat ik doe.'

Helemaal eerlijk

Molly had toestemming van Oliver gekregen om op Imogens typemachine en op briefpapier van The Book Keep een brief te schrijven aan dokter Thaddeus Stephens van het Beneficial Institute. Ze had een paar keer een concept geschreven en Olivers opmerkingen daarover verwerkt, tot ze dacht dat ze de juiste toon te pakken had. Nadat ze de brief vroeg op de ochtend had gepost, liep ze terug naar de winkel om zich klaar te maken voor haar werk.

Eerder had ze Oliver al verteld dat Lonzo Rossi naar de kliniek was gebracht.

Hij had gezegd: 'Mijn god, ik heb die nacht geholpen om hem daarnaartoe te brengen. Ik dacht al dat ik hem kende, maar wist niet waarvan.'

'De zuster zegt dat het lijkt alsof hij is mishandeld.'

'Ja.'

'Weet u, de inspecteur vertelde me dat ze Lonzo hadden gearresteerd.'

'Is hij dan ontsnapt, denkt u?'

'Ik kan me niet voorstellen hoe hij dat voor elkaar kan hebben gekregen,' zei Oliver.

'Maar hoe komt hij dan aan...' Ze zweeg even... 'Maar de politie heeft hem toch zeker niet... Of wel?'

Oliver had haar met een ongemakkelijke blik aangekeken. 'Weet je, Molly, voor de oorlog zou ik allerlei dingen nooit hebben geloofd, maar na alles wat ik heb gezien, is dat helaas niet meer zo.'

Molly had gedacht aan wat haar moeder in de schuilkelder was overkomen. 'Ik denk er net zo over.' Opeens vol afschuw zei ze: 'U bedoelt toch zeker niet dat... dat Charlie...'

'Ik weet het niet, Molly. Ik weet het echt niet.'

Molly schudde deze deprimerende gedachten van zich af en keek even naar buiten. 'Uw vriend bij het War Office?'

'Majoor Bryant. Wat is er met hem?'

'Hij moet zich vergissen over mijn vader. Hij kan onmogelijk een misdadiger zijn.'

'Dat zou ik ook denken, Molly, maar ik ken Bryant en hij zou nooit zomaar ongefundeerde beschuldigingen uiten.'

'Van wat voor misdaad wordt hij dan beschuldigd?'

'Ik heb geen idee.'

Ze zei vol twijfel: 'Ik weet dat hij zich voor de oorlog in de City bezighield met financiële zaken en ook veel reisde.'

'Misschien werd er geld vermist?'

'Dat zou kunnen. Ik bedoel, hij is wél verdwenen.' Molly leek volkomen verpletterd.

'Als dat inderdaad zo is, vraag ik me af waarom het War Office daarbij is betrokken.'

'Hebt u uw vriend teruggeschreven?' vroeg ze.

'Dat zou ik zonder jouw toestemming nooit doen.'

'Ik kan de zaak niet gewoon laten rusten,' zei Molly.

'Dan zal ik meer informatie inwinnen.'

'Dank u.' Ze wreef nerveus in haar handen. 'Denkt u dat dat kan verklaren waarom die mannen mijn huis in de gaten hielden?'

'Dat zou zomaar kunnen, Molly.'

***

De weken daarna verstreken vrij snel en er waren gelukkig geen nieuwe bombardementen.

Oliver vertelde Molly elke avond wat hij had gedaan om Charlie te zoeken. 'Ik ben overal geweest waar hij volgens mij zou kunnen zijn, maar tot nu toe tevergeefs. Maar ik blijf het proberen.'

'Als hij toch gearresteerd is?'

'Dan hadden we dat wel gehoord. Dat denk ik echt.'

Molly had Oliver elke week, ondanks zijn protesten, haar hele loon gegeven. 'Het is niet veel, maar het is tenminste iets.'

'Het is meer dan iets, Molly, het is zelfs een groot bedrag en zodra ik kan, betaal ik je alles terug.'

'Natuurlijk niet! Zonder u had ik niet eens een thuis.'

'Ik heb majoor Bryant gevraagd om meer bijzonderheden. Zodra ik antwoord krijg, laat ik je dat weten.'

Oliver had hun avondmaaltijd klaargemaakt en was nu bezig in het kleine keukentje. Terwijl Molly zat te eten, dacht ze aan Imogens zelfmoord. Ze besloot erover te beginnen. 'Ik sprak mevrouw Macklin laatst toevallig.'

'Is dat zo?' vroeg Oliver verbaasd. Hij ging tegenover haar zitten met een kop thee.

'Een paar weken geleden. Ze was op een avond buiten bezig en riep me. Ze... vertelde dat ze uw vrouw had gekend. Dat wist ik natuurlijk al, want dat had u me zelf al verteld.'

'Ze kende Imogens vader ook. Hij had deze boekwinkel voordat zij hem kreeg.'

'Ja, dat vertelde ze ook. Mevrouw Macklin begon ook over... Cornwall.'

Oliver zette zijn kopje neer. 'Cornwall? Juist. Wacht, bedoel je...?'

Molly werd bleek. 'Ja, ze vertelde me wat er is gebeurd. Ik heb er echt niet naar gevraagd, hoor.'

Hij sloeg zijn blik neer. 'Zoals ik je al vertelde, hebben Imogen en ik onze huwelijksreis doorgebracht in Devon. Dat was een heel gelukkige tijd voor ons. Daarom begreep ik absoluut niet waarom ze een plek zo dicht bij Cornwall uitkoos om te doen wat ze deed.'

'U had dus geen idee dat ze daarnaartoe was gegaan?'

Hij schudde zijn hoofd. 'Imogen zei dat ze met de trein naar Bristol ging om een oude schoolvriendin te bezoeken. Toen de politie bij me kwam... Weet je, ik kon gewoon niet geloven wat ze me vertelden. Ik probeerde mezelf wijs te maken dat ze zich vergisten. Maar toen ik haar vriendin in Bristol belde, zei ze dat ze helemaal niet wist dat Imogen bij haar op bezoek zou komen. Imogen kwam uiteindelijk nooit terug... Nou ja, dat was het bewijs, of niet soms?'

'Misschien was het een ongeluk? Ze had misschien...'

'Nee, nee! Ze hebben me verteld dat de verklaringen van de getuigen heel duidelijk waren. Ze... sprong.'

'Bent u... Bent u er nooit naartoe gegaan om zelf te kijken?'

'Dat had ik wel willen doen en ik was zelfs van plan om daarheen te gaan. De politie daar heeft me nooit de exacte locatie verteld, maar ik...' Hij zweeg.

'Ik begrijp dat dit heel moeilijk is,' zei Molly meelevend.

'Uiteindelijk heb ik besloten om geen nadere informatie te vragen. Dat had immers geen zin? Ik kon haar niet terughalen. Ze konden me toch niet meer vertellen, alleen dat ze haar zagen springen en dat wist ik dus al. En ik kon mezelf er gewoon niet toe brengen om naar de plek te gaan waar zij... is gestorven.' Hij keek Molly aan. 'Was dat verkeerd, denk je?'

'Daar kan ik niets over zeggen, meneer Oliver, want ik heb zoiets nog nooit meegemaakt.' Ze speelde met haar servet terwijl ze probeerde moed te vatten. 'Hebt u zich ooit afgevraagd waarom ze het heeft gedaan?'

'Ja, daar heb ik veel over nagedacht.'

'U zei een keer dat ze misschien nog zou leven als u iets had gedaan. Maar u hebt nooit verteld wat u daarmee bedoelde.'

Oliver deed zijn ogen dicht, maar toch kwamen er tranen onder zijn oogleden vandaan.

Molly zei geschrokken: 'O, sorry! Ik had er nooit over moeten beginnen. Ik wilde alleen niet dat mevrouw Macklin een keer tegen u zegt wat ze mij heeft verteld. Het leek me beter dat u dat van mij hoorde.'

Hij zette zijn bril af, depte zijn ogen droog met zijn servet en zei: 'Ik waardeer het dat je me dit hebt verteld, Molly. En waarom Imogen het kan hebben gedaan? Ik kan je alleen vertellen dat ze een bijzonder gecompliceerde vrouw was. Een liefhebbende, zorgzame en heel lieve vrouw, maar toch gecompliceerd. En toen de waarheid uiteindelijk aan het licht kwam, denk ik dat ze bepaalde zaken gewoon niet kon accepteren.'

'De waarheid? En wat voor zaken?' Molly dacht weer aan het uitgesneden boek, de geheimzinnige bezoeker en de vreemde machine die Charlie had gevonden met de papieren met Duitse teksten erop. Ze kon niet geloven dat Oliver betrokken was bij criminele of verdachte zaken, maar ze kon ook niet begrijpen wat er wél aan de hand was. Had Imogen zelfmoord gepleegd omdat ze dacht dat haar man een verrader was? Molly kreeg een naar gevoel in haar maag.

Toen Oliver haar aankeek, zag ze iets in zijn blik wat ze eerst niet kon plaatsen. Toen wist ze het opeens.

Angst.

Hij stond op en liep weg zonder antwoord te geven.

Dat hielp niet echt om Molly's groeiende gevoel van onbehagen weg te nemen.

***

De volgende ochtend maakte Molly zich klaar om naar haar werk te gaan, terwijl Oliver bezig was met haar ontbijt. Ondanks de kantine in de kliniek wilde hij per se elke dag haar ontbijt en avondeten klaarmaken.

Molly bleef maar denken aan hun bijzonder open gesprek van de vorige avond. Imogen Oliver had zelfmoord gepleegd omdat de waarheid aan het licht was gekomen en zij 'zaken' niet kon accepteren en meneer Oliver voelde zich schuldig. En hij kon de reden zijn geweest dat ze van die klif in Cornwall was gesprongen. Het was allemaal zo verbijsterend.

Na haar ontbijt deed ze haar verpleegsterscape om, zette ze haar kapje op en verliet ze de winkel.

Mevrouw Macklin was buiten de stoep aan het vegen.

Molly voelde gewoon dat de vrouw had gewacht tot ze naar haar werk ging.

'Ga je weg om zieken en gewonden te verplegen?' vroeg Macklin een beetje sarcastisch.

'Inderdaad.'

'Er zijn gelukkig al een tijdje geen bombardementen meer geweest.'

'Gelukkig niet!'

'Hoe gaat het met Ignatius?'

'Prima, al bijna helemaal genezen.' Ze wilde net afscheid nemen en doorlopen toen Macklin zei: 'Ik wilde je nog even vertellen dat ik die jongen hier weer heb gezien.'

Molly verstijfde en keek haar aan. 'Welke jongen?'

'De jongen die hier samen met jou was. Ik zag hem weleens in de winkel, samen met jou en Ignatius. Ik heb een keertje met hem gepraat en toen zei hij dat hij voor Ignatius wilde werken, maar volgens mij was dat niet echt zo.'

'Wanneer zag u hem dan?'

'O, een tijdje terug. Weken geleden alweer. Ken je hem?'

'Ik... Ik weet niet of we het over dezelfde jongen hebben.'

'Je moet weten dat die inspecteur Willoughby, zo heette hij volgens mij, bij me is geweest. Ongeveer in dezelfde tijd dat hij met Ignatius praatte. Verderop zijn een jongen en een agent gedood, weet je. Die inspecteur wilde een van die jongens vinden en zei dat hij Charlie heette. Ja, Charlie Matters. Ik had durven zweren dat dit dezelfde jongen was die hier bij jou en Ignatius was. Het signalement klopte precies.'

'Volgens mij lijken heel veel jongens op elkaar, mevrouw Macklin.'

'Hoe heet die jongen van jou dan?'

'Tommy, Tommy Barnwell,' zei Molly meteen. Dat was de eerste naam die haar te binnen schoot. In werkelijkheid was dat de naam van een jongen die ze op het platteland had gekend, de zoon van een boer, met een dikke bos rood haar.

'Waar is hij nu dan?'

'Hij is weggegaan en daarna hebben we hem niet meer gezien. Het verbaast me dus dat u hem voor de winkel zou hebben gezien. Ik vraag me af waarom hij ons niet liet weten dat hij hier was.'

'Ja, dat is heel vreemd,' zei Macklin langzaam. Het was wel duidelijk dat ze Molly absoluut niet geloofde. 'Waar komt hij vandaan?'

'Eh... ergens hier in de buurt, volgens mij,' zei Molly behoedzaam.

'Echt? Die jongen vertelde me dat hij uit East End kwam.'

'O ja, dat is waar! Ik haal dingen door elkaar.'

Macklin keek haar vol ongeloof aan. 'Weet je, de laatste keer dat ik hem zag, droeg die jongen het uniform van een loopjongen.'

'Wát zegt u, het uniform van een loopjongen?'

'Ach, je weet wel, van die telegramjongens. Die fietsen door de stad in hun fraaie uniform, met hun pet op en met zo'n bord om hun hals met de tekst "Waarom stuurt u geen telegram naar uw neef in Brighton om hem te laten glimlachen? Kost een shilling." Ik weet wel wie dan zou glimlachen! Dat zou degene zijn met al die shillings.' Met een spijtige blik voegde ze eraan toe: 'Ik heb al jaren geen telegram meer verstuurd. Heb niemand om er een naartoe te sturen. Maar ik heb gehoord dat ze goede zaken doen nu het oorlog is en zo.'

'Tja... Weet u zeker dat het Tommy was?'

'Ik weet alleen dat het dezelfde jongen was die hier is geweest. Ik weet niet hoe hij heet,' zei ze terwijl ze Molly scherp aankeek.

'Dank u wel, mevrouw Macklin. Ik wens u een goede dag.'

'Het wordt ook een goede dag, als die verdomde Duitsers tenminste niet komen opdagen en deze dag verpesten.'

Het War Office komt in actie

Het was zaterdag. Molly had een vrije dag, maar moest de volgende dag wel werken. Ze was vroeg opgestaan omdat ze Olivers ontbijt klaar wilde maken, maar hij was haar voor geweest. Ze had hem eerder verteld dat ze van Macklin had gehoord dat Charlie, in het uniform van een telegrambezorger, door het raam naar binnen had gekeken.

'Dat maakt mijn zoektocht zeker eenvoudiger,' had Oliver gezegd. 'Had hij maar met ons gepraat.'

'Hij is waarschijnlijk bang dat hij ons dan problemen bezorgt.'

'Ongetwijfeld.'

Nu stond Oliver bij het fornuis met een koekenpan in zijn hand. 'Een echt gebakken ei, met bacon en ham? Klinkt dat goed?' vroeg hij. 'En een glas koude melk. Echte, geen gecondenseerde melk of poedermelk, want deze is afkomstig van echte koeien.'

Molly keek verbaasd. 'Bacon en ham? En een glas echte melk? En een echt ei? Voor één maaltijd?' Sinds ze hier woonde, waren haar verwachtingen met betrekking tot eten radicaal veranderd.

'Nieuwe rantsoenen voor de week. Ik bedoel, waarom ook niet?'

'Klinkt heerlijk. Als u het niet te veel vindt.'

'Ik zou willen dat ik je veel meer te eten kon geven, Molly, vooral nu je dit belangrijke werk doet. Als de troepen in een kamp zijn, krijgen ze warm en vers eten. Aan het front is dat niet mogelijk, daar zijn ze afhankelijk van eten uit blik. Nou ja, ik vind dat jij een bijdrage levert aan de oorlogsinspanningen en daarom goed gevoed moet worden.'

'Dat geldt dus ook voor u, met uw taken als blokhoofd.'

Hij glimlachte. 'Ach, dan neem ik misschien ook wat bacon en ham.'

Ze gingen zitten en begonnen te eten.

Molly nam een hap van haar ei en keek hem doordringend aan. 'U, Charlie en ik zijn allemaal mensen kwijtgeraakt van wie we hielden.'

'De dood van jouw nanny was echt tragisch, maar misschien komt je vader nog terug. En je moeder is in Cornwall.'

'Ik betwijfel echt of mijn vader ooit terugkomt, meneer Oliver. Als de beschuldigingen tegen hem waar zijn... Misschien leeft hij niet eens meer.'

Nog niet eens zo lang geleden had Molly dat nooit hardop kunnen zeggen. Maar na alles wat er was gebeurd, leek het haar gewoon het beste om rekening te houden met reële mogelijkheden.

'Misschien niet,' beaamde Oliver.

'Dat geldt ook voor mijn moeder. In de boeken in de kliniek heb ik de medische termen opgezocht uit de brieven van dat instituut. Het is bijzonder onwaarschijnlijk dat ze ooit volledig zal herstellen.'

'Dat vind ik heel erg voor je.'

'Maar als ik Charlie niet toevallig had ontmoet, en wij u niet hadden gevonden, weet ik niet wat er van ons zou zijn geworden.'

'Ik kan hetzelfde zeggen, Molly. Ik was verschrikkelijk eenzaam. Ik ben al ongeveer een jaar helemaal alleen, alleen met mijn herinneringen aan Imogen. Inmiddels begrijp ik wel dat dat niet erg gezond is. En het is aan jou en Charlie te danken dat ik dat nu inzie. Dat ik meer kon geven, dat ik andere vriendschappen moest sluiten. Ik bedoel, wat heeft het leven voor zin als je geen vrienden hebt?'

'Zeg alstublieft niet dat dat iets was wat Imogen tegen u heeft gezegd.'

Hij glimlachte, zichtbaar tevreden met zichzelf. 'Nee, die woorden zijn echt helemaal van mij.'

Een paar minuten later werd hun prettige ontbijt verstoord door het gerinkel van de winkelbel.

Oliver keek op zijn horloge. 'Ik vraag me af wie dat kan zijn op dit tijdstip en op een zaterdag?'

Ze schoven het gordijn open en verstijfden.

Door het glas zagen ze een militair in uniform.

'Is er iemand dood?' vroeg Molly angstig.

'Dat is mijn vriend van het War Office, majoor Scott Bryant. De man aan wie ik die brief over je vader heb gestuurd.'

Hij liet Bryant binnen.

De majoor was groot, had brede schouders en leek onbuigzaam met zijn smalle snorretje. Met zijn handschoenen aan gaf hij Oliver en Molly een stevige handdruk. In zijn andere hand had hij een attachékoffertje en hij klemde zijn pet onder dezelfde arm.

Oliver vroeg: 'Wat kan ik voor je doen, Scott?'

'Ik wil graag even met juffrouw Wakefield praten.'

Oliver vroeg geschrokken: 'Hoe wist je dat ze hier was? Dat had ik niet in mijn brief gezet, alleen dat ik namens haar informatie vroeg.'

'Kom op, Ignatius, ik hoor zulke dingen te weten.'

'Hebt u mijn vader gevonden?' vroeg Molly. 'Ik weet wel dat u schreef dat hij bepaalde misdaden heeft gepleegd, maar dat kan onmogelijk waar zijn.'

'Zullen we naar de studeerkamer gaan?' stelde Oliver voor.

'Weet je, Ignatius, ik wil graag onder vier ogen met haar praten.'

Oliver keek Molly aan. 'Vind je dat goed?'

Ze knikte.

Oliver deed de studeerkamer van het slot, majoor Bryant en Molly gingen naar binnen en Oliver deed de deur achter hen dicht.

Bryant keek om zich heen, nam plaats achter het bureau en zei kortaf: 'Ga zitten.'

Molly ging gespannen zitten.

Bryant opende zijn attachékoffertje en haalde er een dossiermap uit. 'Wanneer was de laatste keer dat u uw vader hebt gezien?' vroeg hij bruusk.

'Toen hij me op de trein naar het platteland zette, in 1939,' zei ze meteen.

'Reisde u alleen?'

'Ja. Mijn moeder was daar niet toe in staat en mijn vader moest werken.'

'Heeft hij u geschreven?'

'Heel af en toe.'

'Hebt u die brieven nog?' vroeg Bryant.

'Ik had ze mee naar huis genomen, maar ons huis is laatst gebombardeerd en toen zijn ze allemaal verbrand.'

'Dat spijt me.'

'Van het huis of van de brieven?' vroeg Molly op kille toon. Ze begon een hekel te krijgen aan de man en zijn botte manier van doen.

'Beide natuurlijk.'

'Waarom vraagt u naar die brieven?'

'Omdat we dan misschien iets hadden om ons op te baseren.'

'Er stonden alleen de gewone dingen in die een vader aan zijn dochter schrijft.'

'Juist,' zei hij terwijl hij haar argwanend aankeek.

'Hebt u de brieven van mijn nanny ook opengemaakt? Ze vertelde me dat...'

Bryant viel haar in de rede: 'Standaardprocedure.' Hij opende de dossiermap en begon erin te bladeren met een nonchalance die Molly ontzettend stoorde. 'We hebben u gevolgd, weet u dat?'

'Ja, of ik vermoedde dat in elk geval. Maar daarna heeft meneer Oliver dat bevestigd.'

'O? Is dat zo?'

Molly werd opeens bang dat ze Oliver in de problemen had gebracht.

Maar Bryant sprak meteen verder. 'We hebben ook gesproken met de Coopers in het dorp buiten Leiston waar u hebt gewoond.'

'Waarom?'

'Om te vragen of uw vader u daar heeft bezocht.'

'Ik had u kunnen vertellen dat dat niet zo is.'

'Maar hij kon u hebben gezegd dat u dat niet aan ons mocht vertellen.'

'Ik zou nooit liegen, zelfs niet voor mijn vader.' Molly wist wel dat ze dat voor Charlie had gedaan tegenover mevrouw Macklin en inspecteur Willoughby, maar vond dat dat niet telde.

Hij keek haar onderzoekend aan. 'Nou, dat is heel fijn om te horen, maar we kunnen geen risico's nemen.'

'Waarom denkt u dat hij een misdaad heeft gepleegd?'

Bryant keek in het dossier. 'Uw moeder is in het Beneficial Institute in Cornwall.' Dat was geen vraag.

'Ik ben er zelf niet geweest, maar mij is verteld dat ze daar is.'

'Wie heeft u dat verteld?'

'Mijn nanny, mevrouw Pride. Ze is gedood tijdens het bombardement dat mijn huis heeft vernietigd. Verder heb ik de brieven van de artsen daar aan mijn vader gelezen.'

'Zijn die brieven ook verloren gegaan tijdens dat bombardement?'

'Ja.'

'Weet u nog wat erin stond? Al is het maar iets?'

'Ik weet nog dat er stond dat ze sociale fobie en neurose had. Dat zijn mentale ziektes, weet ik inmiddels.'

'U mag ook wel weten dat we bij dat instituut zijn geweest.'

'Wat?! Waarom?'

'Om te vragen of uw vader daar na zijn verdwijning op bezoek is geweest.'

'En, is dat zo?'

'Daar kan ik niets over zeggen.'

'Hebt u mijn moeder gezien?'

Deze keer keek hij haar minder streng en met meer medeleven aan. 'Ja, juffrouw Wakefield, heel kort. Ze was helaas niet in staat om onze vragen te beantwoorden.'

'Ik... begrijp het.' Molly sloeg haar blik neer, intens verdrietig.

'Ik heb begrepen dat u hulpverpleegster bent. Daar bent u wel een beetje jong voor, vindt u niet?'

'Door de oorlog worden we allemaal sneller volwassen,' antwoordde Molly gespannen.

Bryant glimlachte. 'In zijn brief zei Ignatius al dat u volwassener bent dan u gezien uw leeftijd zou moeten zijn.'

'Daardoor kan ik complexe zaken begrijpen, zoals de situatie waarin mijn vader verkeert.'

Bryants glimlach verdween. Hij steunde met zijn ellebogen op het bureau en leunde naar voren. 'Ik ben bang dat ik u daar niet veel over kan vertellen.'

'Maar dat betekent dat u me wel iets kunt vertellen.'

'Heeft uw vader op welke manier dan ook contact met u opgenomen sinds u terug bent?'

'Nee, ik heb niets van hem gehoord.'

Bryant leunde naar achteren. 'Uw vader werkte voor ons, jarenlang. Zelfs al voor de oorlog. En hij deed uitstekend werk kan ik wel zeggen. Heel moedig en vindingrijk.'

'Hij wérkte voor u?'

'Voor Engeland eigenlijk.'

'Ik weet dat hij toen ik nog klein was heel vaak naar het buitenland reisde.'

'Ja, dat was zijn werk. Zijn dekmantel was eerst zaken, weet u, internationale transacties, geldzaken, dat soort dingen. Daarna kreeg hij een functie bij het ministerie van Voedsel zodat hij voor ons kon blijven werken. Dat was natuurlijk een dekmantel. Hij heeft daar nooit echt gewerkt. Maar toen stopte hij met zijn werk voor zijn land.'

'Dat begrijp ik niet.'

Bryant haalde diep adem. 'Ik wil u niet onnodig ongerust maken, juffrouw Wakefield, maar de ongezouten waarheid is dat uw vader in koelen bloede drie Britse soldaten heeft vermoord.'

Molly keek hem ongemakkelijk lang aan, maar begon toen te huilen. Ze rende de studeerkamer uit, langs de geschrokken Oliver, en verstopte zich achter het gordijn.

Geheimen

Even later liep Oliver de studeerkamer binnen.

Bryant zat nog steeds, met een zorgelijke blik, achter het bureau.

'Ik zag dat het niet goed is gegaan,' zei Oliver ongerust.

'Dat kun je wel zeggen, ja. En dat is nog zachtjes uitgedrukt.'

Oliver deed de deur achter zich dicht en ging tegenover de majoor zitten. 'Wat voor misdaad heeft hij gepleegd?'

Dat vertelde Bryant hem.

Oliver zei: 'Verdorie, en ik dacht nog wel dat het iets met geld te maken had. Maar Britse soldaten? Dat verklaart je belangstelling. Welke bewijzen heb je? En waarom zou hij dat doen?'

'Wat die bewijzen betreft, we hebben een brief waarin de man schuld bekent.'

'Wat?!'

'Ja, heel bijzonder.'

'Stond erin wat zijn motieven waren?' vroeg Oliver.

'Alleen dat, als wij het recht niet lieten zegevieren, hij dat wel zou doen.'

'Enig idee wat hij daarmee bedoelde?'

'Echt geen idee. Ignatius, kan ik een kop thee krijgen in deze "boekwinkel"?'

'Je weet dat het strikt verboden is om 's ochtends thee te drinken. Maar ik kan je wel trakteren op iets absoluut walgelijks wat volgens de overheid koffie zou zijn.'

Bryant keek hem boos aan.

'Molly bevond zich in een nare situatie,' zei Oliver ernstig. 'Ze probeert er het beste van te maken, maar dat is niet gemakkelijk geweest.'

Bryant knikte. 'Moorddadige vader op de vlucht, moeder in het gekkenhuis, huis in puin... Ja, ze bevond zich inderdaad in een nare situatie. Luister, ik zal zorgen dat het ministerie van Gezondheid je ontlast van dit meisje. Eigenlijk had ik iemand van dat ministerie mee moeten nemen.'

Oliver leunde naar voren met een gespannen, maar scherpe blik. 'Ik zou het als een bijzondere persoonlijke gunst beschouwen als je dat niet doet, Scott. Dat meen ik echt.'

De man keek hem verbaasd aan. 'Waarom?'

'Ze is kwetsbaar en gekwetst en in de war. En ze draagt bij aan de oorlogsinspanningen door haar superieure verpleegstersvaardigheden. Ik vind dat we Molly moeten toestaan om door te gaan met wat ze doet, en ze kan hier blijven terwijl ze dat doet.'

'Maar ze is nog niet eens zestien.'

'Ze is veel volwassener dan veel volwassenen die ik ken.'

Bryant keek hem aandachtig aan. 'Is zij de dochter die je nooit hebt gehad, Ignatius? Gaat het daarom?'

'Waar het om gaat is iemand toestaan haar plicht voor haar land te doen, terwijl ze ondertussen ook nog eens probeert om haar ongelofelijke persoonlijke ellende te verwerken. Ik zou willen zeggen dat ze dat veel beter hier kan doen dan in een weeshuis.'

'Als ik het me goed herinner hebben jij en je broer een tijdje in een weeshuis gezeten.'

'Ja.'

'Toch is hij een bijzonder competente chirurg en ben jij ook goed terechtgekomen.'

'We zijn goed terechtgekomen ondanks, dus niet dankzij die omstandigheden.' Oliver keek de majoor hoopvol aan.

'Dus, kun je deze zaak gewoon laten rusten? Alsjeblieft?'

Bryant dacht daar even over na en zei: 'Als een gunst voor een oude vriend kan ik dat wel doen.' Hij keek om zich heen in de studeerkamer. 'Denk je nog weleens terug aan onze studietijd op de universiteit?'

'Niet vaak, nee. Ik heb andere dingen die me bezighouden. Je weet wel, de oorlog?'

Bryant glimlachte even. 'We hebben veel geluk gehad dat de Duitsers niet alleen East End hebben gebombardeerd. Anders was er misschien een maatschappelijke chaos ontstaan, arm versus rijk, dat soort dingen. Maar ze hebben overal bommen laten vallen.'

'Wat ons natuurlijk dichter bij elkaar heeft gebracht. Iets wat ik met eigen ogen heb gezien tijdens mijn officiële werkzaamheden.'

'Hoe gaat het met je werk als blokhoofd?'

'De recente adempauze was heel aangenaam.'

'Helaas staan ons slechtere tijden te wachten.'

'O, echt?' vroeg Oliver bedrukt.

'Je bent natuurlijk op de hoogte van de Duitse V-1-raketten? Deze zomer zijn ze begonnen die ballistische raketten hierheen te sturen. Eerst naar de kust van Kent, maar Londen is ook doelwit geweest.'

'Die vliegende bommen? Ja, ik heb een paar van die verdomde dingen door de lucht zien vliegen.'

'Gemaakt van een plaatmetaal en multiplex. Ze kunnen een snelheid bereiken van zeshonderdvijftig kilometer per uur en hebben een springlading van bijna een ton. Door die dingen zijn in Zuid-Engeland meer dan zesduizend mensen gedood. Ze hebben een beperkt bereik, waardoor ze het noorden niet kunnen bereiken. We hebben ontdekt dat we hun route kunnen veranderen door een vliegtuig er vlak naast te laten vliegen, waarna die verdomde dingen neerstorten.'

Oliver keek aandachtig naar het gespannen gezicht van zijn

vriend. 'Ik begrijp dat de Duitsers iets anders hebben bedacht wat zorgwekkend is?'

Bryant leunde naar voren en zei zacht: 'Heb je de geruchten over het V-2-programma gehoord?'

'Nee, helemaal niets.'

'Mooi. Het is niet nodig om de burgers bang te maken.'

'Maar schroom niet mij bang te maken,' zei Oliver opgewekt.

'Dat is een nieuw type bom dat de Duitsers klaarmaken om tegen ons in te zetten.'

'Ik zou denken dat ze er daar al veel te veel van hadden.'

'Deze raketten worden, net als de V-1's, niet vanuit een vliegtuig gedropt, want ze hebben hun eigen voortdrijvingsen geleidesysteem, een ingebouwd kompas, externe vleugels en dat soort dingen. Het zijn geleide raketten van dertien ton, echt waar, en die verdomde dingen met een springlading van duizend kilo kunnen een snelheid bereiken van duizenden kilometers per uur. Ze worden vanaf de Nederlandse kust gelanceerd en komen hier natuurlijk neer, maar met dat bereik misschien ook in Birmingham en Coventry.'

'Ik dacht nog wel dat alles zo goed verliep. Wanneer komen ze?'

Bryant zei nerveus: 'Ik zou je dit niet moeten vertellen, maar...'

Oliver keek hem afwachtend aan.

'Ze hebben ze al tegen ons ingezet. Maar wij, ik bedoel de overheid, hebben beweerd dat het gasexplosies waren. We willen geen paniek onder de burgers, begrijp je?'

Oliver leek niet blij. 'Ja, dat begrijp ik.'

'Het enige voordeel is dat je die verdomde dingen niet hoort aankomen, zodat je dood bent voordat je het weet.'

'Een hele geruststelling.'

Bryant keek zijn oude vriend onderzoekend aan. 'Heb je er nooit spijt van gehad dat je niet in Bletchley bent gaan werken, Ignatius? Ze wilden je heel graag hebben, dat weet je, vanwege je talent voor getallen en puzzels en zo. Jouw proefschrift over cryptografie en de mogelijkheden daarvan voor afdelingen met een gezamenlijke doelstelling en bemand door mensen met verschillende achtergronden en intellectuele vaardigheden is een van de redenen dat ze een organisatie als Bletchley hebben opgericht. "Dichters en natuurkundigen", noemde jij dat volgens mij.'

'Pas op, Scott, je wilt de Official Secrets Act niet overtreden.'

'Aangezien ik je heb aanbevolen weet ik dat ze je daar wel moesten laten werken. Maar je had daar veel nuttiger werk kunnen doen dan hier als blokhoofd.'

'Nou ja, ik moest rekening houden met Imogen.'

'Arme Imogen.' Bryant wendde zijn blik af.

'Ja, arme Imogen,' herhaalde Oliver met een blik naar de Crown-typemachine.

Angels of death

Charlie fietste over de brug naar Clapham en kwam onderweg langs het beroemde grote park. Hij was blij, omdat hij ongeveer acht mijl betaald zou krijgen voor deze ene bezorging.

Hij reed een smalle straat in, keek naar de huisnummers en stopte voor een klein bakstenen huis met donkere luiken achter een gietijzeren hek dat heel veel leek op dat van de buren aan beide kanten.

Hij stapte van zijn fiets, opende het hek en liep snel naar de voordeur. Omdat hij nog veel meer telegrammen moest afleveren, had hij haast. Charlie klopte op de deur en wachtte.

Algauw hoorde hij het geklak van hakjes en even later werd de deur geopend door een vrouw van begin twintig. Ze had lichtbruin haar en grote, stralende ogen, en was gekleed in een halflange donkergroene jurk.

'Ja?' zei ze.

'Telegram, mevrouw. Bent u Eleanor Drews?'

'Ja, dat ben ik.'

Charlie overhandigde haar de envelop.

Ze scheurde de envelop open, keek gespannen langs hem heen en begon te lezen.

'Wilt u een antwoord versturen, mevrouw?' vroeg Charlie.

De vrouw gilde en smeet het telegram naar Charlie. Toen begon ze hem te slaan en te stompen.

Daardoor viel zijn pet van zijn hoofd. Hij stapte achteruit, verloor zijn evenwicht en viel bijna van het trapje. Door een stomp tegen zijn wang viel hij echt, en hij voelde dat zijn wang meteen begon op te zwellen.

Drews wankelde en keek met een blik vol afschuw neer op Charlie, die bont en blauw op de grond lag. Ze kreeg tranen in haar ogen, jammerde zacht en viel flauw in de deuropening.

Charlie krabbelde hijgend overeind. Nu keek hij op haar neer, maar hij kon nog niet verwerken wat er zojuist was gebeurd. 'Mevrouw?' Hij knielde en duwde zacht tegen haar arm. 'Mevrouw! Bent u oké?' Hij keek naar binnen en riep: 'Hallo, is daar iemand? Hallo, we hebben hulp nodig. Help!'

Algauw hoorde hij voetstappen die snel dichterbij kwamen.

Er kwam een oudere vrouw aan. Ze riep: 'Ellie!' Ze rende naar de vrouw toe, pakte haar hand en keek Charlie streng aan. 'Wat is er gebeurd? Wat heb je met haar gedaan, jongen?'

Charlie deinsde bang achteruit en zei: 'Ik heb helemaal niets gedaan. Ik gaf haar een telegram en toen begon ze me te slaan.'

Ze keek verbaasd naar zijn uniform. Haar blik viel op het telegram dat Drews had laten vallen. Ze raapte het snel op, las de paar zinnen en liet het vallen. Ze was lijkbleek en stond te trillen op haar benen. 'Josh?' riep ze naar iemand in het huis. 'Josh! Kom hier, snel!'

Een man van ongeveer dezelfde leeftijd kwam snel naar hen toe. Hij had een pijp in zijn hand. 'Wat is er... O mijn god, Ellie! Wat is er gebeurd?'

'Telegram.' De oudere vrouw wees naar Charlie. 'Het is Bill, ben ik bang. Het ergste is gebeurd.'

'O mijn god!'

Drews begon weer bij te komen. Ze hielpen haar opstaan en namen haar mee naar binnen, maar lieten de voordeur openstaan en waren Charlie kennelijk helemaal vergeten.

Hij bukte zich en raapte zijn pet en het verkreukelde telegram op.

VAN MINISTERIE VAN LUCHTVAART 77 OXFORD ST W 1 PC 687 TOT ONZE GROTE SPIJT DELEN WE U MEE DAT VOLGENS ONZE INFORMATIE ONTVANGEN VAN INTERNATIONALE RODE KRUIS UW MAN F/SGT WILLIAM EVERETT DREWS IS GESNEUVELD TIJDENS LUCHTOPERATIES IN DE NACHT VAN 30/10/44 STOP AIR COUNCIL BETUIGT DIEPSTE MEDELEVEN STOP BRIEF VOLGT BINNENKORT STOP...

Charlie vouwde het telegram op, trok de voordeur dicht en duwde het papier voorzichtig door de brievenbus. Hij stapte weer op zijn fiets en reed via de brug terug naar de stad.

Hoewel zijn collega's hem hier al voor hadden gewaarschuwd, was dit de eerste keer dat hij zo'n 'doods'-telegram had afgeleverd. Hij vroeg zich af of zijn moeder zo'n telegram had gekregen toen zijn vader was gesneuveld.

TOT ONZE GROTE SPIJT MOETEN WE U MEDEDELEN DAT SOLDAAT ROBERT CHARLES MATTERS IS GESNEUVELD ALS GEVOLG VAN... STOP

Zijn moeder had hem nooit verteld dat ze zo'n telegram had gekregen, maar dat moet wel, dacht Charlie. Ze had hem die informatie kennelijk willen besparen, tot ze hem op een dag had verteld welke opofferingen zijn vader had gebracht. 'Hij was zo heldhaftig, Charlie. Dat zijn alle soldaten. Hij vocht voor jou en mij, en voor opa en oma. Hij wilde zo graag thuiskomen bij ons, hij hield zoveel van je. Maar... dat kon hij dus niet. Toch zullen we hem en alles wat hij heeft gedaan voor onze veiligheid nooit vergeten.'

Pas nadat zijn moeder was overleden, had Charlie echt nagedacht over wat ze die dag tegen hem had gezegd. Zijn vader wás een held, hij had zijn leven voor hen gegeven en hij zou nooit thuiskomen. Maar ze zouden hem nooit vergeten. Het enige wat dit enigszins draaglijk maakte voor Charlie was dat hij in East End een stuk of zes vrienden had die ook hun vader in de oorlog waren verloren. Hun moeders hadden dat telegram ook allemaal gekregen. Charlie was dus niet alleen in zijn verlies, hoewel hij heel vaak dacht dat dat wel zo was.

Charlie bezorgde de laatste telegrammen van die dag en vroeg zich af of daar meer telegrammen van het leger tussen zouden zitten. Dat was gelukkig niet zo. Maar morgen was het natuurlijk een nieuwe dag om dit soort telegrammen te sturen aan verse weduwen en vaderloze kinderen.

Toen was er alweer een week ten einde, zodat zijn loon werd uitbetaald. Hij kreeg een leuke bonus, omdat Arthur Benedict hem aardig vond en Charlie een harde werker was met de vaardigheid en het talent om meer opdrachten binnen te halen. Elk vrij moment stond Charlie tegenwoordig voor het Savoy, waar de Amerikaanse journalisten verbleven die heel vaak telegrammen verstuurden en dikke fooien gaven. Alle Amerikanen waren kennelijk rijk. Charlie was verschillende keren in het hotel geweest en had gezien dat daar chic geklede mensen zaten te dineren aan tafels gedekt met een linnen tafelkleed, waar ze werden bediend door personeel dat er netjes uitzag. En het eten dat ze in hun mond stopten? Charlie had niet eens geweten dat zulke gerechten bestonden. Hij herinnerde zich dat zijn oma hem had verteld dat daar kaviaar en hors-d'oeuvres werden geserveerd, hoewel hij geen idee had wat dat waren.

'Tot morgen, Ignatius,' zei Benedict. Hij stopte het geld dat Charlie had verzameld in de kassa. Toen hij opkeek zag hij Charlies gehavende gezicht. 'Lieve help, wat is er gebeurd? Ben je van je fiets gevallen?'

Charlie keek hem aan. 'Staat in al die telegrammen hetzelfde, meneer Benedict?'

Benedict keek hem niet-begrijpend aan. 'Over wat voor telegrammen heb je het, jongen?'

'De telegrammen waarin de familie wordt verteld dat hun... dat hij dood is.'

Benedict sloot de kassa en liep naar Charlie toe. 'Heb jij zo'n telegram bezorgd? Er zaten er inderdaad een paar bij vandaag.'

Charlie knikte.

'Ben je daarom aangevallen? Ik had het je misschien moeten vertellen, maar ik was bang dat je die verdomde dingen dan niet zou willen bezorgen. Maar ja, dat moet nu eenmaal gebeuren, want de families móéten het weten. Omdat jongens zoals jij deze telegrammen bezorgen, worden jullie ook wel *angels of death*, engelen des doods genoemd.'

Charlie keek hem zwijgend aan.

'Weet je, Ignatius, er zijn zoveel van dit soort... berichten dat... Nou ja, de regering denkt kennelijk dat een zekere uniformiteit noodzakelijk is.' Hij keek Charlie nerveus aan. 'Dus ja, in allemaal staat bijna precies hetzelfde. Behalve de namen natuurlijk. Je vader... Je zei Duinkerken. Dus heeft je moeder er ook eentje gekregen?'

Charlie luisterde al niet meer. Hij draaide zich om en liep naar buiten.

Benedict bleef nog een tijdje met een ongemakkelijk gevoel naar zijn handen kijken.

Sorry, Eddie

Charlie fietste in het donker naar zijn nieuwe 'huis' in de kelder van een gedeeltelijk ingestort gebouw. Het stond vlak bij het telegramkantoor in een straat die ooit een drukke doorgaande weg was geweest, maar nu het oorlog was heel stil was geworden.

Hij rolde zijn fiets de trap af en duwde de deur open. Op een bordje werd gewaarschuwd voor gevaarlijk gifgas. Hij had dat bordje in een vuilnisbak aan de rivieroever gevonden en dat leek hem een goede manier om nieuwsgierige mensen bij zijn nieuwe optrekje weg te houden.

Voor zijn avondeten had hij brood, kaas, een stuk gebakken worst dat hij voor een paar pence van Peter Duckett had gekocht, een rauwe wortel en een kop water uit een waterkraan buiten. Bovendien had hij een stuk cake. Hij vouwde het vetvrije papier voorzichtig open, keek naar de gekookte rozijnencake, die meestal War Cake werd genoemd, en koos aandachtig een plakje dat even dik was als zijn duimnagel breed was. Hij nam een hap en nog een hap, en hield alles in zijn mond tot het bijna was gesmolten. Hij dacht dat er echte suiker in zat. Hij liet de rest in het vetvrije papier zitten en stopte dat in zijn tas. Deze tas had hij met een deel van zijn mijlengeld gekocht van een winkelbediende in Sainsbury. Charlie had voor de oorlog een keer een stuk Jaffa Cake gehad en toen gedacht dat er niets lekkerder kon zijn dan dat. De War

Cake kwam daar echter heel dicht bij in de buurt, maar dat kwam misschien alleen doordat hij zijn verwachtingen naar beneden had bijgesteld.

Het was al tien uur geweest, zijn benen waren moe van het fietsen en zijn gezicht deed nog steeds pijn. Maar de jonge vrouw die hem had geslagen was haar man kwijtgeraakt. Zijn wonden zouden genezen, maar die van haar misschien nooit. Charlie ging op zijn 'bed' liggen en pakte het boek en de pen die Oliver hem had gegeven. Hij opende het dagboek en keek naar de woorden die Lonzo op het schutblad had geschreven: *Sowrie, Edie.*

Ja, sorry, Eddie, dacht Charlie. Jij zou nog moeten leven, makker.

Hij had al veel bladzijden van het dagboek beschreven. Meestal schreef hij 's avonds of 's nachts, want hij viel altijd maar moeilijk in slaap. In het licht van een kaars, met de geluiden van de stad vlak voor de deur, zat Charlie vaak moeizaam te schrijven. Misschien móést hij zijn gedachten uit zijn hoofd wel op papier zetten, omdat hij ze dan misschien beter kon begrijpen.

Toen hij klaar was, las hij wat hij had geschreven en vond dat hij niets bijzonders had geschreven te midden van alle spelfouten.

Maar je bent niet bijzonder, Charlie. Je bent dertien in een dozijn. Dat zegt iedereen, behalve oma en ma. Maar zij zijn nu dood, dus...

Misschien vonden meneer Oliver en Molly hem een beetje bijzonder. Zonder Molly's hulp zou hij nadat zijn oma was overleden verloren zijn geweest. En zonder de hulp van meneer Oliver zouden hij en Molly op straat hebben geleefd of in een weeshuis zijn gestopt. Het leek alsof ze met z'n drieën een kans hadden om het te overleven. Toch kon hij nooit meer bij hen zijn, en dat deed veel meer pijn dan hij ooit had kunnen vermoeden. Hij had altijd gedacht dat hij zich in zijn eentje prima zou redden, hoewel het volgens hem niet goed was voor mensen om alleen te zijn, niet altijd tenminste.

Via een binnentrap liep hij naar het dak van het beschadigde gebouw. Charlie keek uit over de stad waarvan de delen zoveel van elkaar verschilden dat het soms leek alsof verschillende landen willekeurig aan elkaar waren geplakt. Hij kon zo vrij als een vogeltje langs Buckingham Palace rijden, maar zou nooit binnen worden gelaten. Mannen in pak en in een chique auto konden naar East End rijden om iemand met een huurachterstand uit huis te zetten, maar zouden nooit worden geaccepteerd of gerespecteerd in East End. De oorlog had de mensen een beetje dichter bij elkaar gebracht, maar volgens hem zou dat niet zo blijven. Dan werd alles weer zoals het altijd was geweest en hadden ze opnieuw een probleem.

Tenzij we allemaal Duits praten.

Verloren & gevonden

'Hallo, kan ik u even spreken?' vroeg Oliver toen hij het zoveelste postkantoor binnenliep tijdens zijn eindeloze zoektocht naar Charlie.

Arthur Benedict keek hem aan. 'Natuurlijk, meneer. Is er een probleem?'

Oliver liep naar de toonbank. 'Nee hoor, ik vroeg me alleen iets af over uw telegramjongens?'

Benedict keek hem ongerust aan. 'Wat is daarmee?'

'Ik probeer iemand te vinden.'

Benedict bekeek hem van top tot teen en vroeg behoedzaam: 'Waarom, zit de jongen in de problemen?'

'Nee hoor, helemaal niet. Het is alleen zo dat zijn moeder weer in de stad is en we hem niet kunnen vinden. We weten alleen dat hij als telegramjongen werkt, maar dat is alles.'

'Ik begrijp het niet. Was hij dan niet thuis?'

'Dat is het probleem dus. Hij is niet thuis en zijn moeder maakt zich grote zorgen om hem.'

'Naam?'

'Charlie Matters?'

'Nee, ik heb geen jongen die zo heet.'

Oliver leunde naar hem toe en zei op vertrouwelijke toon: 'Misschien gebruikt de jongen wel een valse naam.'

Benedict werd bleek. 'Een valse naam! Waarom, is hij een crimineel of zo?'

'Nee, maar thuis was niet alles in orde, weet u. Zijn moeder moest naar het platteland om voor haar zieke zus te zorgen en...'

'En dat beviel die jongen niet?'

'Klopt. Het was eigenlijk een groot fiasco. Maar ze wil nu dat hij thuiskomt en is wanhopig naar hem op zoek.'

Benedict pakte een vel papier uit een la. 'Kijk, op deze lijst staan al mijn jongens.'

Oliver las alle namen tot hij Ignatius Oliver zag staan.

'Ziet u iemand die u herkent?'

'Inderdaad. Dat is hem.' Oliver wees naar de naam.

'Ignatius? Hij is echt een goede jongen. Een van mijn beste jongens. Werkt hard en heeft iets bijzonders.'

'Ja, dat is waar.'

'Hij komt de komende uren waarschijnlijk niet terug.'

'Weet u wat, laten we de jonge Ignatius verrassen. Als hij terugkomt, kunt u hem dan op pad sturen met een telegram?'

'Ja, meneer, dat is ons werk immers.'

'Natuurlijk.' Oliver vulde het telegramformulier in en betaalde het verschuldigde bedrag.

'Het zal wel ergens in de middag worden, meneer. Tegen een uur of vier.'

'Uitstekend.' Hij gaf Benedict een *crown*. 'Kunt u zorgen dat dit zijn laatste telegram is van vandaag? Zodat zijn moeder tijd met hem kan doorbrengen en de zaak kan uitpraten?'

Benedict nam het muntstuk aan en stopte het in zijn zak. 'Natuurlijk, meneer.'

'Zijn moeder zal dolblij zijn. Maar geen woord, hè?'

'Zoals u zegt, meneer. Mondje dicht.'

***

'Molly, kindje, voel je je wel goed?' vroeg hoofdzuster Tweedy.

'Wat zegt u?' vroeg Molly afwezig.

'Je rolt vieze stukken verband op. De schone zitten in die bak.'

'Lieve help! Wat spijt me dat.' Molly legde de vieze stukken verband in de juiste bak en waste daarna haar handen grondig bij de gootsteen.

'Voel je je echt wel goed?' vroeg Tweedy.

'Eerlijk gezegd heb ik slecht nieuws gekregen over een familielid en daar dacht ik kennelijk aan. Het zal niet weer gebeuren, dat beloof ik.'

'Dat is goed, hoor. We zijn allemaal maar mensen. Kan ik iets voor je doen?'

'Nee, hoofdzuster. Dat zou ik wel willen, maar het is gewoon niet zo.'

'Heb je tijd nodig om dingen te regelen?'

'Nee, ik blijf liever werken. We hebben het nu zo druk en het helpt me om niet aan andere dingen te denken.'

'Uitstekend, zoals je wilt.' Tweedy liep weg.

Molly begon de schone stukken verband op te rollen en dacht ondertussen aan haar vader, die van moord werd verdacht. Nu viel alles op zijn plaats, zoals dat haar vader op die manier was vertrokken en geen contact met haar had opgenomen. Ze kokhalsde bijna toen ze zich voorstelde dat hij de trap naar de galg op liep. Ze legde de opgerolde verbanden weg en sloeg haar handen voor haar gezicht.

Het was wel duidelijk dat ze haar geliefde vader nooit terug zou zien. En haar moeder? Zij had een mentale ziekte en woonde in een sanatorium. Het was al even geleden dat ze dokter Stephens die brief had gestuurd, maar hij had nog niet teruggeschreven. Ze vroeg zich af of hij dat ooit zou doen. Misschien wilde hij geen informatie delen met een kind.

Maar ik ben geen kind. Ik ben hulpverpleegster en doe mijn plicht. En zij is mijn moeder.

Na haar gesprek met majoor Bryant was ze naar boven gevlucht. Ze had zich op haar bed laten vallen en had eens goed gehuild – of eigenlijk slecht gehuild. Het was zelfs zo erg geweest dat ze bijna ademnood had gekregen.

Beheers je, Molly, had ze tegen zichzelf gezegd. *Hier schiet je niets mee op. Je kunt niets van dit alles veranderen met tranen.*

Meneer Oliver had tevergeefs geprobeerd haar op te vrolijken. Haar leven, dat voor de oorlog zo perfect was geweest, was nu volkomen vernietigd en net zo'n puinhoop als haar huis.

Molly was de rest van de ochtend bezig met het verzorgen van patiënten, waarbij ze er goed op lette dat ze niet nog meer fouten maakte. De zalen lagen vol, de verwondingen waren ernstig en de pijn van de patiënten was hevig. Dat alles had een vernietigend effect op iedereen, op de patiënten én op hun verzorgers.

Ze had Lonzo elke dag verzorgd in de hoop dat hij haar iets over Charlie zou vertellen, maar hoewel hij soms bij bewustzijn was en dan iets kon eten of een beetje kon drinken, was hij niet helder en herkende hij haar niet eens.

Later die middag liep ze snel naar The Book Keep om de laatste post op te halen. Daar was ze mee begonnen nadat ze haar brief aan dokter Stephens had verstuurd. Met de reservesleutel die Oliver haar had gegeven opende ze de deur. Ze raapte de brieven op die de postbode door de brievenbus had gepropt en zag dat één brief aan haar was gericht. Ze hapte naar adem, want de brief was van het Beneficial Institute! Ze liep naar de toonbank, maakte de envelop snel open en begon te lezen.

Dokter Stephens bevestigde de ontvangst van haar brief en schreef dat het hem speet dat hij haar moest vertellen dat de toestand van haar moeder onlangs snel was verslechterd. Molly werd steeds mismoediger, want dokter Stephens leek niet veel hoop meer te hebben.

Haar problemen zijn helaas ernstig en intens. Wij zijn er ondanks bepaalde behandelingen niet in geslaagd om vooruitgang te boeken. Ze heeft ook ernstige mentale stoornis-

sen en ik weet eerlijk gezegd niet goed hoe lang ze dit kan overleven. Het spijt me dat ik u dit moet vertellen, juffrouw Wakefield, maar ik vond dat u het wel moest weten. Hoogachtend...

Molly vouwde de brief zorgvuldig op en stopte hem weer in de envelop. Ze liep daarna een beetje versuft terug naar de kliniek en botste bij de hoofdingang tegen iemand op. 'Charlie!' Ze glimlachte breed en omhelsde hem.

'M-Molly!' stamelde Charlie, terwijl zij hem bijna fijnkneep. 'Wat doe jij hier?'

'Ik werk hier.'

Oliver kwam de hoek om en riep stralend: 'Ignatius Oliver, de telegramjongen. Ja toch, Charlie?'

'Hoe weet u dat?' vroeg Charlie verbaasd.

Oliver vertelde hem wat hij had gedaan en dat Charlie de rest van de dag vrij was. 'Je moet met ons mee naar huis komen, Charlie.'

'Dat kan ik niet doen. Die agent...'

'Charlie,' zei Molly. 'Je vriend Lonzo ligt in de kliniek. Het lijkt wel alsof hij is mishandeld.'

'Mishandeld?! Kan... kan ik hem zien?'

'Ja, maar ik ben bang dat hij je misschien niet zal herkennen.'

& Verloren

Molly bracht Charlie naar de zaal waar Lonzo lag.

Charlie nam zijn pet af en ging op de houten stoel naast het bed van zijn vriend zitten. Hij had Lonzo al een tijdje niet gezien en vond dat Lonzo bijna dood leek. 'Lonzo, ik ben het, Charlie.'

Lonzo reageerde helemaal niet.

Charlie keek naar Molly en Oliver, die in de deuropening stonden.

Hij keek weer naar Lonzo en haalde iets uit zijn zak. Het was het dagboek dat hij tegenwoordig altijd bij zich had en waar hij soms in schreef als hij ergens stopte om te lunchen. Hij opende het dagboek. 'Sorry, Eddie,' zei hij, terwijl hij het boek omhooghield zodat Lonzo het kon zien. 'Jij hebt dat geschreven, Lonzo, aan Eddie, je beste vriend.'

Lonzo's rechteroog bewoog even en even later leek zijn linkeroog een beetje te trillen toen hij probeerde naar het boek te kijken. 'E-Eddie?' vroeg hij met een zwakke stem.

'Inderdaad, Lonzo. Eddie, onze vriend.'

'Hij is d-dood.'

Charlie liet het boek zakken. 'Ja, hij is dood.' Hij keek Lonzo onderzoekend aan. 'Wie heeft dit met je gedaan? Wie heeft je mishandeld?'

'Politieagenten.'

'Politieagenten?'

Charlie keek naar Oliver, die het ook had gehoord.

Lonzo zei: 'Die... Will nog wat. Hij en die agent hebben dat gedaan. Me op mijn hoofd geslagen. Me in de cel gezet en me toen op straat gedumpt.'

'Inspecteur Willoughby van de recherche,' zei Oliver op grimmige toon tegen Molly. 'Excuseer me.' Hij ging weg.

Charlie pakte Lonzo's hand. 'Daar hadden ze het recht niet toe. Wij hebben nooit gewild dat Eddie en die agent iets overkwam. En ik durf te wedden dat daar ook de doodstraf niet op staat. Hij loog.'

'Het s-spijt me, Charlie. Ik heb hun over jou verteld.'

'Dat is wel goed, Lonzo. Ga maar rusten. Ik blijf bij je, vriend.'

Lonzo sloot zijn ogen en zijn ademhaling leek iets krachtiger.

Charlie zei tegen Molly: 'We hebben nooit gewild dat er iets ergs gebeurde, Molly. We zijn gewoon weggerend omdat we bang waren.'

'Dat weet ik, Charlie. Ik ben gewoon blij dat je veilig bent.'

Een uur later zag Molly tot haar grote verbazing dat majoor Bryant en een andere man in uniform de zaal binnenkwamen. Ze waren in gezelschap van Oliver, die iets tegen Bryant fluisterde, waarop de man instemmend knikte.

Bryant praatte een tijdje zachtjes met Charlie en Lonzo.

Daarna, geholpen door Charlie, ondertekende Lonzo een papier dat Bryant hem voorhield.

'Goed gedaan, jongen,' zei Bryant. Hij liep terug naar Oliver en Molly. 'Nadat je me belde, Ignatius, heb ik een onderzoek ingesteld. Tegen deze Willoughby zijn al heel veel klachten ingediend, de man is een rotte appel. Hij heeft zelfs een van ónze jongens mishandeld nadat die wegens een aanklacht van openbare dronkenschap in een cel was beland. Ik heb Lonzo een officiële aanklacht laten ondertekenen. Hij vertelde dat een agent hem ook heeft geslagen. Deze agent zal, zodra we de duimschroeven aandraaien, snel genoeg tegen Willoughby getuigen. Ik weiger dit te accepteren. Lonzo probeerde zich aan te melden bij het leger toen ze hem oppakten, zei hij, al was hij daar nog niet eens oud genoeg voor. Lonzo vertelde me ook wat er bij de boekwinkel is gebeurd én dat hij Charlie heeft gedwongen mee te doen. Willoughby probeerde hem wijs te maken dat dit iets is waar de doodstraf op staat, wat natuurlijk niet zo is. Ik denk dat ik veilig kan zeggen dat Charlie noch Lonzo hier problemen mee krijgen, tenzij jij natuurlijk een aanklacht tegen Lonzo wilt indienen, Ignatius, voor de poging tot inbraak in je winkel die hij nu feitelijk heeft bekend.'

'Ik wil geen aanklacht indienen,' zei Oliver zacht.

'Dat dacht ik al,' zei hij, waarna hij samen met de andere militair vertrok.

Toen Molly en Oliver naar Charlie keken, stroomden er tranen over zijn wangen.

'Charlie!' Molly wilde naar hem toe rennen, maar bleef abrupt staan.

Charlie keek naar Lonzo, wiens ogen open waren en niets zagen.

'Hij is dood,' zei Charlie verdrietig. 'Lonzo is dood.'

Wantrouwen

Het vuur in de open haard in Olivers studeerkamer knetterde. Ze waren net terug van Lonzo's begrafenis. Lonzo was naast zijn moeder begraven. De politie had alles geregeld en de rekening van de begrafenisondernemer betaald. Inspecteur Willoughby en agent Higgins waren gearresteerd en aangeklaagd voor de dood van Lonzo, en zouden in hechtenis blijven tot het proces.

Charlie droeg zijn uniform, Molly een verschoten zwarte jurk die ze van een van de andere verpleegsters had geleend en Oliver zijn enige pak. Nu zaten ze vlak bij het vuur, omdat het buiten heel koud was geworden.

Charlie had niets willen eten en zat met een kop thee in zijn handen. Hij had nog niet eens een slok genomen.

Oliver en Molly zaten aandachtig naar hem te kijken.

'Het was een mooie dienst, nietwaar?' zei Molly met een nerveuze blik naar Oliver.

'Ja, inderdaad,' zei Oliver. 'Ja toch, Charlie?'

Charlie knikte alleen.

Molly herinnerde zich opeens iets. 'O ja, dokter Stephens van het Beneficial Institute heeft me teruggeschreven!'

'Echt? Wat zei hij?' vroeg Oliver.

'Het gaat helaas niet goed. Het gaat helemaal niet goed met mijn moeder. Hij is zelfs bang dat ze doodgaat.'

'O Molly, wat vind ik dat erg voor je,' zei Oliver.

'Weet u, ik wil haar eigenlijk graag zien voordat... ze sterft. Maar ik weet niet of dat wel kan.'

'Wist ik maar hoe je daar kunt komen,' zei Oliver. 'Ik heb het wel nagekeken, maar de treinen nemen geen burgers meer mee naar Cornwall. De meeste passagierstreinen zijn beschadigd en de spoorwegen rijden alleen nog maar voor militaire doeleinden.'

'Ja, natuurlijk.'

Op dat moment ging het luchtalarm af.

Oliver schudde zijn hoofd en deed even zijn ogen dicht. *Waarom moeten jullie juist vanavond komen, stelletje klootzakken?*

Ze renden de kamer uit en pakten hun jassen en gasmaskers.

Oliver had een nieuw blokhoofduniform gekregen en trok dat snel aan. 'Kom mee, opschieten! Voordat het rode alarm afgaat.'

Ze renden door de kou en in het donker naar de dichtstbijzijnde schuilkelder.

Oliver bracht hen veilig naar binnen en voegde zich daarna op de afgesproken plaats bij Lee Parker. Ze haalden iedereen op die op hun lijsten stond en brachten deze mensen naar de juiste schuilkelders. Er stonden nog maar een paar mensen op hun lijst toen ze het bekende gedreun hoorden. Ze keken omhoog en zagen donkere sigaarvormige vliegtuigen overvliegen. Het afweergeschut kwam in actie, maar toch volgde er een nieuw bombardement.

'Zo te zien zijn dat een heleboel van die verdomde dingen,' zei Parker rustig boven het geluid uit van het afweergeschut en de vliegtuigmotoren boven hun hoofd.

'Inderdaad,' zei Oliver grimmig.

Ze renden allebei een andere kant op om de laatste mensen op te halen die moesten schuilen.

Toen de eerste bommen vielen, klopte Oliver net op de deur

van The Secret Garden. 'Desdemona! Ik ben het, Ignatius. Het is niet veilig om in je kelder te blijven. Kom alsjeblieft met me mee.'

Hij kreeg geen antwoord.

Hij bonsde harder. 'Desdemona! Ik ben het, Ignatius. Je moet met me meekomen naar de schuilkelder.' Hij wilde de deur openen, maar die zat op slot. Hij keek zoekend om zich heen in de steeg toen er in de verte nog meer bommen ontploften. 'Desdemona!'

Stom mens!

De regering had eindelijk de waarheid over de V-2's bekendgemaakt. Er waren er al meer dan honderd op Londen gestuurd. Ze sloegen zonder enige waarschuwing in en vernietigden alles wat op hun pad kwam. Geen gebouw en geen mens boven de grond was veilig, omdat ze zo snel vlogen dat er niet echt voor gewaarschuwd kon worden. En hoewel de sirenes en de vliegtuigen in de lucht aangaven dat er een conventioneel bombardement zat aan te komen, konden de V-2's op elk moment aanvallen.

Oliver zette zijn schouder tegen het hout en duwde hard. De deur sprong open en hij rende naar binnen. 'Desdemona!'

Hij doorzocht eerst haar hele winkel en daarna haar woning boven, gewoon om er zeker van te zijn dat ze niet in slaap was gevallen en daardoor de sirenes niet had gehoord. Toen rende hij naar de kelder. Hoewel veel Londenaren, net als Macklin, liever in hun eigen huis scholen, wist hij dat Macklin reuma en slechte longen had. Daarom probeerde hij haar elke keer over te halen om naar de schuilkelder te gaan. Ze was bijna nooit bereid om mee te gaan, maar dit was de eerste keer dat ze niet had gereageerd toen hij bij haar aanklopte.

Hij vond haar in de kelder. Nu was duidelijk waarom ze niet naar de deur was gekomen, want ze was dood. Het was geen natuurlijke dood geweest. Daar hoefde hij niet naar te gissen, want het mes stak nog steeds uit haar borst.

Hij knielde naast haar. 'Mijn god!'

Haar ledematen waren zwaar en haar huid was nog een beetje warm, maar koelde snel af. Een explosie, waardoor de hele theewinkel schudde, bracht de geschokte Oliver terug naar de realiteit.

Hij pakte een deken van een smal bed dat in de hoek stond en bedekte daarmee haar lichaam. Hij ging snel weer naar boven, verliet de winkel en rende door de steeg, terwijl hij in de verte nieuwe explosies hoorde.

Er stond nog één persoon op zijn lijst. Het huis van deze man was verlaten, dus was hij waarschijnlijk al naar de schuilkelder gegaan. Dat hoopte Oliver tenminste. Hij keek weer omhoog, de lucht was vol vliegtuigen en het luchtafweergeschut was zo hevig dat de eerst nog heldere hemel nu bijna onzichtbaar was door alle rook. Hij hoorde het snelle geratel van machinegeweren en het gegier van vliegtuigmotoren, en wist dat dat betekende dat piloten van de RAF honderden meters boven zijn hoofd de vijand aanvielen.

Hij rende naar de schuilkelder en zag opeens twee vliegtuigen die naar beneden doken. De ene was een Britse Beaufighter en de andere een Duitse Messerschmitt. De Messerschmitt vloog voorop en het Britse vliegtuig probeerde het in te halen.

'Neem ze maar te pakken!' riep Oliver tegen de RAF-piloot.

De Duitse piloot had de geüniformeerde Oliver kennelijk gezien, want hij stuurde de Messerschmitt in zijn richting en vuurde een vernietigende kogelregen op hem af. Daardoor werd Oliver gedwongen om dwars door een glazen winkeldeur te duiken. Hij gleed over de glasscherven naar binnen, kwam tegen een toonbank tot stilstand en bleef versuft liggen. Ondertussen vlogen de beide vliegtuigen in hoog tempo door de straat, slechts een meter of zes boven het wegdek.

Oliver stond op, liep schuifelend over het gebroken glas naar de verbrijzelde deur en keek naar buiten. In de verte zag hij een explosie. Dat was geen bom, maar de Duitse piloot had zijn vliegtuig niet meer onder controle gehad waardoor dat tegen een gebouw was gevlogen. De Britse Beaufighter schoot omhoog om de Luftwaffe-luchtvloot opnieuw aan te vallen.

Oliver ademde diep in en voelde voorzichtig aan zijn beurse arm. *Zou ik voor deze oorlog hebben geloofd dat ik ooit twee vliegtuigen die met elkaar in gevecht waren door de straten van Covent Garden zou zien vliegen?!*

Hij liep weg en was even later in de schuilkelder, waarvan hij de deur achter zich op slot deed. Hij ontdekte Charlie en Molly, die ergens in een hoekje zaten.

'Bent u oké, meneer Oliver?' vroeg Charlie toen hij zijn vieze en kapotte kleren zag.

'Ik ben in orde, Charlie. Het alternatief zou wel heel onplezierig zijn geweest.'

Uren later, toen het bombardement voorbij was, nam Oliver de jongelui meteen mee terug naar The Book Keep. Daarna voerde hij een telefoongesprek.

Dertig minuten later verscheen de politie in gezelschap van iemand die op een arts leek en een dikke dokterstas bij zich had. Molly en Charlie zagen stomverbaasd dat Oliver de mannen meenam naar de theewinkel aan de overkant en samen met hen naar binnen ging.

Nadat de politie eindelijk was vertrokken, kwam Oliver terug naar de boekwinkel, waar Molly en Charlie hem bestookten met vragen. Hij stelde hen gerust, deed de winkeldeur op slot en nam hen mee naar de studeerkamer. 'Goed, ik zal jullie vertellen wat er is gebeurd. Het is een feit dat iemand eh... mevrouw Macklin heeft vermoord. Ik vond haar lichaam in de kelder toen ik haar opzocht tijdens het bombardement.'

'Verdorie!' riep Molly.

Charlie en Oliver keken haar verbaasd aan.

'Ja, het is heel schokkend,' zei Oliver.

‘Was er bij haar ingebroken?’ vroeg Charlie.

‘Het leek niet op een inbraak.’

‘Wie zou haar dan iets willen aandoen?’ vroeg Molly.

‘Dat weet ik niet. Sinds het begin van de oorlog is er zeker meer criminaliteit in de stad. Daar kan het door komen. Misschien dachten ze dat zij in een schuilkelder was en heeft ze hen misschien betrapt en deden ze toen... wat ze deden.’

Molly wist niet waarom, maar ze keek naar de boekenplank waar alleen het boek met de uitgesneden bladzijden stond: *Jacques* van George Sand. Toen ze daarna naar Oliver keek, zag ze dat zijn blik op haar rustte.

Oliver leek helemaal niet blij.

Een schokkende ontdekking

Een paar dagen later tikte iemand kort na middernacht op het raam. Dat tijdstip had iets mystieks, dacht Oliver terwijl hij langzaam naar de deur liep. Soms in een verhaal en soms in het echte leven. Oliver schoof de verduisteringsgordijnen een stukje open en zag dat Cedric buiten stond. Hij deed de deur open, legde een vinger tegen zijn lippen en fluisterde: 'Doe alsjeblieft heel zachtjes, hier zijn nog een paar mensen.'

'Dat weet ik, Ignatius,' siste Cedric. 'En dat bevalt me helemáál niet.'

Oliver nam Cedric mee naar de studeerkamer, deed de deur dicht en keek zijn bezoeker aan. 'En?'

'Wat doen die kinderen hier?' vroeg Cedric.

'Maak je geen zorgen. Ik ben op zoek naar ander onderdak voor hen. Goed, vertel me alles over mevrouw Macklin.'

'Over wie?'

'Over die nieuwsgierige vrouw van de theewinkel aan de overkant.'

'Wat is er met haar?'

'Ze is dood. Iemand heeft haar doodgestoken.'

'Interessant.'

'Wil je zeggen dat je daar niets van weet?' vroeg Oliver ongelovig.

'Nou, als iemand haar heeft vermoord, heb jij de reden misschien al ontdekt. Misschien heeft ze dingen gezien waar ze niets mee te maken had en moest er iets worden gedaan voordat ze haar valse verdachtmakingen kon spuien en daar schade mee kon aanrichten. Jou beschadigen, bedoel ik. Ik speculeer natuurlijk maar, want ik weet er echt niets van.'

'Denk je echt dat ze mij verdacht?' vroeg Oliver.

'Laat ik het zo zeggen: als bepaalde inlichtingen zouden worden ingewonnen, discreet natuurlijk, en als die inlichtingen erop wezen dat de vrouw misschien van plan was om de autoriteiten te informeren over bepaalde dingen die ze had gezien, over bepaalde mensen die ze verdacht uitziende dingen had zien doen, dan denk ik dat het mogelijk was dat belangrijke plannen werden verstoord. En dat kon natuurlijk niet worden toegestaan.'

'Ik begrijp het. Goed, de politie is er geweest en stelde bijzonder ongemakkelijke vragen.'

'Wat denkt de politie?' vroeg Cedric.

'Ik heb hun verteld over de poging tot inbraak in mijn winkel. Maar het was beter geweest als haar kassa was leeggehaald.' Hij keek Cedric doordringend aan. 'Dat had mijn theorie geloofwaardiger gemaakt.'

Cedric haalde zijn schouders op en zei met een hooghartige glimlach: 'Daar heb ik geen moment aan gedacht. Weet je, in Duitsland is geen criminaliteit. Dat zou de Führer niet toelaten.'

'Zeer lovenswaardig. En, wat wil je nu?'

'Zoals je weet heeft D-day ons volkomen verrast. En nu de geallieerden Frankrijk, België en het grootste deel van Nederland hebben heroverd, zijn we bijna heel West-Europa kwijt. En jouw meest recente informatie was niet bepaald verrassend. Je moet... hoe zal ik het zeggen... je prestaties verbeteren.'

'Ten eerste was het Duitse debacle tijdens D-day niet mijn schuld. Mijn eerdere rapporten hebben steeds heel duidelijk naar de juiste locatie gewezen.'

'Alleen zagen we die aanwijzingen pas toen het al te laat was. Zorg dat het de volgende keer op tijd is.'

'Ten tweede, als ik te direct ben, hangen ze me op en dan kan ik helemaal niets nuttigs meer voor jullie doen.'

'Maar in september begon een geallieerd offensief in de Baltische staten, en nu ziet het er niet goed uit voor Duitsland. Als die campagne slaagt, is Polen het enige land dat nog tussen het Rode Leger en Duitsland in staat.'

Oliver keek de man grimmig aan. 'Ironisch, want Polen was het eerste slachtoffer van de Blitzkrieg van de Führer. Maar ik begrijp je dilemma. De Amerikanen maken krijgsgevangenen, maar de Russen schieten ze dood.'

'Als Stalin Duitsland verslaat, worden we allemaal communisten,' snauwde Cedric.

'Inderdaad. En dat kunnen we natuurlijk niet toelaten.'

Cedric zei: 'Goed. Heb je de informatie die ik nodig heb?'

'Ik denk dat je superieuren heel blij zullen zijn. Ik denk zelfs dat dit een domme flater zal veranderen in een briljante strategische zege, en jou daardoor een plaats zal geven in de heilige eregalerij van de Duitse spionagewereld. Ik feliciteer je, Herr Cedric Axmann.'

'Jullie Britten zijn zo goed met woorden. Geef een gek een Brits accent en dan klinkt het alsof hij Shakespeare citeert of, nog beter, Goethe.'

Oliver glimlachte. 'Toch is hij dan nog steeds een gek.'

'Goed, en die informatie? Ik heb haast.'

Oliver liep naar de boekenkast, pakte *Jacques* en gaf het boek aan Cedric.

De man keek meteen naar de titel. 'Alweer een boek van George Sand, die Française?' vroeg Cedric minachtend.

'Imogen was weg van haar.'

'Haar affiniteit met de Fransen zegt me niet veel, maar je vrouw wordt wel gemist.'

‘Dat is waar. Ik mis Imogen heel erg.’ Olivers ontspannen houding verdween opeens.

Cedric schrok, liep snel naar de deur en rukte hem open.

Daar stonden een doodsbange Charlie en Molly.

Een complete ommekeer

De grijze vierdeursauto, een Humber Snipe, reed langzaam door de verlaten verduisterde straten. Cedric zat achter het stuur. Naast hem zat Oliver. Op de achterbank hield een grote, breedgeschouderde man in donkere kleren een Luger op Molly en Charlie gericht.

Cedric keek in de spiegel naar hen. 'Hier word ik helemaal niet gelukkig van, Ignatius. Ik heb zelf kinderen.'

'Denk je soms dat het mij gelukkig maakt? Ik ben hen heel aardig gaan vinden!' snauwde Oliver.

'Maar dit was jóúw schuld. Jij hebt hen in huis gehaald. En nu hebben ze ons afgeluisterd en hebben we dus geen keus, begrijp je dat?'

'Dat begrijp ik maar al te goed,' zei Oliver zacht.

'Meneer Oliver!' zei Molly smekend.

Oliver hief zijn hand om aan te geven dat ze haar mond moest houden en keek naar Cedric. 'Volgende straat links. Daar is bos, het is er stil en de rivier maakt de juiste bocht voor ons doel. De stroming is er heel snel, zodat ze binnen de kortste keren voorbij Southend-on-Sea zullen zijn.'

Molly begon zachtjes te huilen en Charlie keek ongelovig naar Oliver.

Oliver gaf Cedric verdere instructies.

Cedric stopte op een kleine open plek in het kleine bos ver

buiten Londen, waar ze het stromende water duidelijk konden horen.

Ze stapten allemaal uit en Oliver zei tegen Cedric: 'We moeten naar beneden, naar de rivieroever. Daar kan het worden gedaan.'

De man met de Luger keek eerst naar Molly en daarna naar Charlie. 'Geen pijn. Jullie gaan gewoon slapen, kindertjes.'

'En jij kunt rechtstreeks naar de hel gaan.' Het was niet Charlie die dit zei, maar Molly. Ze zei het niet tegen de man die hen zo meteen zou doodschieten, maar tegen Ignatius Oliver.

Oliver zei gelaten tegen Cedric: 'Door deze opening.'

Ze hadden nog maar een paar stappen gezet toen ze werden verblind door felle lichtstralen uit verschillende zaklampen.

'Politie! Staan blijven! Wat zijn jullie met die kinderen van plan?'

'Wat is dit?!' brulde Cedric. Hij trok een wapen en begon ermee te zwaaien.

Oliver pakte het wapen snel van hem af, trok Cedric naar zich toe en zei: 'Doe niet zo dom! Dat is verdomme de politie. Ze hebben vast gezien dat we Molly en Charlie in de auto zetten en zijn ons gevolgd. Breng hen maar naar de rivier, ik hou hen wel even tegen.'

Hij schoot op de zaklampen, net als de andere man.

Daarna werden er meer schoten afgevuurd.

De grote man naast Oliver liet zijn Luger vallen, greep naar zijn maag en viel.

Molly had zich klein gemaakt en keek vol afschuw toe terwijl er werd geschoten. Ze zag dat Oliver een keer in elkaar kromp en toen nog een keer, terwijl zijn lichaam schokte toen hij werd geraakt. Hij gilde het uit van de pijn en liet zijn pistool vallen.

'Ga bij die kinderen vandaan!' riep een geüniformeerde man, die in het licht van de zaklampen ging staan. 'Verdomde slavenhandelaren!'

Olivers mond viel open en hij greep naar zijn borst, waar zijn overhemd snel rood kleurde. Hij keek vol wanhoop naar Cedric. 'Het b-boek. R-rennen! Terug naar de auto. Voordat alles misloopt!'

Cedric vluchtte het bos in.

Er droop bloed uit Olivers mond en hij stond wankelend op zijn benen. Hij keek naar Charlie en Molly, die hem ongelovig en geschokt aankeken. 'Het spijt me zo!' Hij viel op de grond en bleef roerloos liggen.

Een geüniformeerde man rende naar Molly en Charlie toe. 'Jullie oké? Niet gewond?'

Ze schudden hun hoofd en keken allebei naar de dode Oliver.

'Waar is die andere vent naartoe gegaan?' riep iemand toen ze hoorden dat er een auto werd gestart.

Charlie en Molly wendden hun blik af van Oliver toen majoor Bryant op de open plek verscheen en zijn zaklamp eerst op hen en daarna op zichzelf richtte zodat ze hem konden zien. Hij keek naar de dode man met de Luger en daarna naar de bebloede Oliver. Daarna zei hij zacht tegen Molly en Charlie: 'Het is al goed, kinderen. Jullie zijn nu veilig.'

'Meneer Oliver werkte samen met de Duitsers!' riep Charlie.

'Ze hebben hem doodgeschoten. Hij is d-dood,' zei Molly huilend.

Bryants smalle snor bewoog even. 'Oké, de kust is veilig, je kunt weer tot leven komen.'

Oliver ging langzaam rechtop zitten en veegde met een zakdoek het 'bloed' van zijn mond. Hij stond op en vroeg: 'Ik neem aan dat Cedric is ontsnapt?'

Bryant knikte. 'We volgen hem natuurlijk op korte afstand.'

Daarna keek Oliver met een schuldige blik naar de verbijsterde Charlie en Molly. 'Ik kan dit misschien beter uitleggen in The Book Keep.'

Arme Imogen

Oliver, Charlie, Molly en majoor Bryant zaten in de studeerkamer. Oliver had warme dekens uitgedeeld en was daarna voor de open haard gaan zitten, waar een fel vuur in brandde, dankzij de stukken brandhout die mannen van de majoor hadden gebracht.

Bryant begon met te zeggen: 'Voor alle duidelijkheid: ik kan jullie niet veel vertellen. Dat verbiedt de wet en zo.'

'Wat een onzin!' riep Charlie. 'Natuurlijk moet u ons de hele verdomde waarheid vertellen!'

Bryant zei op barse toon: 'Wacht eens even, jongeman! Ik begrijp heel goed...'

Oliver viel hem in de rede. 'Hij heeft gelijk, Scott. Dat begrijp jij ook wel.'

'Wat ik begrijp en wat mijn geheimhoudingsplicht me voorschrijft, zijn twee volkomen verschillende dingen, Ignatius.'

'Toch kunnen we hun wel iets vertellen. Ze hebben iets gruwelijks meegemaakt en nu hebben ze er recht op om bepaalde dingen te weten.'

Bryant slaakte een diepe zucht. 'O, goed dan. Maar jullie moeten allebei zweren dat jullie alles wat ik ga vertellen met je meeneemt in het graf.'

Molly en Charlie knikten snel.

Bryant leunde naar achteren en zei: 'Ik heb de leiding over Double-Cross, dat is een contraspionage-operatie in samenwerking met de geheime dienst. De Duitsers hebben continu spionnen bij ons gedropt, met vliegtuigen, schepen en onderzeeboten. Die zijn bijna allemaal slecht opgeleid, dus eigenlijk waardeloos. Al voordat Duitsland hier spionnen naartoe stuurde, hadden wij de Duitse Enigma-code en andere gecodeerde berichten ontsleuteld. Daardoor konden we die lui meestal oppakken zodra ze aan land kwamen, zodat de Duitsers daar dus maar heel weinig mee zijn opgeschoten. Maar we hebben dat voordeel uitgebuit door diezelfde agenten te werven, waarna deze de Duitsers vervolgens foute of, nog beter, enigszins juiste informatie gaven vermengd met genoeg onzin om ervoor te zorgen dat het leek alsof hun spionage-inspanningen effectief waren. In ruil daarvoor verkregen wij vrij veel waardevolle inlichtingen van het Duitse spionagenetwerk. Dat wil echter niet zeggen dat de Duitsers het niet bleven proberen. En deze Cedric was beter dan de meeste van zijn collega's, zodat we hem zonder hulp nooit te pakken hadden kunnen nemen.' Hij keek Oliver aan alsof hij wilde zeggen: *Oké vriend, ik heb mijn aandeel geleverd.*

Oliver vertelde verder. 'Toen de oorlog begon, was Imogen even trouw aan haar land als iedereen. Maar na de Blitz waarbij zoveel mensen zijn omgekomen, onder wie een paar van haar beste vrienden, veranderde er iets bij haar. De druppel was de vernietiging van Paternoster Row met alle boeken. Ik weet niet waarom dát specifieke bombardement de druppel was, maar misschien kwam het wel doordat alles waar zij van hield toen werd vernietigd. Daarna ging ze naar bijeenkomsten en door die bijeenkomsten begon ze op te trekken met bepaalde mensen die vastbesloten waren om gebruik te maken van alle contacten die zij had.'

'Wat voor contacten?' vroeg Molly.

Bryant zei: 'Haar vader, John Bradstreet. Voordat hij met pensioen ging en deze boekwinkel kocht, had hij een lange loopbaan als hooggeplaatste ambtenaar, ook bij het War

Office. Hij was verder de auteur van serieuze politieke boeken en een graag geziene bezoeker in de huizen van veel hooggeplaatste ambtenaren. Na zijn dood bleef Imogen een graag geziene gast bij die mensen, want ze was verrassend slim en een uitstekende causeur.' Hij keek opnieuw naar Oliver.

'Ja, en toen kwam het zelfs zover,' zei Oliver, 'dat ze voor de Duitsers ging werken.'

Toen hij Molly's geschrokken blik zag, zei hij snel: 'Nee, niet omdat ze bewondering had voor Hitler en zijn walgelijke fascisme, Molly. Ze had zichzelf ervan overtuigd dat ze het juiste deed voor Engeland door de Duitsers te helpen, zodat er volgens haar een einde zou komen aan de bombardementen en de vernietiging en de doden. Weet je, dit speelde al voordat de Amerikanen zich in de oorlog mengden en we feitelijk in ons eentje vochten. Ze was er oprecht van overtuigd dat Engeland vrij en autonoom zou blijven, zelfs als de nazi's de rest van Europa in bezit namen.'

Molly zei: 'Ik begrijp het. Maar die informatie hielp Duitsland wel en daardoor gingen er mensen dood.'

'Dat is inderdaad zo, Molly, een feit dat Imogen uiteindelijk ook moest erkennen. Hoe dan ook, ze heeft dat werk vrij lang gedaan en ik was kennelijk te dom om dat te zien. Maar ja, ze was dan ook veel en veel slimmer dan ik ben.'

'U kon waarschijnlijk gewoon niet geloven dat ze dat zou doen,' zei Molly zacht, terwijl ze aandachtig naar hem keek.

'Ik kon me inderdaad absoluut niet voorstellen dat de liefhebbende, zorgzame en bijzonder intelligente vrouw van wie ik hield, zou samenwerken met het Derde Rijk.' Hij zweeg en wreef over zijn voorhoofd. 'Op een bepaald moment riep ze me hier een keer bij zich en moest ik in deze stoel gaan zitten. Ze nam mijn hand in de hare en vertelde me alles. Echt alles: over haar spionage, haar landverraad, alles.' Hij zweeg en keek naar Bryant.

De majoor keek onverstoorbaar terug. 'Dat was een hele schrik voor je, ouwe.'

'Het was ongelofelijk pijnlijk voor haar om dat te bekennen,' zei Oliver.

'Wat zei u tegen haar?' vroeg Molly.

'Dat weet ik niet meer precies, Molly. Dat is een warboel in mijn hoofd.'

'Wat dééd u?' vroeg Charlie.

'Het ging niet zozeer om wat ík deed, Charlie, maar om wat Imogen voorstelde dat ik zou gaan doen.'

'Wat dan?' vroeg Molly.

'Haar helpen met haar spionageactiviteiten.'

'Ik... Dat begrijp ik niet.'

Oliver keek Bryant aan.

De majoor zei: 'Imogen was een van slechts een handjevol Britse spionnen die voor de Duitsers werkten, voor zover we weten tenminste, en de Duitsers hadden mensen zoals zij nodig. Ze gebruikten haar, maar inmiddels had zij de rollen omgedraaid en gebruikte zij hén.'

'Dat klinkt als een bijzonder gevaarlijke toestand,' zei Molly.

Bryant zei: 'Dat was het ook. Maar Imogen kon een bijzonder sterke tegenstander zijn. We studeerden met z'n allen aan Oxford en Imogen was een van de eerste lichting vrouwen die daar afstudeerden. We hielden informele debatten op de universiteit: de mannen tegen de vrouwen. Imogen veegde regelmatig de vloer met ons aan. Ja toch, Ignatius?'

Oliver glimlachte zwakjes en zei: 'Heel regelmatig zelfs. Ze gebruikte deze vaardigheden om Cedric en anderen ervan te overtuigen dat ik steeds met haar had samengewerkt. We hadden besprekingen met hen en ze raakten overtuigd van mijn loyaliteit doordat Imogen precies wist wat zij en ik moesten zeggen om dat te bereiken. Weet je, ze doorzag de Duitsers helemaal, zoals ze iedereen doorzag. Dus toen begon ik ook voor hen te "werken".'

Bryant zei: 'Het verschil was echter dat Imogen ook naar mij toe kwam en me het hele plan uitlegde.'

'Vertelde ze ook wat ze daarvóór had gedaan?' vroeg Molly.

'Het héle plan, Molly,' zei Oliver. 'Het laatste wat Imogen probeerde te doen was zich onttrekken aan de gevolgen van haar eerdere daden. Ze wilde alleen proberen om alles goed te maken door nu vóór haar land te werken.'

'Waardoor was ze van gedachten veranderd?' vroeg Charlie.

'Ik denk echt dat dat iets met mij te maken kan hebben,' zei Oliver peinzend. Hij raakte de plek op zijn arm aan die was verbrand. 'Als blokhoofd ben ik op een nacht bijna gestorven. Ik weet nog dat ze naast mijn bed zat in het ziekenhuis waar ik moest herstellen. Ze hield mijn hand vast en zei steeds hoe erg het haar speet. En toen ik uiteindelijk weer naar huis kon, vertelde ze me de waarheid. Ik kan me niet eens voorstellen hoeveel moed ze daarvoor moest opbrengen.'

'U zult wel stomverbaasd zijn geweest,' zei Molly.

'Inderdaad, Molly. Ik was verbijsterd. Daarna werkten we dus samen met majoor Bryant en verstrekten we regelmatig foute informatie aan Cedric, die deze informatie op zijn beurt doorgaf aan de Duitsers. Cedric gaf mij en Imogen op zijn beurt foutieve informatie, omdat hij dacht dat we die wel zouden doorgeven aan majoor Bryant, met wie we zoals hij wist een nauwe band hadden. Dat was natuurlijk ook zo, maar wij hadden hem verteld dat dat bedrog was. We bleven de majoor alles doorgeven wat wij over Cedric en zijn operaties wisten. Nadat Imogen... was gestorven bleef ik in mijn eentje voor hen werken.'

'We wisten allang dat er iets niet klopte,' zei Molly.

Oliver keek haar verbaasd aan. 'Dat kan toch niet?'

Charlie zei: 'Zoals ik u al vertelde heb ik, toen ik die nacht langskwam, die Cedric hier gezien. Hij gaf u wat papieren. En toen u de volgende dag naar mijn flat kwam, ben ik u gevolgd en zag ik dat u Cedric in zijn huis opzocht. U kwam naar buiten met wat papieren die u in uw zak stopte.'

Molly zei: 'Een keer heel laat op de avond zagen we dat u een envelop in zijn brievenbus stopte. Toen droeg u uw blokhoofduniform.'

'Mijn god!' zei Oliver geschokt.

Charlie zei: 'Daarna ben ik daar naar binnen gegaan en ik vond dat boek met die uitgesneden bladzijden en die machine die op een typemachine leek, maar het niet was.'

Bryant zei stomverbaasd: 'Dat is het apparaat waarmee de nazi's via radiosignalen gecodeerde berichten verstuurden.' Hij glimlachte. 'Nou zeg, als jullie wat ouder waren, konden we jullie wel gebruiken bij MI5.'

Molly zei: 'We wisten niet wat we moesten doen, maar we konden gewoon niet geloven dat u bij iets slechts betrokken was. We dachten, als dat wel zo is, moet het onvrijwillig zijn.'

'Bedankt voor jullie vertrouwen. De boeken met die uitgesneden bladzijden gebruikte ik om geheime documenten in te verstoppen,' zei Oliver.

'Eén daarvan vond ik in Cedrics flat,' zei Charlie. 'Consway-low.'

'Ja, *Consuelo* van George Sand.' Oliver keek Molly aan en zei: 'Jij keek die avond naar *Jacques*. Ik vroeg me al af waarom, maar had nooit kunnen denken dat jullie mijn geheim bijna helemaal hadden ontsluierd.'

'Ik moest het boek wel openslaan toen ik die dag naar u op zoek was. Charlie had me over *Consuelo* verteld en de bladzijden uit *Jacques* waren ook uitgesneden.'

'Ik vond het verschrikkelijk om boeken op die manier te ontheiligen,' zei Oliver somber.

'En Imogen? Haar dood?' vroeg Molly.

Oliver keek haar aan. 'Ze zorgde ervoor dat ik zelf een spion werd. Daarna vertelde ze me dat ze naar Bristol ging, maar ze ging naar Cornwall en maakte daar een einde aan haar leven.'

'Waarom deed ze dat, volgens u?' vroeg Molly.

'Omdat ze niet kon leven met wat ze had gedaan,' zei Charlie.

Iedereen keek hem aan.

'Je hebt gelijk,' zei Oliver ernstig. 'Ik denk dat je helemaal gelijk hebt.'

'Maar jullie hebben Cedric vannacht laten ontsnappen,' zei Molly. 'Waarom?'

'We lieten hem pas gaan nadat hij had gezien dat Ignatius dood was,' zei Bryant. 'En we lieten het eruitzien alsof de politie hen samen met een paar kinderen had gezien en het ergste vreesde. Daardoor zal hij denken dat niemand weet dat Ignatius een spion was en zal hij zijn bazen in Duitsland vertellen dat de informatie die hij hun heeft gegeven goed bruikbaar is. Maar Duitsland heeft helemaal niets aan die informatie. Sterker nog, we hopen dat die informatie zal leiden tot een van de ergste nederlagen die de nazi's in deze oorlog zullen lijden en het einde ervan zal bespoedigen. En als het tijd is om Cedric op te pakken, gaan we dat doen. Zoals ik al zei, we houden hem in de gaten. Hij zal niet ontsnappen en zijn leven zal aan de galg eindigen.'

'Hoe zijn jullie erin geslaagd om vannacht zo snel op te duiken?' vroeg Molly.

'We hebben een man die Cedric volgt als hij hier komt. Dus toen Cedric jullie meenam, meldde hij dat en volgden we jullie. We denken dat ze mevrouw Macklin door iemand anders hebben laten vermoorden en dat hebben gedaan onder de dekking van het bombardement.'

Oliver zei: 'En ik bracht jullie naar de afgesproken plaats voor het geval er iets mis was gegaan.' Hij keek naar Bryant. 'Om geheime informatie over te brengen is er niet altijd een apparaat of een rij geheime cijfers nodig. Soms is alleen wat iemand doet terwijl hij wordt geobserveerd al voldoende.'

'Helemaal juist,' beaamde Bryant.

Oliver zei: 'Ik zou met een losse flodder worden doodgeschoten en Cedric zou kunnen ontsnappen.'

'Maar u bloedde,' zei Charlie.

'Gewoon een ampulletje dat ik voor dergelijke situaties altijd bij me heb, Charlie. Ik stopte het tussen mijn kiezen en beet erop, dus toen leek het meteen alsof ik bloedde. Daarna wreef ik het uit over mijn overhemd en dat betekent dat ik nu nog maar één schoon overhemd heb.' Hij keek met een spijtige blik naar zijn geruïneerde overhemd.

Bryant stond op. 'Nu moet ik ervandoor.' Hij verliet de kamer en vertrok.

Ze bleven met z'n drieën voor het vuur zitten, dat al een beetje doofde.

Molly en Charlie gingen naast Oliver zitten, die naar de smeulende kooltjes staarde.

Molly zei: 'Toen u was geraakt en stervende was, zei u sorry tegen ons.'

'Ja. Ik voelde me verschrikkelijk omdat ik jou en Charlie in zo'n gevaarlijke situatie had gebracht.'

'Ik ben gewoon blij dat u aan onze kant staat,' zei Molly.

Charlie knikte instemmend.

Molly zei: 'Ik vind het echt heel erg van Imogen.'

Hij nam hun handen in de zijne en kneep erin. 'We hebben allemaal veel verloren in deze verschrikkelijke oorlog, maar te midden van al deze vernietiging en wanhoop hebben we elkaar wel gevonden. Als wiskundige kan ik jullie vertellen dat de kans dat dat gebeurt heel klein is. Maar toch zitten we hier bij elkaar, alsof dat op de een of andere manier voorbestemd was. Ik wil dat jullie weten dat jullie, zolang ik hier ben, altijd een thuis hebben. Jullie mogen dat nooit in twijfel trekken of ter discussie stellen. Beloven jullie dat?'

Ze knikten allebei en zeiden tegelijk: 'Beloofd.'

In dezelfde situatie

Molly kon haar ogen de volgende dag tijdens de avondmaaltijd bijna niet openhouden. Oliver schepte op hun borden het weinige wat hij had kunnen klaarmaken, maar kon hun theekopjes wel tot de rand toe volschenken. Charlie zag er al even moe uit als Molly en zijn ogen vielen bijna dicht toen hij een lepel aardappel met pastinaak in zijn mond stak.

Nadat Oliver was gaan zitten, bekeek hij hen aandachtig. 'Vermoeiende dag gehad, neem ik aan?'

Molly rilde. 'Vandaag zijn drie patiënten gestorven en het zou me heel erg verbazen als we morgen niet evenveel sterfgevallen zien.'

'Dat is verschrikkelijk, Molly,' zei Oliver.

Charlie zei: 'Ik heb nog vier van die telegrammen bezorgd: Tot onze grote spijt moeten we u op de hoogte brengen...' Hij legde zijn vork neer.

'Was er iemand bij de mensen die dat telegram kregen?' vroeg Molly.

'Bij een van hen niet. Ze viel gewoon op de grond. Ik heb haar vastgehouden tot er een buurvrouw aankwam. Kon niet bedenken wat ik anders moest doen.'

'Dat was vast een grote troost voor haar, Charlie,' zei Oliver.

Charlie haalde zijn schouders op. Daarna stond hij op en deed hij iets wat hij nog nooit had gedaan: hij verliet de tafel zonder zijn bord leeg te eten. Hij liep naar de kamer die hij en Molly deelden en deed de deur dicht.

'Hij is volkomen van slag,' zei Molly.

'Dat is heel normaal. Hij is zijn hele familie kwijtgeraakt door deze verdomde oorlog. En denk eens aan wat jij elke dag moet meemaken. Dat is niet eerlijk. Niets hiervan is eerlijk.'

'De oorlog trekt zich niets aan van wat eerlijk is. Het is net een virus: dat wil alleen ergens binnendringen en iets slechts doen.' Ze legde haar vork neer. 'Ik heb een vraag.'

Hij keek haar gespannen aan. 'Vraag maar.'

'Toen u vertelde over Imogen en de besluiten die ze had genomen, dacht ik aan wat mijn vader heeft gedaan en de besluiten die *hij* heeft genomen.'

'Wat dacht je dan precies?'

Molly beheerste zich en vertelde over het afschuwelijke wat haar moeder was aangedaan door de mannen in de schuilkelder.

'Mijn god! Wat verdomd slecht! Mensen gaan daarheen om veilig te zijn en dan overkomt hun precies het tegenovergestelde.'

'Misschien... heeft hij die soldaten gedood omdat zij de regering vertegenwoordigden die weigerde hem te helpen.' Ze keek Oliver nerveus aan om zijn reactie te zien.

'Dat zou zomaar kunnen. Toch is het nooit goed om onschuldige mensen te vermoorden, Molly.'

Haar gezicht betrok. 'Dat weet ik. Hij geeft zichzelf de schuld van wat mijn moeder is overkomen, dat weet ik zeker. Arme vader.'

'Dat is een vreselijke schuld om te dragen,' zei Oliver zacht.

'Denkt u... dat hij ook zelfmoord heeft gepleegd?'

Oliver leek te schrikken van haar vraag. 'Dat weet ik echt niet, Molly. Daar zou ik alleen maar over kunnen speculeren en dat is zinloos.'

'Ik bedoel, dat zou verklaren waarom hij al zo lang is verdwenen, me nooit heeft geschreven en nooit heeft geprobeerd contact met me op te nemen.'

'Mensen zijn bijzonder gecompliceerde wezens. Je vader moest zich zorgen maken over je moeder en haar ziekte, én over jouw welzijn. Vergeet niet dat hij toen voor Engeland werkte en als ik afga op wat majoor Bryant me heeft verteld, was hij heel goed in zijn werk. Heel moedig. Hij heeft alleen...'

'... de verkeerde keuze gemaakt.'

'Net als Imogen,' zei Oliver.

'Maar zij probeerde het goed te maken, terwijl mijn vader...'

'Ja. Dat is waar.'

Later trok Molly een oude pyjama van Imogen aan. Ze ging naar hun kamer, waar Charlie nog helemaal aangekleed naar het plafond lag te staren. 'Charlie, het is laat. Je moet gaan slapen.'

Hij zei niets.

Molly wist dat hij altijd zo was als hij zich zo voelde. Ze zuchtte, stapte in bed, knipte het lampje uit en viel in slaap.

Toen ze wakker werd, zag ze een lichtje fonkelen.

Het licht was afkomstig van een kaars in een kaarsenstandaard die op een tafeltje tussen hun bedden stond en Charlie zat in zijn dagboek te schrijven.

Dat had Molly hem al vaker zien doen. 'Wat schrijf je?' vroeg ze slaperig.

Hij keek haar aan. 'Ach, van alles en nog wat. Zomaar een beetje.'

'Wil je me het ooit laten lezen?'

Hij keek haar glimlachend aan. 'Jij kunt beter echte boeken blijven lezen. Die zijn beter voor je, daar leer je dingen van.'

'Jouw dagboek kan ooit een echt boek worden waar ik iets van leer.'

'Dat betwijfel ik. Ik kan niet eens goed spellen,' zei Charlie.

'Iemand die alles perfect kan spellen, kan toch een boek schrijven dat het lezen niet waard is. Zulke boeken heb ik gelezen, of geprobeerd te lezen.'

Charlie keek haar grijnzend aan. 'Je hebt een heel goed hart, Molly, net als mijn ma. Ik ben blij dat we vrienden zijn.'

Ze glimlachte vriendelijk terug. 'Dat jij me vergelijkt met je moeder is een groot compliment, dus dank je wel. En wij zullen altijd vrienden zijn, Charlie. Wat er ook gebeurt.' Ze draaide zich om en viel weer in slaap.

Charlie las nog eens door wat hij had geschreven, over de afschuwelijke berichten die hij bezorgde bij familieleden die daar niet op voorbereid waren. Maar, zoals Arthur Benedict had gezegd, verdienden die familieleden het om het te weten en was het Charlies werk om hun die informatie te brengen. Hij nam aan dat hem dat een goed gevoel zou moeten geven, maar dat was echt niet zo.

Later legde hij het dagboek weg en pakte hij de foto van zijn ouders die Oliver en Molly uit zijn oude flat hadden meegenomen. 'Welterusten, ma. Welterusten, pa. Ik hou van jullie.'

Vier uur later ging de telefoon.

Een wanhopige oproep

Oliver hoorde de telefoon en nam slaperig op. 'Hallo? Ja, dit is The Book Keep. Wat? Molly Wakefield? Wie is... Dokter Stephens? Ja, ik accepteer het gesprek. Hallo, dokter Stephens? Ja, ik ben Ignatius Oliver. Wacht even, dan haal ik Molly.'

Molly stond al in de deuropening van haar kamer, net als Charlie, toen Oliver naar boven kwam. 'Wat is er? Wie belde?'

'Het is dokter Stephens, van het...'

Molly vloog langs hem heen, rende naar beneden en griste de hoorn van de telefoon achter de toonbank. 'Ja, met Molly Wakefield. Wat is er aan de hand?'

'Uw moeder, juffrouw Wakefield.' De man praatte langzaam en met een slepende stem.

'Ja, ja, maar wat is er met haar? Ze is toch niet...'

'Nee, nee. Ze leeft nog, maar ik belde om te vertellen dat ze net naar u vroeg.'

'Ze... vroeg naar me?'

'Ja. Ik ben blij dat u dit telefoonnummer noemde in uw brief aan mij. Bellen gaat veel sneller dan de post. De telefoonlijnen zijn de laatste tijd onbetrouwbaar, daardoor is het de telefoniste nu net pas gelukt om mij met u door te verbinden. Mijn excuses dat ik u zo vroeg op de ochtend bel, maar ik ging net even bij uw moeder kijken en toen had ze een opleving en vroeg naar u. En ik dacht dat een telefoongesprek vroeg in de ochtend meer kans van slagen had. Goed, ik weet niet of u iets kunt regelen, juffrouw Wakefield, maar ik denk dat het heel eh... goed zou zijn als u hierheen komt om haar te bezoeken. Zo snel mogelijk. Het gaat niet heel goed met haar, zoals ik u al schreef.'

'Natuurlijk! Ik zal meteen iets gaan regelen. Kan... ik nu met haar praten?'

'Ik ben bang dat ze niet sterk genoeg is om aan de telefoon te komen. Wanneer kunt u hier zijn? Dat wil ik haar graag vertellen.'

Molly zag dat Oliver en Charlie haar gespannen aankeken. Ze keek op de wandklok en zag dat het bijna zes uur was. 'U kunt haar vertellen dat ik mijn uiterste best zal doen om vanavond bij haar te zijn.'

'Uitstekend. Dan zien we u vanavond. O ja, is de meneer die de telefoon opnam, Ignatius Oliver, toevallig familie van *Imogen* Oliver? Ik zag haar naam op het briefpapier waarop u uw brief schreef. The Book Keep is het toch?'

'Ja. Imogen was zijn vrouw. Waarom vraagt u dat?'

'Ik wil hem graag even spreken.'

Molly gaf de telefoon aan Oliver. 'Hij wil met u praten. Over Imogen.'

'Hallo?' zei Oliver verbaasd in de hoorn.

'Meneer Oliver, ik wilde u laten weten dat ik informatie heb over de dood van uw vrouw.'

'Hoe zou u daar in vredesnaam iets over kunnen weten?'

'Ze heeft zelfmoord gepleegd door van een klif op ons terrein te springen.'

'Wat?!' Oliver klemde de hoorn met beide handen vast. 'Ik wist wel dat ze dat in Cornwall had gedaan, maar had geen idee dat het op jullie terrein was.'

'Als u toevallig in staat bent om juffrouw Wakefield te vergezellen, kan ik u er meer over vertellen.'

'Ja, natuurlijk. Maar waarom hebt u dan niet eerder contact met me opgenomen?'

'Ik wist hoe ze heette, maar dat was alles wat ik over haar wist tot ik haar naam op dat briefhoofd zag. En ik wist niet dat u haar man was tot juffrouw Wakefield me dat zojuist vertelde.'

'Maar kunt u me dat nu dan niet vertellen?'

'Het lijkt me veel beter om dat persoonlijk te doen. Goede reis.' Dokter Stephens verbrak de verbinding.

Oliver legde de telefoon neer.

'Wat zei hij?' vroeg Charlie.

'Alleen dat hij bepaalde dingen over Imogen wist, en over hoe ze stierf,' zei hij vaag. 'En dat hij me dat zal vertellen als we er zijn.'

'Jeetje!' riep Charlie.

Molly keek Oliver gespannen aan.

Er ging van alles door Olivers hoofd, vage en verontrustende gedachten. Hij wist dat Imogen zelfmoord had gepleegd door van een klif te springen, maar ze had dat dus op het terrein van dat instituut gedaan? Datzelfde instituut waar Molly's moeder als patiënt was opgenomen? Dat leek hem wel heel erg toevallig. Maar misschien had Imogen hulp gezocht? Ze was dol geweest op dat deel van Engeland en misschien was dat instituut daar het enige. Maar als ze daar hulp had gezocht, waarom had ze uiteindelijk dan toch zelfmoord gepleegd?

Hij keek Molly aan en zei verontschuldigend: 'Neem me niet kwalijk, hoor, ik ben helemaal in de war. Wat zei hij over je moeder?'

'Ze heeft naar me gevraagd, maar heeft zo te horen niet lang meer te leven.'

'Dan móéten we een manier bedenken om daar te komen. En dat gaat gebeuren ook! Ik kan opnieuw kijken of er treinen naartoe rijden, of een bus.'

Charlie sloeg tegen zijn voorhoofd. 'Wacht even!'
'Wat is er, Charlie?' vroeg Molly.
Charlie rende de trap op en kwam bijna meteen terug. 'We kunnen ernaartoe rijden,' zei hij buiten adem.
'Rijden? Waarin dan?' vroeg Molly.
Charlie liet hun twee sleutels zien. 'In jullie Singer!'

***

Oliver belde majoor Bryant meteen op en legde hem de situatie uit.
De majoor kon officiële reispapieren voor hen regelen zodat ze naar Cornwall mochten reizen, en gaf hun ook een wegenkaart met routeaanwijzingen. Bryant haalde de sleutels van de auto en de garage op bij Charlie en stuurde een paar mannen op pad om de Singer vol te tanken, de banden op te pompen en te checken of de motor goed functioneerde. Later die ochtend leverden de mannen de Singer af bij The Book Keep.
Bryant had Oliver ook gewaarschuwd: 'In deze fase van de oorlog en aan dat deel van de kust kan niemand zich vrijelijk en zonder complicaties verplaatsen. Dus als je wordt aangehouden, Ignatius, zijn deze papieren misschien niet voldoende. Zorg dus dat je een goed antwoord klaar hebt op welke vraag dan ook.'
Oliver sloot de winkel af, Charlie had meneer Benedict op het postkantoor gebeld en vrij gevraagd omdat zijn moeder ziek was, en Molly was al naar de kliniek gegaan en had alles verteld aan hoofdzuster Tweedy, die heel begripvol was en haar succes wenste.
'Ik was ervan uitgegaan dat de auto door dat bombardement ook was vernield,' zei Molly toen ze hun bagage en wat eten en drinken in de Singer laadden. 'Hoe wist jij dat dat niet zo was, Charlie, en hoe kom je aan de sleutels?'

'Ik heb er een paar keer in geslapen en heb de sleutels meegenomen zodat niemand de auto kon stelen.'

'Goed gedaan!' zei Oliver enthousiast terwijl hij achter het stuur ging zitten.

'Kunt u een auto besturen, meneer Oliver?' vroeg Molly.

'Op de universiteit heb ik de kleine Austin Seven van mijn broer leren besturen en Imogens vader had een Bentley. Hij hield niet van autorijden, dus liet hij mij dat altijd doen. Ik denk dat ik deze auto al snel onder de knie heb.'

Oliver startte de auto en reed weg, met maar een klein beetje geknars van de versnellingen. 'Toen Imogen en ik naar Cornwall gingen, namen we de trein, Molly. Jij moet me dus de weg wijzen.'

Molly had de wegenkaart en de routebeschrijving op haar schoot liggen. Zodra ze Londen hadden verlaten, reed Oliver in westelijke richting, terwijl Molly hem steeds vertelde welke route hij moest nemen.

Charlie, die op de achterbank zat, vroeg: 'Hoe lang zijn we onderweg, denkt u?'

'Het is een kleine vijfhonderd kilometer, Charlie. Daarom heeft majoor Bryant ons extra benzine meegegeven.'

'Vijfhonderd kilometer! Zijn we dan niet allang in Amerika? Of al helemaal in Frankrijk?'

Oliver grinnikte. 'Niet echt. Toen Imogen en ik voor onze huwelijksreis naar Plymouth gingen, zaten we uren in de trein door alle tussenstops. Maar nu het oorlog is en zo, vrees ik dat de reis veel meer tijd zal kosten.'

Als we er al kunnen komen, dacht hij.

Een odyssee in oorlogstijd

Ze reden urenlang over smalle, kronkelige wegen en stopten uiteindelijk bij een rustiek dorp om hun benen te strekken en het eten op te eten dat ze hadden meegenomen. Oliver vulde de benzinetank bij met benzine uit de jerrycans die in de kofferbak van de Singer stonden. Nieuwsgierige dorpelingen keken met grote ogen naar het luxueuze voertuig en de drie onbekende inzittenden.

Later reden ze langs een neergehaalde Duitse Junker-bommenwerper waar kinderen omheen speelden. Ze moesten verschillende keren stoppen om militaire colonnes met mannen en materieel te laten passeren. Er waren veel omleidingen en vaak moesten ze langzaam rijden omdat de wegen beschadigd waren.

Nadat ze weer een paar uur hadden gereden, stopten ze vlak bij een yankkamp om hun benen te strekken. Dit kamp stond naast een krijgsgevangenenkamp en de Duitse krijgsgevangenen werkten op boerderijen en in mijnen om een bijdrage te leveren aan de oorlogsinspanningen van de geallieerden.

Voor het hek van het kamp stonden jonge vrouwen uit de omgeving. Amerikaanse soldaten gooiden dozen chocolade, pakjes nylons of sigaretten over de omheining naar de opgewonden vrouwen, onder het toeziend oog van een glimlachende en rokende bewaker.

Toen Charlie de Duitse krijgsgevangenen zag, liep hij dichter naar het hek toe en keek met een woedende blik naar een paar van die mannen die zwijgend terugkeken. Toen Molly bij hem kwam staan, zei hij: 'Dat lijken heel gewone mannen.'

'Ik denk dat zij ook voor hun land moesten vechten.'

'Misschien wel. Maar dat betekent niet dat ik ze aardig ga vinden,' zei Charlie.

Het was allang donker toen ze opnieuw werden omgeleid omdat er een weg was gebombardeerd. Ze waren al langs een heleboel militaire controlepunten gekomen, waar de papieren van majoor Bryant hen van een veilige doortocht hadden verzekerd, maar bij elke stop werden ze strenger gecontroleerd en ondervraagd.

Oliver vertelde: 'Hoe dichter we bij de kust komen, hoe dichter we bij enkele uiterst geheime militaire bases komen. De Home Guard is hier in groten getale aanwezig. Langs de kust zijn ook veel verdedigingswerken: loopgraven met veldkanonnen, drakentanden, kleine bunkers, eindeloze hoeveelheden scheermesdraad en natuurlijk mijnen in het water.'

'Oorlog voeren klinkt heel zwaar,' zei Charlie.

'Stel je eens voor dat al die vindingrijkheid en al dat geld aan vreedzame doelen zou worden uitgegeven,' zei Oliver.

Opeens stapte een soldaat de weg op om hen tegen te houden.

Oliver liet het gaspedaal los en stopte. Hij draaide het raampje naar beneden en had de papieren al in zijn hand.

Een tweede soldaat liep samen met de eerste soldaat naar hen toe. Ze hadden een gespannen blik en hun wapen in de aanslag.

Oliver zei: 'Deze papieren zullen alles uitleggen.' Hij overhandigde ze aan een van de soldaten.

De man keek er amper naar en gaf ze terug. 'U moet omkeren. Op dit moment mag niemand dit punt passeren, zelfs Churchill niet.'

'Maar deze papieren...'

'Omkeren. Nu. Anders hebt u een probleem, meneer.'

Molly leunde voor Oliver langs en zei: 'Mijn moeder is een patiënt in het Beneficial Institute in Cornwall. Ze heeft niet lang meer te leven. Ik moet haar echt zien!'

'Ik vind het echt heel erg van uw ma,' zei de andere soldaat oprecht. 'Maar we hebben onze bevelen. Voorbij dit punt vinden militaire activiteiten plaats.'

'Is er geen enkele manier om wel doorgelaten te worden?' vroeg Oliver. 'We komen helemaal uit Londen.'

'Alleen als u ons kunt overtuigen van uw betrouwbaarheid, en dat gaat dus echt niet gebeuren door een stukje papier en een verhaal over een op sterven liggende moeder, vriend,' zei de eerste soldaat.

Molly ging met een hulpeloze blik rechtop zitten.

Oliver haalde iets uit zijn zak. 'Helpt dit dan misschien?' Hij gaf een van de soldaten zijn George Medal.

'Hebt u deze gekregen?' vroeg een van hen.

'Ja, van de koning.' Hij liet hun ook zijn officiële blokhoofdkaart zien. 'Ik ben blokhoofd en heb deze medaille gekregen voor betoonde moed. Ik vond zelf eigenlijk dat ik alleen maar mijn werk deed, net als jullie nu doen.'

'Goed van u, vriend,' zei de soldaat. Hij gaf de medaille terug aan Oliver en zei tegen Molly: 'Mijn ma is vorig jaar overleden. Ik kreeg wel verlof en kon afscheid van haar nemen.' Hij keek de andere soldaat aan. 'Wat vind jij?'

De man haalde zijn schouders op en knikte.

'Oké, veel succes dan,' zei de eerste soldaat, waarna hij gebaarde dat ze mochten doorrijden.

Oliver reed door en zei, eigenlijk tegen zichzelf: 'Dit is de eerste keer dat ik blij ben dat ik dat ding heb.'

'Bij de volgende kruising moeten we linksaf,' zei Molly.

Verderop was Charlie de eerste die het bordje zag en hij wees naar links. 'Het instituut is die kant op.'

‘Inderdaad. Goed gezien, Charlie!’ zei Oliver.

Terwijl ze doorreden begon het te regenen.

Oliver zei: ‘Lieve help, we zijn hier echt vlak bij het water. Tussen die bomen door kun je het Kanaal zien, en aan de overkant ligt Frankrijk.’

‘Ik hoorde een keer iets over de krijtrotsen van Dover,’ zei Charlie. ‘Ik weet dat die aan het Kanaal staan. Mijn oma is daar een keer op vakantie geweest en vertelde me erover.’

‘Ja, maar ze staan aan de andere kant van het land, ten zuidoosten van Londen, aan de overkant van het Kanaal en bij Calais,’ zei Oliver. ‘Ze zeggen dat de witte krijtrotsen het laatste zijn wat een Britse soldaat van zijn thuisland ziet als hij naar het buitenland vertrekt om te vechten. En wanneer hij terugkomt, is dat het eerste wat hij van Engeland ziet.’

‘Als hij terugkomt,’ zei Charlie nors.

Ze bereikten een geopende poort aan stenen pilaren en reden de laan in. Voorbij een kruising zagen ze een enorm langgerekt gebouw, hun eindbestemming.

Het Beneficial Institute

‘Dit lijkt meer op een middeleeuws fort dan op een vredig tehuis voor zieken,’ zei Oliver verbaasd.

Het grote gebouw doemde voor hen op in het donker – het was echt een gigantisch gebouw.

Ze stapten uit de Singer en liepen naar de deur.

Molly zei opeens: ‘Wacht eens even, waar moeten we vannacht eigenlijk slapen? We kunnen onmogelijk terugrijden naar Londen.’

‘We zijn langs een hotelletje gereden, aan de rand van Falmouth. Daar kunnen we vast wel een paar kamers krijgen,’ zei Oliver.

‘Maar is dat niet heel duur?’

‘Heb ik dat niet verteld? Deze hele reis wordt betaald door het War Office. Dat was wel het minste wat ze konden doen,’ zei hij op barse toon. Hij klopte aan.

De deur werd geopend door een in het wit geklede oudere hoofdzuster. Ze knikte toen ze haar hadden verteld wie ze waren en zei: ‘Dokter Stephens zei al dat jullie zouden komen. Kom alstublieft binnen.’

Ze liepen achter haar aan door een lange stenen gang die schemerig werd verlicht door een rij gloeilampen. Binnen was het enorm groot met hoge plafonds, maar ook kil en niet echt uitnodigend, vond Molly. Ze begreep wel waarom haar moeder zich hier niet op haar gemak voelde. Ze trok haar jas dichter om zich heen.

De hoofdzuster klopte op een deur waarop KANTOOR stond.

Een zachte stem zei: 'Binnen.'

De vrouw opende de deur en gebaarde dat ze naar binnen mochten.

Dokter Thaddeus Stephens was een kleine man met grijze bakkebaarden en een warrige bos haar. Hij droeg tweed kleding en een vlinderdas die een beetje scheef zat. 'Aha, juffrouw Wakefield, Molly, goed dat je er bent.' Hij gaf Molly een hand. 'En u bent natuurlijk Ignatius Oliver,' zei hij, waarna Oliver Charlie aan hem voorstelde.

'Mag ik mijn moeder nu zien?' vroeg Molly.

'Ja, nu meteen.' Hij nam hen mee door een doolhof van gangen, terwijl het geluid van hun voetstappen weerkaatste tegen de muren.

'Dit lijkt wel een oud kasteel of een oud fort,' zei Oliver.

Stephens knikte. 'Volgens mij is het dat ook geweest. Het gebouw heeft lang leeggestaan, maar is perfect voor onze patiënten. Vredig en afgelegen.' Grimmig voegde hij eraan toe: 'Vóór de oorlog tenminste.'

Hij liep voor hen uit een trap op en naar een kamer met een koperen naamplaatje op de deur.

Molly zag het bordje op de deur waarop stond: ELOISE MARY WAKEFIELD. De laatste keer dat ze haar moeder had gezien was ze nog niet eens elf jaar geweest. *Zal ze me eigenlijk wel herkennen?*

Stephens deed de deur van het slot.

Het verbaasde Molly dát de deur op slot zat, maar ze nam aan dat dat om veiligheidsredenen was.

Hij gebaarde dat ze naar binnen moesten gaan.

Molly stapte aarzelend over de drempel, alsof ze dacht dat haar daar onaangename en zelfs gruwelijke dingen te wachten stonden.

In de kamer zag ze een bed, een stoel, een tafel, een lamp en een gehavende oude kledingkast. Toen viel haar blik op de grote koffer met monogram naast de kledingkast waarvan ze meteen wist dat die van haar moeder was. De koffer was gekocht bij Harrods. Als kind had ze het heel leuk gevonden om met haar vingers over de stijlvol gevormde initialen van haar moeder te strijken.

Molly keek op, richtte haar blik op de vrouw die in het bed lag en knipperde een paar keer, maar dat hielp helemaal niet. Ze keek achterom naar Oliver en Charlie, die ook naar de vrouw keken, en schrok toen iemand haar schouder aanraakte.

Stephens zei: 'Ga maar gewoon naast het bed zitten, Molly. Als je zacht en vriendelijk tegen haar praat, wordt ze misschien wat alerter.'

Molly sloop naar het bed en ging zitten. Na de waarschuwing in dokter Stephens' brief had ze verwacht dat ze een uitgeteerde vrouw met een ingevallen gezicht zou zien die zich nog net vastklampte aan het leven. Maar haar moeder leek opgeblazen: haar gezichtshuid lag niet strak over de botten, maar leek erop te drijven. En hoewel haar gezicht opgezwollen was, zat het toch vol diepe rimpels. Eloise Wakefields haar was al behoorlijk grijs; haar prachtige roodbruine haren die Molly had gekend waren voor altijd verdwenen. Molly vond dat haar moeder kleiner leek dan ze zich herinnerde, maar toen realiseerde zij zich dat zij in de tussentijd een kleine twintig centimeter was gegroeid, terwijl haar moeder natuurlijk niet groter was geworden, maar zelfs gekrompen leek.

Molly raakte aarzelend haar moeders hand aan. Die was ook opgezwollen en grof, en haar nagels waren onregelmatig geknipt of gescheurd. Deze hand leek absoluut niet op de elegante, fraaie hand die Molly zich herinnerde. Haar moeder voelde ook warm aan, verontrustend warm zelfs.

'Mammie? Ik ben het, Molly.'

Haar moeder deed haar ogen niet open. Molly wist dat ze

een maagdenpalmblauwe kleur hadden en ze had haar moeders ogen altijd prachtig gevonden.

'Mammie?'

De oogleden trilden, gingen open en weer dicht. Ze gingen opnieuw open en bleven open. Haar blik schoot heen en weer, rustte even op Molly en gleed langs haar heen. Later keek ze opnieuw naar haar dochter en hield ze haar blik op Molly gericht.

Molly zag rode wondjes vol korsten in de hoeken van de oogholtes.

Er verscheen een glimlach op het gezicht van haar moeder, als een barst in een eierdop.

'Mammie? Herken je me? Ik ben het, Molly.' Ze had nooit gedacht dat ze zich ooit zou moeten voorstellen aan haar eigen moeder.

De hand die ze vasthield kneep zachtjes in de hare, en haar moeders mond bewoog, hoewel er eerst geen woord uitkwam. En toen... 'M-Molly?'

'Molly, ja. Ik ben het, Molly. Ik ben hier, mammie.'

De glimlach werd breder, haar moeders ogen straalden en iets van haar tere jukbeenderen werd zichtbaar onder de deegachtige, bijna doorzichtige huid. Een streng haar viel in haar moeders gezicht en Molly streek die terug. Op dat moment zag ze het verticale litteken op de rechterslaap van haar moeder. Het klopte dik, donker en wreed onder de lichte huid.

Molly rukte haar blik los van het litteken toen ze de andere hand van haar moeder op haar gezicht voelde. Ze zag dat de trillende vingers van haar moeder langzaam over haar huid gleden, precies zoals een blinde vrouw ooit had gedaan toen zij Molly net had ontmoet.

Maar haar moeder kon haar natuurlijk wel zien.

'Molly?'

'Ja, je dochter, Molly. Ik ben hier, mammie.' Molly kreeg tranen in haar ogen die vervolgens over haar wangen stroomden. 'Ik heb je zo gemist, mama. Ik hou zoveel van je.'

'Gemist... Molly.'

Daarna trok ze haar hand terug en gingen de ogen dicht, en dat was dat. Eloise Wakefield viel weer in slaap.

'Ze wordt erg snel moe, maar ze leek heel blij om je te zien,' zei Stephens vriendelijk. 'Ik was erg verbaasd toen ze je naam noemde en naar je vroeg. Ze is al heel lang... niet communicatief geweest.'

Molly liet haar moeders hand met tegenzin los en stond op. 'Dat... litteken op haar slaap? En die wondjes in haar oogholtes?'

'Daar kunnen we het later over hebben. Ik weet zeker dat jij en je vrienden na jullie lange reis behoefte hebben aan een goede nachtrust.'

'We reden vlak bij Falmouth langs een hotelletje,' zei Oliver.

'Dat is niet nodig. Op ons terrein hebben we een klein gastenhuisje. Daar mogen jullie natuurlijk logeren.'

'Weet u dat zeker?' zei Molly. 'Ik wil inderdaad graag zo dicht mogelijk bij haar zijn.'

'Ik weet het heel zeker. We zullen jullie daar installeren en daarna kunnen jullie kennismaken met mijn collega, dokter Foyle.'

Hij verliet samen met hen de kamer en deed de deur weer op slot.

Molly zei: 'Ik kan me niet voorstellen dat ze haar bed uit kan komen.'

'We nemen graag voorzorgsmaatregelen,' zei Stephens vaag. 'Dat is het beste.' Daarna zweeg hij en nam hij hen mee door de gang.

De procedure

Hun kamers in het gastenhuisje waren basaal, maar schoon. De eenvoudige maaltijd die ze in de personeelskamer hadden genuttigd was smakeloos en te lang gekookt geweest, maar had hun honger gestild. Daarna gingen ze naar het kantoor van dokter Stephens om kennis te maken met zijn collega, dokter Everett Foyle, een bijzonder lange en slungelige man van een jaar of veertig met donker krullend haar.

Molly begon het gesprek en zei: 'Ze is erg opgezwollen, wat erop lijkt te wijzen dat ze vocht vasthoudt. Functioneren haar nieren niet goed?'

Foyle zei verbaasd: 'Je praat alsof je een medische opleiding hebt.'

'Dat is ook zo. Ik werk als hulpverpleegster in een kliniek in Londen. En daarvoor werkte ik als verpleegkundige in een ziekenhuis in Leiston.'

'Buitengewoon,' zei Foyle, terwijl hij haar aandachtig aankeek.

Stephens zei: 'Zoals ik al schreef lijdt je moeder aan verschillende complexe inwendige aandoeningen.'

'Ze voelde ook erg warm aan. Heeft ze koorts?'

Foyle schudde zijn hoofd. 'Dat is slechts een bijwerking van haar behandelingen.'

'Haar blik leek ook... afwezig.'

'Ja, dat hebben we gezien, net als bij andere patiënten die behandelingen ondergaan,' zei Foyle.

'Een andere bijwerking dus?' vroeg Oliver gespannen.

'Ja, dat en de lethargie die jullie misschien is opgevallen,' zei Foyle. 'Maar dat is te prefereren boven de gewelddadige uitbarstingen en oncontroleerbare aanvallen die ze daarvoor had.'

Oliver keek hem aan met een blik die duidelijk zei: Is dat zo...?

'En het litteken op haar slaap?' vroeg Molly snel.

Foyle zei: 'Je moeder lijdt aan een complexe sociale neurose die een hoge tol van haar heeft geëist. Er zijn procedures uitgevoerd om het gedrag dat een dergelijke aandoening veroorzaakt te verbeteren.'

'Wat voor gedrag?' vroeg Molly.

'Voornamelijk woede, zoals ik net al zei. Ze was letterlijk niet te handhaven toen ze hier net was. Zware sedatie was dan ook noodzakelijk.'

'Wat voor procedures?' vroeg Oliver.

Foyle keek hem aan. 'Bent u familie van juffrouw Wakefield? Dat heeft dokter Stephens niet verteld.'

'Nee. Ik ben een vriend van haar.'

Foyle wendde zijn blik van Oliver af en zei nadrukkelijk tegen Molly: 'De procedure wordt een leukotomie genoemd, maar ik noem het een lobotomie.'

'Daar heb ik nog nooit van gehoord,' zei Molly.

'Die procedure is een kleine tien jaar geleden uitgevonden, en is in Engeland een relatief progressieve behandeling. Het wordt toegepast op patiënten bij wie andere behandelingen niet hebben gewerkt. Een soort laatste redmiddel, zeg maar.'

'En de littekens die ik zag?' vroeg Molly opnieuw.

'Die zijn ontstaan door de procedure. Ik zal daar niet tot in detail op ingaan, maar daarbij wordt een incisie gemaakt, waarna een instrument wordt ingebracht om bepaalde verbindingen tot stand te brengen tussen de voorhoofdskwab en de rest van de hersenen.'

'Jullie manipuleren de hersenen?' vroeg Oliver verbijsterd.

Foyle keek hem scherp aan. 'Ja. Wij denken namelijk dat veel van de oorzaken van de ondermijnende problemen in dat gebied liggen. Zodra die verbinding is verbroken, is het probleem opgelost. Dat hopen we tenminste.'

'En de gaatjes in haar oogkassen?' vroeg Molly.

'Heel recent heeft een Amerikaanse man voor het eerst iets uitgevoerd wat hij de transorbitale lobotomie noemt. Toen ik daarover las, was ik meteen geïntrigeerd, omdat deze veel eenvoudiger is en veel minder tijd kost dan een traditionele lobotomie, doordat we door de dunne botten rondom de oogkassen werken.'

'Is dat niet pijnlijk?' vroeg Molly.

'Voordat we de operatie uitvoeren, wekken we met elektroconvulsieve therapie een aanval op en verliest de patiënt het bewustzijn.'

Stephens zei: 'Dat heeft verreweg de voorkeur boven de oude methode van het toedienen van cardiazol om zo'n aanval op te wekken.'

Foyle zei: 'En de procedure duurt niet langer dan twintig minuten. Het werkt snel.'

Oliver vroeg aan Stephens: 'U voert deze "operaties" ook uit?'

Stephens leek te schrikken. 'Nee hoor, dat doet dokter Foyle. Hij voert deze nieuwe methoden bij ons uit.'

'Dus dit is allemaal gedaan bij mijn moeder en toch...?'

'Tja, het succespercentage is geen honderd procent,' zei Foyle. 'Bij lange na niet zelfs. En ik ben bang dat je moeder minder goed op de behandeling reageerde dan sommige anderen.'

'Maar ze leek helder en rustig toen ik haar zag.'

'Ja, dat komt ook weleens voor,' zei Stephens. 'Dat is zelfs een van de voordelen van de lobotomie. Dat maakt mensen... rustiger.'

'Ze is dus niet altijd rustig?' vroeg Molly.

Stephens kuchte en zei: 'Daarom doen we de deur dus op slot.'

'Waarom zei u dan tegen me dat ze feitelijk niet lang meer zal leven?' vroeg Molly.

Stephens keek naar Foyle, die berustend zei: 'Dat heeft niets met haar mentale problemen te maken, juffrouw Wakefield. Ze heeft een ongeneeslijke nierziekte. Dat is de voornaamste reden dat ze zo opgezwollen is, doordat ze vocht vasthoudt, zoals je zelf al zo scherp opmerkte. Doordat dit vocht zich ophoopt, ontstaat er een enorme druk op andere organen, zoals de longen en het hart. Dat heeft nu een fase bereikt waarin medische behandelingen of procedures haar leven niet meer kunnen verlengen.'

Molly, Charlie en Oliver keken hem verbijsterd aan.

Foyle zei: 'Het spijt me heel erg, Molly. We hebben echt alles gedaan wat we konden. Nu moet ik er helaas vandoor, voor mijn avondronde. Ik ben ervan overtuigd dat dokter Stephens eventuele verdere vragen kan beantwoorden. Nogmaals, bedankt voor je komst. Ik weet zeker dat je moeder heel blij was.'

Nadat hij was vertrokken vroeg Molly aan Stephens: 'Hoeveel tijd heeft ze nog?'

Stephens leek niet op zijn gemak door Molly's rechtstreekse vraag. 'Ik... Ik zou zeggen een week of twee, als er geen drastische verandering plaatsvindt.'

Molly bracht een hand naar haar voorhoofd en sloot haar ogen.

'Het spijt me, Molly, we hebben echt geprobeerd haar te helpen.'

'Ik weet zeker dat u al het mogelijke hebt gedaan.' Ze keek even naar Oliver en vroeg toen: 'Heeft mijn vader mijn moeder onlangs nog bezocht?'

'Nee, dat heeft hij niet. Dat verbaasde me wel, want hij kwam vrij regelmatig op bezoek, ondanks de oorlog. Maar ik heb hem zo vaak mogelijk geschreven om hem op de hoogte te houden.'

'Het viel me op dat uw brieven niet langer naar ons huis werden gestuurd,' zei Molly.

'Dat is waar. Ik kreeg een telegram van meneer Wakefield waarin hij schreef dat we eventuele correspondentie naar een adres in Schotland moesten sturen.'

Molly keek Oliver weer even aan en vroeg aan Stephens: 'Hij weet dus dat mijn moeder stervende is?'

'Ja. Als mijn brieven hem tenminste hebben bereikt.'

'Is er bezoek geweest van mannen van de overheid?' vroeg Oliver.

'Inderdaad. Zij stelden vragen over uw vader. Ik had toen al maanden niets meer van hem gehoord en dat heb ik ook tegen die mannen gezegd. Het telegram van je vader, over dat ik de brieven naar Schotland moest sturen, kwam pas nadat die mannen hier waren geweest.' Hij keek haar onderzoekend aan. 'Is er een probleem?'

'Kennelijk wel, maar daar hoeft u zich niet mee bezig te houden. Hoe wordt alles betaald?'

'Je vader gaf ons een groot bedrag dat meer dan voldoende is geweest voor haar verzorging, zodat we geen nieuwe betaling hoeven te vragen. Helaas zijn we door de oorlog heel veel zusters kwijtgeraakt, zodat ik me zorgen maak over ons vermogen om onze patiënten in de toekomst goed te blijven verzorgen.'

'Dan wil ik graag helpen,' zei Molly kortaf. 'Ik kan de verpleegsters die u hebt assisteren.'

Oliver zei: 'Molly, lijkt dat je echt een goed idee? Ik bedoel, gezien de toestand van je moeder? En gezien alle emoties die je nu doormaakt?'

'Daardoor zou ik iets constructiefs kunnen doen, terwijl ik wacht tot mijn moeder...'

Stephens zei: 'Dat is bijzonder genereus van je. Dank je. Nu moeten jullie allemaal even rusten. Zullen we morgenochtend tijdens het ontbijt verder praten?'

'Dan wil ik graag alles horen wat u me over mijn vrouw kunt vertellen,' zei Oliver.

Stephens keek hem met een verdrietige blik aan. 'Ja, natuurlijk.'

Ze liepen met z'n drieën terug naar hun gastenhuisje en gingen in de voorkamer zitten.

Oliver keek aandachtig naar Molly, die in een stoel zat en naar haar handen staarde. 'Molly, ik vind het zo erg voor je.'

'Is mijn vader dus in Schotland? Heeft majoor Bryant het fout en is hij geen moordenaar?'

'Wat zeg je?' riep Charlie.

Oliver vertelde Charlie wat ze wisten over Molly's vader. Daarna zei hij tegen haar: 'Ze vergissen zich zelden wat dit soort dingen betreft.'

Molly zei: 'Ik hoopte echt op betere dingen voor haar, en voor hem. Maar je wensen komen niet altijd uit, of wel?'

'Nee,' zei Oliver. 'Vooral niet in deze tijd.'

Een andere behandelwijze

Stephens kon toch niet samen met hen ontbijten, want hij was, zoals een van de zusters hun vertelde, weggeroepen voor een belangrijke kwestie.

Na hun sobere ontbijt trok Molly een hulpverpleegstersuniform aan, waarna ze met zuster Lucille meeliep tijdens haar ronde. Een groter contrast tussen dit instituut en de kliniek in Covent Garden was niet mogelijk: in de kliniek werden fysieke wonden behandeld, maar hier leden de patiënten aan ziektes van de geest. En hoe verschrikkelijk de wonden ook waren die ze in de kliniek had gezien, Molly werd diep wanhopig en aangeslagen door de verwoesting die mentale ziektes hier aanrichtten.

De eerste patiënt bij wie ze assisteerde, was infanterist geweest bij het Britse leger. Bernard Hughes was drieëntwintig toen vlak bij hem een bom ontplofte die hem blind maakte en zo'n ernstige shellshock veroorzaakte dat hij tijdens nachtmerrieachtige psychoses zeker tien keer had geprobeerd zelfmoord te plegen.

Zuster Lucille vertelde haar dat Hughes een aantal procedures had ondergaan. 'Maar de arme man is "weg" en komt niet terug. Je hebt geen medische opleiding nodig om dat te zien, of wel soms? Hij wil niet praten en eet bijna niets. Hij gromt. Hij heeft geen energie. Hij is net een kind, alleen is hij een man. Dat was hij tenminste.'

Er waren anderen die precies het tegenovergestelde waren van Bernard Hughes: zij gilden en mompelden en bonsden met hun lichaam tegen gecapitonneerde wanden achter gesloten deuren. De mensen konden alleen worden behandeld als ze werden vastgehouden door forse oppassers zodat ze kalmeringsmiddelen toegediend konden krijgen. Toch had een van hen geprobeerd Molly te bijten toen ze een bloedende en rafelige wond wilde behandelen die iemand zichzelf had toegebracht.

Nadat Molly had meegeholpen met de behandeling van een andere patiënt, liep ze terug naar de personeelskamer. Ze kwam dokter Foyle tegen, die met een monddoekje voor een kamer uit kwam. Zijn operatiejas zat vol bloed en hij leek bijzonder terneergeslagen. Doordat de deur openstond kon Molly zien dat iemand helemaal bedekt met een laken op een metalen tafel lag. Ernaast stond een verpleegster, die er verdrietig en hulpeloos uitzag.

Toen Foyle Molly zag, trok hij de deur dicht. 'Een moeilijke zaak.'

'Dat zie ik,' zei Molly.

'De problemen hier zijn niet gemakkelijk op te lossen.' Foyle trok zijn operatiemasker af en veegde wat bloed van zijn voorhoofd.

'Dat begrijp ik, dokter.'

'Je hebt al patiënten gezien, neem ik aan,' zei hij met een knikje naar haar uniform.

'Ja. Ik wil zo veel mogelijk helpen.'

'Dat is bijzonder aardig van je.' Hij keek naar de gesloten deur. 'Mijn vader is hier ook patiënt geweest.'

'Geweest?'

'Hij... Ik probeerde mijn procedure, maar helaas zonder resultaat. Hij zat in het leger, weet je.'

'Hij was toch zeker te oud om in deze oorlog te vechten.'

'Hij vocht in de Eerste Wereldoorlog. Dertig meter bij hem

vandaan ontplofte een mortiergranaat en toen hij bij bewustzijn kwam, zag hij de restanten van een stuk of tien van zijn makkers. Hij overleefde het wel, maar was zwaargewond. Zijn fysieke wonden genazen uiteindelijk, maar zijn mentale wonden gingen niet weg. Ik weet nog dat hij zich, toen ik nog een kind was, altijd een beetje vreemd gedroeg als hij thuiskwam. Maar op een bepaald moment wist hij niet meer wie ik was. En later waren er andere vreemde situaties, zoals de keer dat hij zijn schoen uittrok en die probeerde op te eten. Ik was in die tijd al een vrij ervaren chirurg, maar toen mijn vader deze problemen kreeg, heb ik een ander vakgebied gekozen en verdiepte ik me in mentale ziektes. Ik bracht mijn vader hierheen omdat mijn moeder erop stond dat ik het op z'n minst probeerde en dat heb ik ook gedaan, maar helaas zonder succes. Tijdens de operatie kreeg hij een aanval en hield zijn hart ermee op. Hij is letterlijk in mijn armen gestorven.'

'Wat erg voor u! Maar u hebt ongetwijfeld al het mogelijke voor hem gedaan.'

Even viel er een ongemakkelijke stilte.

Foyle zei: 'Dit had ik je gisteravond al willen vragen, maar ik wist niet goed hoe ik dat moest doen waar iedereen bij was.'

'O?' zei ze afwachtend.

'Om patiënten beter te kunnen behandelen is het altijd belangrijk om iets over hun achtergrond te weten, hoe ze aan hun ziekte kwamen en zo. Wat kun je me over je moeder vertellen?'

'Heeft mijn vader u dan niet verteld wat er is gebeurd?'

'Niet echt. Hij zei alleen dat ze gewelddadig was en dat hij haar niet meer in de hand kon houden en haar voor de reis hierheen zelfs had moeten sederen.'

Molly vertelde Foyle over wat er in de schuilkelder was gebeurd.

'Ze is dus beroofd en aangerand en eh...'

'Ja. Haar kleren waren gescheurd. Ze was kennelijk... Ze was, heel begrijpelijk natuurlijk, hysterisch.'

'Ik begrijp het. Dat is verschrikkelijk, maar het verklaart wel veel.'

'Echt?'

'Een dergelijk psychisch trauma is ergens vergelijkbaar met een shellshock. Het doet dingen met je geest. Vreselijke dingen. Dan heb je het gevoel dat je nooit in staat zult zijn om jezelf uit het gat te graven waar je door die gruwelijke gebeurtenis in bent beland. Dan is je vertrouwen in de mensheid ook ondermijnd en zie je de wereld alleen nog maar door het prisma van die ene gruwelijke ervaring. Het wordt jouw obsessie en het beïnvloedt elk aspect van je leven. Dan is het alsof je nooit meer het goede in mensen kunt zien.'

'Arme moeder.' Molly liep rood aan en kreeg tranen in haar ogen.

'Ik vraag me af waarom je vader ons dat niet heeft verteld.'

'Ik denk dat hij zich schuldig voelde omdat hij het had laten gebeuren.'

'Juist. Dat is helaas een reactie die we veel zien. Als ik dat had geweten, had ik hém ook begeleiding aangeboden. Dat had hij zo te horen wel nodig.'

'Had hij dat maar gedaan.'

Foyle liet zich tegen de muur vallen en sloot zijn ogen. 'Weet je wat ik hoop, Molly?'

'Dat weet ik niet, dokter.'

Hij opende zijn ogen. 'Ik hoop dat we ooit iets ontdekken... een andere manier om mensen te helpen met ziektes zoals die van jouw moeder en mijn vader.'

'Dat hoop ik ook.'

Daarna gingen ze allebei weer aan het werk.

Een bekentenis voor de dood

Terwijl Molly binnen meehielp met het verzorgen van patiënten, waren Oliver en Charlie buiten bezig met het onderhoud van het terrein. Iemand had Oliver verteld dat dokter Stephens op de ochtend na hun komst opeens voor een belangrijke kwestie naar Londen had moeten gaan en de komende dagen niet terug zou zijn.

Naast het tuinonderhoud reden Oliver en Charlie herstellende patiënten in een rolstoel over de paden en ze gingen samen met de tuinlieden vissen in het Kanaal voor het avondeten.

Toen Charlie op hun eerste ochtend naast Oliver aan de kust stond, zag hij het Kanaal voor het eerst bij daglicht. De meeuwen die in de verte opstegen deden hem denken aan witte confetti.

'Zoals ik laatst al zei, ligt Frankrijk aan de overkant en niet eens zo ver hiervandaan,' zei Oliver.

'Ik wist wel dat het hier ergens was.' Charlie keek uit over de zee en leek nog steeds verbaasd over dat feit.

'De Franse regio die hier precies tegenover ligt, heet gek genoeg Bretagne of Brittany. Dat is afgeleid van het Latijnse woord *Britannia*, dat "Land van de Britten" betekent. Het heeft inderdaad een gedeelde geschiedenis met mensen uit Groot-Brittannië die zich daar hebben gevestigd. Toen ik aan Oxford studeerde heb ik een tijdje door Frankrijk gereisd, weet je. Een korte tijd in het buitenland, voordat de werkende wereld me riep. Dat was heel mooi, en het eten en de wijn daar? Ik kan alleen maar zeggen dat het iets is wat iemand normaal gesproken niet ervaart aan déze kant van het Kanaal.'

Ze keken naar de lange, omhooggerichte lopen van de kanonnen langs de kust. Geüniformeerde leden van de Home Guard en militairen van het Britse leger hielden met hun verrekijkers het water en de lucht in de gaten. In de verte op het Kanaal voeren Britse schepen en veel hoger dan de meeuwen vlogen RAF-vliegtuigen door de lucht.

Toen ze op de middag van hun vierde dag op het terrein werkten, kwam dokter Stephens naar buiten. Hij rookte een pijp en zwaaide naar Oliver, die brandhout in een kruiwagen verzamelde. Stephens liep naar hem toe en zei: 'Mijn excuses omdat ik nog niet met u over uw vrouw heb gesproken. Dat wilde ik niet doen toen jullie hier net waren. Ik heb het de afgelopen dagen vreselijk druk gehad en kom net terug uit Londen. Ons parlementslid vond het beter dat ik daarnaartoe ging om mijn zaak zelf met de regering te bespreken. We hebben namelijk dringend meer geld nodig en aangezien we hier veel soldaten behandelen probeerde ik wat publieke gelden te verkrijgen, net als extra verpleegkundige hulp.'

'Bent u daarin geslaagd?'

'Helaas niet. Ze hebben kennelijk geen middelen over, mensen noch ponden, en dus moeten we ons maar redden.' Stephens wees naar een pad langs de rand van het terrein. 'Zullen we een wandeling maken?'

Ze begonnen te lopen.

Stephens nam een trek van zijn pijp en zei: 'Imogen kwam op een dag naar het instituut.'

'Ze kwam hier dus bewust naartoe? Waarom?'

'Ze zei dat ze iets over ons had gehoord. Er zijn niet veel instituten die doen wat wij doen, meneer Oliver. En onze reputatie is zelfs tot Londen doorgedrongen. Daardoor is Molly's moeder hier waarschijnlijk ook terechtgekomen. Maar goed, uw vrouw zei dat een vriend het met haar over ons had gehad.'

'Juist.'

'Imogen had het moeilijk. Volgens mij was ze zwaar depressief en ze leed ook aan extreme angsten. Ik sprak met haar in mijn kantoor. Ik gaf haar wat aspirine, liet haar een paar meditatieve ademhalingsoefeningen doen en zei dat ze nu ze hier toch was op vakantie moest gaan, omdat ze door de zeelucht en dat soort dingen aan andere dingen zou gaan denken. Ik bedoel, ze was echt geen kandidaat voor dokter Foyles procedures of zo, want ze had zichzelf mentaal volledig in de hand. Ze leek alleen... verloren.'

Oliver keek uit over het Kanaal. 'Krijgt u wel vaker patiënten die zomaar binnen komen lopen?'

'Nee, eigenlijk nooit. Maar weet u, uw vrouw intrigeerde me. Ze was opvallend intelligent en ze had, ik hoop dat u het me niet kwalijk neemt dat ik het zeg, vaak heel slechte dagen.'

'En u zei dat ze hier ergens van een klif is gesprongen?'

'Niet zomaar ergens,' zei Stephens tot Olivers verbazing. Hij wees met zijn pijp naar een plek aan de kust waar het land veel hoger was dan de omgeving. 'Daar.'

Oliver keek naar de plek waar Stephens naar wees en rilde inwendig.

'Verschillende mensen hebben haar daarnaartoe zien lopen. Eén iemand probeerde haar over te halen om naar beneden te komen, maar tevergeefs.'

'Is die iemand hier nog steeds?' vroeg Oliver snel.

'Ja, dat was dokter Foyle. Ik heb hem gevraagd om dat vanavond met u te bespreken.'

***

'Het spijt me heel erg, maar voordat dokter Stephens het me vertelde, had ik uw naam niet in verband gebracht met die van uw vrouw,' zei Foyle toen hij met Oliver in zijn kantoor zat.

Het was avond, ze hadden een eenvoudige maaltijd genuttigd en waren nu allebei moe en gespannen.

'Geen probleem. Wat kunt u me vertellen over die dag?'

Foyle stak een sigaret op en bood Oliver er ook een aan, maar die weigerde. 'Ik ben pas gaan roken toen ik hier kwam.'

'Dat kan ik wel begrijpen,' zei Oliver.

Foyle plukte een sliertje tabak van zijn tong en leunde naar voren. 'Ik was net klaar met een moeilijke operatie en maakte een wandeling, gewoon om me even te ontspannen. Ik liep de klif op, omdat ik het uitzicht daar zo mooi vind, toen ik haar zag. Er waren nog meer mensen, twee verpleegsters, een tuinman en een patiënte die even met haar verzorgster buiten was. Maar ik was het dichtstbij en ik liep kennelijk naar dezelfde plek als zij.'

'Wat trok uw aandacht?'

'Het feit dat ik haar niet kende én omdat ze zo doelbewust liep. Ik werk al heel lang met mensen met mentale ziektes en herkende iets in haar lichaamstaal waardoor de alarmbellen in mijn hoofd luid begonnen te rinkelen. Daarom riep ik haar.'

'Wat deed ze?'

'Ze bleef niet staan, eerst tenminste niet, maar liep gewoon door naar de rand van de klif. Toen pas draaide ze zich om. Ze keek me aan en leek koel en uitdagend, zeg maar. Ik kwam iets dichterbij en vroeg haar wie ze was.'

'Wat zei ze?'

'Ze zei dat ze een gewetensbezwaarde was. "Waar hebt u bezwaar tegen?" vroeg ik haar. "U bent een vrouw, u wordt niet opgeroepen om te vechten."'

'Wat zei ze toen?'

'Ze zei dat ze geen bezwaar had tegen de oorlog, hoewel ze

daar wel goede redenen voor had. Ze zei dat ze bezwaar had tegen haar... bestaan.'

Oliver keek hem met een gekwelde blik aan.

Foyle zag dat. 'Inderdaad. Dit is niet wat u wilde horen, dat weet ik.' Hij zweeg even en nam een trekje van zijn sigaret. 'Ik vertelde haar dat ik een medische opleiding had zodat ik mensen zoals zij kon helpen en dat ik, als ze naar mijn kantoor kwam, alles zou doen wat in mijn macht lag om haar te helpen.'

'En?'

'Ze bedankte me, heel hoffelijk en heel welbespraakt. Toen zei ze dat ze reddeloos verloren was. Dat was het woord dat ze gebruikte, verloren. Weet u wat ze daarmee bedoelde?'

Oliver haalde zijn schouders op en schudde zijn hoofd.

'Toen zei ze dat... Even nadenken, dat als Iggy het ooit zou vragen, ik hem moest vertellen dat hij het mooiste was wat ze ooit in haar leven had ontdekt. Een bijzonder interessante manier om dat te verwoorden. Ik neem aan dat ze u bedoelde met Iggy, Ignatius?'

'Ja, dat was haar koosnaampje voor me.'

'Ze zei dat zij, als er een manier was die ze had kunnen opbrengen, zou zijn teruggegaan naar hem, naar u dus. Maar dat ze nooit een manier had gevonden die... rechtvaardig was. Ja, dat was het woord dat ze gebruikte.' Foyle haalde diep adem. 'En toen, voordat ik ook maar iets kon zeggen of een stap naar haar toe kon zetten, draaide ze zich om en sprong ze. Tegen de tijd dat ik bij de rand was, lag zij al in het water.' Hij zweeg even. 'Ik zal me de rest van mijn leven schuldig voelen omdat ik niets deed om haar tegen te houden.'

'Alstublieft niet! Als het dáár niet was geweest, had ze gewoon een andere plek en een ander moment uitgekozen. Als zij zich iets had voorgenomen, nou ja...'

'Ze leek me inderdaad iemand die in dat opzicht heel sterk was.'

'Dank u, dokter Foyle. Heel erg bedankt.'

Oliver verliet het kantoor, liep naar buiten en ging naar de rand van de klif. Hij keek naar beneden, naar het schuimende water en de rotsachtige Kanaalkust zo'n zestig meter lager, slechts één fatale stap bij hem vandaan.

Hij haalde diep adem en vulde zijn longen met de zoute zeelucht. Daarmee probeerde hij zich voor te stellen dat hij het laatste restje van Imogens leven kon inademen toen zij hier had gestaan en misschien wel de moeilijkste beslissing nam die een mens kon nemen. Of misschien wel de eenvoudigste. Eigenlijk wist hij dat niet.

Hij kon zich voorstellen hoe ze, in haar mentale toestand, in staat was geweest om te springen, om zich te laten vallen, terwijl ze misschien gewoon naar de lucht keek, haar allerlaatste blik op het licht en het leven. En dat ze vervolgens met zo'n klap het water en de rotsen hierbeneden raakte dat haar einde was gekomen voordat haar geest haar kon vertellen dat het over en uit was.

Ja, nu kon hij begrijpen hoe iemand dat kon doen, als de omstandigheden juist waren.

Zelfs ik, zonder mijn Imogen.

Oliver zette een symbolische stap naar achteren en dacht aan Molly en Charlie. Het was gewoon een kwestie van nodig zijn. Imogen had kennelijk gedacht dat hij het uitstekend zou redden zonder haar. O, wat had ze hem overschat. Maar nu met Molly en Charlie was er geen enkele twijfel.

Zij hebben me nodig. Imogen koos voor de dood. Ik moet kiezen voor het leven. En eerlijk gezegd heb ik hen ook nodig.

Oliver draaide zich om en zag dat Foyle slechts een meter bij hem vandaan stond.

'Ik had u niet gezien,' zei Oliver.

'Ik ben u gewoon gevolgd, op discrete afstand.'

Oliver keek achterom naar de klif. 'U dacht toch niet dat...'

'Ik wilde het gewoon zeker weten, dat is alles. Weet u, ik

was niet van plan diezelfde fout opnieuw te maken. Eén keer was al één keer te vaak.'

De beide mannen stonden vlak bij elkaar en keken elkaar aan.

'Dank u,' zei Oliver.

'Ik heb nog wat vooroorlogse armagnac in mijn kamers, dus als u wilt... Romeinse druiven, Keltische vaten en Arabische distillatiemethoden. Ik vind dat het de meeste beproevingen minder erg maakt, in elk geval een uur of twee. En wat kan iemand redelijkerwijs nog meer verwachten in deze tijd?'

Samen liepen de mannen terug naar het instituut.

Een wens die vreselijk fout uitpakte

Molly vond in de kleine bibliotheek van het Instituut George Eliots vermaarde roman *Middlemarch*. Elke avond na het diner ging ze naar de kamer van haar moeder en las haar hieruit voor. Af en toe werd Eloise Wakefield wakker en als ze haar dochter herkende, zei ze zacht: 'Molly, lieverd.'

Molly glimlachte dan, nam haar hand in de hare en maakte geruststellende geluidjes. Ze vertelde haar moeder ook over haar tijd op het platteland en over haar leven daarna in Londen, maar niets over het lot van hun huis, de dood van mevrouw Pride of de situatie waarin haar man zich bevond. Molly hoefde geen opleiding over mentale ziektes te hebben gevolgd om te weten dat dergelijke ontboezemingen niet goed waren voor haar moeder.

Molly had ook de spullen bekeken die haar moeder had meegenomen, of eigenlijk de spullen die haar vader voor zijn vrouw had ingepakt. Dat soort dingen had hij altijd geregeld. Onder in de kledingkast vond Molly een foto waar zij en haar moeder op stonden, maar waar ze zich niets meer van herinnerde. De foto was voor de oorlog gemaakt in Hyde Park. Ze zaten op een bankje en leken gelukkig en tevreden. Maar toen Molly beter keek, ontdekte ze de zorgelijke blik van haar moeder, iets wat haar nooit eerder was opgevallen.

Misschien omdat ze niet wilde dat ik dat zag.

Molly had de foto in een lijstje gedaan dat ze had gevonden

en dat op het nachtkastje gezet. Ze dacht dat haar moeder zich, als ze de foto zag, misschien gelukkiger tijden zou herinneren. Misschien was dat simpel gedacht, maar je kon niet weten. En op dit moment zou Molly alles willen doen om de laatste dagen van haar moeder aangenamer te maken.

Op een middag zei ze tegen Charlie en Oliver: 'Ik denk echt dat het beter met haar gaat. Denken jullie dat het mogelijk is dat...?' Ze keek hen onzeker aan.

'Dat wat mogelijk is?' vroeg Oliver.

'Ik vroeg me gewoon af of het een volkomen belachelijk idee is dat ik haar mee wil nemen naar Londen, zodat ze daar de tijd die haar nog rest kan doorbrengen.'

'Maar waar zou ze dan moeten wonen, Molly?' vroeg Oliver.

Charlie zei: 'Ze zou onze kamer kunnen krijgen. Ik kan wel op de grond in de boekwinkel slapen.'

Molly zei snel: 'Charlie, dat zou ik je nooit kunnen vragen.'

Oliver zei: 'Bovendien zal ze zeker zorg nodig hebben, Molly. Verder is het de vraag hoe we haar moeten vervoeren. We kunnen haar niet zomaar in de auto zetten en meenemen.'

Molly keek verslagen, maar toen veranderde haar uitdrukking. 'Ik heb een idee!' Ze liep snel weg.

Die avond ging Molly naar Oliver en Charlie toe en ze vertelde hun wat ze had gedaan. 'Dokter Stephens heeft op mijn verzoek informatie ingewonnen en vond het telefoonnummer van de Tinsdales in Yorkshire.'

'Wat zijn de Tinsdales?' vroeg Oliver.

'Dat zijn rijke familieleden van Molly in het noorden,' zei Charlie.

'Klopt. Zij zijn familie van mijn moeder en écht heel rijk, maar volgens mij hebben ze al jaren geen contact meer met elkaar. Hoe dan ook, de arme telefoniste moest het drie keer proberen, maar toen sprak ik met Lucretia Tinsdale, dat is mama's achternicht of zo. De Tinsdales konden zich mama nog goed herinneren en hadden geen idee wat er met haar aan de hand was. Ze wisten niet eens of ze nog leefde. Ze maakten zich grote zorgen nadat ik hun had verteld hoe ze eraan toe was en zeiden dat ze bereid waren om te helpen met haar verzorging en ook om haar terug te brengen naar Londen.'

'Zo, maar dat is fantastisch,' zei Oliver.

'Ze zou in Londen in het ziekenhuis kunnen liggen en dan kan ik daar voor haar zorgen. Daar kennen ze misschien ook een behandeling voor haar nieren. Ik wil nu naar mama toe en het haar vertellen. Gaan jullie mee?'

Charlie zei: 'Ik wel.'

Oliver zei: 'Ik wil haar niet vermoeien door ook mee te gaan.'

'Dan hebben we het er nog wel over.'

'Goed van je, Molly,' zei Oliver.

Molly had een sleutel gekregen van dokter Stephens. Ze deed de deur van het slot en ging samen met Charlie de kamer van haar moeder binnen. Ze liep naar het bed en zei: 'Mama, ik heb fantastisch nieuws! We nemen je mee terug naar Londen. En je familie, de Tinsdales, gaat ons helpen. Is dat niet heerlijk?'

Molly keek Charlie glimlachend aan, bukte zich en pakte de hand van haar moeder.

Eloise Wakefields ogen vlogen open. Molly herkende haar niet eens. De gil was zelfs in de gang te horen. Eloise ging rechtop zitten, pakte Molly bij haar haren en begon eraan te trekken en het rond te draaien. Daarna begon ze Molly te slaan en te stompen.

Molly viel op de grond, gilde en riep: 'Mama, hou op! Ik ben het, Molly.'

Haar moeder zei niets. Ze gromde alleen en riep allemaal onzin. Ze keek naar de ingelijste foto en smeet hem naar Charlie.

Charlie sprong achteruit toen ze hem een stomp wilde geven, zodat ze hem maar net miste. Hij greep Molly's hand en trok haar overeind. Ze renden samen naar de deur, vlogen de gang op en deden de deur achter hen dicht.

Molly deed de deur snel op slot, terwijl haar moeder binnen nog steeds schreeuwde. Ze rende huilend en met haar handen tegen haar oren gedrukt door de gang.

***

'Dat was echt heel dom van me,' zei Molly met een trillende stem. Ze zat op haar bed in het gastenhuis. Oliver en Charlie en Foyle en Stephens waren bij haar. Ze had gehoord dat dokter Foyle en een verpleegster snel naar haar moeder toe waren gegaan.

'Ze heeft dat soort aanvallen wel vaker, Molly,' zei Stephens. 'Niet vaak. Ze is meestal heel rustig en vreedzaam, maar soms gebeurt er iets en dan draait ze helemaal door.'

'Ze sloeg en stompte me, en ze gilde. Het leek wel alsof ze me haatte.'

Foyle zei vriendelijk: 'Ik vraag me echt af of ze je zelfs wel herkende, Molly.'

'De menselijke geest is een heel bijzonder iets,' zei Stephens. 'Dat maakt ons uniek vergeleken met alle andere levende wezens, maar daardoor kan het als het misgaat heel erg misgaan.'

'Heeft ze... Gaat het nu beter met haar?'

'Ze heeft een kalmerend middel gekregen, zodat ze zichzelf niet verwondt,' zei Foyle. 'Ze ligt nu te rusten.'

'Misschien moet ik de Tinsdales bellen om hun te laten weten dat mama niet naar Londen gaat.'

'Ik denk dat ze hier moet blijven, Molly,' zei Stephens. 'Tot... Ik beloof je dat we goed voor haar zullen zorgen.'

'We zullen meer en ook andere procedures uitvoeren,' zei Foyle.

Daarna lieten ze haar alleen.

Molly maakte haar halsketting los en opende het medaillon waar de foto van haar moeder in zat. Ze moest er gewoon even naar kijken, want ze wilde niet gaan slapen met het beeld van haar hysterische moeder in haar hoofd.

Als ik vannacht tenminste kan slapen.

Na een hele tijd werd ze slaperig en ze drukte het medaillon stevig tegen haar borst.

Waar ik ook naartoe ga, mama, jij gaat met me mee.

De druppel

De volgende twee dagen zag Molly haar moeder niet. Foyle en Stephens hadden gezegd dat het goed ging met haar moeder, maar elke keer als Molly vlak bij haar moeders kamerdeur stond, dacht ze weer aan die afschuwelijke scène en durfde ze niet naar binnen.

Misschien krijg ik nu zelf ook een neurose.

Het leed van de patiënten hier was echt heel uitzonderlijk. Molly dacht dat ze zelf nooit in een dergelijke inrichting zou kunnen werken. Er was kennelijk geen echt medicijn dat kon helpen en misschien hielp alleen een scherp voorwerp dat in zacht hersenweefsel werd gestoken. En hoewel dat sommige gewelddadige symptomen kon verminderen, was het vaak zo dat daardoor alles verdween wat iemand uniek maakte en dan was die persoon niet langer een mens.

Volgens Molly moesten artsen iemand beter kunnen maken in plaats van hun patiënten in een zinloze toestand van verdoving te moeten brengen. Haar moeder was verdoemd. Molly wist dat en had dat tot op zekere hoogte geaccepteerd. Toch was dat niet hetzelfde als vinden dat dit juist of eerlijk was. Het was geen van beide.

Ik kan deze arme mensen niet helpen. Niemand kan dat kennelijk.

***

Twee nachten later kon Molly niet slapen. Ze stond op, trok haar kamerjas aan en gebruikte haar sleutel om het instituut binnen te gaan. Ze liep naar de kamer van haar moeder omdat ze gewoon een tijdje naar haar slapende moeder wilde kijken.

Maar toen ze bij de kamer van haar moeder kwam, zag ze dat de deur openstond en dat haar moeder was verdwenen.

Molly ging ongerust op zoek naar iemand die ze kon waarschuwen, maar er was niemand. Ze rende terug naar het gastenhuis en maakte Oliver en Charlie wakker, die zich snel aankleedden en met haar mee naar buiten gingen.

'Ik dacht dat ze haar deur altijd op slot deden,' zei Oliver.

'Ik ook,' zei Molly. 'Maar de deur stond open.'

Oliver zei: 'Ze moet nog ergens binnen zijn, want ze is veel te zwak om naar buiten te kunnen gaan. Het verbaast me zelfs dat ze zonder hulp haar kamer kon verlaten.'

'Wacht, wat was dat voor geluid?' riep Charlie.

Ze luisterden, dachten dat ze een deur dicht hoorden gaan en renden naar de achterkant van het gebouw.

Daar zagen ze een lege rolstoel die naast een kleine grijze tweedeursauto stond en haar moeder die op de passagiersstoel rustig voor zich uit zat te kijken.

Er was iemand bij haar.

'Vader!' riep Molly.

Herbert Wakefield draaide zich om en keek naar haar. Hij leek oud, veel ouder dan ze zich herinnerde. Hij was mager, ongezond mager. Hij droeg een driedelig pak, zijn haar was bijna helemaal grijs en werd omhooggeblazen door de harde wind. Hij keek stomverbaasd naar haar.

Behoedzaam zette ze een stap naar voren. 'Vader, ik ben het, Molly.'

'Mijn god! Molly?'

Ze zette nog een stap naar hem toe. 'Ik wilde mama bezoeken. Waar breng je haar naartoe?'

Wakefield keek achterom naar zijn vrouw. 'Ik... Ze moet hier weg. Wij moeten hier weg. Dat heeft met de overheid te maken. Het moet stiekem. Het spijt me dat ik je dat niet kon vertellen. Officiële geheimen, weet je.'

'Vader, dit kun je niet doen! Dit mag je niet doen.'

'Het is echt een geheime missie. Ik breng je moeder naar een... veilige plek.'

'Ik weet het, vader. Ik weet alles.'

'Is dat zo?' vroeg hij op scherpe toon. Zijn blik verhardde.

'Ja. Je hebt Britse soldaten gedood.'

'Ik neem aan dat je weet wat zíj je hebben verteld.' Hij wees kwaad naar Oliver. 'Maar mijn kant van het verhaal ken je niet.'

'Nu kun je je zegje doen.'

'Zou dat enig verschil voor je maken, kind?'

'Jij bent mijn vader,' zei ze alleen. 'En ik verdien een verklaring.'

Daar leek hij van te schrikken.

Molly besloot aan te blijven dringen. 'Waarom heb je me nooit opgehaald en thuisgebracht?'

'Naar welk thuis? Naar een moeder die gek is en een vader die een moordenaar is?'

'Maar ik ben toch thuisgekomen. Het geld werd niet meer betaald en zelfs als de Coopers me bij hen hadden kunnen houden, wilde ik terug naar jou en mama.'

'Die klootzakken hebben al mijn bankrekeningen bevroren!' tierde Wakefield. 'Diezelfde klootzakken die niet eens de moeite namen om die walgelijke hufters te zoeken die je moeder hadden aangerand, maar wel de tijd hadden om mijn geld af te pakken, mijn huis in het oog te houden en mijn brieven te openen. Je vroeg je zeker af waarom ik je nooit schreef?'

'Waaróm deed je dat niet?'

'Ik wilde niet dat zij dachten dat je me hielp, ik wilde niet dat ze in mijn brieven op zoek gingen naar geheime codes. Nee, dat wilde ik je niet aandoen, Molly.'

'Mevrouw Pride vertelde me wat mama in die schuilkelder is overkomen.'

'Ze wist niet alles. Ik kon het niet opbrengen om haar alles te vertellen.'

'Wat bedoel je daarmee?'

'De mannen die haar aanvielen? Dat waren ónze soldaten. Je moeder was op een bepaald moment zo ver gekalmeerd dat ze me kon vertellen wat er was gebeurd. Ze was naar me op zoek nadat we elkaar in alle drukte waren kwijtgeraakt. Die mannen boden aan haar te helpen en voor ze het wist waren ze in een klein donker vertrek. Ze sloegen haar, beroofden haar en god weet wat ze haar nog meer aandeden.' Hij zweeg en snikte. 'Dat kon de dienstdoende agent allemaal niets schelen,' zei hij, iets rustiger nu. 'Hij vond het niet belangrijk genoeg. Had het veel te druk om zich bezig te houden met een vrouw die was verkracht.'

Nu begreep Molly waarom haar moeder was doorgedraaid toen ze de geüniformeerde meneer John zag, en de postbode en de melkboer. 'Wat vreselijk, vader. Echt verschrikkelijk.'

'Maar ik werkte voor de regering en riskeerde mijn leven voor mijn land. Ik wist dus dat ik die mannen voor de rechter kon slepen, ik wist dat we een goed volk waren! Ik ben zelfs helemaal naar Scotland Yard gegaan, met alle feiten en zelfs met de naam van een van die mannen, omdat je moeder zijn naamplaatje op zijn uniform had gezien. Ze hadden hem gewoon kunnen oppakken. En weet je wat ze tegen me zeiden?'

'Nee,' zei Molly gespannen.

'Dat de oorlog heel moeilijk was voor "onze jongens". Hij bedoelde dat ze gewoon een man waren en hun ding deden. Dat begreep mevrouw Wakefield toch zeker wel? En als ze werden gearresteerd voor hun misdaden, dan waren er drie mannen minder om tegen Hitler te vechten. En als de pers hier lucht van kreeg? Nou ja, dat zou slecht zijn voor het moreel. Ja toch? Dat konden we toch zeker niet gebruiken?'

Hij zweeg even en wreef de tranen van zijn gezicht. 'De commissaris zei dat ik wat bonbons en een bos bloemen voor haar moest kopen, dat ze zich dan wel weer goed zou voelen. Want waarom zouden we de mannen die voor hun land vochten lastigvallen? Bovendien was het haar woord tegen hun woord.' Hij keek omhoog, naar de donkere hemel. 'Bonbons en bloemen... En dan zou ze zich wel weer goed voelen.'

Hij draaide zich om, wees naar zijn vrouw en riep: 'Hoe zit het dan met haar ellende? Ze heeft daarna geen minuut rust meer gehad. Geen minuut!'

Hij zweeg en liet zich tegen de auto vallen, volkomen uitgeput leek het wel: 'Het heeft veel wilskracht van je moeder gevergd om genoeg moed te verzamelen zodat ze me kon vertellen wat er die nacht met haar was gebeurd. Weet je wat ik zag nadat ze me alles had verteld?'

Molly kon geen woord uitbrengen. Ze kon alleen zwijgend haar hoofd schudden, heel bang voor wat ze te horen zou krijgen.

'Ik zag dat het levenslicht van je moeder doofde. Ik zag de vrouw van wie ik zoveel hield gewoon voor mijn ogen verdwijnen. Het vertrouwen dat ze ooit in andere mensen had gehad, was verdwenen. Voor altijd.' Hij keek weer naar zijn vrouw, die nog steeds rustig voor zich uit zat te kijken. 'En nu is dit... alles wat nog over is van een goede en vriendelijke vrouw.'

Molly, Charlie en Oliver keken hulpeloos naar de verslagen man.

'Dus als de politie niet op zoek wilde gaan naar die mannen, dan wilde ik dat wel en dat heb ik ook gedaan. Jarenlang. Ik gebruikte al mijn vaardigheden en al mijn contactpersonen die ik had doordat ik voor mijn land werkte. Ik heb gepraat met mensen die die nacht in de schuilkelder werkten. Ik heb aanwijzingen gevolgd en zelfs de kamer gevonden waar ze haar naartoe hadden gesleept. Ik nam vingerafdrukken en liet ze door een vriend vergelijken met vingerafdrukken uit dossiers. Ik trok elke aanwijzing na die ik vond. Dat kostte heel veel tijd, maar uiteindelijk vond ik hen, een voor een.'

'En toen?' vroeg Molly met trillende stem.

Haar vaders blik verhardde. 'Ik werd rechter en jury, ik heb hun alle bewijzen voorgelegd die ik had verzameld. Ik vroeg hun of ze schuld bekenden. Ze jammerden en hingen laffe verhalen op en smeekten om hun leven. Maar niet een van die mannen betoonde spijt, zelfs niet toen ik hun foto's liet zien van je moeder, van wat ze was geworden. Niet één van hen. Ze wilden alleen hun eigen ellendige leven redden. Ze vonden haar volkomen onbelangrijk. Als een van hen maar schuld had bekend, of zelfs maar een beetje wroeging had getoond...' – hij haalde lang en vermoeid adem – '... dan had ik zijn leven gespaard. Maar dat deden ze niet en dus deed ik dat niet. Ik heb hen gedood en dat zou ik opnieuw doen, zonder ook maar even te aarzelen.'

Molly moest huilen om zijn bekentenis. 'Er was toch zeker wel een andere manier geweest, vader.'

'Er was geen andere manier, kind. Dit was het enige wat ik kon doen, je moeder wreken.'

'Hoe bent u langs alle controleposten gekomen?' vroeg Oliver.

'Ik droeg een Brits legeruniform vol medailles. Medailles die ik zelf heb verdiend, weet u, door een land te dienen dat mij en haar in de steek liet toen wij dat land nodig hadden.' Hij keek Molly weer aan. 'Ik heb dat uniform uitgetrokken voordat ik hier naar binnen ging. Ik zal het weer aantrekken nadat ik je moeder heb verdoofd, omdat zij er niet tegen kan om een man in uniform te zien. En wie kan haar dat kwalijk nemen? Daarmee, en met vervalste documenten, kom ik een heel eind.'

'En nu? Waar breng je haar naartoe?' riep Molly.

'Ik heb iets geregeld. Er ligt een boot te wachten die ons naar een veilige plek zal brengen, naar een plaats waar we in vrede kunnen wonen gedurende de tijd die ons nog rest.'

'Het gaat niet goed met mama.'

'Ik weet dat ze stervende is. Mijn leven is ook afgelopen, maar ik weiger om aan de galg te eindigen omdat ik mannen heb gedood die in de gevangenis hadden moeten zitten, of erger.'

'En u dan?'

'Ik heb je moeder al eens in de steek gelaten, dus kan ik haar niet in haar eentje laten sterven.' Hij keek scherp naar Oliver, die volgens hem de hele Britse regering vertegenwoordigde en riep: 'Jullie kunnen de pot op!'

Wakefield legde zijn hand op het autoportier. 'Goed, we moeten ervandoor. Dit alles spijt me, Molly. Echt waar.'

Oliver stapte naar voren. 'Ik ben bang dat we u dit niet kunnen laten doen, meneer Wakefield.'

Wakefield haalde een klein pistool uit zijn zak en richtte dat op Oliver, die snel achteruit stapte. 'Ik denk dat u daar niets over te zeggen hebt.'

Oliver zette nog een stap naar achteren.

Molly stapte echter naar voren. 'Dit zal alles niet goedmaken, vader. En laat me alsjeblieft niet alleen. Ik... heb je nodig. Alsjeblieft.' De tranen stroomden over haar wangen.

Herbert Wakefield schudde zijn hoofd. 'Het spijt me, Molly.' Vriendelijker voegde hij eraan toe: 'Jij hebt je hele leven nog voor je en ik hoop dat je gelukkig wordt. Je bent altijd heel bijzonder geweest. Maar mijn leven, en het leven van je moeder, zijn bijna afgelopen.'

Op dat moment hoorden ze sirenes en brullende motoren naar hen toe komen.

'Verdomme!' Wakefield stapte snel in en startte de auto.

'Vader, nee!' riep Molly. 'Ga niet weg! Alsjeblieft!'

De stem van haar dochter leek eindelijk tot Eloise Wakefield door te dringen. Toen haar man de auto in de versnelling zette, keek zij eerst naar Molly en daarna naar haar man. Ze opende het portier en liet zich uit de auto vallen.

Wakefield zette de auto in zijn achteruit en probeerde haar te pakken te krijgen, maar tevergeefs. 'Eloise!'

Charlie en Oliver renden naar Eloise Wakefield toe en trokken haar veilig bij de auto vandaan.

Even leek het alsof Wakefield wilde uitstappen om te proberen haar weer in de auto te zetten, maar in plaats daarvan scheurde hij weg.

Kort daarna moest hij naar rechts zwenken om de beide politieauto's te ontwijken die met gillende sirenes de oprijlaan op reden en hij scheurde weg. De politieauto's keerden om hem te achtervolgen, waarna de drie auto's in het donker verdwenen.

De achterblijvers hoorden het gegil van de sirenes dat hun zenuwen nog meer op de proef stelde.

Molly en de anderen schrokken enorm toen ze de schoten hoorden. Daarna hoorden ze het geluid van een afschuwelijke botsing en een paar seconden daarna volgde een explosie. Hoge vlammen schoten omhoog en verlichtten de nachtelijke hemel.

Huilend sloeg Molly haar armen beschermend om haar versufte moeder heen. 'Je bent oké, mama. Je bent veilig.'

Vaarwel, voorlopig

Eind december 1944 was het koud en winderig in Londen, normaal weer dus eigenlijk voor die tijd van het jaar.

Eloise Wakefield was overleden, drie nachten nadat haar man haar had willen meenemen. De politie was Herbert Wakefield gevolgd toen hij naar het Beneficial Institute reed, en Molly's vader was tijdens de achtervolging gedood.

Molly had de hand van haar moeder vastgehouden toen deze vredig stierf.

Ze was heel erg van slag, doordat ze haar vader uiteindelijk wel had gezien, maar ook doordat hij had bekend dat hij die mannen had vermoord. Ergens begreep ze wel waarom hij dat had gedaan, maar ze kon hem dat eigenlijk niet vergeven.

Ze was intens verdrietig nu haar beide ouders zo snel na elkaar waren gestorven en wist dat ze dit verlies zonder de liefde en de steun van Oliver en Charlie niet had kunnen dragen. Toch had ze zoveel gehuild dat ze, toen ze uitgehuild was, het idee had dat ze geen tranen meer overhad en nooit meer zou kunnen huilen.

De Tinsdales hadden er, na een telefoontje van Molly, voor gezorgd dat de lichamen van haar ouders werden teruggebracht naar Londen, waar ze werden begraven in aanwezigheid van Molly, Charlie en Oliver. Later was Molly naar het noorden gereisd om kerst bij de Tinsdales te vieren.

Toen ze terugkwam vertelde ze Oliver en Charlie dat de

Tinsdales haar universitaire opleiding zouden betalen. 'Ze zijn echt heel aardig en hebben me hartelijk verwelkomd. Ik bedoel, ze kenden me niet eens en toch zorgden ze ervoor dat ik me echt thuis voelde bij hen. Zij zijn de enige familie die ik nu nog heb.'

'Je hebt echt geluk gehad dat je hen hebt gevonden, en zij nu ze jou hebben gevonden,' zei Oliver.

Er was nooit sprake van dat Molly bij hen zou gaan wonen. Ze had hun heel duidelijk laten weten dat ze zolang de oorlog nog duurde bij Oliver en Charlie wilde blijven wonen en wilde doorgaan met haar werk als hulpverpleegster.

Charlie werkte nog steeds als telegrambezorger en had het heel druk. Het zag er namelijk naar uit dat de lange en dramatische oorlog algauw zou eindigen. De mensen konden kennelijk niet wachten om hun gewone leven weer op te pakken en daarom, leek het wel, wensten ze elkaar per telegram fijne feestdagen, een goede gezondheid of gewoon alle goeds toe. Die telegrammen bezorgde Charlie natuurlijk veel liever dan de overlijdensberichten.

Er waren lang niet meer zoveel bombardementen, en de kranten en de BBC berichtten over de ene na de andere geallieerde overwinning. De stemming in Londen was veel positiever, al voerde Duitsland meer aanvallen met V-2-raketten uit op doelwitten in Engeland en Europa, maar gelukkig niet met de wijdverspreide vernietiging tot gevolg die de traditionele bomtapijten veroorzaakten.

Een tijdje was Oliver elke dag naar de studeerkamer gegaan in de hoop dat hij Imogens boek kon afmaken, maar nu hij de plek had gezien waar ze een einde aan haar leven had gemaakt, leek het alsof zijn creativiteit nog minder was geworden. Uiteindelijk probeerde hij het niet eens meer.

Op oudejaarsavond kwamen Oliver, Molly, Charlie en andere Londenaren bij elkaar om het jaar 1945 in te luiden met de hoop dat het snel vrede zou worden.

Toen ze na alle festiviteiten terugliepen naar The Book Keep zei Oliver: 'Molly, jij hebt de Tinsdales nu natuurlijk, maar ik vind dat wij ook familie van elkaar zijn.'

Molly zei: 'Jullie zijn mijn eerste familie en de Tinsdales een verre tweede, maar vertel hun alstublieft niet dat ik dat heb gezegd.' Ze glimlachte gegeneerd. 'Ik wil zo graag naar de universiteit.'

Oliver zei: 'Charlie, waar droom jij van als deze idiote oorlog afgelopen is?'

'Ik zou het water in het Kanaal graag willen zien. Ik bedoel, ik heb natuurlijk al water gezien, in de Theems. Maar dat gaat niet echt ergens naartoe. Maar het Kanaal en wat daarna komt, dat zet je wel aan het denken.'

Molly zei: 'Je zou wereldreiziger kunnen worden en over je reizen kunnen schrijven.'

Charlie glimlachte, iets wat hij zelden deed. 'Al ben ik de enige die het leest.' Hij keek hen aan. 'Het was verschrikkelijk om mijn familie te verliezen, maar dat zou veel erger zijn geweest als ik jullie niet had ontmoet. Zonder jullie had ik het denk ik niet gered.'

'Niemand van ons, volgens mij,' zei Molly.

Oliver zei: 'Soms hangt het gewoon van het toeval af wie je wanneer ontmoet.'

'Zegt Imogen dat of Ignatius?' vroeg Molly.

'Eerlijk gezegd zeggen we dat allebei een beetje,' zei hij met een brede glimlach. 'En dat is toch zeker geweldig?'

***

De dagen werden koud en guur, en ze zaten 's avonds in The Book Keep. Molly zat te lezen, Charlie schreef fanatiek in een derde dagboek en Oliver deed de boekhouding of hij maakte de kruiswoordpuzzel in *The London Times*.

Toen eind januari het luchtalarm ging, keken ze allemaal op

van wat ze aan het doen waren. Oliver had zijn uniform al aan en wilde net aan zijn ronde beginnen. Charlie en Molly trokken snel hun winterjas aan en renden naar buiten.

Voor de deur van The Book Keep zei Oliver: 'Ga snel naar de gebruikelijke schuilplaats. Ik denk niet dat het veel voorstelt, want de Duitsers zijn bijna door hun bommen heen. Ik kom zo naar jullie toe.'

Ze vertrokken.

Oliver voegde zich bij Lee Parker. Ze vergeleken hun lijsten, controleerden de schuilkelders en ontdekten dat ze vier mensen misten. Die verdeelden ze onder elkaar, waarna ze ieder een andere kant op liepen.

***

Molly en Charlie zaten naast elkaar in de kelder van een pakhuis vlak bij de rivier. Het was er heel koud, maar ze wisten uit ervaring dat de lichaamswarmte van alle mensen hier daar snel verandering in zou brengen.

'Denk je dat het heel erg wordt vannacht?' vroeg Molly.

'Geen idee. De laatste paar keer niet.'

'Denk je echt dat je Engeland gaat verlaten, Charlie, als de oorlog voorbij is?'

'Ik ben nog nooit buiten Londen geweest, behalve die ene keer toen we naar Cornwall gingen. Voordat ik doodga wil ik misschien iets van de wereld zien.'

'Voor het zover is, kun je nog veel zien.'

Op dat moment was er vlakbij een explosie.

Molly pakte Charlies hand.

Hij kneep erin en zei: 'Het komt wel goed.'

Ze knikte, maar leek hem niet te geloven.

De volgende explosie sloeg dichterbij in en met een verrassende kracht. Het plafond kraakte en kreunde, en de enorme houten palen die het plafond steunden leken te trillen.

'V-2's,' zei Charlie. 'Geen gezoem of gegier zoals wanneer de vliegtuigen komen die de bommen gooien.'

Molly knikte, want Charlie wist heel veel over dit soort dingen.

Opnieuw een explosie, zelfs nog dichterbij, en stof en stukken van het plafond vielen boven op hen. Sommigen gilden en anderen probeerden dekking te zoeken, al was die helemaal nergens.

Charlie hield Molly stevig vast en ze doken nog meer in elkaar toen de kelder zich vulde met rook. Kleine kinderen begonnen in paniek te huilen.

'Ze zeggen dat deze V-2-raketten door radiostralen worden bestuurd,' zei Charlie rustig en op vlakke toon. 'Wij proberen dat signaal te blokkeren en zijn daar behoorlijk goed in geworden.'

Molly wist dat hij dat zei om haar af te leiden van wat er gebeurde. Dat begreep ze wel, maar het maakte haar angst niet minder. 'Ja, zoiets heb ik ook gehoord,' zei ze met trillende stem.

'Het komt wel goed, Molly, echt waar. We hebben het tot nu toe ook gered.'

Een andere explosie vond zo dichtbij plaats dat een van de muren van de enorme ruimte gedeeltelijk instortte, waardoor een golf stof en puin en versplinterd hout naar hen toe werd geblazen.

Iedereen rende bij de vernietiging vandaan.

Ze kropen bij elkaar tegen de muur daar zo ver mogelijk vandaan, en iedereen keek gespannen omhoog naar de duizenden kilo's die zich gevaarlijk boven hun hoofd bevonden.

Molly zei zacht: 'Deze keer voelt het anders, Charlie.'

Charlie keek naar het plafond dat langzaam maar zeker leek te bezwijken en dacht: ja, deze keer voelt het anders.

***

Terwijl Oliver over straat rende, nam hij niet eens de moeite om omhoog te kijken. Er was niets te zien. Geen vliegtuigen, geen gehuil van Jerichotrompetten, want dit was duidelijk een aanval met V-2-raketten. Metalen dingen die hen kwamen doden, zonder piloten en navigators en bommenrichters van vlees en bloed. Je zag of hoorde die dingen nooit aankomen. Zoals zijn vriend majoor Bryant al had gezegd: je was dood voordat je doorhad dat je niet meer leefde.

Er stond één echtpaar op zijn lijst. Hij bonsde op hun voordeur. 'Meneer en mevrouw Perkins! Jullie moeten meekomen! Snel alstublieft!'

Vlakbij was een explosie en hij zag dat een gebouw instortte. Hij ramde de voordeur in met zijn schouder, tuimelde naar binnen en duwde de deur snel weer dicht, terwijl de schokgolf van de explosie door de straat schoot en de ruiten in de voorgevel van het huis naar buiten blies. De voordeur was echter niet helemaal dicht geweest en werd met een ongelofelijke kracht geraakt. Oliver lag op de grond met zijn voeten tegen de deur, maar doordat de deur met zoveel kracht openging, werd Oliver weggeblazen en tegen de eettafel geramd.

'Meneer en mevrouw Perkins!' Hij kwam wankelend overeind en doorzocht het hele huis. Er was niemand. Hij rende naar buiten en terug naar de schuilplaats. Hij had rookpluimen gezien die uit het gebouw kwamen waar Charlie en Molly in schuilden. Als het gebouw opnieuw werd geraakt, betekende dat hun einde.

Als het aan mij ligt, gaan ze deze verdomde oorlog overleven.

Hij begon nog harder te rennen. Hij zóú hen en de anderen naar een veiliger plek brengen. Hij rende de hoek om toen een V-2-raket precies op die plek insloeg.

De erfenis

Molly en Charlie zaten in de studeerkamer samen met de notaris van Ignatius Oliver.

Hij was gekleed in een somber bruin pak, had een krulsnor, keek even in het testament van Oliver en zei: 'Hij heeft The Book Keep aan jullie nagelaten.'

Ze keken hem verbijsterd aan.

Molly vroeg verbaasd: 'Echt waar?'

'Ja, in gelijke delen. Zodra jullie meerderjarig zijn, wordt dit pand op jullie naam gezet. Hij had ook een levensverzekering afgesloten en de uitkering daarvan zal voldoende zijn voor het openhouden van de winkel en voor jullie uitgaven.'

'Wanneer heeft hij dat gedaan?' vroeg Molly.

'Hij kwam de dag na tweede kerstdag bij me en zei dat hij dit wilde doen. Hij wilde voorkomen dat een van jullie ooit bang hoefde te zijn om geen thuis te hebben.'

'Wat ontzettend aardig van hem,' zei Molly.

Charlie knikte instemmend, met tranen in zijn ogen.

De notaris zei somber: 'Het is heel triest wat er is gebeurd. Ze zeiden dat hij al bijna in veiligheid was. Het leven hangt van toevalligheden aan elkaar.'

Molly zei: 'Inderdaad.' Ze deed haar ogen dicht en dwong zichzelf nergens meer aan te denken, want ze wilde zich niet voorstellen dat ze haar vriend voor altijd was verloren.

Charlie staarde naar de Crown-typemachine.

***

Er waren niet veel mensen bij de rouwdienst. Wel aanwezig waren majoor Bryant, een paar andere mensen van de overheid, een paar collega-boekhandelaren en een paar studievrienden van Oxford.

Olivers oudere broer Francis was er ook. Hij leek een beetje op zijn jongere broer, maar miste Olivers vriendelijke aard en meelevende instelling. Toch vertelde Francis Molly en Charlie dat hij veel van zijn broer had gehouden, dat Ignatius hem over hen had geschreven en dat hij, als ze ooit iets nodig hadden, hen zo veel mogelijk zou helpen. Hij gaf hun een hand, keek nog een keer naar de kist van zijn broer en ging terug naar zijn huis in Glasgow.

Majoor Bryant had na afloop met Molly gepraat. 'Ik kan niet goedkeuren wat je vader heeft gedaan, maar ik wil dat je weet dat de drie soldaten die hij heeft vermoord heel slechte mannen waren. Ze waren betrokken bij diefstal en andere aanvallen op mannen en vrouwen, en hadden voor de krijgsraad moeten verschijnen.'

'Toch wilde de politie niets doen?'

'Er zijn wel koppen gerold, Molly, van de dienstdoende agent tot en met mensen van Scotland Yard.'

'Dan heeft het toch iets goeds opgeleverd,' zei ze.

Bryant keek weer naar de kist. 'Dit is een groot verlies, zowel persoonlijk als voor het land. Hij was blokhoofd, terwijl hij eigenlijk andere dingen had kunnen doen tijdens de oorlog. Hij had beroemd kunnen worden, dat kan ik je wel vertellen. Er zijn maar weinig mensen die hem op zijn vakgebied kunnen evenaren.'

'Welk vakgebied was dat precies?' vroeg ze, maar toen hij haar met een ondoorgrondelijke blik aankeek, voegde ze eraan toe: 'Juist, dat kunt u me niet vertellen.'

'Sorry, maar dat is nu eenmaal zo.'

'Waarom werkte hij dan niet aan die andere dingen?' vroeg ze.

'Omdat hij dan gescheiden zou zijn van Imogen en dat kon hij niet doen.'

'Hij moet heel veel van haar hebben gehouden om voor haar zijn dromen op te geven.'

'Ze waren een heel vreemd stel in Oxford, want zij bruiste van energie en had ideeën die alle maatschappelijke normen overtraden, terwijl Ignatius bedaard was en rustig en...'

'Tegenpolen trekken elkaar soms aan,' zei Molly.

'Inderdaad.'

'Hij sprak altijd heel lovend over haar en hij heeft haar veel vergeven.'

Bryant kuchte en keek naar de andere aanwezigen.

'Maakt u zich geen zorgen, ik zal geen geheimen verklappen, majoor. Ik had alleen gewild dat meneer Oliver had beseft dat hij ook heel bijzonder was.'

'Nou ja... Hij was gewoon geen man die zichzelf op de borst klopte.'

'Maar zijn nagedachtenis zal via ons voortleven.'

'Je bent echt heel volwassen voor je leeftijd, Molly.'

'En ik mag me gelukkig prijzen dat ik Ignatius Oliver heb gekend.'

***

Na de begrafenis zaten Molly en Charlie zich te warmen voor een klein vuur in de haard.

'Wanneer gaan we naar Yorkshire?' vroeg hij.

Inmiddels was geregeld dat ze naar Yorkshire zouden verhuizen en voorlopig bij de Tinsdales zouden wonen.

'Volgende week, met de trein. Dat is allemaal al bevestigd.'

'Weet je zeker dat ze mij ook willen hebben?' vroeg Charlie.

'Dat weten ze heel zeker. En als jij niet gaat, ga ik ook niet.'

Hij keek naar het vuur. 'Wat voelt het vreemd om hier zonder hem te zijn.'

'Zo zal het altijd blijven voelen, denk ik. Hij wás deze plek, zeg maar. Ik kan me deze plek niet zonder hem voorstellen.'

'Hij was echt een goede man.'

'Ik zou willen dat ik iets tegen hem had gezegd,' zei Molly.

'Wat dan?'

'Hij zei altijd dat Imogen briljant was, veel intelligenter dan hij en veel slimmer op elk gebied. Had ik maar veel vaker tegen hem gezegd dat hij ook heel bijzonder was.' Ze keek Charlie ernstig aan. 'Wat denk jij?'

'Hij moest het doen voorkomen alsof hij voor de Jerry's werkte, terwijl hij in werkelijkheid voor ons werkte. Dat was heel riskant. Het was ontzettend moedig van hem om dat allemaal te doen en als blokhoofd te werken en al die andere dingen te doen. Ik bedoel, misschien was het wel moedig van Imogen om van die klif te springen, dat zou ik nooit kunnen, maar... Volgens mij was het veel moediger om hier te blijven en te proberen het juiste te doen. Zoals meneer Oliver heeft gedaan.'

'Ik denk dat je dat veel beter hebt verwoord dan ik had gekund, Charlie.'

'Hij wist wel dat je zo over hem dacht, Molly. Echt waar. We hielden van elkaar. We hebben het alleen gered dankzij die liefde. Verder hadden we niemand anders.'

Ze zuchtte en keek naar de Crown-typemachine.

Charlie vroeg: 'We kunnen hier dus terugkomen als we ouder zijn?'

'Ja,' zei Molly. 'Dit is ons thuis, Charlie.'

Weer thuis

Molly zat in de studeerkamer van The Book Keep. Het was een aangename lenteavond met een zwoel windje en een bijna wolkeloze hemel.

Tijdens de oorlog hadden de mensen in Londen op zo'n mooie avond vaak gespannen naar de lucht gekeken of ze Duitse bommenwerpers zagen. Nu was het gewoon een fijne tijd om te leven.

Molly schreef een brief met de oude Conway Stewart-vulpen die van haar vader was geweest. Ze hield van de soepele bewegingen van de pen en de mooie manier waarop de inkt in dik papier trok.

Ze was nu eenenvijftig, gescheiden en moeder van een zoon en dochter. Haar ene kind studeerde nog en het andere was afgestudeerd en werkte nu bij een museum in Amsterdam. Ze had een modern kort kapsel en al wat meer grijze haren, die ze overwoog te laten verven. Die beslissing leek onbelangrijk en absurd na alles wat ze in de oorlog had meegemaakt, terwijl het natuurlijk heerlijk was dát ze hierover kon nadenken. Haar gezicht was voller en ze woog ruim twaalf kilo meer dan in de oorlog. Ze had een goede gezondheid en de recente scheiding van haar ontrouwe man was de beste beslissing die ze in de afgelopen tien jaar had genomen.

Molly was klinisch psycholoog met een bloeiende praktijk, een uitstekende reputatie, talloze wetenschappelijke publicaties en twee medische handboeken op haar naam. Ze had dit vakgebied gekozen door wat er met haar moeder was gebeurd. Dokter Foyle had wanhopig verlangd naar andere behandelmethoden voor zijn patiënten en tegenwoordig hadden Molly en andere specialisten de beschikking over een heleboel medicijnen die ze aan hun patiënten konden voorschrijven. Soms werkten ze helemaal niet, soms deden ze meer kwaad dan goed, maar ze waren allemaal beter en veel humaner dan de methode om met scherpe objecten in kwetsbare hersenen te prikken.

Inmiddels wist ze wat haar moeder had gemankeerd. Tegenwoordig hadden de psychoses van haar moeder waarschijnlijk behandeld kunnen worden met moderne medicijnen en professionele counseling. Helaas waren die methoden nog niet beschikbaar geweest voor haar moeder. Molly's patienten hadden daar wel baat bij, maar ze hadden ook voordeel van haar opleiding en van de meelevende manier waarop ze hen behandelde. Dat was, zoals een verpleegkundige haar lang geleden had verteld, de halve strijd.

Ze rondde haar brief af, stopte hem in een envelop, plakte hem dicht en schreef er de naam en het adres op.

Het was een brief aan de Tinsdales. Zij waren altijd zo ontzettend goed voor haar geweest. Molly had nauw contact onderhouden met de familie en hen de afgelopen jaren vaak bezocht. Molly legde de envelop opzij en keek naar het afgeronde manuscript dat op haar bureau lag en naar de namen van de beide auteurs op de titelpagina: Imogen Oliver en Molly Danvers.

Het leek alsof dit boek geen groter contrast kon zijn met haar medische verhandelingen, maar dat was niet helemaal waar. Dit boek ging over psychologie, en over de menselijke geest in extreem traumatische omstandigheden. Mensen die redelijk tevreden waren met hun leven hadden haar hulp meestal niet nodig. Zij hadden pas behoefte aan haar kennis en vaardigheden als het tegengestelde waar was, zoals zo vaak gebeurde in het leven.

Molly had bijna geen wijzigingen aangebracht in het eerste deel van het boek, dat Imogen tientallen jaren eerder had geschreven. Ze had ontdekt dat Imogen een natuurtalent en een veel betere auteur was geweest dan zij was, maar haar agent had tegen haar gezegd dat de tweede helft van het boek even goed was door de manier waarop ze haar verhaal vertelde. Verschillende bekende uitgeverijen hadden veel geld geboden voor het recht haar boek uit te geven.

Ze hoorde het belletje van de winkel rinkelen en hoorde klanten binnenkomen of vertrekken. Ze had twee uitstekende mensen in dienst die haar hielpen in de winkel, die de afgelopen jaren goed draaide.

Ze stond op en opende de binnendeur naar de winkel. Een stuk of zes klanten bekeken een paar boeken, andere klanten rekenden hun aankopen af bij de kassa waarna die op de toonbank werden ingepakt. Molly had veel van de rommelige inrichting uit Ignatius Olivers tijd gehandhaafd, en de klanten vonden het kennelijk prettig om daaraan bij te dragen als ze de stapels nieuwe literaire schatten die her en der lagen bekeken. Er was tegenwoordig een speciale afdeling met de boeken van George Sand, waarvan er niet één uitgesneden bladzijden had.

Molly deed de deur weer dicht, liep terug naar haar bureau en keek naar de ingelijste foto van Charlie met zijn gezin die daar stond. Hij woonde in Australië en bezat daar een ranch. Als jonge man had hij over de hele wereld gereisd met vrachtschepen, treinen en vliegtuigen. Hij had alles wat hij had meegemaakt en ervaren opgeschreven, en was de enige die dat allemaal ooit las. Hij had vijf kinderen en zijn vrouw Meredith was heel aardig en gastvrij. Molly was een keer bij hen op bezoek geweest. Charlie had haar toen zelfs leren paardrijden. Ze had het doodeng gevonden en haar hart had in haar keel geklopt, maar met zijn geruststellende stem, die maar een klein beetje was veranderd, had hij precies de goede dingen gezegd om haar angst weg te nemen. Hoewel hij hier ver vandaan woonde, kon ze zich niet voorstellen dat hij geen rol speelde in haar leven. Hij was de peetvader van haar zoon en zij de peetmoeder van zijn oudste dochter, en ze spraken elkaar minstens één keer per week aan de telefoon.

Ze keek om zich heen in de studeerkamer, waar maar weinig was veranderd. Natuurlijk waren een paar meubels zo versleten geweest dat ze waren vervangen, maar het bureau stond er nog, net als de ongemakkelijke stoel. De Crown-typemachine stond op een plank en was vervangen door een IBM Selectric II-typemachine, want Molly typte veel te snel voor de toetsen van de Crown, die dan in elkaar haakten.

Maar elke keer als ze de studeerkamer binnenkwam, had ze het gevoel dat ze terugkwam in de oorlogsjaren. Dan zag ze in gedachten Ignatius Oliver over zijn bureau gebogen zitten, rook ze de geur van het kleine kolenvuur en zag ze de rook die als een lichte nevel in het vertrek hing.

Er waren verschillende graven in de stad die ze regelmatig bezocht: de graven van haar moeder en vader, Charlies moeder en grootouders, en Ignatius Oliver. Hij was begraven op Kensal Green Cemetery. Haar ouders waren daar ook begraven en Molly had zelf al een plek voor als haar tijd was gekomen. Ze hield van de gedichten van G.K. Chesterton en had bij Olivers begrafenis met tranen in haar ogen zijn gedicht 'The Rolling English Road' geciteerd:

For there is good news yet to hear,
and fine things to be seen,
Before we go to Paradise
by way of Kensal Green.

Molly was ervan overtuigd dat, als Oliver zich niet over hen had ontfermd, haar leven en dat van Charlie volkomen anders waren verlopen, en niet in goede zin. De loop van je leven hing niet zozeer af van de besluiten die je nam, maar vooral van wie je ontmoette of al kende als je belangrijke keuzes moest maken. Iemand wel of niet ontmoeten kon je toekomst volkomen veranderen, zoals Oliver zoveel jaren geleden op oudejaarsavond in iets andere bewoordingen had gezegd.

Molly pakte haar handtas, nam afscheid van een van haar assistentes en verliet de winkel.

De oorlog was al tientallen jaren geleden afgelopen. Londen was natuurlijk volkomen veranderd, al woonden er nog steeds veel mensen zoals zij die deze vreselijke tijd hadden meegemaakt.

Victory in Europe Day-parades waren nog altijd heel populair. Tv-programma's en films vertelden verhalen over deze wereldoorlog. Er waren ontelbare boeken over geschreven, en Molly stond op het punt om haar boek (en dat van Imogen) daaraan toe te voegen.

Toch vervaagden de herinneringen en waren er nieuwe oorlogen die deze vervingen, al waren die gelukkig allemaal minder extreem of verstrekkend. In de jaren 1970 was er veel gebeurd in Engeland: stakingen van mijnwerkers, postbodes en vuilnismannen, de droogte van 1976, en een van de heetste zomers ooit had veel mensen terneergeslagen, maar het zilveren jubileum van de koningin een jaar later had het land een gelukkiger, trotsere tijd binnengeloodst. Zo ging het nu eenmaal, dat wist Molly heel goed. Hoogte- en dieptepunten, met daartussenin lange normale periodes.

De al tientallen jaren bestaande kernwapenwedloop tussen de Verenigde Staten en de Sovjet-Unie woedde nog altijd. De Britten en de rest van de wereld waren doodsbang voor hoe deze oorlog tussen de beide supermachten zou uitpakken.

De helft van haar praktijk hield zich nu bezig met mensen die ervan overtuigd waren dat het einde van de wereld nabij was. Molly merkte dat ze met kennis en wijsheid met deze mensen kon praten, doordat ze die gevoelens zelf ook had gehad. Na 1945 was er geen enkele buitenlandse bom op Brits grondgebied gegooid. Ze hoopte dat dat zo bleef, voor altijd, maar niets was zeker. Het leven was niet voorspelbaar, integendeel zelfs.

Ze bleef staan op de plek waar Ignatius Oliver was gedood toen hij moedig zijn taken als blokhoofd uitvoerde. Ernaast stond nu een schoenenwinkel met damesschoenen, een leuke en erg dure winkel. Molly was nooit binnen geweest en zou ook nooit naar binnen gaan.

Toen zij en Charlie die nacht hun schuilplaats verlieten en zich op de terugweg naar The Book Keep afvroegen waar Oliver was, zagen ze een groepje mensen met een ander blokhoofd. De groep stond bij elkaar bij het lichaam van Ignatius Oliver.

Molly en Charlie hadden zich op hun knieën laten vallen en wanhopig gehuild om het verlies van de beste vriend die ze ooit hadden gehad. Toen Molly die nacht naar hem keek, zag hij er vredig uit. Misschien had hij zich bij zijn vrouw gevoegd. Zij had vrijwillig een einde aan haar leven gemaakt, maar zijn leven was met geweld van hem afgenomen. Ondanks dat enorme verschil konden ze misschien toch voor altijd een hernieuwde band met elkaar krijgen. Dat hoopte ze tenminste.

Molly merkte dat ze tranen in haar ogen kreeg bij deze nare herinnering, dus liep ze snel door. Ze wist dat je altijd een prijs moest betalen voor dergelijke belangrijke relaties. Ze waren fantastisch, maar als er een eind aan kwam, konden ze ook een grote tol van je eisen. Verdriet, rouw en boosheid om dat verlies plus een gruwelijke en continue pijn was de prijs die je moest betalen als je van iemand hield en als er van je werd gehouden. Ze had het gevoel dat dat volkomen gerechtvaardigd was, tot het moment waarop je die prijs moest betalen.

Ze zou nooit over het verlies van Ignatius Oliver heen komen, maar ze zou altijd baat hebben bij het feit dát ze hem in haar leven had gehad.

Molly keek in de etalage van een andere boekwinkel en bleef even staan, terwijl ze zich afvroeg hoe het zou zijn als ze haar eigen boek daar zag liggen.

En als Oliver nog leefde, wat zou hij er dan van vinden dat zij Imogens verhaal had afgemaakt? Zou ze dat wel hebben gedaan als hij niet dood was?

Molly had gewoon het gevoel gehad dat ze het boek móést afmaken, als een eerbetoon aan haar geliefde vriend.

Ignatius Oliver was precies op het juiste moment verschenen in het leven van twee jonge mensen die alles waren kwijtgeraakt tijdens het grootste gewapende conflict dat de wereld ooit had meegemaakt.

Toch wist Molly dat hun verhaal niet meer was dan een klein menselijk verhaal te midden van miljoenen andere.

Maar het was hún verhaal, het verhaal van drie mensen die zich samen hadden verzet tegen alles wat de wereld hun probeerde aan te doen.

Ze keek naar de heldere lucht en zag daar in gedachten drie gezichten: Ignatius Oliver, Charlie Matters en zijzelf. Afzonderlijk van elkaar zouden ze geen enkele rol hebben gespeeld in deze oorlog, maar samen hadden ze meer voor elkaar gekregen dan iedereen voor mogelijk had gehouden. Dat zei wel iets over de veerkracht van mensen als ze vrienden hadden met wie ze de zware druk van het bestaan konden delen.

Soms hebben we allemaal iemand nodig. Dat vermindert de onvermijdelijke pijn en versterkt de tijden van geluk.

Met deze opbeurende gedachte liep Molly verder door de straten van het mooie Londen in de warmte en intense vrede van de lente.

Dankwoord

Aan Michelle, bedankt voor het lezen van een eerste versie en voor je geweldige feedback.

Aan iedereen bij Grand Central Publishing die in dit project geloofde vanaf de dag waarop ik dit onverwachte manuscript in jullie schoot dumpte. Het is heel zeldzaam dat een uitgeverij zoveel vertrouwen in een auteur heeft. Ik zal jullie dan ook nooit vanzelfsprekend vinden.

Aan Aaron en Arleen Priest, Lucy Childs, Lisa Erbach Vance, Frances Jalet-Miller, Kristen Pini en Natalie Rosselli. Jullie zijn absoluut de allerbesten in deze wereld.

Aan Mitch Hoffman, wiens uitzonderlijke redactievaardigheden zelfs aan beide kanten van de oceaan tot succes leiden.

Aan iedereen bij Pan Macmillan die hun mouwen hebben opgestroopt en meteen aan de slag gingen toen ik jullie verraste met een verhaal dat tachtig jaar geleden speelt. Jullie loyale vriendschap en geweldige vaardigheden maken me nederig en verbazen me. Hopelijk blijft onze samenwerking nog lang voortduren.

Aan Praveen Naidoo en het geweldige team van Pan Macmillan in Australië, voor alweer een recordjaar voor mijn boeken.

Aan Caspian Dennis en Sandy Violette, die mijn belangrijkste cheerleaders en twee van mijn beste vrienden blijven.

En aan Kristen White en Michelle Butler, die ervoor zorgen dat alles altijd blijft draaien.